SOUPÇONS
À L'HÔPITAL

FRANCIS ROE

SOUPÇONS À L'HÔPITAL

•

traduit de l'américain par Marie-Françoise Vinthière

FRANCE LOISIRS
123, boulevard de Grenelle, Paris

Ce livre a été publié sous le titre
The Surgeon
par Signet, New York, 1994.

Une édition du Club France Loisirs, Paris
réalisée avec l'autorisation des Éditions de l'Archipel

ISBN : 2-7441-1644-0

1

Assise près d'une fenêtre dans le petit train assurant la liaison New York - New Coventry, Paula Cairns regardait défiler les plages du Connecticut. Son voisin, un jeune homme au visage congestionné, l'observait à la dérobée, caché derrière son magazine, cherchant, à l'évidence, à engager la conversation. Monté à Stamford, il l'avait vite remarquée et était venu s'installer sur le siège contigu, alors qu'il n'avait que l'embarras du choix, les autres places étant inoccupées.

Il faut dire, à sa décharge, que la jeune femme ne passait pas inaperçue. Grande, mince, bien faite, des yeux verts pétillants de malice et d'intelligence, elle arborait une épaisse chevelure brune, aux boucles rebelles. Une vraie crinière, disait son père, digne du plus beau des pur-sang.

Elle revenait d'un séminaire au Columbia Hospital de New York, là où précisément elle avait fait ses études de chirurgie. Elle avait profité de son séjour dans la grande ville pour revoir de vieux amis et rendre visite à son ancien patron, Bob Zimmerman, avant de faire une communication qui avait mis en émoi tous les congressistes et la presse spécialisée. Cette découverte était capitale. Paula en était même un peu effrayée, mais elle n'avait pas pu la passer sous silence car il lui en avait coûté beaucoup de temps et d'énergie.

— Vous allez à Boston? lui demanda son compagnon de voyage, en se penchant vers elle.

Il était de toute évidence dans un état d'ébriété avancé, en dépit de l'heure matinale.

— Non, répondit-elle avec un léger sourire, pour ne pas paraître impolie.

N'ayant pas l'intention de poursuivre la conversation, elle se détourna ostensiblement et continua de contempler le paysage.

Après avoir cheminé un temps dans la campagne, le convoi ralentit avant de franchir le passage à niveau de Milford, dans un vacarme assourdissant.

Paula regarda sa montre. Encore une demi-heure avant d'arriver à New Coventry.

Plus loin, près du rivage, le long des hangars à bateaux, de nombreux voiliers, encore couverts d'une bâche, attendaient sagement leur propriétaire. D'autres faisaient l'objet de réparations avant la belle saison et quelques plaisanciers s'affairaient aux divers travaux d'entretien, nettoyage, calfatage ou peinture.

Que de souvenirs tout ceci évoquait : son enfance et, surtout, l'impatience de son père, sa joie, dès les premiers jours du printemps, de pouvoir à nouveau hisser les voiles et prendre la mer.

— Vous êtes institutrice, non? Ou quelque chose dans ce genre? dit soudain le jeune homme.

— Pas du tout, rétorqua Paula, lui faisant face.

Son visage n'était qu'à quelques centimètres du sien et elle pouvait sentir son haleine empestant la bière.

— Écoutez, reprit-elle, j'ai vraiment beaucoup de soucis en ce moment et je ne suis pas d'humeur à bavarder, vous comprenez ?

Se retournant vers la vitre, elle repensa à la conférence, aux quelques entretiens qu'elle avait pu avoir et à cette conversation avec Zimmerman, dans son bureau. « Vos travaux ont suscité un grand intérêt, lui avait-il confessé. Et pas seulement parmi vos confrères. Certaines personnes envisagent d'en tirer d'énormes profits, et sans votre consentement. Vous vous devez d'être très prudente. » Paula l'avait rassuré en lui affirmant que toutes les informations étaient cryptées et qu'elle était la seule à avoir accès au programme. Elle prenait néanmoins cet avertissement au sérieux car le vol et l'espionnage étaient monnaie courante dans le monde de la recherche médicale.

— Tu me plais, tu sais, dit tout à coup l'homme que l'alcool enhardissait. Pourquoi on prendrait pas un peu de bon temps tous les deux, hein ?

Ses yeux, rétrécis, étaient injectés de sang. Paula, consciente du danger, se saisit prestement de son sac et en tira un pic à glace qu'elle brandit devant son agresseur, un peu comme un poignard.

— Ah ! oui. Alors, écoute, pauvre type. Je suis médecin et je sais exactement où planter ceci de façon à te paralyser de la tête aux pieds. Et à vie ! Compris ? Oui ? Alors dégage !

L'homme perdit sur-le-champ toute son arrogance. Il semblait même terrifié.

— Je suis désolé. Vraiment. Je ne voulais pas...

Sur ce, il saisit sa valise et sortit du compartiment sans demander son reste, titubant jusqu'à la porte.

Paula poussa un soupir de soulagement. Son cœur battait à tout rompre tandis que ses doigts serraient encore le manche de l'arme. Une semblable mésaventure lui était arrivée, un an plus tôt, sur le parking du Columbia, avec un vagabond. Elle avait réussi, cette fois aussi, à se défaire de son adversaire en usant du même stratagème. Se détendant enfin, elle sourit, amusée. Rendre quelqu'un infirme de cette manière lui semblait impossible, mais elle se promit de vérifier la chose, dès son retour à l'hôpital.

Vingt minutes plus tard, elle parvenait à destination et descendait du train. Elle respira à pleins poumons l'air frais de la campagne, puis se dirigea vers la sortie. Pour une fois, l'horaire avait été respecté. Elle avait donc tout le temps d'aller à son rendez-vous avec le Dr Maurice Bennett, le chef du service de chirurgie. Elle s'apprêtait à quitter la gare quand des cris retentirent, ceux d'un enfant d'abord, puis d'un homme. L'autorail venait de repartir et la foule se pressait au bout du quai.

— Sa jambe! Elle a la jambe broyée! hurla une femme. Appelez une ambulance!

Paula se précipita, se frayant un passage parmi les badauds. Une adolescente était allongée sur le sol, le jean en lambeaux. Son pied et sa cheville étaient couverts de sang. Un couple d'un certain âge, très bien habillé, se tenait près d'elle, agenouillé.

— Tu veux bien me laisser regarder? demanda-t-elle à l'enfant en lui souriant pour la mettre en confiance.

La petite blessée, aux longs cheveux blonds, devait avoir une douzaine d'années. Elle s'efforçait de se montrer courageuse ; en fait, elle était terrifiée.

Aussi doucement que possible, Paula écarta le pantalon déchiré pour mieux juger de l'étendue des lésions.

— Je vais juste examiner ta jambe. Rien d'autre. Ça ne fera pas mal.

Sachant qu'il fallait détourner l'attention de la fillette, elle poursuivit, sur le ton de la conversation.

— Je m'appelle Paula, et toi ?

— Nicole, souffla l'enfant.

— Vous êtes médecin, n'est-ce pas ? interrogea alors le vieux monsieur, impressionné par la précision des gestes de la jeune femme.

— C'est exact. Mon nom est Paula Cairns et je travaille au Medical Center, dit-elle avant de se pencher de nouveau vers sa malade.

Le tibia, à nu, tranchait par sa blancheur sur le rouge des muscles lacérés. De plus, le pied, qui avait viré au bleu, orteils compris, formait un angle inhabituel avec le reste du membre inférieur.

— Que s'est-il passé ?

— Nous étions venus chercher Nicole, répondit la femme, pressant un mouchoir sur ses lèvres, au bord du malaise.

— Quelqu'un l'a bousculée et elle est tombée entre le wagon et le quai, sur la voie. Heureusement, j'ai pu la hisser avant que le train démarre, expliqua l'homme.

Paula reprit ses investigations, faisant involontairement gémir l'enfant. Un vaisseau sanguin devait être sectionné ; l'hémorragie s'interrompit dès que la jeune femme appuya ses deux mains, bien à plat l'une sur l'autre, contre la blessure.

— Tout ira bien, vous verrez, déclara-t-elle pour tranquilliser sa patiente et sa famille.

En fait, elle était loin d'en être aussi sûre car les dommages étaient importants.

— Nicole est notre petite-fille, expliqua la femme, caressant la joue de l'adolescente. Elle revenait de New York et puis... Comme si nous n'avions pas assez de soucis comme ça...

Le bruit d'une sirène se fit entendre et, quelques instants plus tard, deux ambulanciers arrivèrent, portant une civière. Le premier, un blond à moustache, examina rapidement la plaie pendant que son collègue attendait.

— Nous allons être obligés de poser un garrot, lui dit-il en se relevant.

— Je ne crois pas que cela soit bien indiqué, intervint Paula.

L'homme se retourna, interloqué, et reconnut tout de suite la jeune femme.

— Docteur Cairns ! Je suis navré, je ne vous avais pas vue.

— Ce n'est rien, Tom, mais nous devons l'emmener au plus vite. Je vous accompagne, si vous le voulez bien.

— Mais bien sûr, docteur, avec plaisir.

Tandis qu'on transportait Nicole dans la voiture, Paula s'intéressa aux grands-parents qui avaient enfin pu se relever et constata que la femme, encore très belle, réagissait mieux que son mari, une fois le choc passé.

— Nous allons avec vous, déclara-t-elle, d'un ton ferme.

Le brancardier, hésitant, jeta un coup d'œil à Paula.

— Aucun problème! dit cette dernière. Il y a de la place pour tout le monde. Contactez l'hôpital, Tom, et dites-leur qu'il faudra la conduire en salle d'opération dès notre arrivée.

Bien installée dans l'ambulance, Nicole semblait moins souffrir et avait retrouvé sa jolie petite frimousse.

— Mon pied? Il est en bouillie, pas vrai? dit-elle.

— On va arranger ça, répliqua Paula, mais tu ne pourras pas jouer au tennis avant plusieurs semaines. Désolée.

— Comment avez-vous deviné?

— Grâce à l'écusson, sur ton blouson, fit la jeune femme avec un grand sourire.

— Elle fait partie de l'équipe de son école, poursuivit la grand-mère qui, avec son mari, avait réussi à trouver un endroit où s'asseoir, malgré l'exiguïté des lieux.

— Il faudra qu'on fasse une partie, toutes les deux, quand tu seras guérie, proposa Paula.

— Docteur Cairns? dit le grand-père en la regardant avec attention. Je crois que j'ai vu votre photo dans le *New Coventry Register*, il y a quelque temps.

— C'est fort possible, répliqua Paula.

Un grand article sur sa carrière, ses recherches, paru dans le quotidien local, avait effectivement fait grand bruit dans la ville. Mais là n'était pas la question. Nicole, seule, importait pour le moment, d'autant qu'elle était très pâle et que des gouttes de sueur perlaient sur son front.

— Je vais t'expliquer ce qui va se passer quand nous serons à l'hôpital, lui dit-elle pour la rassurer.

La C.B. du véhicule laissait entendre des bribes de discussion entrecoupées de sifflements. Paula, dont la voix était couverte par le bruit, préféra s'interrompre.

— Je sais, dit Nicole avec un pauvre sourire quand le calme fut revenu. On va me faire une piqûre dans la veine, puis on va me conduire au bloc.

— Exactement, mais on devra aussi prendre des radios. Ensuite, tu t'endormiras et je m'occuperai de ta jambe.

La voiture, à cet instant, fit une embardée, manquant de faire tomber l'enfant qui hurla de douleur. Paula cogna à la vitre de séparation pour demander au chauffeur de ralentir. Il était inutile de prendre de tels risques.

— L'intervention durera une heure environ, poursuivit-elle, cette fois à l'intention des grands-parents. Après les formalités aux admissions, vous n'aurez qu'à demander qu'on vous conduise en salle d'attente ; dès que j'aurai fini, je viendrai vous voir. Je dois aussi savoir si Nicole a des problèmes de santé, de l'asthme, des allergies ou d'autres ennuis du même type.

— Ah ! non alors, répliqua la fillette, l'air indigné. Je suis solide comme un roc !

Quinze minutes plus tard, elle entrait en salle d'opération, tenant bien serré la main de Paula. Elle jouait les braves, mais tremblait de la tête aux pieds. La jeune femme resta près d'elle pendant qu'on commençait l'anesthésie, puis, sa patiente endormie, alla se préparer.

À son retour, les différents soins préopératoires avaient été effectués. Une infirmière posait des champs stériles sur la jambe blessée. Ken McKinley, un des internes du service, venait juste d'arriver.

— Pas beau à voir! dit-il après un rapide coup d'œil.

— Le pied ne semble plus vascularisé. Une artère doit être sectionnée, je n'ai plus de pouls au niveau de la cheville.

— Pensez-vous pouvoir la sauver?

— J'espère que oui. Je vais essayer de rétablir la circulation, si possible. J'ai aussi demandé un neurologue, pour un bilan. Maintenant, allez vite finir de vous changer, que nous puissions commencer.

Paula examina à nouveau le pied. Il présentait une très vilaine couleur, même si celle-ci était due en partie à la Betadine, ce liquide marron dont on avait badigeonné toute la région. Il paraissait mort et plusieurs muscles étaient déchirés. Elle repensa à ce que lui avait dit Ken à propos d'une éventuelle amputation. Cette perspective la répugnait. Elle songea également aux diverses lésions nerveuses, toujours possibles en de tels cas.

— Allez-vous commencer par les tendons? interrogea Ken qui était de retour.

— Chaque chose en son temps, répliqua Paula. Occupons-nous d'abord de la circulation, après nous verrons.

Ken rougit sous son masque. Il admirait beaucoup

Paula et ne voulait pas passer pour un incapable à ses yeux.

— J'ai demandé qu'on vous prépare le matériel de chirurgie microvasculaire, dit-il en montrant un plateau recouvert de linges stériles, placé juste derrière elle. J'ai même pu emprunter le microscope du service d'ophtalmologie.

— Merci beaucoup, Ken. Je ne sais vraiment pas ce que je ferais sans vous.

Le compliment était mérité car l'appareil était jalousement gardé, mais le jeune homme, tout heureux, s'empourpra.

Pendant qu'ils discutaient, Paula avait repoussé les chairs meurtries avec la plus grande délicatesse pour bien dégager le champ opératoire.

— Voyons d'abord l'artère tibiale postérieure.

Joignant le geste à la parole, elle entreprit d'explorer la blessure à l'aide de pinces hémostatiques et, très vite, retrouva les deux tronçons du vaisseau.

— Les nerfs n'ont pas l'air touchés, intervint Ken, toujours désireux de faire bonne impression.

Avant de lui répondre, Paula prit le temps de poser un minuscule clamp à chacune des extrémités.

— Souhaitons-le. Voyons à présent la tibiale antérieure.

— Pourvu qu'elle n'ait rien de grave, dit Ken, soudain inquiet, car nous ne pourrions plus faire grand-chose.

— Ne parlez pas de malheur..., souffla Paula.

À cet instant précis, Victor Demarest, le neurochirurgien en chef, pénétra dans la salle et tous s'écartèrent de la table pour le laisser mener ses investigations.

L'examen dura une dizaine de minutes au cours desquelles, à l'aide de petites électrodes, il stimula tous les nerfs du pied et vérifia la bonne transmission de l'influx.

— Ça va, dit-il en reposant son matériel. Le tibial et le long péronier sont intacts, mais je ne peux pas être aussi affirmatif pour les autres. J'aimerais revoir votre malade après l'opération, pour en être certain, si vous le permettez, bien entendu.

— J'en serai ravie, dit Paula avec un large sourire, et je vous en serai reconnaissante car vous faites toujours du très bon travail.

— Je vous en prie, docteur Cairns, merci quand même, dit-il un peu gêné, avant de sortir.

Demarest, comme tous ses confrères masculins, n'appréciait guère les femmes chirurgiens et ne savait jamais quoi dire ou faire quand il devait opérer avec l'une d'elles.

L'étape suivante, pour Paula, consistait à suturer les deux artères tibiales ainsi qu'une des veines principales afin que la circulation puisse se faire à nouveau, le plus normalement possible.

L'instant était crucial. Toute l'équipe savait que si la jeune femme ne parvenait pas à recoudre ces vaisseaux, la fillette perdrait son pied et une bonne partie de sa jambe. Une telle mutilation, en soi terrible pour n'importe quel individu, le serait encore plus pour une sportive telle que Nicole.

Paula, elle aussi, avait songé à cette éventualité, mais elle savait aussi qu'elle devait rester impassible, quoi qu'il arrive. Elle était le point de mire de toute la salle et le moindre signe de nervosité de sa part pouvait se transmettre aussitôt à tout le personnel, compromettant ainsi le bon déroulement de l'intervention.

— C'est aussi simple que la plomberie, dit-elle à Ken sur le ton de la plaisanterie. Une petite soudure à droite, une autre à gauche.

Tous sourirent. La tension s'était évanouie, du moins pour un temps.

— Maintenant, Ken, dites-moi un peu comment nous devrions procéder?

— Je pense qu'il faudrait commencer par la tibiale postérieure parce qu'elle est plus grosse et qu'elle permet une meilleure vascularisation. Il me semble que si nous ne pouvions suturer qu'une seule artère, ce devrait être celle-là.

— Bien vu, lui répondit Paula tout en dégageant avec précaution les deux tronçons du vaisseau sectionné. Vous devriez libérer un peu plus la partie supérieure, puis aviver les bords, des deux côtés, afin qu'ils soient bien nets.

— Tout de suite, patron! fit Ken, tout heureux de se voir confier une tâche à exécuter.

Tous les internes aimaient travailler avec Paula car ils en retiraient toujours une nouvelle façon de faire ou d'aborder une difficulté.

— Prenez plutôt un bistouri, avec une lame n° 13, lui dit-elle en le voyant se saisir de ciseaux. Je sais que c'est plus facile avec les Lister, mais ils ont tendance à écraser les tissus, inconvénient que vous n'aurez pas avec un scalpel.

Une des instrumentistes, sur l'ordre de la jeune

femme, ôta ensuite la housse du microscope et le plaça juste au-dessus du champ opératoire. Il ne restait plus à Paula qu'à le mettre en marche et à faire la mise au point, avec le plus grand soin. Les artères lui apparurent alors grossies des dizaines de fois tandis que la même image se formait sur le moniteur vidéo, près de l'appareil d'anesthésie.

Tous les yeux étaient rivés sur l'écran pendant qu'elle posait un à un les minuscules points de suture. Son cœur battait la chamade et sa concentration était telle qu'elle n'avait plus conscience de ce qui se passait autour d'elle. Ken, qui veillait à la bonne tension des fils, était admiratif. Il n'avait jamais vu un chirurgien agir avec autant de précision et de rapidité, à tel point qu'il ne lui fallut que quelques minutes pour mener l'opération à bien.

— Relâchez ! fit-elle à Ken en ouvrant elle-même les deux clamps avec précaution.

Les petites artères se gonflèrent immédiatement de sang et de fines gouttelettes jaillirent entre les points, comme elle s'y attendait.

— C'est bon, vous allez pouvoir faire les nœuds, déclara-t-elle, soulagée.

Elle attendit que Ken eût terminé, puis enleva de nouveau les pinces. Aucun écoulement, cette fois, ne se produisit. Elle avait réussi.

— Je sens son pouls, annonça-t-elle en posant ses doigts sur la cheville de sa patiente. Tout va bien.

Elle avait du mal à cacher sa joie et toute l'équipe, à laquelle s'étaient joints Maurice Bennett et d'autres, partagea avec elle cet instant de bonheur.

— Besoin d'aide? lui proposa Bennett quand l'allégresse fut retombée.

— Non, je vous remercie, lui répondit-elle avant de se tourner vers une infirmière. Allez prévenir les grands-parents de l'enfant que tout s'est bien passé. Ils sont dans la salle d'attente.

L'intervention, toutefois, n'était pas terminée, car il fallait encore suturer les autres vaisseaux ainsi que les tendons et refermer la plaie. Quand tout fut achevé, il ne lui resta plus qu'à vérifier le pouls, une dernière fois, avant la pose du plâtre qui immobiliserait le pied de la fillette pendant que les tissus cicatriseraient.

— Parfait! conclut-elle, l'air enchanté, avant de sortir. Vous avez tous été formidables.

Maurice Bennett l'attendait dans le couloir. Il s'était changé et portait une blouse blanche, immaculée, avec son nom brodé sur la poche. Il était grand, distingué et somme toute assez imposant.

— Vous savez qui c'était? interrogea-t-il.

— Qui ça? répondit Paula, absorbée par la rédaction de son ordonnance pour les soins post-opératoires.

— Mais votre patiente, bien sûr! Eh bien! c'est la petite-fille de Sam Millway.

Paula le regarda un temps sans comprendre. Ce nom ne lui disait rien, puis tout devint clair.

— Ça alors! dit-elle soudain impressionnée.

— Vous souvenez-vous que nous avions rendez-vous ce matin? reprit Maurice, changeant tout à coup de sujet.

Paula consulta l'horloge du corridor. Il était presque temps d'aller déjeuner.

— Que diriez-vous de le remettre à cet après-midi? 14 heures, cela vous conviendrait?

— Tout à fait!

— Je vous ai bien observée, pendant l'intervention. Vous avez fait du bon travail, pour une fille, comme aurait dit notre ami Zimmerman!

— Je comprends à présent pourquoi vous êtes en si bons termes, tous les deux! répliqua Paula en riant.

La conversation terminée, elle regarda son patron s'éloigner à grands pas et se sentit soudain bien seule. Elle venait de comprendre que, quoi qu'elle fasse, et même si ses confrères masculins se montraient aimables envers elle, elle ne serait jamais vraiment admise dans leur petit monde, attaché à de vieux principes.

Chassant ces sombres pensées, elle partit retrouver Nicole en salle de réveil. Elle s'assura qu'elle sortait bien de l'anesthésie et qu'on lui avait donné l'analgésique prescrit. Puis, Paula se précipita en salle d'attente.

Un effort certain avait été fait pour rendre la pièce agréable : tons pastels, canapés et fauteuils en chintz, télévision et photos champêtres aux murs. Plusieurs personnes étaient là qui patientaient.

Les Millway, assis sur un sofa, face à la porte, se levèrent dès que Paula entra, imités quelques secondes plus tard par un homme, nettement plus jeune, qui se tenait près d'eux.

— Comment va Nicole? demanda tout de suite Sam Millway, très inquiet. L'opération s'est bien déroulée?

— Il n'y a eu aucun problème et je ne pense pas que des complications soient à craindre.

Tout en leur donnant des détails et en leur expliquant que Nicole ne serait pas transportée dans sa chambre avant une bonne heure, elle ne pouvait s'empêcher de jeter de fréquents coups d'œil au séduisant personnage qui les accompagnait. Âgé d'environ trente ans, vêtu avec élégance, il avait les cheveux bruns, un visage carré et des yeux bleus. Il ne la quittait pas du regard et cette attention soutenue la mettait mal à l'aise, sans qu'elle sache trop pourquoi. Qui pouvait-il bien être ? Le père de Nicole ?

— Je vous présente notre fils, Seth, déclara le grand-père, répondant ainsi aux questions que Paula se posait, l'oncle de votre petite malade. Voici ma femme, Charlène, et moi, je suis Sam.

— Pourrais-je voir les parents de Nicole ? demanda ensuite Paula.

— Hélas ! dit Charlène, au bord des larmes, saisissant la main de son époux. Ils sont morts l'année dernière, dans un accident de voiture. Depuis, la petite vit avec nous.

Une immense tristesse se lisait sur son visage et sur celui de Sam. Paula en fut touchée et essaya de les réconforter, comme elle pouvait.

— Ne vous inquiétez pas pour Nicole. Nous vous la rendrons bientôt. Il faudra cependant qu'elle patiente quelques semaines avant qu'on lui enlève son plâtre, mais, étant donné son dynamisme et son tempérament, je doute fort que cela la gêne beaucoup.

— Ma femme et moi vous remercions du fond du cœur pour tout ce que vous venez de faire, dit Sam. Je dirige, comme vous le savez peut-être, un laboratoire pharmaceutique. J'ai suivi de près vos recherches ; si, un jour, vous avez besoin d'aide... je pourrais... Mais mieux vaudrait reparler de tout cela un autre jour, en un lieu plus approprié...

— Auriez-vous une carte de visite, docteur Cairns? fit Seth, coupant la parole à son père.

Le ton était autoritaire. L'homme avait sans nul doute l'habitude de donner des ordres.

— Pas sur moi! répliqua Paula. Navrée!

— Sans importance, dit-il en souriant. Je trouverai bien votre numéro dans l'annuaire.

Il était temps pour la jeune femme de prendre congé. Aussi se tourna-t-elle vers les grands-parents.

— Je vous reverrai tout à l'heure. Et surtout, ne vous en faites pas, elle est en de bonnes mains!

L'attitude de Seth l'intriguait. Avant de sortir, elle lui jeta un dernier regard. Il la fixait toujours. Mais pourquoi? Cependant, ayant d'autres soucis en tête, elle se désintéressa vite de la question, pour songer aux diverses tâches qui l'attendaient.

2

Paula prit donc la direction de son laboratoire situé dans le centre de recherche, à l'opposé du bâtiment principal.

Dehors, le soleil brillait, une brise légère soufflait. La jeune femme décida de sortir et de prendre l'air au lieu d'emprunter le réseau de couloirs souterrains qui reliaient entre eux les divers secteurs de l'hôpital. Après avoir traversé le parking, elle foula d'un pas alerte les pelouses des jardins où de petits crocus blancs et mauves commençaient à fleurir, avant d'arriver devant une immense tour, blanche et bleue.

L'édifice, d'une architecture ultramoderne, tranchait sur les autres constructions, plus discrètes et conventionnelles. La décoration intérieure était tout aussi impressionnante : ascenseur panoramique, jardins suspendus à la végétation luxuriante et cascades venant se jeter dans un immense bassin. Cette débauche de plantes et d'eau, assez incongrue en un tel lieu, ne faisait pas d'ailleurs l'unanimité parmi les scientifiques. « Je ne sais pas si tout ce bazar est censé nous aider à mieux travailler, mais tout ce que je peux vous dire, moi, c'est que ça me donne plutôt envie de pisser », avait paraît-il un jour déclaré l'un d'eux.

Paula poussa la grande porte vitrée, puis monta au dix-huitième étage. Son bureau était près de celui de Clifford Abrams, un des cliniciens les plus réputés du centre.

Ce dernier sortait justement de son cabinet à l'instant même où Paula arrivait sur le palier. Il lui fit un vague signe de tête avant de s'éloigner, sans un mot. Cette attitude froide et méprisante lui rappela l'entretien qu'ils avaient eu, quelques mois auparavant, lorsqu'elle avait posé sa candidature pour un poste de chirurgien.

— Ainsi vous venez de finir votre internat au Columbia... C'est au moins un point en votre faveur, avait-il déclaré, dès le début de l'entrevue, sans autre préambule.

Abrams était un homme grassouillet, au visage rond, presque poupin, au cheveu rare. Paula, un court instant, l'avait imaginé en moine vêtu d'une robe de bure et installé devant une table abondamment garnie, une serviette nouée autour du cou, mais le ton qu'il affectait lui avait vite fait comprendre qu'il ne fallait pas se fier aux apparences. La pièce, aux meubles de verre et d'acier, était glaciale, tout comme son occupant, et strictement fonctionnelle. Plusieurs diplômes et récompenses, placés bien en vue, trahissaient, par ailleurs, le caractère prétentieux du personnage.

— Pourquoi voulez-vous venir chez nous, docteur Cairns ? lui avait-il demandé, l'air pincé, la scrutant de ses petits yeux perçants.

— Votre service de chirurgie jouit d'une excellente

réputation et est très connu pour ses études sur la coagulation sanguine, mon domaine de prédilection.

— Je comprends bien, avait reprit Abrams, mais vous n'êtes pas la seule à vous intéresser à cette discipline. Qu'avez-vous donc de si spécial qui pourrait nous inciter à vous recruter?

— Si je puis me permettre, monsieur, ma candidature a déjà été acceptée et mes travaux sont reconnus par de nombreux spécialistes, avait riposté Paula, sur la défensive. Ils ont fait l'objet de plusieurs articles et j'ai même reçu un prix, l'année dernière, au Columbia...

— Je suis au courant, avait fait Abrams, lui coupant la parole; j'ai lu votre dossier. Mais vous devez savoir que vous n'êtes pas la seule à briguer ce poste. Ainsi, le Dr Steve Charnley est tout aussi qualifié que vous. Il est diplômé de Stanford et ses recherches sur l'influence des hormones sur la coagulation lui ont valu une solide réputation.

— Je comprends très bien, monsieur, que le choix puisse être difficile à faire, avait rétorqué Paula, mais, si j'ai voulu venir dans votre centre, c'est parce que je pense que mon projet correspond bien aux études qui y sont menées.

— Si l'on veut, avait répondu Clifford, l'air dubitatif. Il ne touche en fait qu'une des branches de nos activités et nous disposons déjà d'un excellent spécialiste en la matière, en la personne du Dr Bennett. Charnley ferait donc aussi bien l'affaire que vous.

Paula n'avait pas su quoi répondre. La conversation avait pris un tour assez hostile et elle ne voulait pas risquer d'aggraver les choses.

— Peut-être devriez-vous envisager de nous prendre tous les deux, avait-elle suggéré, pour essayer de détendre l'atmosphère.

— Parlez-moi de vos recherches, avait dit Abrams, faisant comme s'il n'avait pas entendu. Où en êtes-vous ?

— Je travaille sur une nouvelle technique de dissolution des caillots sanguins. Il semble que...

— Je ne vois rien là de bien original, docteur Cairns, avait dit Clifford, l'interrompant une fois de plus. Nous connaissons tous la streptokinase, l'urokinase et les diverses autres enzymes du même type. J'ose espérer que ce projet, prétendument si novateur, ne porte pas sur ces substances.

— Je m'intéresse en fait aux problèmes liés à l'administration de ces kinases, avait répliqué Paula en essayant de ne pas s'énerver. Nous savons très bien qu'elles présentent une toxicité certaine, qu'elles peuvent entraîner d'importants saignements et, surtout, qu'elles ne sont efficaces qu'injectées dans les minutes qui suivent la formation du caillot.

— Et vous auriez, vous, trouvé le remède miracle?

— J'y travaille, en tout cas, avec mon équipe et je pense que nous sommes sur la bonne voie.

En fait, rien n'était moins sûr. Les premiers tests avaient été encourageants, mais il y avait encore beaucoup de difficultés à surmonter. Peut-être n'y parviendrait-elle pas.

— J'aurais souhaité, à ce stade de notre entretien, vous poser quelques questions plus personnelles, avait continué Abrams, mais cette circulaire qui m'a été remise par notre direction indique qu'il y a certains sujets que je n'ai pas le droit d'aborder. Je ne suis pas autorisé, par exemple, à vous demander votre âge, ce qui est stupide puisque je peux facilement le deviner, compte tenu de vos études et de votre expérience professionnelle. Je dirais, et je ne pense pas me tromper, que vous devez avoir entre trente et trente-deux ans.

Paula l'avait écouté en silence, se demandant où il voulait en venir.

— Il m'est également interdit de vous interroger sur votre situation de famille, mais comme rien ne s'oppose à ce que je regarde vos mains et que je n'y vois ni bague de fiançailles, ni alliance, il m'est aisé d'en conclure que vous êtes célibataire.

Abrams avait observé une pause, puis avait repris cette fois, sur le ton de la confidence :

— Je ne voudrais pas que vous vous mépreniez sur mes intentions. Je n'agis pas ainsi poussé par la simple curiosité, mais pour le bien du service, car, je peux bien vous le dire, notre dernière expérience avec une femme s'est révélée désastreuse.

Il avait marqué un nouveau temps d'arrêt, regardant Paula droit dans les yeux.

— Nous avons engagé, il y a environ deux ans, une certaine Barbara Leclerc, avait-il poursuivi. Elle avait toutes les qualifications requises et notre administration lui a accordé un poste, celui-là même que vous souhaitez, d'ailleurs, et ce en dépit des réticences de bon nombre d'entre nous.

Paula avait entendu certaines rumeurs à ce sujet, dès son arrivée. Elle avait enfin compris à quoi rimait toute cette comédie. Cette misogynie outrancière l'indigna.

— Le docteur Leclerc a eu, voyez-vous, une conduite des plus choquantes, pour ne pas dire scandaleuse. Elle a d'abord eu des aventures avec certains de nos internes, provoquant même un divorce, puis, ce qui est inqualifiable pour un médecin, elle a été surprise, ici à l'hôpital, dans une situation délicate avec un de ses patients. Vous comprenez donc sans peine pourquoi nous hésitons un peu à l'idée de réengager une femme et pourquoi j'ai voulu avoir cette entrevue pour en savoir un peu plus sur vous.

Paula, choquée par ces propos, n'avait pu se contenir plus longtemps.

— Je me souviens également d'avoir entendu une histoire semblable, avait-elle rétorqué, l'air faussement innocent. C'était il y a un an, je crois, mais il s'agissait d'un psychiatre, un homme du nom de Carnale, et, si je me souviens bien, il a été jugé et condamné pour avoir abusé de plusieurs de ses patientes.

Clifford était devenu écarlate. Il avait voulu riposter, mais la jeune femme ne lui en avait pas laissé le temps. Elle n'en avait pas encore fini.

— Si l'on en juge par de tels faits, vous devez aussi répugner à engager du personnel masculin, ce qui doit vous rendre la tâche très difficile.

Abrams avait accusé le coup, mais ne s'était pas démonté pour autant.

— Et s'il n'y avait que ça, docteur Cairns! avait-il repris sur un ton presque badin. Mais, par un de ces caprices dont la nature a le secret, il se trouve que ce sont les femmes qui mettent au monde les enfants. Ce qui signifie congés de maternité à répétition, changements dans les programmes de recherche et, plus ennuyeux, des sautes d'humeur et un manque total de concentration à certaines périodes du mois. Ne croyez pas qu'il s'agisse d'une critique, mais cela fait partie des nombreux facteurs que nous devons prendre en considération avant d'offrir un poste à tel ou tel candidat.

Sur ce, l'entretien avait pris fin. Paula était sur le point de sortir quand Clifford l'avait rappelée.

— Juste une dernière petite chose! Je me demandais s'il ne vous plairait pas mieux de travailler avec moi. Je dispose d'un grand laboratoire, très bien équipé, et je suis à même de vous aider à prendre un bon départ et à vous faire un nom.

— Je vous remercie, docteur Abrams, avait répondu Paula, mais je pourrais tomber enceinte ou souffrir du syndrome prémenstruel; cela m'ennuierait beaucoup de vous importuner avec de tels problèmes. Quant à ma carrière, je crois pouvoir dire qu'elle s'annonce sous les meilleurs auspices.

Abrams avait haussé les épaules, feignant d'être désolé, mais l'air toujours aussi suffisant. Paula était ensuite partie, en proie à une certaine perplexité. Avait-il essayé de la décourager pour laisser le champ libre à Charnley ou était-il vraiment misogyne? Elle avait souvent eu affaire à ces hommes, farouchement opposés à la nomination de femmes et prêts à tout pour protéger leurs privilèges, mais rien n'y faisait, elle en était à chaque fois révoltée.

3

Ouvrant la porte de son laboratoire, Paula repensa un instant à Steve Charnley. Il avait bel et bien été pressenti pour le poste, mais il avait préféré, au dernier moment, rester à Los Angeles.

Le local mis à la disposition de la jeune femme était clair et assez spacieux pour contenir tout son matériel. Mirna Jennings, sa laborantine, était en train de déballer et de ranger des produits chimiques.

— Une journaliste du *Times* a appelé, dit-elle en voyant entrer Paula. Elle voulait savoir si votre rendez-vous tenait toujours. Elle a laissé un numéro de téléphone, pour le cas où vous auriez un empêchement.

Mirna était une bonne assistante, maîtrisant bien les diverses techniques employées par Paula, mais elle avait deux gros défauts : un caractère ombrageux qui rendait parfois leurs rapports difficiles et une nette tendance à l'embonpoint qui l'handicapait dans certaines tâches.

Paula, la voyant peiner pour soulever ses cartons, alla l'aider et engagea la conversation.

— Alors, avez-vous enfin réussi à voir votre amie Jane ? demanda-t-elle.

La jeune femme en question était une infirmière, compagne de lycée de Mirna.

— Si l'on veut, répondit celle-ci d'une voix rogue.

— Comment ça?

— Nous avions prévu de déjeuner ensemble, mais, à peine arrivée, elle m'a dit qu'elle ne pouvait pas rester parce qu'il fallait qu'elle retourne à l'hôpital, ronchonna-t-elle comme si tout était la faute de Paula.

— Ce n'est pas grave, vous aurez d'autres occasions, dit cette dernière pour la réconforter.

Mirna ne daigna même pas répondre et se replongea dans ses caisses.

Paula n'insista pas, la laissant à sa mauvaise humeur, et alla s'asseoir à son bureau où une pile de courrier l'attendait : des demandes d'interviews émanant de divers magazines ainsi que de nombreuses lettres et cartes de visite de personnes intéressées par ses recherches. Le dépouillement achevé, elle alla ensuite s'installer devant son ordinateur, bien décidée à avancer dans son travail. Elle entra son code d'accès, commença à pianoter, puis s'arrêta net, incapable de se concentrer. Elle repensait à une conversation qu'elle avait eue avec son père quelques jours auparavant. Elle était allée lui rendre visite ; il lui avait demandé ce qu'elle faisait, en dehors de son travail, et s'il y avait enfin un homme dans sa vie.

— Non, papa, lui avait-elle répondu, il n'y a personne.

En fait, son métier l'accaparait. Elle n'avait guère eu le temps de penser à l'amour depuis sa rupture avec Bob, l'année passée. Ils avaient tous deux vécu des moments merveilleux dans son ranch du Nouveau-

Mexique, mais l'aventure s'était terminée quand il lui avait demandé d'abandonner ses recherches pour venir vivre avec lui. Il n'avait, hélas, pas compris que Paula attachait une grande importance à sa carrière, tout comme lui tenait à ses bêtes.

Se secouant, elle essaya de reprendre le fil de son travail, mais s'aperçut très vite qu'elle se trouvait confrontée à des problèmes encore insolubles. Elle songea, non sans effroi, qu'il lui faudrait peut-être même renoncer et reconnaître qu'elle avait fait fausse route.

Une demi-heure plus tard, d'humeur à nouveau combative, elle reprit le chemin de l'hôpital pour aller retrouver Bennett, avec qui elle avait rendez-vous. Il n'aimait pas qu'on le fasse attendre et Paula, pressée, s'engouffra dans le premier ascenseur venu. Deux étudiants, en pleine discussion, s'y trouvaient déjà. Ils s'interrompirent une seconde en la voyant entrer, puis reprirent leur conversation. Ils sortaient d'une conférence et essayaient de faire la différence entre une thrombophlébite et une phlébothrombose, deux affections du système veineux. Paula les écouta un instant, puis se rendit compte qu'ils mélangeaient tout. Elle ne put résister à l'envie d'intervenir et de leur expliquer la différence entre ces maladies, d'origine distincte, mais liées toutes deux à la présence d'un caillot dans un vaisseau sanguin. N'en ayant pas fini, arrivée à l'étage de son patron, elle invita les jeunes gens à sortir avec elle et finit son cours sur le palier, allant jusqu'à dessiner de petits croquis. Ils l'écoutèrent avec attention, très impressionnés par son savoir, puis la remercièrent avant de prendre congé.

— Tu sais qui c'était, toi? demanda l'un d'eux, intrigué, dès qu'elle eut tourné le dos.

Arrivée dans le bureau de son chef de service, Paula bavarda un peu avec Helen Katz, la secrétaire, qui travaillait avec lui depuis des années.

Un petit voyant vert s'alluma soudain au-dessus de la porte de Bennett.

— Vous pouvez entrer, lui expliqua Helen, il est encore au téléphone, mais c'est sans importance.

Maurice Bennett était en grande conversation quand Paula entra. Il lui adressa cependant un sourire et lui fit signe de s'asseoir. Distant, imposant, il inspirait une véritable terreur aux internes et aux infirmières de son service, ainsi qu'à ses élèves, mais sous cette façade se cachait en fait un homme attentif aux problèmes de ses pairs et passionné par son métier. Il luttait également avec acharnement contre tous ceux qui, dans le monde médical, usaient de pratiques malhonnêtes ou contraires à l'éthique.

Ne voulant pas paraître indiscrète, la jeune femme, après avoir pris place dans l'un des grands fauteuils, s'intéressa à la décoration de la pièce. Le mobilier était de style texan et un grand tapis Navajo, dans les tons bruns, ornait le parquet; deux magnifiques lithographies représentant des fleurs apportaient à l'ensemble une note sensuelle et tranchaient sur le beige des murs.

Maurice était toujours au téléphone. Pour passer le temps, Paula repensa à son arrivée au New Coventry Medical Center et aux relations amicales qu'elle avait vite nouées avec son nouveau patron. Elle ne savait cependant presque rien de l'homme, de sa vie privée, si ce n'est qu'il devait avoir environ cinquante ans. Par contre, elle n'ignorait rien du combat qu'il menait et du rôle prépondérant qui était le sien dans la politique de santé du pays. Il n'abordait jamais ce sujet avec ses confrères, mais tout le monde, à l'hôpital, savait qu'il avait été nommé par le président des États-Unis à la tête d'un comité chargé de rédiger un compte rendu sur les pratiques en vigueur dans l'industrie pharmaceutique. On l'avait vu récemment dans une émission à la télévision, dénonçant la corruption régnant dans les laboratoires. Il avait annoncé, à cette occasion, qu'il remettrait son rapport au Congrès dans les mois à venir et qu'une enquête officielle serait très certainement ordonnée.

Depuis cette intervention très remarquée, il courait de nombreux bruits selon lesquels il pourrait bien devenir le prochain ministre de la Santé.

Maurice raccrocha enfin et griffonna quelques notes avant de se tourner vers Paula.

— Comment va votre jeune patiente? interrogea-t-il.

— Bien, jusqu'à présent du moins, répondit Paula.

— Tant mieux! C'est vraiment triste ce qui est arrivé à ses parents, mais vous n'étiez pas encore chez nous. À ce propos, que savez-vous sur cette famille? dit Maurice en fixant Paula.

— Pas grand-chose. Je sais qu'il existe une Fondation Millway et je crois qu'on a publié récemment un article sur ses activités, mais je n'y ai pas prêté attention.

— Le *Wall Street Journal* leur a en effet consacré un papier la semaine dernière. Je l'ai même découpé car de nombreuses compagnies pharmaceutiques reçoivent des fonds de Millway. D'autre part, je m'intéresse particulièrement à ce groupe, d'un point de vue financier.

— Auriez-vous par hasard quelques actions du groupe ?

— Non, mais je pense que tout bon citoyen doit veiller à la bonne marche de ces entreprises qui fabriquent des produits ayant une influence directe sur notre environnement, qu'il s'agisse de pesticides, d'automobiles ou de substances chimiques.

Maurice se leva soudainement, ouvrit le tiroir d'un meuble de classement et revint avec un épais dossier. Il l'ouvrit, en détacha l'article qui y était agrafé et le tendit à Paula.

Elle allait en commencer la lecture quand elle remarqua que son patron souriait en la regardant. Elle leva la tête, intriguée.

— J'essayais juste de me rappeler combien il est agréable de pouvoir se passer de lunettes.

Elle acquiesça en riant et continua.

« DES PROBLÈMES POUR MILLWAY. *Les Laboratoires Millway, autrefois si florissants, connaissent aujourd'hui bien des difficultés. Lors d'une assemblée extraordinaire des actionnaires, Sam Millway, soixante-dix ans, président du groupe, a annoncé pour ce trimestre une perte de dix-huit millions de dollars, s'ajoutant à la précédente qui était déjà de sept millions. Millway a déclaré que ce déficit était dû à une baisse d'activité du secteur pharmaceutique et que l'ouverture de nouvelles succursales, opération qui avait nécessité de gros investissements, n'avait pas eu le résultat escompté. Le président a ensuite fait savoir qu'il démissionnait de son poste qu'il avait repris à la mort de son fils Hector, survenue l'année dernière, et que son second fils, Seth, trente-cinq ans, présiderait désormais aux destinées du groupe. Il a ensuite expliqué que celui-ci avait occupé différents postes au sein de la firme et qu'il était dès lors à même de la diriger. Seth Millway a alors pris la parole et informé les participants qu'une complète restructuration était en cours, que les pharmacies appartenant à la chaîne seraient progressivement fermées, que l'accent serait mis sur la recherche et qu'une nouvelle stratégie de redynamisation allait être mise en place. Répondant à la question d'un actionnaire, il a ensuite déclaré que ses efforts porteraient également sur l'obtention de nouveaux financements afin de permettre à la compagnie de reprendre une place de premier plan sur le marché international.*

Interrogée à l'issue de la réunion, Elsa Karash, porte-parole de la chambre syndicale, a indiqué que tous suivraient avec attention les progrès du groupe, mais que l'obtention des fonds nécessaires à la restructuration leur semblait bien aléatoire, étant donné l'état actuel du marché et les pertes enregistrées par la firme au cours des dix dernières années. »

Paula reposa la coupure de presse sur le bureau.

— C'est donc lui, le nouveau patron de Millway, que j'ai vu en salle d'attente après l'opération. J'espère en tout cas que, malgré tous ces problèmes, leur assurance-maladie n'a pas été résiliée, conclut-elle en riant.

Maurice sourit, mais une lueur dans son regard indiqua à la jeune femme qu'il n'appréciait guère que des relations amicales puissent se créer entre elle et cette famille. De plus, il était évident qu'il avait d'autres révélations à lui faire à ce sujet, mais qu'il préférait attendre encore un peu avant de tout lui dire.

— Parlons d'autre chose, dit-il. Je vous ai demandé de venir car nous avons un grave problème. Vous vous souvenez certainement qu'à votre arrivée je vous avais dit que je m'arrangerais pour vous obtenir une aide de l'hôpital en attendant d'autres subventions, et j'ai tenu parole.

Paula acquiesça d'un signe de tête, sentant monter en elle une certaine inquiétude.

— Malheureusement, continua Bennett, le comité d'attribution des financements a décidé, lors de sa dernière réunion mercredi, de supprimer certaines bourses accordées à des chercheurs, avec effet immédiat. Hélas, vous en faites partie.

La jeune femme était atterrée.

— Mais pourquoi? Pourquoi? dit-elle au bord des larmes.

Ayant été à rude école avec Bob Zimmerman, elle avait vite appris à dissimuler ses émotions, ce dernier n'ayant jamais raté une occasion de se moquer de sa sensibilité. Aussi parvint-elle à se maîtriser et à ne pas éclater en sanglots.

— Ils m'ont dit que ces sommes étaient en fait uniquement destinées à des scientifiques ne pouvant trouver d'autres subventions. Votre travail présentant un intérêt certain, ils ont jugé qu'il pouvait sans peine être financé par d'autres organismes, tels le N.I.H., la Hartford Foundation ou bien d'autres encore.

— J'ai déjà fait des demandes auprès de toutes ces institutions, mais vous savez bien que je ne recevrai rien avant au moins un an et demi. Alors, que suis-je censée faire en attendant ? Vendre mon corps, peut-être ?

— Brader un aussi joli capital serait une folie, murmura Maurice.

Le ton mi-sérieux mi-coquin de la remarque fit sourire la jeune femme, bien malgré elle.

— Ce que je voulais vous dire, en réalité, c'est que j'ai accès à certains fonds que je peux utiliser à ma guise. Ainsi vous pourrez poursuivre vos travaux jusqu'à ce que vous obteniez votre financement.

Il marqua une pause, regardant Paula d'un air malicieux.

Cette dernière se sentit soudain gênée d'avoir douté de lui et pensé qu'il pourrait la laisser se sortir seule d'un tel embarras.

— Quoi qu'il en soit, reprit-il, cela ne doit pas vous faire oublier que ce n'est que temporaire et qu'il est impératif que vous trouviez au plus vite des capitaux.

Le téléphona sonna et Bennett décrocha.

— Pour vous, dit-il en passant l'appareil à Paula.

C'était Donna, sa secrétaire.

— Je voulais d'abord vous rappeler que vous avez une entrevue dans un quart d'heure avec Ginna Malone, du *Times*...

— Je sais, l'interrompit Paula.

— ... et vous dire aussi que vous avez un nouveau patient, une hernie. Il voulait vous parler ; je lui ai fait croire que vous étiez en salle d'opération. Il viendra vous voir demain matin.

— C'est impossible! s'exclama Paula. Vous savez bien que je ne reçois que l'après-midi.

Donna hésita, puis émit un petit rire :

— Je suis désolée, mais il s'est montré très persuasif et je n'ai pas pu faire autrement.

— Et comment se nomme cette personne? s'enquit Paula.

— Millway, Seth Millway, dit Donna.

4

Après son entretien avec Maurice Bennett, Paula retourna en salle de réveil pour voir Nicole. La pièce était presque vide, les malades opérés le matin ayant été ramenés dans leur chambre. Nicole était tout au fond, assoupie, la jambe surélevée par un oreiller. Assommée par les calmants, elle ne se rendit pratiquement pas compte de la présence de la jeune femme. L'anesthésiste qui venait de finir de l'examiner avait donné l'autorisation de la transporter en chirurgie.

Elle était ravissante, avec ses cheveux blonds épars qui la faisaient ressembler à un ange. Paula en ressentit un petit pincement au cœur, se demandant si elle aussi, un jour, aurait des enfants. Elle songea ensuite qu'elle avait tout le temps d'y penser, mais une petite voix, traîtresse, ne cessait de lui dire que, si elle n'y prenait garde, il serait bientôt trop tard.

Repoussant ces sombres pensées, elle se pencha vers sa patiente pour vérifier que tout allait bien. Le plâtre ne lui permettait pas de procéder à des investigations approfondies, mais elle put néanmoins constater qu'il n'y avait pas de saignement et que les orteils n'étaient ni enflés, ni bleuâtres, indiquant un rétablissement normal de la circulation.

Quittant le service, Paula retourna au salon voir Sam et Charlène qui attendaient toujours, assis l'un près de l'autre. Elle bavarda un peu avec eux, leur donnant des nouvelles de leur petite-fille et leur conseillant de rentrer chez eux dès que l'enfant serait installée dans sa chambre. Ils avaient l'air épuisé.

— Voulez-vous qu'on vous raccompagne? proposa-t-elle.

— Non, je vous remercie, docteur Cairns, répondit Charlène. Nous nous débrouillerons très bien.

Paula prit ensuite le chemin de la cafétéria où l'attendait Ginna Malone, la journaliste du *Times*. Elle devait avoir une trentaine d'années et portait un superbe tailleur rouge vif.

— Je suis contente de faire enfin votre connaissance, docteur Cairns, dit-elle à Paula en refermant son ordinateur portable et en se levant. Vous êtes devenue un exemple pour beaucoup de jeunes filles depuis qu'on vous a vue à la télévision.

Quelques semaines auparavant, Paula avait participé à une célèbre émission en compagnie de deux autres femmes, une avocate et un commandant de bord, qui, comme elle, exerçaient des métiers naguère réservés aux hommes.

— Cela m'a valu beaucoup de courrier, rétorqua la jeune femme en riant. Mais pas toujours très gentil. Beaucoup m'ont écrit que je ferais mieux de rester chez moi et d'élever des enfants au lieu de travailler. Les autres lettres, dans leur grande majorité, renfermaient des propositions et demandes diverses.

— De mariage ? s'enquit Ginna.

— Entre autres, fit Paula, l'air canaille.

Ayant repris leur sérieux, les deux femmes s'installèrent à une table et Ginna sortit un petit magnétophone qu'elle posa près d'elle.

— Si vous êtes prête, je crois que nous allons pouvoir commencer, fit-elle. Je vous propose, dans un premier temps, de parler un peu de vous, puis d'aborder le thème de vos recherches, si vous en êtes d'accord, naturellement.

Paula hocha la tête.

— Où êtes-vous née ?

— À Brookline, Massachusetts, puis nous nous sommes installés à Penobscot, dans le Maine. Mon père était violoniste et a longtemps fait partie du Boston Symphony Orchestra.

Tout en parlant, Paula revoyait cette nuit où Norman Cairns, son père, était rentré bien après le concert, légèrement éméché. Le programme, ce jour-là, comportait en seconde partie la *Sixième Symphonie* de Malher. Norman s'était toujours vanté d'être le seul à pouvoir comprendre l'œuvre du célèbre compositeur, un de ses oncles ayant travaillé avec lui. C'est pourquoi, lors de la répétition, il avait contesté les directives du chef d'orchestre. Les deux hommes en étaient presque venus aux mains et, conséquence directe de l'incident, Norman, après le concert, avait été convoqué chez le directeur qui lui avait signifié son renvoi. La famille Cairns était ensuite partie pour le Maine où le père avait trouvé un poste de professeur de musique. Il était à présent à la retraite mais donnait toujours, à titre privé, quelques leçons à de jeunes élèves.

— Je suppose que votre papa compte beaucoup pour vous, pour que vous en parliez ainsi, avec une telle spontanéité.

— Un père a toujours énormément d'importance pour sa fille, répliqua Paula qui avait soudain le sentiment d'en avoir trop dit.

— Pas pour moi, fit Ginna en pinçant les lèvres, comme si un lourd secret pesait sur sa conscience. Et votre maman?

La mère de Paula avait été une femme élégante, à l'allure élancée, jouant du violoncelle à merveille, mais hélas dénuée de toute forme d'humour. De plus, elle avait toujours été jalouse de la carrière de son mari et de sa complicité avec leur fille.

— Elle était institutrice et ses élèves l'aimaient autant qu'ils la respectaient.

— Et vous? Que faisiez-vous, par exemple, lorsque vous n'étiez pas à l'école?

— En général, si je ne grimpais pas aux arbres ou si je ne me bagarrais pas avec notre petit voisin, je me mettais au piano. Nous jouions d'ailleurs souvent ensemble, mes parents et moi. Nous avons même enregistré un disque, mais je vous rassure tout de suite, il n'est jamais passé à la radio.

— Comment se fait-il, dans ces conditions, s'enquit alors Ginna, que vous n'ayez pas choisi de faire de la musique votre métier?

— J'y ai songé, répondit Paula. J'ai même fait un an de conservatoire, mais, comme je n'avais aucun talent, je me suis orientée vers la médecine.

La journaliste la regarda droit dans les yeux. Elle savait, par expérience, que son interlocutrice ne lui disait pas toute la vérité, mais n'insista pas, attendant que la confession vienne d'elle-même.

— J'avais presque fini ma première année quand quelque chose de terrible est arrivé à ma mère, fit Paula, un peu hésitante.

Elle n'aimait pas beaucoup parler de cette période de son existence, mais se força à continuer.

— Maman était une femme d'une grande force de caractère, toujours très calme. Aussi je fus stupéfaite, un soir où elle m'appelait à New York, de l'entendre me raconter des histoires invraisemblables au sujet de nos voisins pour finir par me raccrocher au nez. Ce n'était pas du tout son genre. Elle me téléphonait généralement pour me demander si je faisais bien trois repas par jour, si je mangeais des légumes, si je fermais ma porte à clé le soir ou pour me mettre en garde contre d'éventuelles avances de mes professeurs.

— Qu'était-il arrivé? Pourquoi se comportait-elle ainsi?

— J'étais très inquiète et j'ai décidé d'appeler mon père pour lui demander des explications. Il me répondit qu'elle se conduisait bizarrement depuis deux jours, un peu comme si elle avait bu. Notre médecin de famille était venu l'examiner mais avait affirmé à mon père qu'il ne s'agissait que d'un peu de surmenage et qu'elle se rétablirait très vite. Malheureusement, elle fit deux attaques coup sur coup, le lendemain, et on dut la transporter à l'hôpital. Là, des spécialistes diagnostiquèrent la présence d'un caillot dans une artère, au niveau du cerveau, et informèrent mon père qu'ils ne pouvaient rien pour elle. Je revins donc de toute urgence à la maison pour m'occuper d'elle. Son état s'aggrava de jour en jour. Elle ne pouvait plus parler, était incontinente, à demi paralysée. Elle nous quitta à l'âge de quarante-deux ans, après huit mois d'un affreux calvaire.

— Vous avez donc décidé, après cette tragédie, de vous consacrer à la médecine?

— Oui.

— Et c'est sans doute pourquoi vous vous êtes intéressée plus spécialement aux problèmes vasculaires?

— En effet, et cela m'a hantée pendant toutes mes études.

— J'ai lu plusieurs articles sur vos recherches, poursuivit Ginna. Il semblerait que vous ayez fait une découverte sensationnelle. Vous seriez sur le point de synthétiser une substance qu'aucune grande université ou laboratoire pharmaceutique n'a encore réussi à produire, en dépit des énormes moyens dont ils disposent.

— Il nous reste encore beaucoup à faire, répliqua Paula, faussement modeste, mais nous sommes sur la bonne voie.

— Il s'agirait d'une combinaison de plusieurs enzymes qui, injectée en intraveineuse, dissoudrait ces fameux caillots.

— C'est à peu près cela, dit Paula, laconique.

Compte tenu des difficultés qu'elle rencontrait, elle ne voulait pas trop s'avancer et risquer peut-être de se trahir.

L'heure tournait. La journaliste en vint à l'aspect financier de la question.

— D'après ce que j'ai pu comprendre, vos recherches, si elles aboutissent, constitueront une véritable mine d'or pour qui les exploitera. Si vous arrivez, comme vous le dites, à supprimer les caillots et même à prévenir leur formation, vous aurez mis au point un remède fabuleux contre les crises cardiaques, les attaques cérébrales, les phlébites et que sais-je encore. Cela pourrait sauver des millions de vies humaines chaque année. Alors, qui, dans l'histoire, récoltera tous les bénéfices ? Vous ?

— En aucun cas, répondit Paula, prudente, et je tiens à souligner que, si mes efforts sont couronnés de succès, je n'aurai pas pour autant trouvé la panacée. J'ajouterai que je ne suis pas la seule à m'intéresser à ce problème et que des centaines de personnes, à travers le monde, y consacrent tout leur temps. Quant à l'argent... Je souhaite qu'il puisse me permettre d'étendre mes recherches à d'autres projets qui me tiennent à cœur, comme amener l'organisme à produire ses propres enzymes, chacune ayant des fonctions bien spécifiques, et ainsi pallier, par exemple, leurs déficiences d'origine hépatique ou rencontrées dans d'autres affections du même type dont certains bébés sont atteints à la naissance.

— Vraiment fascinant, s'extasia Ginna en prenant des notes à toute vitesse pour ne rien perdre des propos de son interlocutrice.

Paula regarda sa montre. Elle s'inquiétait pour Nicole, sachant que certaines complications pouvaient apparaître dans les premières heures suivant l'intervention.

— Je suis désolée, dit-elle à la journaliste, mais je dois aller voir une de mes malades.

— Je vous en prie. Je n'avais pas d'autre question,

fit Ginna en se levant. Je suis ravie d'avoir pu vous rencontrer et parler de votre travail. Je pense que l'article devrait sortir d'ici un mois, mais je vous tiendrai au courant.

Les deux femmes se saluèrent et Paula rejoignit son service. Ce faisant, elle croisa Ken McKinley. Il avait l'air épuisé et soufflait comme s'il venait de courir un marathon.

— Des ennuis? interrogea-t-elle.

— Non, répondit Ken, mais je dois retrouver mon équipe en salle d'opération. Chris Engel assiste un des internes. C'est une hernie, vous voulez venir?

— Pourquoi pas, fit Paula. Comme ça, vous pourrez vous reposer un peu et je m'assurerai que tout se passe bien.

— Non, ça ira, merci.

Le département de chirurgie était situé au quatrième étage du bâtiment principal, où une passerelle menait du secteur public de l'hôpital au secteur privé.

Ils firent d'abord un tour par la salle de repos des médecins où se trouvaient déjà plusieurs personnes dont certaines étaient inconnues de Paula. Ken fit donc les présentations. Tous ces messieurs, puisqu'il n'y avait que des hommes, se montrèrent très polis, mais il était clair que la présence d'un collègue du sexe faible les mettait mal à l'aise. Un seul d'entre eux, bronzé et fort séduisant, âgé d'environ quarante ans, fit preuve de courtoisie et se leva quand Ken en arriva à lui.

— Voici le docteur Walter Eagleton, l'un de nos plus brillants chirurgiens, fit Ken.

— Soyez la bienvenue, docteur Cairns, répondit Eagleton en regardant la jeune femme avec un intérêt non dissimulé. Comme vous pouvez le voir, c'est ici que nous passons le plus clair de notre temps, à attendre qu'une salle d'opération se libère.

— Ne vous plaignez pas, dit Gabriel Pinero, un des anesthésistes de l'hôpital. Vous ne patientez jamais bien longtemps.

Pinero, que Paula avait déjà rencontré, était de petite taille et avait le visage sillonné de rides.

— Les infirmières deviennent comme folles dès qu'il apparaît et se mettent en quatre pour lui trouver de la place. Et qui en fait les frais ? Nous autres, ajouta-t-il avec un bon sourire.

Il réalisa soudain qu'il avait peut-être fait une gaffe en parlant ainsi des femmes et que cela pourrait passer, aux yeux de Paula, pour de la misogynie. Très gêné, il piqua un fard.

— Pinero exagère toujours, enchaîna Eagleton avec un air malicieux, comme pour détourner l'attention. Ses veines bouillonnent de sang italien !

Il fit une pause, puis reprit sur un ton ironique :

— Voyez-vous, docteur Cairns, nous autres chirurgiens du privé sommes peu gourmands et savons très bien nous contenter des restes que vous, éminents universitaires, avez la bonté de nous laisser.

Tous s'esclaffèrent, y compris Paula, mais elle réalisait qu'il existait bel et bien un fossé entre les deux secteurs, public et libéral, et que ces mondes, forcés de cohabiter, ne s'appréciaient guère.

Paula et Ken prirent ensuite congé. Eagleton regarda la jeune femme s'en aller, se tourna vers Pinero pour lui dire quelque chose mais se ravisa et retourna à son journal.

Paula, en parcourant les couloirs, se rappelait sa première visite dans le service, en compagnie de Ken, justement, qui avait été chargé de la piloter dans tout l'établissement.

La surveillante, une femme d'âge mûr aux cheveux gris du nom de Karen White, s'était confondue en excuses en la voyant arriver.

— Je suis vraiment désolée, docteur, mais il vous faudra utiliser le vestiaire des infirmières car rien n'a été prévu pour la venue d'une femme chirurgien. Mais qui sait, peut-être cela changera-t-il? avait-elle conclu avec un sourire.

— Cela serait bien étonnant, avait murmuré Ken.

Parvenue devant ce fameux local où elle devait toujours se changer, Paula entra. La pièce était tout en longueur et sans fenêtre. Des rangées de casiers métalliques s'alignaient, séparées par des bancs, tandis qu'une table et quelques chaises complétaient l'ameublement.

Des uniformes, de couleur verte, des bonnets et des bottines en papier étaient rangés sur des étagères, à la disposition du personnel, tandis que deux grands paniers à linge, disposés de part et d'autre de l'entrée des douches, attendaient les vêtements sales.

Paula se saisit d'un ensemble, veste et pantalon, et ouvrit son placard. Elle se déshabilla, ne gardant que son slip et son soutien-gorge, passa sa tenue, puis accrocha ses propres effets au portemanteau en songeant qu'il lui faudrait apporter quelques cintres et diverses autres choses dont elle pourrait avoir besoin. Son casier, comparé à celui de Columbia où elle pouvait entasser, pêle-mêle, des produits de toilette, du maquillage, des vêtements de rechange, des stylos et divers documents, radios et formulaires relatifs à ses anciens patients, était en effet bien vide.

Enfin prête, elle se dirigea vers le bloc opératoire. Celui-ci était composé de quatorze salles, en plus des installations annexes.

Ken l'attendait dans le couloir, devant la salle n° 4, observant l'intervention en cours.

À l'intérieur, plusieurs personnes, gantées et masquées, s'affairaient. Des infirmières préparaient des instruments ou sortaient des médicaments, tandis que la lumière crue du scialytique se reflétait sur les champs stériles dont le patient, pratiquement invisible, était recouvert. L'anesthésiste, qui venait de mettre en place une perfusion dans le bras droit du malade, dit quelques mots au chirurgien ; celui-ci se recula. Pendant ce temps, un des assistants avait découvert le bras gauche de l'homme, mis un garrot, puis préparé un autre goutte-à-goutte. Un petit voyant rouge clignotait sur le moniteur, au-dessus de l'appareil de narcose.

Tout semblait normal, mais Paula, d'expérience, bien qu'elle ne pût entendre ce qui se disait, comprit qu'il y avait un problème.

— Allons voir, dit-elle à Ken qui s'était aperçu, lui aussi, que quelque chose ne tournait pas rond.

Dans la salle, une alarme retentissait. Un des médecins dut hurler pour demander à une infirmière de se rendre de toute urgence au centre de transfusion.

— Que se passe-t-il? demanda Ken à Chris Engel.

Paula lui jeta un bref coup d'œil avec pitié. Il était très pâle, l'air navré, pensant sans doute que tout ce qui arrivait était sa faute.

— La tension baisse..., dit tout à coup l'anesthésiste regardant ses écrans. Elle est descendue à 6...

— Tout allait bien. Bob venait de finir et nous en étions aux sutures quand..., commença Chris choqué, mais soulagé, somme toute, de la venue de son chef.

Celui-ci, trop fatigué pour juger de la situation, préféra s'en remettre à Paula.

— Qu'en pensez-vous, docteur Cairns?

— Y a-t-il eu un saignement anormal? s'enquit la jeune femme d'une voix aussi calme et rassurante que possible.

— Non, pas plus que d'habitude.

— Pas de changement par rapport à l'électrocardiogramme préopératoire? demanda-t-elle à l'anesthésiste en observant les divers moniteurs.

— Non, tout était normal. Aucun signe d'insuffisance, mais nous venons de faire des prélèvements, pour être sûrs.

Paula ne voulait pas mettre Ken dans l'embarras, surtout devant son équipe, mais la vie d'un homme était en jeu et il fallait agir, et vite.

— À mon avis, fit-elle, mais je ne sais pas si vous serez d'accord avec moi, il y a un problème au niveau de l'artère fémorale. Vous devriez demander à Chris d'ôter toutes les sutures, puis de comprimer l'aine. Pendant ce temps-là, j'irai me préparer en vitesse, mais j'apprécierais vraiment que vous veniez m'aider. À nous deux, nous pourrons régler cette histoire en un rien de temps.

Sans même lui laisser le loisir de répondre, elle l'entraîna dans le couloir. Ils procédèrent ensuite au traditionnel brossage des mains et des bras, moins longtemps toutefois que ne l'imposaient les règles d'asepsie, car chaque minute comptait.

Cette tâche accomplie, ils retournèrent dans la salle d'opération en prenant bien garde de ne rien toucher, ruisselant encore d'eau savonneuse, puis enfilèrent blouse et gants.

Chris, qui était toujours auprès du patient, suivant à la lettre les ordres de Ken, s'écarta pour leur laisser la place.

— Ken, vous allez appuyer sur la cuisse en amont de l'incision, et vous, Chris, en aval. Très fort! ordonna Paula.

Elle fit un petit signe d'encouragement au jeune homme qui semblait de plus en plus mal à l'aise. Elle savait, pour avoir été confrontée à une situation similaire, comme d'ailleurs la plupart des chirurgiens débutants, combien cela était pénible.

L'hémorragie interne s'étant arrêtée, Paula rouvrit la plaie pour retrouver l'artère lésée. Celle-ci, heureusement, n'avait pas été sectionnée, mais perforée par l'un des points de suture.

— Très bien, fit-elle, son examen terminé. À vous maintenant, Chris.

Elle s'efforça ensuite, durant toute l'intervention, non pas de lui donner des ordres, mais de le guider, lui demandant par exemple s'il comptait utiliser tel type de catgut, fil qui, bien entendu, était le plus approprié dans ce cas précis.

Une fois la circulation rétablie sous la férule bienveillante de Paula, Chris, qui avait retrouvé un peu d'assurance, put enfin refermer la plaie, sans incident cette fois.

À l'issue de l'intervention, Ken, d'habitude si soumis, reprocha à la jeune femme d'avoir laissé Chris opérer. Il lui fit remarquer que tout aurait été fini depuis au moins un quart d'heure s'ils s'en étaient chargés tous les deux.

— Je sais bien, Ken, lui répondit Paula pour le calmer, mais il faut voir le bon côté des choses. Chris, maintenant, saura quoi faire si un problème similaire se représente un jour. À présent, il faut que j'aille vite voir ma petite malade, Nicole Millway. Vous voulez m'accompagner ?

5

Le lendemain matin, un peu avant dix heures, Paula se rendit au pavillon des consultations pour son rendez-vous avec Seth Millway. Le bâtiment, l'un des plus anciens du centre hospitalier, devait être bientôt rénové ; en attendant, il ressemblait plus à un édifice promis à la démolition qu'à un temple de la médecine. Paula, comme tous les chirurgiens, y disposait d'un petit bureau et d'une salle d'examen, tout aussi délabrés que le reste des installations.

Lorsque Seth fit son entrée, Paula, qui ne l'avait vu que très brièvement lors de leur première rencontre, s'aperçut qu'il ne ressemblait guère à son père. Sam était petit, mince, le visage très pâle et allongé. Seth, lui, faisait plus d'un mètre quatre-vingt-dix. Il arborait un superbe bronzage et ses traits, réguliers, lui auraient permis d'être modèle ou de faire de la télévision. Il était, de toute évidence, conscient de cet avantage, et la jeune femme songea qu'il devait attacher une grande importance à son apparence et faire beaucoup de sport.

— Entrez ! Asseyez-vous, je vous en prie, lui dit-elle

en lui montrant l'affreuse chaise en plastique orange devant sa table.

Seth prit place et Paula put l'observer plus en détail. Il portait une chemise de couleur claire dont le col ouvert laissait voir une chaîne en or, un pantalon marron et de beaux mocassins italiens. À son poignet brillait une grosse Rolex en or et les effluves d'une eau de toilette de renom flottaient dans l'air. Cette image ne correspondait en rien à l'idée que l'on se fait d'un homme qui vient de reprendre la direction d'un grand groupe industriel. Tout en lui respirait l'opulence et l'argent facile, quand bien même les temps avaient changé : la famille Millway, comme Paula l'avait lu dans le *Wall Street Journal*, avait perdu la presque totalité de sa fortune.

Ils bavardèrent de choses et d'autres pendant quelques instants, puis Paula lui demanda ce que l'on éprouvait, ainsi placé à la tête d'une telle compagnie.

— Un tel poste ne doit pas être facile à assumer, ajouta-t-elle, surtout lorsqu'on est le fils du patron.

— Le plus difficile pour moi, jusqu'à présent, a été d'essayer de réparer les erreurs qui ont été commises, jour après jour, depuis vingt ans, dit-il d'un ton sec.

La dureté de ces propos choqua la jeune femme. Comment pouvait-il parler ainsi de son père? Elle en aurait été incapable, quoi que le sien ait pu faire.

Voyant l'expression de son visage, Seth sourit.

— Je sais, je ne devrais pas dire de telles choses, fit-il. Papa a fait de son mieux et mon frère aussi, je suppose, mais remettre la machine en route, dans de telles conditions, n'a rien de très facile...

Il marqua une pause, regarda Paula et réalisa que

non seulement elle était très attirante mais qu'il était tentant de se confier à elle. Néanmoins, il était venu dans un but bien précis et ne devait pas se laisser détourner de son objectif.

— Je ne sais pas si mon père vous en a parlé, dit-il, se reprenant, mais je suis également le président de la Millway Foundation. Mes parents ont créé cette institution, par ailleurs indépendante de nos laboratoires pharmaceutiques, afin d'aider la recherche médicale et plus spécialement des scientifiques dont les travaux présentent un intérêt réel pour l'avenir des malades.

— On en dit beaucoup de bien, répondit Paula, assez évasive. Mais pour en revenir à votre groupe, j'ai lu que vous envisagiez une complète réorganisation. Est-ce vrai ?

— C'est exact, en effet. Nous souhaitons lancer de nouveaux produits et toucher les marchés internationaux. Une refonte totale s'impose ; je pense que toutes ces réformes ne porteront leurs fruits que dans une dizaine d'années.

Tout en parlant, il ne quittait pas Paula des yeux, cherchant à deviner les formes qui se cachaient sous la stricte blouse blanche.

— Je vous crois volontiers, dit cette dernière un peu embarrassée par cet intérêt soudain. Si nous...

— J'ai lu beaucoup de choses sur votre travail, dit Seth, lui coupant la parole avec une certaine goujaterie. Aussi, après avoir fait votre connaissance, l'autre jour, j'en ai discuté avec les experts de la Fondation qui m'ont expliqué qu'il pourrait bien s'agir d'une découverte capitale pour la médecine. Je me suis dit que c'était là le type même de recherches que nous

nous devions d'aider. Je suppose que vous avez déjà reçu de nombreuses offres de financement, toutes très alléchantes, n'est-ce pas?

— Pas encore, répondit Paula un peu surprise. Mais nous en reparlerons un autre jour, si vous le voulez. Vous avez bien dit à ma secrétaire que vous souffriez d'une hernie, n'est-ce pas?

Le regard de Seth se durcit. Il n'appréciait pas, semblait-il, qu'on le contrarie, et Paula pensa qu'il ressemblait à tous ces hommes qu'elle avait rencontrés, habitués à voir leurs ordres obéis sans discussion, séduisants, sûrs d'eux et se croyant invincibles.

— Ça ne doit pas être grave, déclara Seth, soudain plus aimable, mais la semaine dernière, alors que je soulevais des haltères, allongé sur le dos, j'ai senti quelque chose dans l'aine, à droite. Cela faisait comme une boule, mais elle a disparu par la suite. Hélas, à présent, elle revient chaque fois que je fais des abdominaux ou de la musculation. C'est assez ennuyeux.

— Avez-vous déjà consulté?

— J'en ai parlé à mon médecin de famille qui m'a conseillé de voir un chirurgien. Et me voilà.

— Est-ce que c'est douloureux? interrogea Paula.

— Pas vraiment. Je dirais plutôt que c'est une sensation assez curieuse, mais tout à fait supportable.

— Vous n'avez pas d'autres ennuis de santé?

— Non, répliqua-t-il en se redressant comme pour faire valoir sa musculature. Je fais du culturisme, du jogging et beaucoup de natation. Ma tension est normale et mon cœur bat à soixante pulsations par minute.

— Cela me semble parfait, dit Paula en appuyant sur un bouton. Mon assistante va vous donner un peignoir et vous pourrez vous déshabiller. Je vous retrouve dans mon cabinet.

Seth hésita un instant, puis se leva et sortit.

Paula, après avoir noté quelques renseignements dans son dossier, le rejoignit dans la salle d'examen. Il avait vraiment un physique impressionnant, le fait n'échappa pas à l'infirmière qui le dévorait des yeux. Elle lui demanda de s'allonger et inspecta son abdomen, à droite, puis à gauche.

— Vous m'avez bien dit que c'était là, dans l'aine?

— Oui, ici, répliqua Seth en montrant l'endroit où la boule avait surgi.

— Voulez-vous essayer de contracter vos muscles, peut-être se manifestera-t-elle? dit Paula en continuant sa palpation, sans résultat. Vous pouvez arrêter maintenant, monsieur Millway. Levez-vous, s'il vous plaît.

— Seth, répliqua-t-il en se redressant d'un mouvement souple.

Cette masse de muscles en mouvement fascinait l'infirmière. Il était évident qu'elle aurait bien aimé être à la place de Paula pour pouvoir, elle aussi, promener ses mains sur ce corps somptueux.

— Toussez, ordonna la jeune femme.

Seth obtempéra.

— Encore. Plus fort cette fois.

Ne trouvant, malgré ses efforts, aucune protubérance, Paula se redressa.

— Je ne vois rien d'anormal, monsieur Millway. Il semblerait bien, d'après ce que vous m'avez dit, qu'il s'agisse d'une hernie, mais je ne la sens pas.

Elle fit une nouvelle tentative pour localiser la grosseur, puis abandonna.

— N'hésitez pas à revenir si elle réapparaît, conseilla-t-elle.

Tout en prononçant ces mots, elle se dit, non sans une certaine appréhension, que si Seth allait consulter un autre médecin de l'hôpital, peut-être Walter Eagleton, celui-ci, apprenant que Paula n'avait rien trouvé, diagnostiquerait sur-le-champ une hernie et la tournerait en ridicule.

— Bien sûr, il pourrait s'agir d'une inflammation d'un ganglion lymphatique, ce qui expliquerait le gonflement. Quoi qu'il en soit, ne faites pas trop de sport et surveillez vos fonctions intestinales.

Seth n'avait pas l'air du tout déçu que Paula n'eût rien décelé et semblait même plutôt satisfait.

N'ayant pas d'ordonnance à rédiger, ni d'autres conseils à lui donner, Paula le laissa se rhabiller et retourna dans son bureau. Elle le croyait sorti depuis quelques instants quand elle le vit entrer dans la pièce.

— Je n'ai pas eu l'occasion de vous remercier d'avoir sauvé la jambe de Nicole, fit-il en s'asseyant sans façon en face de la jeune femme. Elle a eu beaucoup de chance que vous vous soyez trouvée là.

— Ce n'était pas grand-chose, je vous assure, dit Paula en levant les yeux du dossier sur lequel elle transcrivait le résultat de l'examen.

— Et vous avez été très aimable, très professionnelle avec moi, tout à l'heure, reprit Seth. J'aimerais beaucoup vous inviter à dîner, la semaine prochaine, si vous êtes libre.

Paula posa son stylo, s'adossa à son fauteuil et regarda son interlocuteur bien en face.

— C'est très aimable à vous, mais j'ai beaucoup

trop de travail en ce moment pour avoir le temps de sortir. De plus, je n'entretiens jamais de relations personnelles avec mes patients.

— Je n'en fais plus partie, déclara Seth avec un sourire triomphant, puisque vous n'avez rien trouvé d'anormal !

— Seth, je vous en prie, répliqua Paula. C'est gentil, mais je suis vraiment trop occupée.

— D'accord. Mais qui sait... peut-être plus tard, dit-il, toujours suffisant. Quoi qu'il en soit, je vous rappellerai pour que nous discutions d'un éventuel financement de vos travaux. Vous pourriez alors avoir un peu de temps à me consacrer.

— Nous verrons, dit Paula qui avait hâte qu'il s'en aille. En attendant, prenez soin de vous et avertissez-moi si cette grosseur réapparaît.

Après son départ, elle demeura songeuse. Elle se demandait si ce mal dont il s'était plaint était réel ou s'il s'agissait d'un prétexte pour la rencontrer. Les hernies ne se manifestent pas, en général, de cette manière, et jamais en tout cas à l'endroit indiqué. Pourquoi alors avait-il feint d'être malade? Qu'est-ce que cela cachait?

Quant aux subventions que la fondation pourrait lui accorder, elle serait ravie d'en discuter avec lui autour d'une table, mais dans un bureau et non au restaurant.

L'heure tournait. Paula quitta le service des consultations pour aller faire sa visite, et Seth fut vite oublié. Nicole, bien entendu, fut la première qu'elle alla voir. Elle trouva l'enfant assez agitée, dans un demi-sommeil, souffrant de sa jambe plâtrée qui pendait hors du lit. Ken, qui assistait Paula, suggéra de lui donner un calmant, mais la jeune femme estima que c'était inutile. Elle se contenta de tapoter les oreillers, de lisser les draps froissés, de reposer le pied blessé sur les coussins et d'arranger la chemise de nuit de la fillette qui s'était enroulée autour d'elle. L'équipe au grand complet repassa au bout de vingt minutes, la tournée achevée, et découvrit l'enfant paisiblement endormie. Tous, stupéfaits, se promirent de ne jamais oublier que de simples gestes et un peu d'attention suffisent parfois à remplacer les médicaments et à atténuer les souffrances d'un patient.

6

Sur le chemin du Millway Building, situé dans le quartier des affaires de New Coventry, Seth tentait de mettre de l'ordre dans ses idées. Il avait un important rendez-vous avec un homme venu de Boston, mais n'arrivait pas à chasser Paula de son esprit. Sa curiosité avait été piquée dès leur première rencontre, mais une curiosité professionnelle avant tout, et c'était là la raison qui l'avait conduit à l'hôpital.

Il regarda sa montre. La réunion commençait dans quinze minutes, ce qui lui laissait le loisir de revoir les diverses possibilités qui s'offraient à lui. La Millway Industries était en difficulté depuis de nombreuses années, mais la situation s'était soudain aggravée, quelques mois auparavant, quand il avait fallu contracter de toute urgence un prêt à un taux exorbitant pour acquitter les multiples arriérés. Walford, une grosse société chimique, avait ensuite racheté tous les magasins du groupe, mais la transaction s'était faite si vite et en de tels termes que le bénéfice réalisé avait à peine suffi à rembourser les banques et les divers organismes de crédit. Ceux-ci, une fois rentrés dans leurs frais, s'étaient bien entendu refusé à leur accorder de nouveaux concours.

Seth serra les dents et s'arrêta, *in extremis*, à un feu rouge qu'il avait failli brûler, plongé dans ses pensées. Depuis des années, il avait mis en garde son père, puis son frère, contre l'inéluctable faillite.

Ils n'avaient, hélas, rien voulu entendre, jusqu'au jour où les créanciers s'étaient faits pressants et où il avait fallu se rendre à l'évidence. Il ne lui restait plus aujourd'hui qu'à tenter de recoller les morceaux, en quémandant à droite ou à gauche. Au problème pécuniaire s'ajoutait la nécessité de changer toute l'équipe dirigeante et de revoir la politique de l'entreprise. Les Laboratoires Millway, qui s'étaient fait connaître principalement pour leurs médicaments antimigraineux, avaient ensuite mis au point un procédé permettant de produire sous forme de comprimés des spécialités comme la pénicilline ou diverses hormones, ce qui constituait une véritable innovation. La compagnie en avait tiré d'énormes bénéfices et figurait en bonne place sur le marché mondial avant d'être détrônée par d'autres laboratoires, suisses ou britanniques pour l'essentiel. Seth souhaitait moderniser la firme familiale, trouver de l'argent pour la faire vivre avec son temps, mais, chaque fois, il se heurtait au refus des investisseurs potentiels qui considéraient Millway comme la brebis galeuse de l'industrie pharmaceutique. Les actions avaient baissé dans des proportions inquiétantes et, à Wall Street, on disait que la société ne tarderait pas à mourir de sa belle mort ou à être rachetée par un concurrent.

L'homme qu'il allait rencontrer était donc son dernier espoir. Il s'appelait Coletti et son nom était bien connu des milieux financiers. Il avait la réputation d'être à la tête de capitaux considérables et, en cas de besoin, de savoir où trouver les fonds manquants, fussent-ils d'origine douteuse. De plus, on pouvait le deviner, il ne s'engageait jamais sans prendre de sérieuses garanties. Seth savait que l'opération n'était pas sans risque, mais il n'avait pas le choix. Il avait donc pris contact avec lui, sans en informer son père, car cet homme de principes aurait poussé les hauts cris. Coletti, devinant que Seth était aux abois, comme tous ceux d'ailleurs qui avaient fait appel à lui, avait accepté de venir le voir.

Lorsque Seth entra dans la salle d'attente où patientait Vincent Coletti en compagnie d'un autre homme, il fut très étonné de découvrir que Coletti était beaucoup plus âgé qu'il ne l'avait imaginé. Ses yeux étaient marron foncé et de profondes rides marquaient ses joues. Il portait un complet noir, très strict, et une chemise blanche. Ses chaussures étincelaient. Seule la fine rayure rouge de sa cravate bleu foncé apportait une petite note de fantaisie à l'ensemble. Enfin, chose surprenante, sa voix avait des accents rocailleux de docker ou de camionneur, assez incongrus chez un riche financier.

Les deux hommes se serrèrent la main. Coletti, à son tour, parut un peu déconcerté par l'allure de Seth ; il ne correspondait pas à l'image qu'il s'était faite du nouveau directeur de la très respectable société Millway.

— Je vous présente Mike Petras, un de mes associés, dit Vincent en désignant l'individu qui l'accompagnait.

Seth songea aussitôt que l'inconnu, avec son nez de boxeur, ses cheveux gominés et sa carrure imposante, tenait plus du garde du corps que de l'homme d'affaires.

Les présentations terminées, Seth et Vincent passèrent dans la salle de réunion, suivis de Mike qui portait l'attaché-case, noir lui aussi, du financier.

Tous trois prirent place autour de la grande table, tandis qu'une secrétaire apportait divers documents et registres.

— Nous n'aurons pas besoin de tout ceci, dit Vincent. Je sais déjà beaucoup de choses sur vous, monsieur Millway. Si d'autres renseignements s'avèrent nécessaires, je vous les demanderai.

Seth, qui ne s'attendait pas à ce que Vincent soit si bien informé, comprit son erreur lorsque Mike déposa la mallette devant son patron et que celui-ci en sortit un volumineux dossier.

— Je n'investis pas dans des produits ou des idées, fit Vincent. Ce qui compte pour moi, ce sont les hommes. Si je crois en eux, je marche avec eux.

— Je suis parfaitement d'accord avec vous, dit Seth en hochant la tête. J'ai toujours pensé que...

— Personne ne vous demande votre avis, rétorqua Vincent d'une voix glaciale. C'est mon argent qui est en jeu. Connaissez-vous l'agence de détectives Caldwell?

Seth, vexé, acquiesça d'un signe de tête.

— Je leur ai demandé de faire une petite enquête, dit Vincent, et il en ressort que vous avez la réputation d'être un homme violent. Si j'en crois le présent rapport, vous avez, à l'âge de dix-huit ans, roué de coups une jeune Noire, la laissant pour morte. Vos parents ont dû dépenser une véritable fortune pour vous sortir du pétrin et éviter les poursuites. On aurait pu tenir cet exploit pour un péché de jeunesse, mais vous avez récidivé, deux ans plus tard, et vous vous en êtes sorti encore une fois grâce à papa-maman. En fait, je me fiche de toutes ces histoires ; mais je voulais simplement que vous sachiez que je n'ignore rien de vous. Je pense cependant que cela n'était guère malin de votre part et que vous avez eu une sacrée chance de vous en tirer si bien. Mais revenons à nos affaires.

Vincent posa à Seth une foule de questions. De quelles liquidités disposez-vous ? Quels sont vos délais de règlement ? Avez-vous des crédits en cours, à long ou à court terme ? Depuis combien de temps n'avez-vous pas versé de dividendes ? Qui sont vos principaux actionnaires ? Quel est votre rapport cours/bénéfices ?

Vincent fit une pause, puis continua.

— Quelle est la part de votre budget pour le poste recherche et développement ?

— Par rapport au revenu brut ? Environ 1,5 %, répondit Seth. Nous sommes allés jusqu'à 5 %, il y a quelques années, mais aujourd'hui...

— Ne vous fatiguez pas, je suis au courant. C'est la même chose pour tout le monde. Les premières coupes claires commencent toujours par là.

Ayant appris tout ce qu'il voulait savoir, Coletti s'adossa à son fauteuil et fixa Seth longuement, ce qui le mit mal à l'aise.

— Je vais vous dire ce que je pense, Seth. Vous êtes bel et bien dans la merde. Vous n'avez aucune liquidité pour payer vos débiteurs et, surtout, pas un seul produit qui sorte de l'ordinaire. Vous fabriquez la même chose que vos concurrents. Quant à vos chercheurs, on peut dire qu'ils ne valent pas tripette. Pas un seul produit nouveau en quinze ans. Un sacré exploit, non? Un journaliste, un jour, a comparé votre société à un géant endormi. Moi, je dirais plutôt qu'il est dans le coma et que rien, pas même l'argent, ne réussira à le réveiller. Et, croyez-moi, tout Wall Street est d'accord avec moi.

Seth comprit que son ultime espoir était sur le point de s'envoler et qu'il fallait agir au plus vite. Il riposta :

— Et si je vous disais que nous avons, en fait, le remède miracle? Il devrait être prêt en fin d'année et faire l'effet d'un coup de tonnerre. Bien entendu, il est encore top secret et, en d'autres circonstances, je ne vous en aurais même pas parlé. Personne n'est au courant, mais je pense que je peux compter sur votre discrétion?

Vincent hocha la tête en signe d'assentiment et regarda sa montre.

Seth, sachant que c'était là son ultime chance et qu'il devait se montrer convaincant, prit une grande inspiration et se lança.

— Il s'agit d'une combinaison très complexe de diverses enzymes destinée à éviter la formation des caillots sanguins. Nous estimons que cette substance, dès la première année, devrait nous rapporter, rien que pour l'export — Mexique, Amérique du Sud et Europe —, environ six millions de dollars, affirma-t-il tout en essayant de se rappeler les estimations de son directeur commercial. Pour notre pays, nous devrons attendre l'autorisation de mise sur le marché, bien sûr, mais nous pensons pouvoir atteindre le milliard de dollars en cinq ans.

— Rien que ça ! dit Vincent, l'air ironique, n'en croyant pas un mot. Vous vous foutez de moi ou quoi ? Il n'y a pas un seul produit au monde qui puisse rapporter de tels bénéfices.

— Savez-vous que deux décès sur trois aux États-Unis sont dus aux crises cardiaques ou aux attaques cérébrales ? rétorqua Seth qui se rappelait à présent avec précision ce qu'il avait lu à propos du travail de Paula. Cela représente plus d'un million de morts par an et on estime que les personnes dites à risque sont quatre fois plus nombreuses. Ce médicament sera leur chance de salut, sans compter qu'il permettra de soigner d'autres maladies provoquées par des caillots comme, par exemple, les thromboses veineuses.

Emporté par la passion, il était devenu intarissable.

— Ce produit va nous faire gagner des sommes considérables, bien plus que la pénicilline ou les stéroïdes en leur temps. Il suffit juste pour cela que nous disposions des capitaux nécessaires pour mettre en route la fabrication et lancer la commercialisation. Après quoi, il ne nous restera plus qu'à recueillir les fruits de nos investissements.

— Vraiment ? dit Vincent, de plus en plus sceptique. Et cette merveille sortirait tout droit de vos laboratoires ?

— Non, pas tout à fait, admit Seth. En réalité, notre fondation, l'une des plus prestigieuses du pays, subventionne le chercheur qui a fait cette découverte et qui pourrait bien, soit dit en passant, recevoir un jour le prix Nobel. Nous sommes d'ores et déjà propriétaires du brevet et nous pourrons commencer la production dès que nous aurons résolu le problème du financement.

— J'aurai sans doute besoin d'informations complémentaires dans les prochains jours, dit Vincent, soudain intéressé.

— Aucun problème, déclara Seth, réalisant tout à coup qu'il s'était laissé emporter et avait menti, poussé par son désir de tenter le tout pour le tout.

Il lui fallait maintenant convaincre Paula de traiter avec lui, tâche qui ne lui paraissait pas insurmontable : aucune femme, jusqu'ici, ne lui avait résisté. Restait Vincent Coletti avec qui il faudrait jouer finement s'il voulait obtenir la somme astronomique dont il avait besoin.

— Dès que j'aurai vu ce fameux contrat, nous pourrons faire affaire et je vous dirai très vite combien je peux investir et dans quelles conditions, fit Vincent avant de prendre congé.

Après son départ, Seth, qui exultait, gagna son bureau, au dernier étage de l'immeuble. Il avait décidé d'en changer toute la décoration, qui datait de son père, au grand dam de ce dernier, qui criait au gaspillage. Seth, lui, pensait tout le contraire et voulait donner une nouvelle image de la société, moins austère et plus en accord avec son goût du luxe. Toutes les pièces avaient donc été repeintes dans des tons clairs et meublées de canapés et de fauteuils en daim beige. Les anciennes photos des usines Millway avaient été remplacées par des reproductions de peintures célèbres de la Renaissance. L'une d'elles, placée en face d'une grande baie vitrée, une Annonciation, montrait la Vierge Marie, les yeux baissés, les mains jointes, écoutant l'ange agenouillé près d'elle.

— Voilà comment j'aime les femmes : modestes, avec le bras long et de race blanche! dit Seth dans un sourire en passant près de sa décoratrice, une ravissante jeune femme noire qui finissait d'accrocher un tableau.

— Je pensais, riposta celle-ci avec un certain aplomb, que vous préfériez le *David et Goliath* de Michel-Ange, David pour les industries Millway et le géant... pour ses concurrents!

Seth, frustré que son allusion n'ait pas fait mouche, se crispa, préférant battre en retraite vers son bureau.

Assis dans son grand fauteuil, il repensait à cet incident quand l'image de Paula s'imposa à lui. L'intérêt qu'il lui avait porté au début n'était que professionnel, puis, la connaissant mieux, les choses avaient changé. Troublé, il se leva pour aller à la fenêtre. Il contempla un instant le paysage, son regard survolant le port, la ville et s'arrêtant sur la grande tour bleue et blanche du centre de recherche de l'hôpital où Paula travaillait. Sans même fermer les yeux, il l'imagina, vêtue d'une blouse blanche, assise devant son ordinateur. Toujours perdu dans sa rêverie, il la vit ensuite se lever, ôter un à un ses vêtements, et superbe, lui faire face. Ce fantasme le fit revenir à la réalité et il se secoua : Paula ne pourrait être qu'une relation d'affaires tant qu'elle n'aurait pas signé ce fameux contrat.

Le téléphone sonna. Les experts-comptables voulaient étudier certains détails avec lui et Seth leur proposa de les recevoir dans l'heure qui suivait. Il repensa à Paula. Il devait impérativement la persuader de traiter avec la Fondation Millway. Les enjeux étaient bien trop importants, il ne pouvait se permettre d'échouer. Cette perspective, toutefois, ne l'effrayait pas trop ; dans l'éventualité où la jeune femme se montrerait hésitante, il trouverait bien un moyen moins orthodoxe de la convaincre.

Après son entrevue avec les responsables financiers, lesquels lui apprirent qu'il ne disposait plus que de quelques semaines pour trouver des capitaux, Seth, agacé, décida de rentrer chez lui.

Il habitait un magnifique ensemble résidentiel, très chic, en bordure de mer, à une quinzaine de kilomètres de New Coventry.

Le panorama, le long de la route, était magnifique, mais Seth était uniquement préoccupé par ses problèmes d'argent, sa conversation avec Vincent Coletti et, bien entendu, par Paula.

Fleur, sa fiancée du moment, regardait la télévision quand il arriva. Elle portait une robe d'intérieur brodée en soie rouge, et dégustait, à petites gorgées, son troisième margarita de la soirée.

— Éteins cette saleté ! aboya-t-il. On dirait vraiment qu'il n'y a que ça qui t'intéresse.

— Tu sais bien, Trésor, répondit Fleur avant de couper le poste, que c'est mon jeu préféré. J'ai même trouvé trois bonnes réponses. Est-ce que tu sais, toi, comment s'appelait le premier président d'Israël ou quel est le nom du plus profond lac d'Écosse ?

Elle fit une pause et le regarda de ses grands yeux bleus, cherchant à deviner quelle serait sa réaction, exercice d'autant plus difficile que le caractère de Seth était imprévisible. Parfois, il la laissait parler, mais, le plus souvent, il la soulevait de ses bras puissants et la portait jusqu'à la chambre.

Néanmoins Seth, ce soir-là, n'était pas d'humeur à batifoler et Fleur s'en était rendu compte dès qu'il avait ouvert la bouche.

— Qu'est-ce qu'il y a à dîner? demanda-t-il, toujours aussi délicat.

— Mais Chéri, reprit Fleur d'une voix de petite fille capricieuse, tu m'as demandé hier de réserver une table au restaurant.

Agacé par cette façon de parler qui lui avait tant plu au début de leur liaison, Seth ne put s'empêcher de comparer Fleur et Paula ; force lui fut de constater que sa petite amie manquait de classe.

— Chez Moretti, poursuivit Fleur. Est-ce que tu te rappelles ce que tu as dit l'autre soir, quand j'ai préparé ces boulettes de viande?

Seth soupira. Fleur avait une mémoire incroyable et se souvenait de chaque parole, de chaque geste, depuis leur rencontre à un cocktail, quatre mois auparavant. Il savait aussi que, s'il ne lui répondait pas, elle continuerait ainsi à jacasser, répétant ses propos, mot pour mot, jusqu'à ce qu'il en ait la migraine.

— Non, pas du tout!

— Tu as dit : « C'est de la merde, tout ça! Si tu ne peux rien préparer de mangeable, mieux vaut dîner au restaurant. » Et comme je voulais te faire plaisir, je t'ai obéi et j'ai retenu chez Moretti.

Seth essaya de garder son calme. Fleur, depuis quelques semaines, commençait à l'ennuyer. Il avait décidé de rompre, mais tout en douceur, avec la plus grande prudence, car la jeune femme était plus maligne qu'elle n'en avait l'air et comptait parmi ses amis intimes un avocat très en vue dont il valait mieux ne pas se faire un ennemi.

Fleur se leva, son déshabillé épousant ses formes voluptueuses. Seth se sentit faiblir.

— D'accord, on va au restaurant. Mais après il faudra faire attention. J'ai vraiment de gros problèmes d'argent. Je vais peut-être même être obligé de vendre l'appartement.

Fleur le regarda, l'air incrédule, les yeux écarquillés, suçotant son index comme une petite fille. L'attitude était si suggestive que Seth eut le plus grand mal à se contrôler.

— Mais ça ne change rien, n'est-ce pas ? Nous allons toujours à Cannes, le week-end prochain ?

— Sur la Côte d'Azur ? Mais comment donc ! Tu es folle ou quoi ? Avec tous les ennuis que j'ai avec la société, tu penses que je peux dépenser une telle somme et tout laisser en plan pendant plusieurs jours ?

— Tu avais promis !

— C'est hors de question, un point c'est tout, répondit-il, sentant à nouveau la colère monter.

Fleur, l'air déçu, se rassit sur le canapé et termina son cocktail, avant de décoller, du bout de sa langue rose dont l'agilité faisait les délices de Seth, un grain de sel qui s'était déposé au coin de ses lèvres. Son regard s'embruma et Seth comprit qu'elle allait lui ressortir, dans les moindres détails, cette conversation au cours de laquelle il avait envisagé d'aller en France.

— C'était le 14 janvier, dit-elle les yeux mi-clos,

dans le hall de l'hôtel Hyatt Regency, à Houston. Il y avait ce grand Texan, avec son Stetson, ses bottes en autruche, et toute sa troupe de cow-boys. Il n'arrêtait pas de me regarder et on l'a entendu lancer à l'un de ses hommes : « Essaye un peu de m'attraper cette pouliche ! », en parlant de moi. Tu m'as prise par le bras et poussée dans l'ascenseur. C'est là que tu m'as dit : « Nous devrions aller passer quelques semaines à Cannes, au printemps. » Et nous sommes déjà en avril, Trésor !

— Tu as raison, fit Seth, feignant de capituler.

En fait, il venait d'avoir une idée qui lui permettrait d'éloigner Fleur pour un temps.

— Écoute, comme je ne peux pas quitter New Coventry en ce moment, est-ce que tu ne voudrais pas partir la première ? J'essaierai de te rejoindre dès que possible. Ça te va ?

— Marché conclu ! fit Fleur en souriant. Je file m'habiller, je meurs de faim.

Seth l'arrêta à l'instant même où elle allait sortir du séjour.

— Moi aussi, mais de toi..., lui murmura-t-il, glissant ses mains dans l'échancrure de son négligé.

Le contact de sa poitrine le rendit fou de désir et il la souleva comme un fétu de paille. Fleur s'accrocha à son cou, nouant ses jambes autour de lui, tandis qu'il glissait son pouce au plus profond de son ventre, la faisant gémir de plaisir.

Bien après, Fleur consentit à rester à la maison et déclara qu'elle avait envie d'une pizza. Seth prit le téléphone. Vingt minutes plus tard, le dîner était servi. Il alla chercher une bouteille de chianti et, à son retour dans la chambre, trouva Fleur nue sur le lit, dévorant à belles dents et se débattant avec le fromage qui filait. Seth, émoustillé par ce spectacle, bondit et la renversa, tandis qu'elle tentait sans grande conviction de le repousser, tout en riant. Il se retourna et, la prenant par la taille, l'obligea à le chevaucher. La vue de ses seins, une nouvelle fois, l'excita tant qu'après quelques tâtonnements, il s'enfonça en elle. Fleur cria de douleur, rejetant la tête en arrière, pour son plus grand plaisir. Il la prit par les hanches, la forçant ainsi à s'empaler plus profondément encore sur son sexe, jusqu'à ce que son corps soit secoué de frissons et qu'elle hurle, dans une plainte où la douleur se mêlait au plaisir.

Seth, toujours en elle, la fit se coucher sur le dos et, s'emparant du téléphone sur la table de nuit, composa le numéro des renseignements.

— C'est un nouvel abonné, dit-il à l'opératrice tout en regardant Fleur. Je ne connais pas son adresse.

La jeune femme ferma les yeux, se concentrant sur ses propres sensations tandis que Seth appelait son correspondant.

— Si j'entends un seul son sortir de ta bouche, je te promets que tu vas le sentir passer, fit-il, menaçant.

Paula, puisqu'il s'agissait d'elle, décrocha. Seth commença à aller et venir en Fleur qui serrait les dents pour ne pas gémir.

— Docteur Cairns? interrogea-t-il.

Ses assauts s'étaient faits plus rapides et plus brutaux. Fleur dut se mordre les lèvres pour ne pas lui désobéir.

— Je suis désolé de vous déranger ainsi chez vous,

reprit-il, mais j'ai beaucoup pensé à vous... et à votre projet. Je suis convaincu que je pourrais vous aider, par l'intermédiaire de la Fondation, et, si vous le voulez bien, je voudrais vous faire rencontrer quelques-uns de nos experts. Demain vous convient-il? Oui? Parfait, alors un des mes employés vous appellera dans la matinée pour vous fixer rendez-vous. À bientôt donc, et merci.

Il raccrocha et, dans un dernier coup de reins, s'enfonça brutalement en Fleur, parfaitement conscient de la douleur qu'il provoquait ainsi.

Paula reposa le combiné, pensive. En fait, cet appel ne l'étonnait qu'à moitié et elle dut admettre qu'elle avait été heureuse d'entendre sa voix. Elle avait souvent pensé à lui depuis qu'il était venu la consulter et s'interrogeait toujours sur les motifs réels de sa visite. Son comportement, s'il avait feint d'être malade, pouvait sembler étrange, mais après tout, cela importait peu, pourvu que sa proposition soit sérieuse.

Lorsque Paula se coucha ce soir-là, l'image de Seth, de son corps musclé, s'imposa à elle et ne disparut que lorsque le sommeil l'envahit.

7

Lorsque Paula se réveilla le lendemain matin à six heures, sa première pensée fut pour Nicole. Elle savait qu'il n'y avait qu'une chance sur deux que la fillette retrouve l'usage de son pied. Un court instant, elle l'imagina sur un court de tennis, boitant et traînant sa jambe morte. Cette pensée la fit frémir. Il faisait un froid de canard dans la chambre et la jeune femme, qui ne portait qu'une chemise de nuit, alla fermer la fenêtre. Le jour se levait à peine et une fine couche de givre recouvrait les pare-brise des voitures.

Paula passa bien vite dans sa salle de bains, glaciale elle aussi, et alluma la lampe à infrarouges. La main sur l'interrupteur, elle se rappela tout à coup ce que lui avait dit son père un jour où, faisant du camping, elle s'était plainte de la température.

— Sache, fillette, lui avait-il dit, qu'il ne fait froid que lorsque la buée qui sort de ta bouche se transforme en glaçon et tombe aussitôt par terre, à tes pieds.

Cela l'avait fait beaucoup rire et l'image était restée gravée dans sa mémoire.

Réchauffée par une longue douche, elle se sentit

bientôt en pleine forme, mais de tristes pensées l'envahirent lorsque, se regardant dans le miroir, le visage de sa mère, décharné par la maladie, se superposa au sien et lui fit penser à sa propre mort. L'agonie avait été terrible... Paula pria de toutes ses forces pour que son trépas soit plus doux. Puis, chassant cette pensée de son esprit, elle s'habilla et se maquilla avec soin avant de partir pour l'hôpital.

À son arrivée au service de chirurgie, elle trouva Nicole allongée, contemplant sa jambe blessée, l'air malheureux.

— Ça fait mal, dit-elle à Paula sans même lui sourire, comme à l'accoutumée.

— Laisse-moi voir, lui répondit-elle.

Les orteils qui passaient par l'ouverture du plâtre présentaient toujours une jolie couleur rose, mais avaient beaucoup gonflé.

— Il va falloir surélever ton pied, fit Paula après ce bref examen. Je vais chercher ce qu'il faut.

Elle revint quelques secondes plus tard avec deux gros oreillers qu'elle posa sur le lit, sous le regard sévère de l'enfant.

— Bon, maintenant, recouche-toi, lève la jambe droite...

— Et jure de dire toute la vérité, rien que la vérité! répliqua Nicole, le regard pétillant de malice.

Paula éclata de rire, puis l'installa aussi confortablement que possible.

— Comment te sens-tu, maintenant?

— Mieux. Est-ce que vous connaissez l'histoire du cochon qui n'avait que trois pattes? demanda-t-elle à Paula.

— Je ne crois pas, rétorqua cette dernière avec une certaine prudence.

— Alors voilà. Un monsieur se promène et croise un fermier qui tient en laisse un cochon auquel il manque une patte. « Pourquoi votre cochon n'a-t-il que trois pattes? demande le monsieur. » « Si vous saviez, répond le maître. C'est un animal extraordinaire. Il m'a sauvé la vie un jour où je manquais me noyer, et une autre fois, en criant, il a fait fuir des voleurs. » « Je comprends bien, répond le monsieur, mais ça n'explique pas qu'il soit comme ça. » « Si! dit le paysan, parce qu'une bête comme ça, on ne la mange que par petits bouts. » C'est Mary, ma camarade, qui me l'a racontée hier au téléphone. Elle est drôle, non?

Paula hocha la tête et s'installa sur une chaise, près de Nicole.

— Elle m'a dit aussi qu'on allait peut-être devoir me couper la jambe, comme dans la blague.

— Ton amie se trompe. Il n'est pas question qu'on t'opère de nouveau et tu pourras rejouer au tennis dans quelque temps.

— Quand?

— Tout dépend, répondit Paula, de la vitesse à laquelle tu vas guérir, et puis il faut être bien sûr que tu n'as pas d'autres problèmes qui nous auraient échappé à ton arrivée à l'hôpital.

— J'ai bien failli mourir..., souffla Nicole, l'air soudain effrayée avant de se reprendre et de se tourner vers Paula. Heureusement que vous étiez là. D'ailleurs, toutes les infirmières disent que vous êtes un très bon médecin.

— Je les paie pour ça, rétorqua Paula en lui faisant un clin d'œil.

Un instant, regardant la fillette, elle se revit au même âge et songea que, dans une situation comparable, elle se serait sentie un peu perdue, esseulée, et n'aurait pas osé parler avec les médecins et le personnel soignant comme le faisait Nicole.

— Est-ce que vous avez déjà rencontré mon oncle Seth ?

— Oui, dit Paula.

— Comment vous le trouvez ?

— Il a l'air très bien, répondit Paula, laconique.

— Ben, moi, je ne l'aime pas, répliqua Nicole avec la candeur désarmante des enfants, avant de se recoucher et de fermer les yeux. Et puis, j'ai sommeil.

Sortant de la chambre de la fillette, Paula se rendit dans le bureau des infirmières où elle rencontra Walter Eagleton, occupé à remplir les dossiers de ses malades.

— Je constate que vous comptez une Millway parmi vos patients, lui dit-il en la voyant. Bon début pour quelqu'un qui vient de débarquer.

— Les nouvelles vont vite, on dirait, répondit Paula en souriant.

Eagleton, comme d'habitude, avait ce petit ton ironique qui agaçait Paula et la mettait toujours sur la défensive. D'autant plus qu'avec un air à la fois mystérieux et protecteur il se pencha ensuite vers elle, ne souhaitant pas, de toute évidence, être entendu par le reste du personnel.

— Écoutez, Paula, lui murmura-t-il à l'oreille, si ce cas vous dépasse ou si vous êtes trop prise pour vous en occuper, n'hésitez pas à faire appel à moi, je serais heureux de pouvoir vous rendre service.

— Je vous remercie, répondit Paula, stupéfaite, incapable sur l'instant de trouver une repartie cinglante.

Puis, content de lui, Walter s'éloigna, très décontracté, faisant de grands moulinets avec son stéthoscope.

Paula s'en voulait beaucoup. Une fois de plus, Eagleton s'était moqué d'elle et elle était tombée droit dans le piège, comme une idiote.

De retour à son laboratoire, elle trouva un message de la secrétaire de Seth Millway. Les responsables de la fondation souhaitaient la voir dans la matinée, à onze heures, si, bien sûr, cet horaire lui convenait. La réunion aurait lieu dans le bureau du doyen de la faculté. Ces messieurs la priaient de bien vouloir se munir de sa dernière estimation budgétaire. Paula, prise de court, voulut joindre Maurice Bennett, mais il avait pris l'avion pour Washington, afin de témoigner à une séance du Congrès, et ne rentrerait qu'en fin de soirée.

À onze heures, à la fois anxieuse et impatiente de connaître la raison de ce rendez-vous précipité, Paula pénétra dans le hall du bâtiment administratif, situé tout près de l'école de médecine. Le bureau de la secrétaire, aussi vaste que le laboratoire de Paula, était de style vieillot, orné de boiseries et de moulures. Le seul élément véritablement représentatif des années 90 était un ordinateur, posé bien en vue près du téléphone.

— Docteur Cairns? dit une jeune femme en la voyant entrer. Les représentants de la Fondation Millway sont déjà arrivés. Ils discutent en ce moment avec M. le doyen et M. Susskind, notre avocat, mais ils devraient avoir fini dans une minute.

La lourde poignée de la porte à double battant tourna et Paula entendit des rires et des bribes de conversation, puis le doyen Lockyer sortit escorté de quatre autres personnes. Parmi elles se trouvaient bien entendu Seth, mais aussi Sam, qui paraissait bien fatigué.

— Papa a tenu à venir, fit Seth en voyant son père serrer chaleureusement la main de Paula. Il vous apprécie beaucoup et, comme il fait toujours partie du conseil, il était normal qu'il soit présent. Je voudrais aussi vous présenter Desmond Connor, notre directeur de recherches au laboratoire et membre du comité.

Desmond fit un pas vers Paula et lui tendit la main. Âgé d'une cinquantaine d'années, le cheveu grisonnant, il avait le visage carré, des yeux brun foncé et affichait un goût certain pour les vêtements vert olive.

Lockyer, qui s'était jusque-là contenté de regarder Paula d'un air admiratif, poussa devant lui un petit homme au sourire incertain, qui semblait crouler sous le poids d'une grosse serviette noire.

— Docteur Cairns, permettez-moi de vous présenter Geoffrey Susskind, un de nos conseils. Il veillera à ce que ces messieurs respectent la plus stricte légalité, ajouta-t-il avec humour.

Seth éclata de rire, ainsi que Susskind, puis tous emboîtèrent le pas de Lockyer, en direction de la salle de conférence.

— Voulez-vous prendre place de ce côté, messieurs, proposa ensuite ce dernier aux membres de la Fondation.

Les trois hommes acquiescèrent et s'installèrent autour de l'immense table qui trônait au milieu de la pièce.

— Je ne puis, hélas, être des vôtres, reprit Lockyer, mais si vous avez besoin de quoi que ce soit, n'hésitez pas à appeler ma secrétaire. Elle est juste à côté.

Avant de partir, il adressa un petit signe d'encouragement à Paula qui venait de prendre place, seule, à l'autre bout, Susskind étant resté à l'écart. Confrontée à ces hommes, elle eut, un instant, l'impression d'être un accusé devant ses juges.

Sam, qui jusque-là avait gardé le silence, détendit un peu l'atmosphère en expliquant à Connor et Susskind comment Paula avait réussi à sauver la jambe de la petite Nicole. Connor l'écouta avec attention et Paula songea qu'il était différent de Seth ou de Geoffrey, peut-être à cause de l'expression si lasse de son visage.

— Desmond est médecin, comme vous, dit encore Seth qui avait vu le regard de Paula, en posant une seconde la main sur l'épaule de son collaborateur. Nous nous moquons toujours de lui parce qu'il n'exerce pas, mais je me dois d'ajouter qu'il est diplômé de Harvard et de Berkeley. Il est donc tout à fait qualifié et examinera tout à l'heure avec vous tous les aspects techniques de votre projet.

Sur ce, tous ces messieurs s'installèrent, sortant papiers, bloc-notes et stylos tandis que Sam reculait ostensiblement son fauteuil, comme pour indiquer qu'il n'était pas partie prenante dans la discussion qui allait suivre.

— Je sais, docteur Cairns, que votre temps est précieux. Aussi, si vous le voulez bien, je crois que nous pouvons commencer, dit Seth lorsque tout le monde fut prêt. Nous vous écoutons. Parlez-nous de votre programme.

Tout en parlant, ses yeux ne quittaient pas la jeune femme, détaillant ses vêtements, son tailleur marine, sa blouse de soie blanche.

— Très bien, répliqua Paula qui, ayant remarqué son manège, darda sur lui son regard vert. Je travaille sur une substance destinée à prévenir les crises cardiaques et les attaques cérébrales, affections qui sont les deux principales causes de décès aux États-Unis, et sont responsables d'environ un million de morts chaque année.

Elle fit une pause et constata que ses interlocuteurs l'écoutaient avec la plus grande attention. Elle remarqua aussi que Desmond Connor avait devant lui les photocopies des articles qu'elle avait fait publier dans la presse. Les avait-il tous lus ?

Seth posa ses mains sur la table, se pencha et lui sourit d'un air un peu condescendant.

— Nous connaissons tous ces chiffres, docteur Cairns, lui dit-il, se souvenant de sa rencontre avec Coletti. Ce que nous voulons savoir, c'est ce que vous comptez faire pour remédier à cette situation.

Il la regardait avec une telle intensité que la jeune femme se demanda un instant s'il n'était pas plus intéressé par sa personne que par ses travaux.

— Notre objectif est d'arriver à dissoudre les

caillots sanguins qui se forment dans les veines ou les artères et de permettre le retour de la circulation à la normale. Pour ce faire, nous envisageons d'injecter un mélange de plusieurs enzymes...

— Vous avez bien dit plusieurs? interrogea Connor, retrouvant toute sa vivacité.

— Oui, répondit Paula. Une seule ne suffit pas dans le cas qui nous occupe. On peut, bien entendu, résorber un thrombus de formation récente avec des produits comme la streptokinase ou l'urokinase qu'on utilise dans certains cas d'infarctus du myocarde. Malheureusement, ces substances ne sont pas sans danger...

Elle fit une pause afin d'observer leurs réactions et de vérifier s'ils comprenaient ce qu'elle disait.

— Vous parlez de saignements, n'est-ce pas, dit Seth. Un de mes voisins, un homme âgé, a eu une crise cardiaque, il y a quelques mois. Il a été traité avec ce produit et a fait, dès le lendemain de son arrivée à l'hôpital, une hémorragie cérébrale qui l'a emporté. Les médecins ont dit par la suite que ce médicament avait parfois ce genre d'effet secondaire.

Paula, tandis qu'il parlait, l'observait avec curiosité, constatant que non seulement il était fort séduisant, mais aussi très intelligent. Néanmoins, elle reprit aussitôt ses esprits, bien consciente qu'il ne pouvait être question, entre eux, que de travail.

— C'est exact, lui répondit-elle. Si la streptokinase dissout bien le caillot, en revanche elle perturbe tout le processus normal de coagulation. Nous travaillons donc sur des enzymes qui seraient capables de détruire ces agglomérats anciens et qui ne troubleraient en rien le fonctionnement naturel de l'organisme.

— Mais êtes-vous certaine qu'il soit bien nécessaire de recourir à plusieurs de ces substances ?

— Oui, car je vous parle de caillots formés depuis des jours sans qu'on s'en aperçoive. Et, au moment où nous les diagnostiquons, dans une artère pulmonaire ou dans le cerveau, le noyau, la partie originelle, est devenu trop fibreux et trop épais pour être détruit par une seule kinase.

— Pouvez-vous nous citer les noms de quelques-unes de ces enzymes ? demanda Connor, qui, captivé, prenait des notes.

— À l'heure actuelle, nous procédons à toute une série de tests, répondit Paula qui ne tenait pas à en dire plus qu'il était nécessaire, et c'est d'ailleurs pourquoi je suis à la recherche de subventions pour poursuivre l'expérimentation.

Seth, lui aussi, suivait ses explications, et Paula eut la nette impression qu'il en savait plus sur ses travaux qu'il voulait bien le laisser paraître.

— Tout ceci est très intéressant, docteur Cairns, reprit Connor, mais comment envisagez-vous de mettre cette substance au contact de la masse de sang coagulé ? Car, si je vous ai bien suivie, vous parlez de caillots pouvant avoir plusieurs centimètres de long, bloquant toute circulation, et rendant inefficace une injection par voie intraveineuse classique.

— C'est tout à fait exact, répliqua la jeune femme. Nous envisageons d'introduire ces enzymes dans l'organisme, au niveau du thrombus, à l'aide d'un cathéter placé dans l'artère ou dans la veine obstruée, le tout sous contrôle radiologique. C'est, je dois vous le dire, sur cette partie du projet que nous concentrons en ce moment tous nos efforts.

Ils évoquèrent encore divers aspects scientifiques de la question pendant environ une demi-heure, puis Seth aborda le chapitre financier en détaillant le budget que Paula avait établi à la hâte.

Les chiffres avancés par la jeune femme ne semblèrent pas les troubler outre mesure et Seth prit une nouvelle fois la parole.

— Je pense, docteur Cairns, et je suis navré d'avoir à vous le dire, que vous avez sous-estimé les sommes dont vous devrez pouvoir disposer pour mener à bien votre projet dans les meilleures conditions possibles. C'est un défaut commun aux jeunes chercheurs, et il est de notre devoir de rectifier leurs estimations. Ainsi, nous pensons qu'un seul assistant ne saurait vous suffire. Il vous faudra certainement un, voire deux spécialistes en la matière. Plus tard, vous aurez à coup sûr besoin d'un ordinateur plus sophistiqué, d'un microscope à balayage électronique et d'un analyseur séquentiel...

Paula, étonnée par ses propos, l'interrompit.

— En fait, monsieur Millway, mon intention n'était pas de vous demander de financer la totalité de mon programme de recherche, mais de m'aider en attendant l'obtention d'autres subventions.

— Et qui est censé vous accorder ces subsides, docteur Cairns ? demanda Seth.

— Eh bien, j'ai déposé des demandes auprès du N.I.H., de la Fondation Ford et...

— Expliquez-lui, Desmond, fit Seth, l'air narquois.

— Je ne sais pas si vous êtes au courant, docteur Cairns, dit Connor avec un soupir, mais il faut en général des mois pour qu'un projet soit approuvé et que les crédits soient débloqués par un de ces organismes.

Paula haussa les sourcils.

— N'oublions pas, reprit Connor, que les dossiers ne peuvent être déposés qu'à certaines dates, et qu'il y a, avant acceptation de toute requête, une sélection des plus sévères, processus qui, lui-même, prend plusieurs semaines. Si vous avez réussi à passer ce cap, il vous faudra encore subir la visite des experts, désireux d'examiner votre laboratoire, votre façon de travailler. Sans compter...

— Monsieur Connor, intervint Paula lui coupant la parole, je suis au courant de toutes ces tracasseries administratives et je pense pouvoir recevoir la subvention du N.I.H. d'ici douze ou dix-huit mois. Je n'ai donc besoin de votre aide que pour cette période. Je voudrais également vous rappeler que cette réunion a été organisée à l'initiative de monsieur Seth Millway, que c'est lui qui m'a contactée et non le contraire.

Un silence pesant suivit ces propos.

— Docteur Cairns, reprit Connor d'une voix doucereuse, je ne faisais que vous expliquer les problèmes que rencontrent les jeunes chercheurs, mais, puisque vous le prenez ainsi, permettez-moi de vous apprendre que nous avons mené notre petite enquête et qu'il s'avère que toutes vos démarches, jusqu'à présent, ont échoué. Vous savez très bien que tous les fonds disponibles ont déjà été attribués à des scientifiques de renom. Tout ce que vous pouvez espérer, pour le moment, c'est que votre demande soit classée à la rubrique « En attente ».

Sur ce, content de son petit effet, il s'adossa à son fauteuil et considéra Paula d'un air complaisant.

— Vous voyez, docteur Cairns, reprit Seth, que nous en revenons toujours à la Fondation Millway. Nous avons un gros avantage sur tous ces organismes officiels car nous n'avons pas toutes ces contraintes et nous pouvons intervenir très rapidement pour aider les chercheurs dont les travaux nous intéressent. Je ne pense pas que vous ayez eu le temps de vous renseigner sur nos méthodes, mais je me dois de vous informer que nous n'accordons plus ce type de bourse dont vous nous parliez tout à l'heure. Lorsque nous croyons à un projet ou à un individu, nous allons jusqu'au bout, jusqu'à ce que le rêve devienne réalité et que notre aide ne soit plus nécessaire.

Seth et Connor, à présent, étaient tout sourire, sûrs d'eux et satisfaits de leurs petits discours.

— Je vais vous envoyer un de nos spécialistes, en début de semaine prochaine, pour vous aider à rédiger une nouvelle demande, continua Seth. Après quoi, nous pourrons établir un contrat et signer tous les papiers vers la fin du mois. Qu'en pensez-vous, Desmond ?

— C'est faisable, monsieur, répondit Connor avec conviction.

— Bien. Dans ces conditions, je crois que nous en avons fini, à un détail près. Il serait peut-être souhaitable, monsieur Susskind, que vous examiniez avec le docteur Cairns le contrat type que nous vous avons remis, au cas où.

Sur ce, il se leva, suivi de son père et de Connor, puis tous trois prirent congé de Paula et de l'avocat.

Ce dernier vint ensuite s'asseoir près de la jeune femme, ouvrit sa lourde serviette pleine de dossiers et en sortit un épais document dont toutes les pages portaient la mention « PRO FORMA ». Après quoi, l'air toujours aussi las, il commença sa lecture, examinant chaque paragraphe et expliquant au passage les divers termes juridiques inconnus de Paula. Cela prit environ une heure au terme de laquelle la jeune femme, qui se sentait fatiguée, remarqua tout de même une petite note au bas d'un feuillet.

— Il est précisé que tous les brevets ou droits résultant d'un procédé ou d'une invention développés grâce à une bourse de la Fondation deviennent automatiquement sa propriété. Est-ce que cela signifie que je perdrai tout droit sur mon propre travail ?

— Non, non, ne vous inquiétez pas, fit Susskind en souriant, ce n'est qu'une clause standard, commune à tous les actes tels que celui-ci.

Paula hocha la tête et Susskind reprit là où il s'était arrêté. Lorsque tout fut terminé, Paula eut l'impression d'avoir enduré le pire des supplices chinois et se prit de compassion pour ce pauvre homme qui passait sa vie, plongé dans ce genre de dossiers. Pas étonnant qu'il ait l'air aussi triste et fatigué.

La réunion prit fin et la jeune femme, ravie à l'idée de ce possible financement, se mit, tout au long du chemin jusqu'à l'hôpital, à repenser à Seth. Son comportement, on ne peut plus professionnel, l'avait beaucoup impressionnée.

8

Maurice Bennett revint de Washington en tout début de soirée et trouva le message de Paula. Ne sachant où la trouver, il la contacta grâce à son biper.

Elle était dans son laboratoire, travaillant sur son ordinateur à une simulation en trois dimensions. Elle le rappela aussitôt. Bennett, toujours prévenant, souhaitait passer la voir, à condition bien sûr que cela ne la dérange pas.

Cinq minutes plus tard, la sonnerie de la porte retentit et Paula, qui n'avait pas oublié ses habitudes new-yorkaises, n'ouvrit qu'après avoir demandé l'identité de son visiteur.

— Comment ça va ? lui demanda-t-il.

Il avait passé toute la journée au Congrès, sous un feu roulant de questions, mais il ne semblait pas le moins du monde fatigué.

— Pas très fort, rétorqua Paula, l'air sombre.

Maurice tira alors une chaise près du moniteur et vint s'asseoir près d'elle. Il regarda, fasciné, les images en couleur et en trois dimensions se former, se défaire et s'assembler sur l'écran. Paula se débattit quelques minutes avec les diverses données puis arrêta la machine et se tourna vers Maurice.

— J'ai un problème, avoua-t-elle. Et de taille.

Maurice la regarda avec bienveillance, attendant qu'elle lui parle.

— C'est à cause de la solution de support. Chacune des enzymes doit être isolée et protégée dans un liquide spécifique jusqu'à ce qu'elle soit amenée au contact du caillot, dont elle doit liquéfier la surface ; opération qui sera reprise par la suivante et ainsi de suite jusqu'à épuisement.

— Je sais, fit Maurice. C'est ce qu'on appelle l'« effet cascade ». Wilson, un grand chercheur des laboratoires Ciba, a travaillé dix ans sur cette question avant que sa société mette un terme à ses recherches, faute de résultats.

— Nous avons réussi à surmonter certains obstacles, reprit Paula. Le processus fonctionne bien en laboratoire, ce qui explique pourquoi tant de gens s'intéressent à nous, mais il est inapplicable, tel quel, à des humains, car les solutions sont beaucoup trop toxiques. Le caillot est éliminé mais le patient aussi, si je puis dire.

— Vous ne pensiez tout de même pas pouvoir résoudre tous les problèmes techniques en quelques jours ! répondit Maurice, amusé par les grimaces de son interlocutrice. Il faut parfois des années pour y arriver. Demandez donc à Wilson ! C'est d'ailleurs pourquoi je vous ai dit, dès le début, qu'il vous faudrait envisager un plan de financement à long terme.

— S'il n'y avait que ça ! reprit Paula en chassant une boucle rebelle. Je n'ai pas encore trouvé le moyen de faire parvenir les enzymes jusqu'au caillot, surtout lorsque le vaisseau bouché est profond. Si, dans ces conditions, j'injecte le produit par voie intraveineuse, même avec un cathéter, il est plus que certain qu'il aura perdu toute efficacité au moment où il atteindra le point de contact.

Visiblement contrariée, la jeune femme essayait de se dominer et de faire comme Bob Zimmerman le lui avait enseigné : « Faites comme si ce n'était pas votre problème, mais celui d'un autre, lui avait-il dit un jour. Ne laissez pas vos émotions prendre le dessus. En médecine, comme en affaires, les jérémiades ne sont pas de mise. »

— Que comptez-vous faire ? demanda Maurice.

— Je ne sais pas, avoua Paula, et ça me fait vraiment peur. Si je ne trouve pas de solution, je peux dire adieu à mon projet et aller voir ailleurs, comme Wilson et tous les autres.

— D'accord, mais vous n'avez pas répondu à ma question, dit à nouveau Maurice.

— J'ai essayé diverses combinaisons, avec des solutions et des mélanges différents, j'ai fait des simulations, mais chaque fois c'est pareil, je me retrouve avec tout un fatras d'enzymes inactivées. J'ai le sentiment que je vais droit à l'échec. Je perds mon temps et gaspille mon budget.

Maurice se leva, un peu agacé, et se posta devant la fenêtre. En le voyant faire, Paula songea aux paroles de Zimmerman et se dit que son patron, lui non plus, n'aimait pas que l'on se plaigne et que l'on pleurniche pour des riens.

— Vous avez essayé de me joindre ce matin, dit-il changeant brusquement de sujet. Pourquoi ?

Paula éteignit son ordinateur et lui raconta sa première prise de contact avec la Fondation.

— Qui y avait-il ? interrogea Maurice.

Paula lui cita les noms des participants. En entendant le nom de Seth, Maurice revint s'asseoir près d'elle.

— Il était donc là, dit-il, l'air pensif. Dites-moi à quoi il ressemble et ce que vous pensez de lui.

Paula essaya de rester aussi impartiale que possible mais Maurice, comme s'il avait senti qu'elle ne lui disait pas tout, la regarda d'un air intrigué.

— J'ai entendu certaines rumeurs à propos de sa société. Vous savez que je préside un comité chargé d'établir un rapport sur les pratiques en vigueur dans l'industrie pharmaceutique et je dois vous dire que nous recueillons en ce moment toutes sortes d'informations passionnantes sur Millway, certaines venant même d'employés.

Paula le considéra avec une certaine admiration. Maurice était un homme tenace, qui ne perdait pas son temps en vaines paroles et était prêt à tout, au mépris du danger, pour punir ceux qui contrevenaient à la loi.

— De toute façon, reprit-il, je pense que vous devriez bien réfléchir avant de songer à vous engager avec eux. Les choses étaient différentes quand Sam dirigeait l'organisation. C'est un homme intègre, des plus honorables, et il a aidé, par l'intermédiaire de la Fondation, de nombreux chercheurs qui, sans lui, auraient dû abandonner leurs travaux. On peut dire, en un sens, qu'il a rendu de grands services à la science. Son fils aîné, Hector, était de la même trempe. Hélas, il est mort trop vite. Quant à Seth, on dit qu'il n'est pas fait du même bois et que, depuis qu'il la dirige, la compagnie est à court de liquidités.

Maurice fit une pause et se rapprocha de Paula.

— On raconte aussi, continua-t-il, qu'il tenterait de détourner des fonds appartenant à la Fondation pour les réinvestir dans la société, mais je ne crois pas qu'il soit assez bête pour faire une chose pareille. Quoi qu'il en soit, je pense qu'il serait préférable que vous ne traitiez pas avec eux, même si refuser leur offre vous oblige à ralentir vos recherches pendant plusieurs mois, voire un an.

— Mais c'est impossible ! s'exclama Paula, sidérée. Je ne peux pas faire ça. D'ailleurs, la Fondation ne dépend pas des Laboratoires Millway ; c'est une organisation à but non lucratif, non ? Je ne vois pas où est le problème.

Sa voix était montée d'un ton. Elle repensait à Seth, à son comportement durant toute la réunion. Maurice devait faire fausse route.

— C'est pour moi une chance inespérée, reprit-elle. Ils semblent croire en mon projet et sont même disposés à débloquer tout de suite les fonds dont j'ai besoin, ce qui tombe bien parce que je suis, comme on dit, à sec.

Le regard de Maurice semblait perdu dans le vague et il lui fallut quelques instants pour revenir sur terre.

— Je sais, finit-il par dire, de telles sommes, surtout pour les travaux de recherche, ne sont pas si faciles à trouver de nos jours.

Bennett resta encore quelques instants avec elle puis

partit, laissant la jeune femme abattue, n'ayant guère d'autre choix que de se tourner vers la Fondation Millway. Elle regarda sa montre. Il était presque six heures et elle se sentit tout à coup très lasse. Cela lui arrivait parfois, en fin de journée, mais la forme revenait toujours assez vite.

Le téléphone sonna. Sur le moment, Paula ne reconnut pas la voix de son correspondant. C'était Seth Millway.

— Vous avez été formidable, ce matin, à la conférence. Tout le monde ici se passionne déjà pour votre travail. J'aurais encore quelques petites questions à vous poser, mais je pense que nous pourrions très bien en discuter ce soir, au dîner.

— Je ne sais pas, monsieur Millway, je suis vraiment très occupée, répondit Paula.

— Je m'en doute, mais voilà ce que je vous propose. Je passe vous prendre à huit heures. Je vous attendrai devant l'entrée principale du centre médical, ce qui vous laisse encore deux heures de travail. Ça vous va?

— Pourquoi pas! répondit Paula après avoir longtemps hésité.

À partir de cet instant, elle eut beaucoup de mal à se concentrer, car elle repensait sans cesse à Seth, au pouvoir qu'il exerçait sur tous ceux qui l'entouraient, à son statut d'homme d'affaires et de président d'une Fondation qui, sur un simple geste de lui, pouvait distribuer des millions. Elle songeait surtout à l'intérêt qu'il lui portait, bref, à toutes ces choses qui, d'habitude, ne l'impressionnaient pas.

Vers huit heures moins dix, Paula quitta le programme codé, sauvegarda son travail de la journée, éteignit son ordinateur et sortit de son laboratoire. Elle fermait la porte quand une voix, derrière elle, la fit sursauter.

— Alors, on fait des heures supplémentaires?

C'était Clifford Abrams, ravi de son bon tour.

— Je pensais que vous étiez partie depuis longtemps, que vous étiez allée danser ou vous amuser comme le font toutes les jeunes femmes de votre génération, continua-t-il.

— Non, riposta Paula, irritée et persuadée qu'il l'avait attendue sciemment, pour quelque obscure raison. Je finissais un article pour *The Lancet*. Si j'ai bonne mémoire, vous aviez coutume de leur en envoyer aussi, voici des années de cela.

Clifford devint écarlate et resta sans voix. Comme Paula venait de le souligner avec une politesse bien feinte, il avait en effet rédigé plusieurs articles pour le prestigieux journal, mais c'était du passé, ce qui signifiait que sa réputation de brillant chercheur s'était quelque peu ternie depuis. Malade de rage mais incapable de riposter, il préféra battre en retraite et rentra en toute hâte chez lui.

Paula regretta aussitôt sa réplique cinglante, mais elle avait des excuses. Abrams n'avait pas cessé de s'en prendre à elle depuis son arrivée à l'hôpital. Il lui en voulait d'avoir été choisie à la place de Steve Charnley, ce jeune chercheur californien dont il espérait tant la venue et qui aurait, sans nul doute disait-il, fait souffler un vent nouveau dans son laboratoire. Repensant à Charnley, la jeune femme se promit d'interroger Maurice à son sujet.

Avant de s'en aller, elle passa faire une petite visite à

Nicole, puis partit pour son rendez-vous, éprouvant au creux de l'estomac une curieuse sensation.

Il était exactement huit heures quand elle descendit les marches du centre médical, face à l'entrée principale. Un léger brouillard était tombé sur la ville, cachant les toits des immeubles et créant une étrange atmosphère. Une grosse BMW noire s'arrêta au bas de l'escalier. Seth, qui avait vu Paula, en sortit et lui ouvrit la porte. La voiture était neuve et fleurait bon le cuir. À l'intérieur, tout n'était que luxe, confort et silence, mais Paula ne s'y sentait pas vraiment à l'aise et se prit à penser à sa vieille MG, avec ses sièges inconfortables, sa suspension en miettes et son moteur bruyant.

— Nous dînons chez Jacques, dans le centre, dit Seth en démarrant. C'est à vingt minutes d'ici.

Paula apprécia, d'un hochement de tête. Elle aurait tout aussi bien pu dîner dans un endroit moins chic, mais il était évident que Seth souhaitait se montrer sous son meilleur jour. Elle s'abstint donc de toute remarque.

— Êtes-vous déjà allée là-bas? demanda Seth en s'arrêtant à un feu rouge. Je veux dire : dans ce restaurant?

— Non, mais j'ai entendu dire qu'il n'était pas mal du tout, répondit-elle sur le ton de la plaisanterie.

Elle savait très bien, en fait, que c'était l'un des restaurants les plus chers et les plus réputés de toute la ville.

— Qu'est-ce que je pourrais bien faire pour vous étonner? demanda Seth en riant. Louer un Concorde et vous emmener dîner à Paris, chez Lasserre ou à La Tour d'Argent ?

— Merci, répliqua la jeune femme en souriant, je sais me contenter de peu. Il ne m'en faut pas beaucoup pour être impressionnée.

Seth garda le silence, absorbé par la conduite ; il y avait beaucoup de circulation sur l'autoroute. Il pleuvait maintenant à verse et on n'y voyait pas à plus de dix mètres, ce qui ne simplifiait pas les choses.

Néanmoins, chaque fois qu'il le pouvait, Seth jetait un bref coup d'œil vers la jeune femme. Il ne savait trop comment se comporter avec elle car il ne s'agissait pas d'un rendez-vous sentimental, mais plutôt d'un dîner d'affaires. La jeune femme l'attirait, mais il ne pouvait être question d'agir avec elle comme avec n'importe quelle autre conquête : l'heure était au travail, pas à la bagatelle.

Paula, de son côté, essayait de se détendre et d'apprécier cette sortie, la première depuis de longs mois. Aller au restaurant avec un homme comme Seth Millway, même dans un but professionnel, n'était pas donné à tout le monde. D'un autre côté, elle avait le sentiment que ce dernier avait organisé cette soirée dans un tout autre objectif.

— J'ai rendu une petite visite à Nicole avant de partir, dit Paula. C'est une enfant adorable. Elle semble bien se remettre de son accident.

— Tant mieux ! répondit-il, plongé dans ses pensées.

La pluie s'était calmée et il pouvait maintenant quitter la route des yeux un peu plus souvent pour regarder Paula. La jeune femme n'avait pas eu le temps de se changer avant de quitter l'hôpital, mais elle avait l'air aussi fraîche et nette que si elle venait de sortir de chez elle. Elle lui rappelait cette porcelaine du XIXe siècle, représentant une ballerine, qui ornait la coiffeuse de sa mère. Enfant, il pouvait passer des heures à l'admirer. Toutefois, il revoyait aussi cette froide journée d'hiver où, sortant de sa contemplation, il avait eu l'impression — pourquoi ? — que la figurine se moquait de lui. Pris alors d'un accès de rage, il avait jeté par terre le précieux bibelot, le brisant en mille morceaux.

Troublé par ce souvenir, il décida de mettre un peu de musique et les accords du concerto pour violoncelle d'Elgar emplirent le véhicule.

— J'aime beaucoup ce passage, dit-il.

— Moi aussi, répondit Paula, mais je préfère l'ancienne version de Jacqueline Dupré et John Barbirolli, même si cet enregistrement numérique est d'excellente qualité.

Seth en resta bouche bée. Il appréciait la musique classique, mais ses connaissances, à l'inverse de Paula semblait-il, étaient fort limitées.

— Seriez-vous mélomane ? lui demanda-t-il, admiratif. Vous semblez experte en la matière.

— Oui, en effet, répondit Paula, songeant tout à coup aux années qu'elle avait passées au conservatoire. Mais parlons un peu de vous. À part le travail, dites-moi, qu'est-ce qui vous intéresse ?

— Les voitures rapides et les femmes qui le sont plus encore, répondit Seth.

C'était une de ses répliques préférées, mais il réalisa en regardant Paula qu'elle ne goûtait pas ce genre de plaisanterie.

La soirée ne semblait pas s'annoncer sous les meilleurs auspices. Il lui fallait réagir. Soudain, il se souvint d'un conseil que lui avait un jour donné sa mère alors qu'il se plaignait, jeune homme, de ne jamais savoir quoi dire aux filles : « Parle-leur d'elles, elles adorent ça. »

— Vous avez fait grosse impression sur mon entourage, ce matin, dit-il aussitôt. Mon père pense beaucoup de bien à votre sujet et vous est très reconnaissant pour tout ce que vous avez fait pour Nicole.

— Cela me touche vraiment, répondit Paula. Je l'estime grandement, et mon patron, le Dr Maurice Bennett, dit qu'il est d'une grande intégrité.

Seth, piqué par ces propos, se demanda une seconde s'il fallait y voir une quelconque allusion. Il tourna la tête vers la jeune femme et l'expression de son visage lui prouva qu'il se trompait. Elle était presque trop belle, trop sereine et exerçait sur lui un charme puissant qui le troublait et l'agaçait à la fois.

La conversation glissa ensuite vers d'autres sujets. Paula apprit que Seth, lui aussi, aimait la chasse.

— Ce que je préfère, lui confia-t-il, c'est traquer le daim. J'avais l'habitude d'aller en Écosse, tous les ans, pour l'ouverture. Il m'est souvent arrivé d'avoir la chance de repérer les traces d'un grand mâle et de le suivre ainsi à pied, toute la journée, à travers la lande jusque dans les collines. C'est vraiment très excitant.

— Vous faisiez-vous accompagner par un garde ou un rabatteur?

— Les premières fois, oui, mais aujourd'hui, je préfère être seul. Ainsi, tout se passe... comment dirais-je... entre la bête et moi.

— Moi, je n'ai jamais tiré que le faisan. C'était avec mon père dans le Maine, raconta-t-elle, ravie de ce goût commun. J'ai toujours aimé marcher ainsi dans les bois et voir tout à coup les oiseaux s'envoler juste sous mes pas. Je me rappelle que papa me disait d'épauler et de viser les pattes.

— Votre père doit être un homme hors du commun, dit Seth en souriant. J'espère que je pourrai un jour faire sa connaissance.

— Qui sait? répondit Paula tout en songeant que ce dernier, qui n'avait jamais eu de sympathie pour Bob, « le cow-boy » comme il l'appelait, n'en aurait sûrement pas davantage pour l'héritier Millway.

Seth, au fil des minutes, se sentait de plus en plus proche de Paula, comme si des liens invisibles les rapprochaient petit à petit l'un de l'autre. Il avait été séduit à l'instant même où il l'avait vue et chacune de leurs rencontres était dès lors restée gravée dans sa mémoire. Cependant, certains détails l'inquiétaient : la jeune femme, d'abord, était plus intelligente que toutes ses ex-petites amies, ce qui lui ôtait toute supériorité sur elle ; ensuite, il ne parvenait pas à savoir ce qu'elle pensait de lui et si ses sentiments étaient ou non partagés.

Seth gara la voiture à quelques mètres du restaurant, dans Main Street, le long de la marina. La pluie avait cessé et une légère brise soufflait, faisant cliqueter les drisses des voiliers amarrés non loin. La rue était sombre. Paula, que l'obscurité inquiétait un peu, prit le bras de son cavalier, et son cœur se mit à battre plus fort.

Chez Jacques était un restaurant à la décoration

typiquement française, à la fois rustique et raffinée. Les tables, recouvertes de nappes empesées, étaient joliment dressées, l'argenterie et les verres en cristal brillaient de mille feux, tandis qu'un immense buffet en chêne, près de la porte menant à la cuisine, croulait sous les corbeilles de fruits, les entremets et les pâtisseries.

L'hôtesse qui les avait accueillis les conduisit jusqu'à leur table, qui n'eut pas l'heur de plaire à Seth. Celui-ci voulait être près de la fenêtre. Ils durent donc patienter quelques minutes pendant qu'un garçon mettait le couvert. Le pauvre jeune homme, décontenancé par le regard courroucé de Seth, en laissa tomber un moulin à poivre qui roula aux pieds de ce dernier. Paula, qui s'attendait à ce qu'il se baisse pour l'aider à le récupérer, comme elle l'aurait fait elle-même, fut étonnée de son attitude méprisante.

Tout fut bientôt prêt et ils purent enfin s'asseoir et consulter le menu.

Seth était irrité au plus haut point. Ses mains étaient moites, ses poings se crispaient malgré lui et il dut faire un effort pour se maîtriser.

— Les asperges semblent bien tentantes, dit-il à Paula. Et, croyez-moi, le canard à l'orange est un vrai délice. C'est ce que j'avais commandé l'année dernière : c'était à se pâmer.

— Non, je crois que je vais prendre un hot-dog, avec du ketchup, de la moutarde et des petits oignons, répondit Paula, taquine, en reposant la carte sur la table.

Seth, stupéfait, jeta très vite un coup d'œil au menu. Bien entendu, il ne s'y trouvait pas le moindre plat qui ressemblât à cela. Il lança donc un regard interrogateur à Paula qui lui répondit par un grand sourire moqueur ; plaisanterie qui, à l'expression de son visage, ne parut guère l'amuser.

— À vrai dire, dit Paula, redevenue sérieuse, je vais essayer le saumon grillé.

Sur ces entrefaites, le sommelier se présenta. Assez jeune, il s'exprimait avec un fort accent français. Seth fut tenté de s'adresser à lui dans sa langue. Malheureusement, il était évident que le garçon ne comprenait pas un traître mot de ce qu'on lui disait ; il confessa que, s'il connaissait bien les vins de France, son vocabulaire était, en revanche, des plus limités.

Seth devint rouge de colère.

— À quoi rime alors toute cette comédie ? Ça vous amuse peut-être de vous moquer du monde ?

— Non, bien sûr que non, répondit le serveur, pris de panique. C'est juste que...

— À moins que ce soit un jeu... En quoi allez-vous vous déguiser, ensuite, en docteur, peut-être ?

Seth semblait ivre de rage. Paula essaya de le calmer d'un regard, comme pour lui dire de laisser ce malheureux garçon tranquille.

— Certes non, monsieur, souffla le serveur, très ennuyé. Souhaitez-vous quand même commander du vin ?

— À vous, sûrement pas, fit Seth, toujours en colère. Appelez-moi le propriétaire ou le responsable, n'importe qui, mais il est hors de question que je commande quoi que ce soit à un abruti de votre espèce !

— Une seconde, Seth, fit Paula, d'une voix douce. Je peux m'en charger, si vous voulez.

Sans lui laisser le temps de riposter, elle se tourna vers le sommelier et lui sourit.

— Donnez-nous un chardonnay, de Napa Valley, si vous en avez.

— Mais oui. C'est un très bon choix, lui répondit le garçon avec un sourire reconnaissant. Je vous l'apporte tout de suite.

Seth, qui avait à peu près retrouvé son calme, réalisait à présent qu'il s'était laissé emporter et ne savait quoi faire pour rattraper sa bévue.

— Même s'il ne s'agit que d'un repas d'affaires, lui dit Paula agacée à son tour, nous sommes venus ici pour faire un bon dîner et passer une agréable soirée. Alors, tâchons d'en profiter.

Le jeune homme revint, portant une bouteille de vin blanc qu'il montra à Seth.

— Je suis désolé, monsieur, dit-il, l'air inquiet, mais nous n'avons plus de chardonnay de Napa Valley. Par contre, je peux vous proposer ce Hafner 1991, qui est excellent.

— Oui, pas mal, répondit Seth en examinant l'étiquette avec attention. D'accord.

— Très bien, monsieur. C'est un petit producteur, mais ce qu'il fait est toujours de qualité.

— Je vous crois, dit Seth, devenu conciliant. Vous en savez certainement beaucoup plus que moi sur la question.

Le serveur sourit et entreprit d'ouvrir la bouteille dans les règles. Sa tâche accomplie, il tendit le bouchon à Seth qui le sentit avant de goûter le vin et de hocher la tête en signe d'approbation.

Paula trouvait tout cela un peu ridicule et prit son mal en patience. Encore une affaire d'hommes, pensa-t-elle, les voyant faire. Seth, s'étant enfin rendu compte que le sommelier, à sa façon de faire, connaissait son métier, se détendit et engagea à nouveau la conversation avec son invitée.

— Vous êtes vraiment un vilain garçon, dit cette dernière en souriant. Vous aimez bien embêter les gens, à ce que je vois?

Seth, persuadé qu'elle lui avait pardonné son incartade, rit à son tour.

— Je vais vous dire la vérité, dit-il sur le ton de la confession. J'ai eu une enfance très difficile, je ne pouvais jamais faire ce que je voulais; alors, aujourd'hui, je me rattrape.

— Quelle vie pour vos parents! dit Paula, toujours moqueuse.

Ne pouvant trouver de repartie, Seth se renfrogna. Une fois de plus, la vivacité d'esprit de Paula l'avait pris de court. Il n'appréciait pas du tout d'être battu à son propre jeu par une femme, et surtout par celle qui comptait pour lui.

Prudent, il changea de sujet et en vint à évoquer cette fameuse bourse. Il s'efforça de se montrer aussi convaincant que possible, chose qu'il avait l'habitude de faire, d'autant qu'il avait affirmé à Coletti que le contrat était signé et qu'il lui fallait impérativement lui en apporter la preuve.

— Votre fondation subventionne-t-elle d'autres chercheurs du centre médical? demanda Paula.

— Plusieurs, répondit Seth. Je peux vous citer par exemple le docteur Clifford Abrams, que vous connaissez sûrement.

Tout en parlant, Seth sentait la tension monter à nouveau en lui. Il avait envie de parler d'autre chose, de se rapprocher de la jeune femme, de créer entre eux une certaine intimité, de la toucher, mais il savait aussi qu'il ne pouvait être question pour le moment que d'affaires. Peut-être, plus tard, quand tout serait réglé, pourrait-il envisager de nouer avec elle un autre type de relation.

Paula, de son côté, était indécise. La réaction de Seth, tout à l'heure, l'avait étonnée car il s'était montré sous un jour tout différent de celui qu'elle connaissait. Néanmoins, elle éprouvait pour lui une certaine sympathie et une réelle attirance.

Le dessert terminé, la jeune femme n'ayant encore rien laissé paraître de sa décision, Seth lui proposa d'en discuter à nouveau sur le chemin du retour, persuadé qu'elle lui donnerait une réponse favorable. Il régla donc l'addition avec sa carte de crédit, sans même regarder le montant, et laissa, avant de sortir, un pourboire plus que généreux au sommelier.

Dehors, la chaussée mouillée était devenue glissante et il prit le bras de Paula afin qu'elle ne risque pas de tomber. Rasséréné, sans doute, par la demi-bouteille de vin blanc qu'il avait bue au cours du repas, Seth était certain d'avoir gagné la partie. Paula, en effet, semblait plus détendue, plus souriante et bavardait avec lui comme s'ils étaient des amis de longue date, laissant supposer que leurs rapports pourraient peut-être prendre une tournure plus intime.

— Je vais être franche avec vous, Seth, déclara soudain Paula. Le Dr Bennett m'a déconseillé d'accepter votre bourse. Il pense que... mais peu importe. Il est tout à fait opposé à ce projet et je pense qu'en signant avec vous, je risquerais de me brouiller avec lui.

— Croyez-vous qu'il y ait là des raisons personnelles ? demanda Seth.

Paula ne répondit pas. Seth venait de prendre la bretelle de sortie de l'autoroute pour New Coventry et conduisait à vive allure. Il était à présent certain que la jeune femme avait pris sa décision, qu'elle allait accepter la bourse, qu'ils fêteraient cela au champagne et que, charmée, elle passerait la nuit avec lui.

Rentrant en ville, Seth ralentit.

— Je vous raccompagne chez vous ? demanda-t-il à sa passagère.

— Je vous remercie, mais c'est inutile, répondit-elle. J'ai ma voiture. Elle est sur le parking de l'hôpital.

Seth, à nouveau, eut envie de la toucher, de prendre sa main, de caresser son genou. Paula, qui s'était rendu compte de son changement d'attitude, fut soulagée d'être arrivée à destination. Elle ne se sentait pas prête pour ce type de relations.

— Pourrions-nous nous revoir ? fit-il. Je veux dire, non pas pour le travail, mais comme ça, pour le plaisir.

— Peut-être, répondit Paula. En tout cas, en ce qui concerne votre offre, il me faut encore un peu de temps pour réfléchir. Enfin, quoi qu'il en soit, je vous remercie pour cette délicieuse soirée.

Seth, déçu, la regarda s'éloigner, puis rentra chez lui, à faible allure, en proie à de sombres pensées.

9

Le lendemain, à un peu plus de quatre mille kilomètres de New Coventry, Steve Charnley était assis dans l'une des salles de radiologie du Los Angeles Hospital, aux côtés de Dick Farmer, le chef de service, et de Ted Brown, l'un des médecins de l'équipe. Les trois hommes, silencieux, observaient le moniteur vidéo placé juste devant eux. On devinait à leur attitude qu'ils étaient confrontés à un grave problème.

— Pourriez-vous nous repasser les dernières images, Dick ? demanda Steve qui sursauta presque au son de sa propre voix.

Dick acquiesça et Ted rembobina la bande jusqu'à l'endroit choisi. L'image en trois dimensions de la tête et du cou de la patiente, dont on distinguait très bien le système circulatoire, apparut alors sur l'écran.

— Est-ce qu'on peut centrer un peu mieux, Ted ? dit Steve. Il faudrait qu'on puisse voir les deux carotides en même temps.

Ted appuya sur diverses touches de la console et le cliché pivota lentement sur lui-même.

— Splendide ! s'exclama Steve en se concentrant sur

la partie inférieure du cou et attendant l'apparition du produit de contraste au niveau des artères.

Le produit avait été injecté à la malade environ quarante minutes auparavant et sa progression dans les vaisseaux sanguins avait ensuite été enregistrée seconde par seconde. À présent, le film repassait presque au ralenti, et on pouvait voir le produit avancer dans les artères, un peu à la manière du mercure dans un thermomètre.

— Est-ce que vous pourrez faire un arrêt, là, à l'endroit où le liquide arrive au niveau du bulbe ?

Ted obtempéra et les trois hommes virent très nettement l'image de la carotide, à son point de division. La bifurcation gauche montrait, grâce à l'opacifiant, un important rétrécissement.

— Qu'est-ce que vous en pensez, Dick ? dit Steve, l'œil toujours fixé sur l'écran.

— Je dirais que l'artère est bouchée à environ 80 %, répondit Farmer, mais, si vous avez une minute, je pourrai vous donner des chiffres plus précis.

La porte s'ouvrit, laissant apparaître la tête d'un interne.

— La malade est prête, Steve, dit-il. On peut commencer quand vous voulez.

— J'arrive dans deux minutes, répliqua ce dernier, mais je vais avoir besoin du scope.

— Pas de problème, c'était prévu.

— 94 %, annonça ensuite Dick avec une note d'incrédulité dans la voix.

Il n'en croyait pas ses yeux et restait là à contempler l'écran.

— C'est à peine croyable ! Comment cette femme

peut-elle encore être en vie, dans de telles conditions? Je n'aurais jamais pensé qu'elle était atteinte à ce point, reprit-il, inquiet.

— Elle a déjà fait quatre accidents vasculaires cérébraux, fit remarquer Steve.

— Non, trois, d'après son dossier, corrigea Dick en regardant Steve.

— Elle en a refait un il y a à peine deux heures et c'est ce qui explique qu'on ait fait appel à nous.

Ils se replongèrent dans l'observation des différents clichés, puis Steve intervint à nouveau.

— Serait-il possible de faire pivoter la tête, lentement; on dirait bien que le caillot repose sur la paroi postérieure de l'artère.

Ted pianota sur les touches de son clavier et les trois hommes purent examiner à loisir la masse coagulée qui obstruait le vaisseau.

— Parfait, dit Steve lorsqu'il eut terminé son examen. C'était formidable, messieurs, un grand merci à vous tous.

— Tout le plaisir était pour nous, répondit Dick.

Cette remarque surprit Ted. Dick était son supérieur; il aurait été plus logique que ce soit lui, le jeune médecin, qui fasse preuve d'humilité, et non le contraire.

— Cela vous ennuierait-il qu'on assiste à l'artérioscopie?

— Pas du tout, au contraire. Nous avons fait installer un moniteur dans le petit salon, à l'entrée du service, afin que tous ceux qui le souhaitent puissent regarder.

— Parfait, on finit ici et on y va.

Steve sortit pour se rendre en salle d'opération et Ted joua une dernière fois avec les touches de son ordinateur pour rendre la bande visible au bloc.

— C'est quelqu'un, ce Steve, non? dit Ted en s'adressant à Farmer.

— Oui, on peut le dire, répliqua Dick avec une petite note de jalousie dans la voix. Je me demande comment il fait pour arriver à mener de front son internat et le développement d'appareils et d'instruments médicaux.

— On dit qu'il doit partir pour New Coventry, quand il aura fini ses cours chez nous, poursuivit Ted.

— Oui, c'est bien dommage, déclara Dick en haussant les épaules. Il a une place toute trouvée, ici. Enfin, ça le regarde, pas vrai!

Lorsque Steve Charnley entra en salle d'opération, l'atmosphère était pour le moins électrique. C'était la première fois, en effet, qu'on allait utiliser un artérioscope sur un être humain et la nouvelle avait fait le tour de l'hôpital. Tous les chirurgiens, depuis des années, pratiquaient ces endoscopies qui leur permettaient d'explorer aussi bien les poumons, la vessie, l'estomac ou les intestins de leurs patients, mais aucun chercheur, jusqu'à présent, n'avait réussi à surmonter les difficultés liées à l'examen des artères ou des veines. Beaucoup avaient essayé et avaient dû renoncer, le sang constituant l'obstacle principal. Certains avaient même fait en sorte que la circulation soit arrêtée en amont du segment atteint, mais il en avait résulté des dommages quasi irréversibles pour les tissus situés en aval. Cette technique avait été abandonnée.

Steve n'avait pas encore le droit d'opérer, son internat n'étant pas terminé. Il avait donc demandé à Armand Nessler, un spécialiste en chirurgie vasculaire qu'il appréciait pour ses grandes compétences, s'il accepterait de travailler avec lui sur son projet. Nessler n'avait pas hésité et s'était entraîné au maniement délicat de l'appareil sur des cobayes jusqu'à ce qu'il se sente à l'aise.

Armand, bien que captivé par ce qui allait se passer, était plutôt nerveux : aucune intervention de ce genre n'avait encore été tentée.

— Vous avez bien averti la malade qu'il s'agissait d'une méthode expérimentale, n'est-ce pas? demanda-t-il à Steve en finissant de se préparer.

— Mais oui! Je lui ai expliqué comment les choses allaient se dérouler et j'ai eu également une longue conversation avec sa fille et son mari. Je ne leur ai pas caché que l'opération était risquée et ils ont même accepté de me signer une décharge. J'ai aussi l'approbation du ministère et la permission du directeur de l'hôpital d'utiliser mon propre équipement. Nous sommes donc couverts.

Dans la salle, la patiente, dont on ne voyait que le côté gauche du cou, était prête. La caméra placée juste au-dessus de la table n'était pas encore allumée, ni le poste, près de l'appareil d'anesthésie, qui, tout à l'heure, diffuserait les images de cette artère dont le diamètre ne dépassait pas celui d'un crayon, filmées au moyen d'un minuscule tube de fibres optiques.

Pendant ce temps, Ted et Dick étaient arrivés dans le petit salon, déjà plein à craquer. Une vingtaine de personnes étaient là, les yeux rivés sur les deux écrans, l'un montrant le champ opératoire, l'autre neigeux, puisque asservi à l'artérioscope.

— Je me demande comment ils arrivent à voir l'intérieur du vaisseau, dit Ted à voix basse, puisque en principe tout est obscurci par le sang.

— Steve procède en injectant d'abord une dose de solution physiologique salée oxygénée, répondit Dick qui avait déjà posé la question à son ami Steve. Le sang est chassé et ils disposent ainsi de quelques instants pour examiner les parois de la veine ou de l'artère et faire ce qui convient.

Armand Nessler entra à cet instant en salle d'opération, suivi de Steve. L'infirmière qui les accueillit sembla hésiter un instant — le protocole voulait, en effet, que l'on présentât d'abord au chirurgien en titre un linge stérile pour qu'il s'essuie bras et mains, puis à son assistant. Mais dans ce cas précis, le rôle principal revenait à Steve, aussi commença-t-elle par lui, avant de tendre, un peu embarrassée, une autre serviette à Armand qui, compréhensif, lui fit un grand sourire.

Une fois gantés et masqués, les deux hommes s'approchèrent de la table. Steve prit place à la gauche du patient tandis qu'Armand passait de l'autre côté. Steve débarrassa ensuite la console de sa housse et appuya sur un bouton. Une lumière vive jaillit de l'artérioscope et le second écran de la salle de repos s'illumina, faisant taire tous les bavards. Steve passa ensuite sa main gantée devant l'extrémité du tube et l'image se forma instantanément sur le moniteur.

— C'est bien net, dit Ted, on voit tous les détails.

Dick approuva d'un signe de tête, tandis que le téléviseur redevenait noir, Steve ayant éteint le scope.

Tous les spectateurs se tournèrent donc vers l'autre poste pour observer le début de l'intervention.

Steve pratiqua d'abord une petite incision dans le cou, deux centimètres au-dessus de la clavicule gauche. Un des haut-parleurs du salon émit quelques crachotements, puis la voix de Steve se fit entendre. Il semblait très calme, comme s'il ne s'agissait que d'une banale opération, mais en réalité son cœur battait à tout rompre.

— Grâce à cet appareil, je n'ai pas besoin d'ouvrir sur une grande longueur, commenta-t-il.

Il ne fallut que quelques secondes à Armand, expert en la matière, pour localiser la carotide qui apparut sur le moniteur, telle un cordon blanchâtre de la grosseur d'un stylo, tout près de la veine jugulaire, de couleur bleue. Steve isola le vaisseau avant de se saisir de pinces.

— Je vais clamper l'artère, dit-il à l'intention de l'anesthésiste avant de s'adresser aux spectateurs. Je vais d'abord vérifier que tout va bien en amont et en aval du tronçon à traiter, puis j'introduirai l'endoscope. À cet instant précis, le téléviseur deviendra complètement rouge et vous ne verrez rien d'autre pendant quelques secondes.

Tous les chirurgiens, dans la salle d'attente, semblèrent retenir leur souffle à l'approche de l'instant fatidique.

L'image sur l'écran se troubla, lorsque Steve prit la sonde. La petite incision faite sur l'artère devint de plus en plus grande à mesure que le tube approchait, puis l'écran devint écarlate, comme l'avait annoncé Steve. L'endoscope était entré dans la carotide et, trois secondes plus tard, se trouvait au niveau du caillot. Steve injecta alors une dose de solution salée et, comme par magie, le sang disparut. Tous les spectateurs en eurent le souffle coupé. C'était la première fois qu'ils pouvaient voir sur un patient en vie l'intérieur d'une artère grossie au point de ressembler à une sorte de tunnel, aux parois incurvées et légèrement jaunâtres.

— Nous y sommes, dit Steve dont la voix trahissait l'excitation. L'occlusion est juste devant, à environ un centimètre de l'extrémité de l'endoscope.

Le poste vira au rouge encore une fois, mais tout redevint clair après une nouvelle injection de sérum. La sonde était à présent au contact d'une masse dure, calcifiée, obstruant la presque totalité de la carotide.

— Ce petit point noir que vous apercevez au fond est la seule ouverture par laquelle le sang peut circuler et irriguer ce côté de son cerveau, dit Steve, dont le ton reflétait bien la gravité et l'urgence de la situation.

Il fallait en effet rétablir le passage, dans les plus brefs délais.

— Nous allons utiliser la foreuse, continua Steve.

Cet appareil était constitué d'une petite fraise en acier rapide, introduite dans l'endoscope et activée par un minuscule moteur électrique. Steve avait passé des heures à mettre ce dispositif au point et plus encore à apprendre à s'en servir avec précision.

— Je vais commencer à creuser dans cette masse dure qui bouche l'artère. Pendant quelques secondes, vous ne pourrez pas voir grand-chose. Je voudrais aussi vous préciser que conjointement à la fraise, je vais utiliser un petit système d'aspiration qui évacuera les débris au fur et à mesure afin qu'ils ne passent pas dans la circulation et atteignent le cerveau.

Pendant les deux minutes qui suivirent, tous les spectateurs purent voir l'outil mordre dans le caillot et les débris disparaître dans la sonde.

— À ce stade de l'opération, nous devons faire très attention, déclara alors Steve. Il est difficile de déterminer l'épaisseur exacte du thrombus, et nous devons avancer avec la plus grande prudence afin de ne pas perforer la paroi du vaisseau.

Un silence religieux suivit ces paroles. Les médecins et les chirurgiens savaient que les conséquences d'une telle lésion pouvaient être catastrophiques, voire fatales à la malade.

— Je préfère être à ma place plutôt qu'à la sienne, dit Ted à mi-voix, faisant ainsi sourire la plupart des spectateurs qui, comme lui, se réjouissaient de ne pas être en salle d'opération.

— Ça se passe bien, déclara Armand qui ne quittait pas des yeux le moniteur placé près de lui.

La moitié du caillot avait été détruite et le passage libéré à environ 50 %.

Steve marqua une pause, comme il le faisait à intervalles réguliers, pour permettre un retour de la circulation et en profita, comme chaque fois, pour aspirer les particules restantes, bien visibles sur l'écran de contrôle et semblables à des gravillons, puisque grossies des dizaines de fois, avant de les évacuer vers un bocal rempli de sérum physiologique, placé près de la machine.

Enfin, au bout de six minutes, qui semblèrent durer des heures aussi bien au public qu'à Steve et Armand, l'artère fut totalement débarrassée de l'amas qui l'obstruait et retrouva son diamètre normal. Steve injecta une dernière dose de sérum pour bien nettoyer le vaisseau, et toute l'assistance, dont Ted au comble de l'énervement, put constater que l'ouverture était dégagée et que le sang allait pouvoir à nouveau passer.

Steve vérifiait une dernière fois qu'il ne subsistait plus aucun fragment du caillot, lorsqu'une masse rouge sombre envahit les écrans.

L'assistance ne réagit pas sur le moment, ne voyant rien que de normal, mais au ton de Steve, chacun comprit qu'il se passait quelque chose d'imprévu.

— Qu'est-ce que c'est que ça ?

— On dirait un caillot, répondit Armand. Mon Dieu ! Dites-moi que je me trompe !

— Non, c'est bien ça ! Mais d'où peut-il bien venir ? dit Steve, paniqué.

La masse brunâtre continuait à se déplacer dans l'artère.

— Retirez la sonde, Steve ! ordonna Armand d'une voix calme. Clampez l'artère le plus haut possible.

Nessler avait l'habitude de ces situations extrêmes, où la vie du patient était en danger.

— Donnez-moi une petite pince DeBakey, demanda-t-il ensuite à l'infirmière, avant de se tourner à nouveau vers Steve. Essayez également de rétracter la veine au maximum.

Dans le salon, des murmures se faisaient entendre, trahissant la confusion des spectateurs.

— On dirait qu'Armand a pris les choses en main, murmura Dick, comme pour lui-même. Il aurait dû prendre le commandement dès le début.

— Sa tension baisse, dit soudain l'anesthésiste. Que se passe-t-il, docteur Nessler ?

— On a un gros problème, répondit Armand, brièvement. Je vais être obligé d'ouvrir la carotide. Il y a un nouveau thrombus venu d'on ne sait où. Il faut absolument l'ôter.

Pendant ce temps, Steve essayait de se reprendre. Il ne pouvait plus rien faire.

— Scalpel, lame n° 11, ordonna Armand à l'instrumentiste.

Il fit ensuite une incision longitudinale dans l'artère et la maintint ouverte par des forceps. Le vaisseau était bouché par un énorme caillot, d'apparence ancienne. Pendant plus de dix minutes, les deux hommes s'efforcèrent de l'extraire, mais chaque fois qu'ils en enlevaient un fragment, un autre apparaissait. Quelques minutes plus tard, les battements du cœur de la malade devinrent irréguliers, puis s'arrêtèrent. Les deux hommes tentèrent avec succès un massage cardiaque, puis durent avoir recours au défibrillateur. Le cœur repartit, mais s'arrêta bientôt en dépit de tous leurs efforts et des divers médicaments qu'ils administrèrent à leur patiente. Une demi-heure après l'apparition du caillot, la patiente fut déclarée officiellement morte.

Restés seuls dans la salle d'attente, Ted et Dick demeurèrent un instant silencieux, puis s'en retournèrent à leurs occupations, effondrés.

Une autopsie fut ordonnée dès le lendemain et le pathologiste découvrit une immense masse de sang coagulé allant de la carotide gauche au cerveau.

— Le caillot a pris naissance au niveau du cœur, expliqua-t-il à Steve qui, n'ayant pas dormi de la nuit, paraissait épuisé et hagard. Il était logé dans l'oreillette gauche, très certainement depuis longtemps, puis il s'est détaché, sans qu'on sache pourquoi.

Il montra à Steve le cœur qu'il venait de disséquer et sur lequel on distinguait un petit morceau du caillot, encore fixé à la paroi.

— Personne ne pouvait savoir qu'il était là. Vous pas plus qu'un autre. Malheureusement, il a commencé à se déplacer au mauvais moment, juste quand vous opériez. Mais rassurez-vous, tous les médecins connaissent des échecs. Vous vous en remettrez, conclut-il en posant la main sur l'épaule de Steve pour le réconforter.

Une semaine après cette catastrophe, Steve Charnley rendit visite à Dick Farmer, le responsable du service de radiologie.

Ce dernier le reçut dans son bureau, sans enthousiasme aucun. En fait, il semblait même plutôt ennuyé de cette visite.

— Entrez, asseyez-vous ! Qu'est-ce qui vous amène ? demanda-t-il.

— Rien de bon, répliqua Steve.

Ce dernier, depuis la mort de sa patiente, avait beaucoup changé. Il avait toujours affiché un dynamisme surprenant, même lorsque la charge de travail était telle qu'il ne pouvait dormir guère plus de deux ou trois heures par nuit. Cette fois, il semblait en pleine dépression.

— Et l'enquête ? interrogea Dick.

— Vous savez ce que c'est, répondit Steve. Ils m'ont

tout mis sur le dos. Mais je vous remercie de m'avoir soutenu, car ça n'a pas dû être facile pour vous.

— La chasse aux sorcières est l'un des passe-temps favori des Américains, fit Dick en haussant les épaules. Il faut faire avec.

— Vous souvenez-vous que je vous ai dit devoir rester ici, après mes examens ? Eh bien ! figurez-vous que mon patron m'a convoqué hier pour m'informer qu'en fin de compte il n'y aura pas de place libre et que je devrai aller chercher du travail ailleurs.

— Pourquoi pas New Coventry ? N'en était-il pas question voici quelque temps ?

— Oui, mais il y a plusieurs mois de cela. Ils ont engagé quelqu'un d'autre. Une femme.

— Vous trouverez bien un autre hôpital, s'exclama Dick en regardant subrepticement sa montre. Il y en a des tas.

— C'est ce que vous croyez ! J'ai appelé partout. Chaque fois on m'a répondu : « Désolé, nous n'avons aucun poste de libre en ce moment. »

— Les nouvelles vont vite, à ce que je vois. Beaucoup pensent que votre artérioscope est la cause du problème, mais j'imagine que vous saviez à quoi vous vous exposiez en l'utilisant.

— Oui, mais tout le monde dit à présent qu'il n'était pas au point, que je n'aurais pas dû m'en servir avec cette malade, que j'ai pris des risques inutiles et que tout ce que je voulais, c'était faire ma publicité. Comme d'habitude, chacun ouvre son petit parapluie et reste sagement dans son coin.

Dick, embarrassé, n'avait plus qu'une envie : que Steve s'en aille.

— Je ne sais plus quoi faire, Dick. Aucun grand centre médical ne veut de moi et il n'y a que là que je pourrai continuer mes recherches.

— Le problème avec vous, Steve, c'est que vous vous enthousiasmez toujours pour un projet et que vous parvenez à convaincre trop de monde. Ensuite, si vous échouez, ils vous laissent tous tomber parce qu'ils ne veulent pas reconnaître qu'ils y ont cru, eux aussi. Les choses seraient bien différentes si vous n'étiez qu'un interne comme les autres. Mais il y a trop de rivalité, trop de jalousie dans notre métier. Lorsque l'adversaire est à terre, ceux qui se sentent menacés s'arrangent toujours pour l'enfoncer un peu plus.

— Voilà qui est encourageant, dit Steve avec un pauvre sourire. Et que me conseillez-vous de faire?

— Des tas d'options s'offrent à vous, répondit Dick en tripotant son stylo. Pourquoi ne pas ouvrir un cabinet? Beaucoup d'internes le font.

— Et soigner hémorroïdes et varices entre deux conflits avec les compagnies d'assurance qui refusent de payer les frais médicaux? Merci bien! Et puis, ce serait tirer un trait sur tout le travail de recherche accompli depuis des années. Quel gâchis!

— Tentez votre chance auprès d'une société de matériel médical, comme Olympus, par exemple. On vous ferait tout de suite un pont d'or. Ou alors un laboratoire pharmaceutique. Il y en a des dizaines qui sont très bons et disposent d'équipements ultramodernes. Ils vous accueilleraient à bras ouverts.

— Oui, bien sûr, dit Steve en se levant. Mais franchement, je ne me vois pas passer vingt années de ma vie à tester des cosmétiques. Non, vraiment pas, mais merci tout de même pour vos suggestions.

Dick se leva à son tour, de toute évidence peiné.

— Dans ce cas, Steve, tout ce que je peux faire, c'est vous souhaiter bonne chance, dit-il en lui serrant la main avant de le regarder s'éloigner.

10

Quelques jours plus tard, Seth, assis devant son bureau, ruminait de sombres pensées. Il était sans nouvelle de Paula et se faisait du souci. Il avait joué son va-tout avec Vincent Coletti et maintenant il avait peur. En effet, Coletti lui avait déjà prêté de grosses sommes qui avaient servi à rembourser le découvert de la caisse de retraite dans laquelle Seth avait puisé et à payer certaines dettes urgentes. Mais le problème n'était pas là. En fait, Coletti, alléché par le projet et les énormes bénéfices qui devaient en découler, avait fait appel à des investisseurs dont la réputation était loin d'être sans tache et qui, à eux tous, avaient engagé des capitaux considérables.

Seth savait qu'en cas de problème il ne lui suffirait pas de rembourser les sommes empruntées. Il réalisait que si l'on découvrait la supercherie, Coletti, pour ne pas passer pour un idiot, prendrait des mesures radicales à l'encontre de Seth, du style voiture piégée ou balle tirée à bout portant par un inconnu. Seth en avait des sueurs froides, mais il avait agi en connaissance de cause et n'avait pas hésité à présenter à

Coletti un faux contrat par lequel la jeune femme cédait tous les droits de son invention aux Laboratoires Millway.

Il fallait qu'il trouve une solution, un moyen de s'en sortir. Mais il ne parvenait pas à se concentrer. L'image de Paula revenait sans cesse le hanter.

Énervé, il décida d'aller jusqu'au laboratoire discuter avec Desmond Connor du travail de la jeune femme, comme si parler d'elle lui était devenu indispensable.

— L'idée n'est pas nouvelle, dit Connor, après l'avoir convié à s'asseoir. De grandes compagnies et de nombreux chercheurs ont travaillé là-dessus pendant des années et ont dépensé des millions de dollars, sans résultat. Tous les projets du même type ont, si je me souviens bien, été abandonnés pour les mêmes raisons.

— Mais, dans ce cas, comment le Dr Cairns, avec le peu de moyens dont elle dispose, a-t-elle été capable de résoudre le problème, là où tous les autres ont échoué?

— Elle n'est pas encore arrivée à la phase finale et nous savons qu'elle est confrontée à de grosses difficultés, comme par exemple le mode d'administration du produit.

— D'accord, fit Seth agacé, mais ce que je vous demande, c'est comment elle a pu trouver la bonne combinaison d'enzymes alors que tous les autres, même les plus doués, n'y sont pas parvenus? Et pourquoi vous-même n'y arrivez-vous pas?

— Je vais vous répondre, monsieur, répondit Connor en essayant de cacher son exaspération. C'est parce qu'elle fait partie de ces rares chercheurs, qui, une fois tous les dix ou vingt ans, font une découverte capitale pour la science, et possèdent ce que l'on appelle du génie, voilà pourquoi !

Seth saisit le listing informatique de tous les scientifiques et de tous les organismes financés par la Fondation que lui avait préparé Connor. L'un d'eux, avec tous les dollars qu'il recevait, trouverait peut-être la solution.

Seth y jeta un coup d'œil et y vit le nom de Clifford Abrams. Les recherches de ce dernier étaient au point mort — inutile de compter sur lui, mais Seth venait d'avoir une autre idée.

— Dites-moi, Desmond, que savez-vous sur le docteur Abrams ? D'après ce que je vois, nous lui versons de coquettes sommes. Il doit faire du bon travail, non ?

— Pas exactement, répondit Connor. Il a fait il y a quelques années des découvertes intéressantes sur les caillots, mais à présent il est dépassé.

— Eh bien ! dit Seth, poursuivant son raisonnement, puisque nous finançons ce monsieur, nous pouvons très bien le convoquer à la Fondation et lui demander, en lui donnant la possibilité d'engager qui il veut, même les plus grands, de travailler sur un projet similaire à celui du docteur Cairns. Cela prendra peut-être du temps, mais cela doit marcher, non ?

— Aucune chance, répliqua Connor, au grand désarroi de son patron.

Il s'adossa à son fauteuil et soupira, visiblement las d'avoir à tout réexpliquer.

— Vous rappelez-vous ce que je vous ai dit, à propos de tous ces chercheurs et de ces grands laboratoires ? Si nous décidons d'embaucher du personnel pour travailler sur ce programme, nous retomberons sur ces mêmes types et nous ne serons pas plus avancés. Le temps qu'ils trouvent enfin quelque chose, le Dr Cairns aura résolu tous ses problèmes et nous, nous aurons perdu notre temps et beaucoup d'argent.

— Donc, si je comprends bien, il n'y a que Paula Cairns qui soit capable de réussir, c'est ça ? dit Seth en crispant ses poings de rage.

— À moins que quelqu'un d'autre ait des compétences similaires, mais je ne vois pas qui.

— Il faut donc trouver un moyen de la faire travailler pour nous.

— Oui, mais je ne sais pas comment. Il lui faudra un certain temps avant d'obtenir une bourse, mais elle l'aura, à coup sûr. Après quoi son invention, une fois au point, tombera dans le domaine public, à moins que son université ne passe un contrat de plusieurs millions de dollars avec un gros labo, et tout sera dit.

— On ne peut pas laisser faire ça, rétorqua Seth, angoissé à l'idée de sa prochaine entrevue avec Coletti. Il faut faire quelque chose, et vite ! Clifford Abrams pourrait bien, j'en suis certain, nous fournir la solution. Je vais y réfléchir.

Dans la journée, Seth résista à plusieurs reprises à l'envie de téléphoner à Paula car il savait que, s'il se montrait trop pressant, elle pourrait peut-être décider de le laisser tomber et d'aller voir ailleurs.

Paula, quant à elle, ne savait pas quoi faire. Elle n'ignorait pas que, si elle acceptait cette bourse, ses relations avec Maurice Bennett en seraient assombries, et c'était bien la dernière chose qu'elle souhaitait. L'attitude de Seth ne faisait qu'ajouter à sa confusion. Il était tour à tour charmant, attirant, colérique et machiavélique. Elle n'avait pas oublié non plus sa visite à l'hôpital pour cette prétendue hernie et n'avait plus, en fait, vraiment envie de le revoir.

Par association d'idées, Paula pensa à Nicole, sa seule patiente « privée ». Maurice Bennett, à son arrivée, lui avait confié qu'il ne lui fallait pas compter se faire une clientèle en quelques semaines. La concurrence, à New Coventry, était rude, et les médecins du secteur libéral, tels Walter Eagleton et ses confrères, se partageaient déjà toute la population aisée, laissant aux médecins du secteur public les classes moyennes et les déshérités. Ces messieurs se contentaient, au volant de leur Mercedes ou de leur Jaguar, de se renseigner sur l'identité des malades admis aux urgences, grâce à des informateurs bien placés. Si par hasard, parmi ceux-ci, figurait un de leurs patients, ils n'hésitaient à faire demi-tour sur la route et à se précipiter à l'hôpital pour pouvoir intervenir avant qu'il ou elle ait été pris en charge par une autre équipe.

Cela leur rapportait beaucoup d'argent et surtout ne leur coûtait pas grand-chose, juste quelques petits cadeaux à Noël ou un bon dîner de temps en temps.

Paula avait pris l'habitude d'aller voir Nicole trois ou quatre fois par jour, non par nécessité, mais parce qu'elle appréciait sa compagnie. Elle lui rappelait un peu sa propre enfance, même si les choses avaient beaucoup changé depuis et que les bambins d'aujourd'hui étaient beaucoup plus dégourdis.

— Qu'est-ce que tu écoutes? demanda-t-elle à Nicole qui s'agitait au rythme de la musique que diffusait son baladeur.

La fillette lui fit un grand sourire, mais n'en ôta pas pour autant ses écouteurs.

Des dizaines de signatures et de messages de sympathie de ses amies d'école recouvraient son plâtre. Il y en avait de toutes les couleurs. Certaines même, aux dires de l'adolescente, étaient fluorescentes. Le malheureux plâtre, sous ses nombreuses décorations, était dans un état lamentable. On eût dit qu'il avait été posé des mois auparavant.

— Elle ne veut pas se servir du bassin, confia une infirmière à Paula. Elle va toute seule à la salle de bains, à cloche-pied, quand elle ne sort pas dans le couloir pour dire au revoir à ses camarades ! Et nous, nous passons notre temps à la remettre au lit.

— Je crois que je commence à sentir mes doigts de pied, dit Nicole, soulevant ses écouteurs. J'adore cette chanson, pas vous ?

Paula s'approcha avec prudence du casque, mais la musique, trop forte, la fit reculer. L'enfant reprit donc son bien, pas gênée le moins du monde par le vacarme infernal, et se remit à fredonner.

Paula voulut savoir quel orteil était redevenu sensible, mais la fillette ne lui répondit pas plus que la première fois.

11

Seth était dans son bureau quand Geoffrey Susskind, l'avocat de l'hôpital, lui téléphona.

— Je ne peux pas vous parler maintenant, lui répondit-il, je vous contacterai plus tard.

Deux visiteurs, qui n'étaient autres que Vincent Coletti et Mike Petras, venaient en effet d'entrer sans se faire annoncer.

— Pas d'appels pour le moment, vous voulez bien, dit Coletti d'un ton cassant.

Seth, impressionné, obtempéra et demanda à sa secrétaire par l'interphone de ne plus lui passer de communications jusqu'à nouvel ordre.

— Vous semblez avoir des ennuis, dit-il à Coletti. Pourquoi ne vous asseyez-vous pas?

— C'est vous qui avez des problèmes, rétorqua Vincent. Vous m'avez menti, Seth. Vous m'avez mené en bateau avec votre faux contrat pour pouvoir empocher mon fric et celui de mes associés.

Seth sentit un frisson le parcourir. Il n'avait pas vraiment peur de Coletti ni de Petras, mais il se demandait comment ils avaient pu se rendre compte de la supercherie. Quelqu'un l'avait trahi, et ce ne pouvait être que Susskind, le seul à part lui qui fût au courant du stratagème et qui sût que Paula n'avait encore rien signé.

Petras, sur un signe de Coletti, alla se placer devant la porte, en barrant ainsi l'accès.

— Vous avez raison, Vincent, je vous ai trompé, dit Seth. Je l'admets et j'en suis désolé. Je n'ai fait qu'anticiper un peu les événements. Tout ce que je vous ai dit sur le travail de cette femme est vrai et nous rapportera des millions de dollars. Je vous le garantis.

— Que vous dites! répliqua Coletti. Mais moi, je conçois les choses différemment. À mon avis, tout ce fric va nous passer sous le nez car ni vous, ni la Fondation, n'êtes encore propriétaire des droits, et cela n'est pas près de se produire. Vous auriez dû me dire la vérité, Seth.

Coletti, très calme, toisait Seth de toute sa hauteur, faisant planer dans l'air comme une menace. Seth se trouvait en position d'infériorité, situation qui lui déplaisait au plus haut point.

Toutefois, sentant le danger, il ravala son orgueil et préféra tout avouer à Coletti, excepté quelques menus détails qu'il garda pour lui.

— J'étais de bonne foi. De toute façon, rien n'est perdu, puisqu'elle ne nous a pas encore donné sa réponse au sujet de la bourse. J'ai essayé pendant des heures de lui faire comprendre que c'était la meilleure solution pour elle, mais...

— Vous auriez peut-être mieux fait de la boucler et de la laisser décider par elle-même. Et, si c'est non, qu'est-ce que vous ferez?

— Nous essaierons de trouver un autre moyen de nous approprier, légalement, les droits d'exploitation de son brevet.

— Légalement ? ironisa Coletti. Vous vous foutez de moi ou quoi ? Il y a le feu à la baraque et le seul mot qui vous vient à l'esprit, c'est « légalement » !

— C'est une possibilité qui n'est pas à négliger, reprit Seth, peu convaincu lui-même de la réussite d'un tel projet.

— La seule raison pour laquelle je suis ici, reprit Coletti toujours très maître de lui, et pour laquelle vous n'êtes pas en train de pourrir au fond d'une rivière, c'est que j'ai ma fierté et que je ne veux pas passer pour un crétin aux yeux de mes associés. Je me dois de protéger leurs investissements, ainsi que les miens par la même occasion, et de m'assurer qu'ils empocheront bien les bénéfices promis.

— Soyez sans crainte, Vincent. Ils auront leur argent et vous aussi. Il reste juste quelques petits détails à mettre au point.

— Alors, dépêchez-vous ! riposta Coletti en s'asseyant et en posant les pieds sur le bureau directorial. Je pense, moi, que seul réussit celui qui évalue bien les risques, pas celui qui se demande ce qui est bien et ce qui est mal. Mais revenons à notre projet. Si ça ne donne rien « légalement », qu'est-ce que vous envisagez ?

— Vous voulez dire au cas où elle ne voudrait pas signer ? Ce serait étonnant car j'ai demandé à Susskind de s'occuper d'elle. C'est lui que j'avais en ligne quand vous êtes arrivé. Ses services ne sont pas donnés, mais, si ça marche, on fera plus que rentrer dans nos frais.

D'une manière ou d'une autre, elle sera obligée de travailler pour nous.

Seth expliqua ensuite son plan à Coletti, qui ne se montra pas vraiment enchanté.

— Vous n'avez pas envisagé tous les aspects du problème, mon vieux. Que ferez-vous si elle trouve un moyen d'éviter le piège et qu'elle vende sa découverte à un autre laboratoire, ici ou même à l'étranger ?

— Pas de danger, déclara Seth qui avait retrouvé tout son mordant. D'abord, parce qu'elle va collaborer, de gré ou de force. Ensuite, parce que si elle vendait son brevet à une autre firme, alors qu'elle l'a mis au point avec nos fonds, elle commettrait un délit et nous serions en droit de la poursuivre en justice et de demander réparation.

— Arrêtez de dire des conneries, dit Coletti avec un rire sardonique. Demander réparation... tu parles ! Tout ce qu'elle a à faire pour déjouer vos plans, c'est publier le résultat de ses recherches dans n'importe quel magazine scientifique. Tout tombera alors dans le domaine public et le premier imbécile venu pourra exploiter sa découverte. Et ne me dites pas qu'il y a des lois protégeant les détenteurs de brevets. Il suffit d'une infime modification dans le produit pour que vous ne puissiez plus faire valoir vos droits, et croyez-moi, mon vieux, tous les grands labos ont à leur disposition des dizaines de scientifiques et d'avocats qui vous rouleront dans la farine en moins de deux.

— Dans ce cas, répondit Seth non sans une certaine insolence, auriez-vous des conseils à me donner ?

Coletti regarda Seth droit dans les yeux. Était-il allé trop loin ?

— Je crois, reprit Coletti toujours aussi posément, que vous ne vous rendez pas compte de la situation. Votre vie ne tient qu'à un fil, et ce fil pourrait se rompre d'un moment à l'autre.

Mike Petras, comme si ces mots étaient une sorte de signal, s'avança, mais Coletti, d'un geste de la main, l'arrêta.

— J'ai, effectivement, des suggestions à vous faire, poursuivit-il. Je prends la direction des opérations et cela ne va pas être facile car je vais devoir réparer vos bêtises. De quoi avons-nous besoin ? Des résultats de ses recherches. Alors nous allons nous servir directement dans son ordinateur. Pendant que vous tenterez une nouvelle fois de lui faire signer votre fichu contrat, mes gars trafiqueront son programme.

— Ça ne marchera pas, répliqua Seth.

— Pourquoi ?

— Parce qu'elle n'a pas encore résolu tous les problèmes. Vous pensez sans doute qu'il suffit de claquer des doigts pour que tout s'arrange illico. Si c'était aussi simple, pourquoi croyez-vous que j'aurais passé tant de temps avec elle et distribué autant de pots-de-vin ? En ce qui concerne son ordinateur, il est inutile de tenter quoi que ce soit, comme au cinéma, car je serai bientôt en possession de tous les codes d'accès.

Coletti, qui l'avait écouté en silence, s'installa dans le grand fauteuil face au bureau et regarda à nouveau Seth droit dans les yeux.

— Savez-vous, lui dit-il, que vous faites l'objet d'une enquête ?

— Ce n'est pas possible, fit Seth, stupéfait. Qui ?

— Je ne sais pas exactement. Pas la police, en tout

cas ; c'est sûrement quelqu'un d'important, puisque ces personnes se sont renseignées auprès du FBI. N'auriez-vous pas oublié, par hasard, de remplir votre déclaration d'impôts, l'année dernière? À moins que vous ayez quelque chose à cacher?

— Oui, effectivement : vous!

— Ouais! Et nos petites affaires feraient mieux de rester secrètes, d'accord?

— Bon, maintenant, si tout est réglé, il faut que je me remette au travail.

— Quand je vous le dirai. Une dernière chose. Que comptez-vous faire de cette femme quand nous aurons le brevet?

— Rien, ce ne sera plus mon problème.

— Oh! que si, s'exclama Coletti. Nous, quand nous serons en possession de son invention, nous saurons la garder secrète, mais elle, rien ne l'y obligera. Voilà pourquoi je vous demande quelles sont vos intentions. Pensiez-vous l'abandonner sur une île déserte?

— Ce n'est pas une mauvaise idée, dit Seth en souriant. Décidément, c'est la grande forme, ce matin!

— Très amusant, en effet, mais pas très efficace. Il faut avoir recours à quelque chose — comment dire — de définitif. Mais soyez sans crainte, quand l'heure viendra, nous nous chargerons de tout.

Seth ouvrit la bouche pour riposter, mais Coletti avait déjà tourné les talons.

12

Deux jours plus tard, Clifford Abrams entrait dans le hall du Millway Building, d'un air important. En réalité, cette convocation impromptue l'inquiétait beaucoup.

Il était conscient, bien sûr, de ne pas avoir fourni beaucoup de comptes rendus de recherches au cours des deux dernières années, mais la valeur d'un scientifique ne se mesure pas au poids du papier imprimé. La Fondation s'était certainement rendu compte, tout comme lui d'ailleurs, que les journaux qui publiaient à présent ses articles étaient bien moins prestigieux que les précédentes années.

Cependant, ce ne pouvait pas être le motif réel de cette convocation. L'assistante qui l'avait appelé avait parlé de réductions budgétaires. Toutes les grandes Fondations subventionnant des scientifiques, même l'armée, étaient réduites à de telles extrémités. Seule la Millway, jusqu'à présent, avait fait face à ses engagements, lui versant régulièrement les sommes qu'il demandait.

Mais tout changeait. Abrams commençait à se sentir

mal à l'aise, impatient de connaître le sort qui lui serait réservé.

— Docteur Abrams, vous pouvez entrer, dit une secrétaire en ouvrant la grande porte de la salle de réunion.

Abrams se leva d'un bond et entra dans la pièce. Il connaissait bien les lieux pour y être venu à plusieurs reprises mais fut surpris, cette fois, de découvrir qu'au lieu des habituels représentants de la Fondation, il n'y avait que trois hommes autour de la table : Sam Millway, son fils Seth, et Desmond Connor, le directeur de recherche. De plus en plus intrigué, mais ne voulant rien laisser paraître, Clifford, plaquant un sourire de commande sur son visage, s'avança vers eux.

Sam, tout de noir vêtu et l'air fatigué, se leva pour l'accueillir.

— Merci d'être venu aussi vite, docteur Abrams, dit-il avec une certaine solennité. Vous vous souvenez, je pense, de Desmond Connor, qui était présent à notre dernière rencontre, et bien sûr de mon fils Seth, que vous avez déjà vu.

Après avoir salué Sam, Abrams se tourna vers Seth qui ne daigna même pas le regarder, acceptant tout juste de lui serrer la main. Déconcerté par ce geste inamical, Clifford se pencha ensuite vers Connor, dont le comportement lui parut plus normal.

— Si vous voulez bien vous asseoir en face de Seth, fit Sam, nous allons pouvoir commencer.

Abrams, qui commençait à perdre contenance, obéit. Sam, soudain, lui paraissait vieilli et surtout très las, comme s'il n'attendait plus rien de la vie. Cette idée fit frissonner Clifford, mais il s'efforça de n'en rien laisser paraître et continua à sourire, d'un air sûr de lui.

Seth recula son fauteuil et se mit à le fixer, avec une insolence non dissimulée, comportement qui tranchait avec le respect et l'attention que la Fondation lui avait jusque-là toujours portés.

— Je suis très content d'être ici avec vous, dit Abrams pour rompre le silence. J'ai préféré venir aujourd'hui car demain je dois me rendre à Washington. Il fera sûrement une chaleur infernale, j'en ai peur.

— Ouais, fit Seth en regardant Connor d'un air ironique. Ici aussi, l'atmosphère pourrait bien devenir suffocante.

— Je vous demande pardon? dit Clifford, surpris, en fronçant les sourcils. Je n'ai pas bien compris.

Seth fit comme s'il n'avait rien entendu et montra du doigt quelques feuillets étalés devant son père.

— Ce sont bien là tous les comptes rendus de vos travaux pour l'année précédente, docteur Abrams?

— Laissez-moi voir, répondit ce dernier.

Il tendit la main vers les photocopies que Sam lui passa sans un mot.

— J'ai d'autres articles qui doivent paraître bientôt, poursuivit-il après avoir vérifié chacune des pages. De toute façon, on ne juge pas la qualité d'un travail de laboratoire au nombre de colonnes noircies.

Sam, l'air désolé, lui adressa un regard d'encouragement et Abrams, réconforté, sembla reprendre confiance en lui.

— Prenez Einstein, par exemple, commença-t-il. Un

seul texte, celui sur la théorie de la relativité, publié en Suisse, a suffi à faire sa renommée, et...

— Cet homme était un génie, fit Seth, l'interrompant. Et pour être exact, je vous ferai remarquer que cet article est paru en Allemagne, en 1905. N'est-ce pas, Desmond?

Ce dernier approuva, d'un hochement de tête.

— D'autre part, contrairement à vous, Einstein n'avait besoin pour son travail que d'un tableau noir et d'une boîte de craies. Mais nous ne vous avons pas fait venir pour parler physique.

— Certes non, fit Desmond, regardant à son tour Clifford pendant un long moment.

— Revenons donc à vos œuvres, docteur Abrams, reprit Seth, ironique. Dites-nous tout.

— Ces communications représentent une somme de travail considérable, pour mon équipe et moi-même, répliqua Clifford qui commençait à s'énerver. Nous avons beaucoup progressé dans le domaine de la chimie du sang, sur la phase qui précède la formation d'un caillot.

Seth prit les trois duplicatas, les regarda, lisant à haute voix le nom des magazines, puis les tendit à Connor.

— Vous connaissez ces journaux, vous, Desmond?

— Jamais entendu parler, dit ce dernier avant de s'adresser directement, cette fois, à Abrams. Et je suppose que vous aviez d'abord offert vos résultats à de grandes revues spécialisées?

— Mais bien sûr! répliqua ce dernier, sans réfléchir.

Réalisant qu'il avait parlé trop vite, il se reprit, corrigeant son erreur.

— Enfin... vous savez comme moi que ces publications sont très recherchées et qu'elles ne peuvent publier tous les articles qu'on leur envoie, même s'ils sont d'excellente qualité...

Sam s'agita sur sa chaise, embarrassé.

— Nous savons très bien, docteur Abrams, dit-il, combien il est difficile de produire, année après année, un travail de grande qualité, comme ce fut longtemps le cas. Nous n'avons jamais hésité à encourager et à récompenser vos efforts par de nouvelles subventions, mais cette fois...

— Papa ! l'interrompit Seth, sans même un regard. Laisse-moi faire, veux-tu ?

Le ton était autoritaire, glacial. Clifford en eut froid dans le dos. Sam, accusant le coup, sembla se recroqueviller dans son fauteuil.

— Bien sûr, excuse-moi, fit-il.

— Bon, reprenons, poursuivit Seth. Docteur Abrams, depuis 1989, nous vous versons chaque année la coquette somme de un million trois cent mille dollars. Aujourd'hui, nous voudrions bien être payés de retour. Nous avons des comptes à rendre et nous ne pouvons pas nous permettre de jeter ainsi l'argent par les fenêtres.

— Comment ça « payés de retour » ? s'exclama Clifford, tapant du poing sur la table. La Fondation n'est-elle pas une organisation à but non lucratif, se consacrant à la recherche, comme vous l'avez si souvent déclaré ? Sam, parlez, je vous en prie !

Sam regarda Abrams, ouvrit la bouche pour dire

quelque chose, puis la referma, baissant les yeux pour essayer de dissimuler le chagrin qu'il ressentait.

— Mais qu'est-ce qui se passe ici, bon sang? reprit Clifford. Qui commande à présent? Sam, voyons, vous n'allez pas laisser votre fils détruire tout ça, tout ce que vous avez bâti? Vous ne pouvez permettre que toute l'œuvre accomplie par la Fondation s'en aille ainsi en fumée.

— Seth est à présent le président de la Fondation, docteur Abrams, dit Sam après quelques secondes d'hésitation, et, comme il dit, les affaires sont les affaires.

— Ah! je vois, fit Clifford. Vous envisagez donc d'utiliser la Fondation pour faire faire le travail de recherche de votre compagnie. Le docteur Connor aurait-il, par hasard, été renvoyé? Savez-vous que, si vous faites ça, vous allez perdre instantanément votre statut, et que dans la semaine qui suivra des dizaines d'inspecteurs des impôts vont débarquer, éplucher vos livres et mettre leur nez dans toutes vos petites combines?

Abrams fit une pause, s'attardant sur Seth dont les pommettes s'ornaient à présent de deux taches rouges, signe que les remarques avaient porté.

— Nous faisons nos propres recherches, docteur Abrams, ici, dans nos laboratoires, au siège. Il nous arrive parfois de sous-traiter, en partie, certains projets, mais nous n'avons jamais tiré aucun profit de la recherche universitaire, surtout s'agissant de vos travaux, répliqua Connor.

— Ne me faites pas rire, reprit Clifford. Je sais très bien sur quoi vous travaillez. Vous essayez divers mélanges d'aspirine, de phénacétine et d'autres saletés pour essayer de trouver un nouveau remède contre l'insomnie, les rhumatismes et des affections du même genre. Très brillant, vraiment! Belle performance intellectuelle! Et vous osez me parler d'Einstein?

Il se leva, indigné, et se tourna vers Sam.

— Sam, je suis vraiment navré de ce qui arrive, mais je veux que votre fils sache que je n'ai pas besoin de lui et qu'il y a des dizaines d'organismes qui ne demandent pas mieux que...

— Je vous en prie, docteur Abrams, asseyez-vous, dit Seth d'une voix très calme. Il est inutile de vous mettre en colère et, par ailleurs, vous ne m'avez pas laissé finir.

Persuadé d'avoir marqué un point, Clifford regarda fièrement son interlocuteur. Lui qui avait traité avec de nombreux organismes de financement savait bien comment se comporter avec tous ces gens qui ne connaissent rien à la médecine, mais à qui le titre de docteur en impose toujours. Seth Millway, comme les autres, allait plier. Il se souvenait des conseils de son ancien patron, le Dr Moore, qui lui avait confié un jour : « C'est un peu comme vendre des chaussures. Le client a besoin de souliers et vous de son argent. Après, c'est tout simple, il vous suffit de trouver ce qu'il aime, de fixer un prix et de conclure le marché. »

Il s'installa donc confortablement sur son siège et attendit. Pour lui, Seth avait voulu faire étalage de sa toute nouvelle autorité, montrer en somme qui était le chef. Ce problème réglé, ils allaient donc pouvoir parler affaires, à armes égales.

— Connaissez-vous Terry Knight? demanda Seth.

Paul Benicewitz ? Ou Bob Ramo ? Ou bien encore Joan Pincus ?

Clifford le regarda, étonné. Toutes ces personnes appartenaient aux associations et fondations auprès desquelles, dans le passé, il avait déposé des demandes de subventions.

— Oui, répondit-il, mais je ne...

— J'ai discuté avec chacun d'entre eux la semaine dernière, continua Seth, et avec bien d'autres encore. Nous nous connaissons tous dans notre partie et nous parlons souvent entre nous.

— Et alors ?

— Nous sommes tous tombés d'accord. Vous êtes foutu, docteur Abrams. Il y a des siècles qu'il n'est rien sorti de valable de votre labo et pas un de nous n'est disposé à vous accorder le moindre sou. Et cela vaut aussi pour la Grande-Bretagne et le Japon, avec lesquels nous entretenons d'étroites relations. La balle est donc dans votre camp. À vous de jouer.

Clifford en resta sans voix. D'ailleurs, il n'y avait rien à dire. Seth avait raison. Rassemblant tout ce qui lui restait de dignité, il se leva sous le regard attristé de Sam.

— Il est temps pour moi de prendre congé, fit-il, en vous remerciant de ce que vous avez fait pour moi, dans le passé.

À cet instant précis, la porte s'ouvrit et la secrétaire entra, tenant une feuille pliée en deux.

— C'est pour vous, docteur Abrams, dit-elle. La jeune femme qui l'a apporté m'a demandé de vous préciser que cela venait de Washington.

Abrams prit le message et le parcourut. Son rendez-vous dans la capitale fédérale était annulé. Aucune autre date ne lui était communiquée.

— J'espère qu'il ne s'agit pas d'une mauvaise nouvelle, fit Seth, non sans une certaine ironie.

Abrams ne répondit pas et glissa le papier dans sa poche, prêt à partir. Mais Seth le retint.

— Il y aurait bien une solution qui arrangerait tout le monde, docteur Abrams. J'y ai longuement réfléchi et notre Fondation, sous certaines conditions, pourrait continuer à subventionner vos projets. Si le plan que j'ai en tête fonctionne et si vous acceptez ma proposition, vous retrouverez tout votre prestige, et votre laboratoire redeviendra un modèle du genre.

À ces mots, Clifford reprit brusquement espoir et se rassit, disposé à écouter toutes les suggestions qui lui seraient faites.

Une demi-heure plus tard, épuisé par cette entrevue des plus pénibles, Abrams reprit le chemin de l'hôpital. Il repensait à tout ce que lui avait dit Seth.

— Mais pourquoi ne pas financer directement mes travaux ? avait-il demandé.

— Parce que nous avons jugé préférable d'agir autrement, docteur Abrams, avait répliqué Seth, d'un ton sec. Vous allez donc faire ce que nous attendons de vous et entamer un programme de recherche similaire à celui du docteur Cairns. De cette façon, si, pour une raison ou pour une autre, elle ne pouvait obtenir de subvention, votre équipe pourra reprendre ses travaux et s'en voir accorder tout le mérite. Vous redeviendrez ainsi l'un des chercheurs les plus en vue du moment et pourrez sans problème obtenir toutes les bourses imaginables.

Seth avait marqué un temps d'arrêt, puis avait continué :

— Un tel succès pourrait également vous permettre d'accéder à d'autres postes, plus intéressants, celui de doyen par exemple, ou d'aller travailler dans un autre centre médical, encore plus prestigieux, ou que sais-je encore.

Abrams l'avait écouté en silence.

— De plus, avait déclaré Seth, dès que notre projet sera lancé, nous transférerons chez votre agent de change un certain nombre, très substantiel, d'obligations convertibles des Laboratoires Millway. Ainsi, lorsque nous annoncerons officiellement que nous mettons sur le marché un produit capable de dissoudre les caillots, vous serez à la tête d'un assez joli capital et vous pourrez alors faire ce qui vous chantera de ces titres, les vendre, les échanger ou les conserver.

— Malheureusement, avait répondu Clifford d'un air résolu, je ne peux pas faire ça. Je n'ai personne de vraiment compétent dans ce domaine au sein de mon équipe et je ne peux pas me mettre, tout d'un coup, à écrire des articles sur ce sujet. Non, vraiment, c'est impossible. Si, à ce stade de ma carrière, je publiais un article faisant état d'une nouvelle méthode de destruction des caillots, tous mes confrères en fronceraient les sourcils d'étonnement et se moqueraient de moi.

— Dans ce cas, engagez quelqu'un qu'on pourra prendre au sérieux, avait riposté Seth, toujours aussi cassant.

— L'ennui, c'est que je ne connais personne..., avait repris Abrams.

Un nom venait de lui traverser l'esprit. Steve Charnley, le garçon qui avait préféré rester en Californie. Jusque-là, il s'était surtout intéressé aux recherches sur l'instrumentation, mais il avait publié plusieurs articles sur le mécanisme de la coagulation du sang. Il était intelligent, ambitieux et connaissait bien la question. De plus, Clifford avait entendu parler de son histoire à Los Angeles et avait appris qu'il cherchait du travail.

— Offrez-lui ce qu'il faut pour le faire venir, avait alors dit Seth. Achetez tout ce dont vous avez besoin. Nous paierons. Mais surtout, faites vite. Il n'y a pas une minute à perdre.

13

Steve Charnley marchait sur la plage de Santa Monica, sa planche de surf sous le bras, cherchant à faire le vide dans sa tête. Il avait trouvé un travail temporaire au service des urgences d'un hôpital de la ville et se sentait de plus en plus déprimé, ne pouvant obtenir le poste qu'il souhaitait. Partout on semblait avoir entendu parler de l'accident survenu avec l'artérioscope et, bien entendu, personne ne voulait l'engager. Aussi, ayant décidé d'oublier ses soucis, il avait pris le volant de sa vieille Toyota et mis le cap à l'ouest, vers l'océan.

La mer était forte et de gros nuages gris filaient dans le ciel, poussés par le vent. Les vagues, très hautes, venaient se briser un peu plus loin sur les piles métalliques du ponton dans un énorme fracas.

Steve reconnut qu'il n'avait pas choisi le moment idéal pour surfer, d'autant plus qu'il manquait de pratique depuis un certain temps. Ses réflexes avaient dû s'émousser, ce qui ne faisait qu'accroître les risques.

De nombreuses algues, signe de tempête, jonchaient la rive, et la plage, exception faite de quelques promeneurs, était déserte. Au large, trois petits points noirs, des surfeurs, semblaient ballottés par la houle. Steve remarqua qu'ils s'efforçaient de rester à gauche de la baie, là où le courant ne risquait pas de les entraîner vers les rochers ou la digue.

Steve contempla une nouvelle fois la mer, grondante et écumante. Les vagues déferlaient à une vitesse effarante, presque sans répit. Un instant, il faillit renoncer, puis se décida, bravant pour la première fois les règles de sécurité, à surfer par gros temps bien qu'il ne fût pas accompagné. Il attacha donc sa planche à son poignet et entra dans l'eau écumante, luttant contre le courant qui, même tout près du bord, se faisait sentir.

Tout en progressant, il songea à ce qui venait de lui arriver, à sa carrière et surtout à cette réponse, la même qu'on lui avait faite chaque fois qu'il avait appelé le service du personnel d'un centre hospitalier : « Nous sommes navrés, docteur Charnley, nous n'avons aucun poste disponible en ce moment, mais vous pouvez toujours nous envoyer votre c.v. En cas de besoin, nous vous contacterons. »

Il était à présent assez loin du rivage et se mit à ramer vers le large, manquant à plusieurs reprises de tomber tant les conditions étaient mauvaises. Prudent, il battit en retraite, attendant un instant plus propice pour s'élancer de nouveau.

Ses idées noires reprirent possession de lui. Désespéré, il avait téléphoné à un de ses amis, Jerry, qui travaillait dans le New Jersey, dans un grand laboratoire, et à qui il avait rendu de nombreux services. Ce dernier lui promit de lui obtenir un rendez-vous avec ses supérieurs et de le rappeler pour le tenir au courant.

Steve patienta, en vain, avant d'apprendre que Jerry s'était renseigné sur lui et que, ayant eu vent de l'épisode malheureux, il avait jugé préférable de ne rien faire, ne voulant pas risquer d'être impliqué, à son tour.

— Maintenant ! se dit-il.

Steve s'élança vers le large et les vagues immenses qui formaient, face à lui, un grand mur vert. À chaque seconde, il avait l'impression que des tonnes d'eau allaient s'abattre sur lui et le projeter sur la plage, mais il réussit à passer cette barre. En temps normal, il lui aurait suffi de choisir le bon rouleau et de le laisser l'emporter jusqu'au rivage. Mais aujourd'hui, la mer était glaciale, le ciel couvert, le bruit assourdissant, et il avait bien du mal à se maintenir à flot. De plus, ballotté par la houle, il perdait souvent ses repères et n'arrivait pas à rester dans l'axe de la plage.

En outre, et c'était là le plus grave, il ne parvenait pas à chasser de son esprit les pénibles scènes des derniers jours. Il revoyait, en particulier, cette réunion au centre médical, au cours de laquelle tous ceux qui l'avaient encouragé à construire son artérioscope et s'étaient montrés si pleins d'enthousiasme l'avaient lâchement laissé tomber, le considérant comme seul et unique responsable du décès de la malade.

À l'issue de la confrontation, le conseil n'avait fait que le réprimander car, comme le lui avait expliqué Armand Nessler, un blâme officiel aurait engagé sa responsabilité et l'aurait rendu passible de poursuites judiciaires.

Le courant poussait Steve vers les rochers et l'arracha à ses pensées. Il tenta de ramer dans la direction opposée mais dut très vite y renoncer. Il ne pouvait lutter contre la force des éléments. La seule chose qui lui restait donc à faire, s'il voulait revenir sur la terre ferme sain et sauf, était de trouver très vite la bonne vague et de se laisser ramener vers la plage, en espérant qu'elle n'irait pas se briser sur le ponton ou les falaises. La première tentative fut un échec et Steve but un bon bouillon. À peine avait-il repris ses esprits, encore toussant et crachotant, qu'il entendit un grondement qui lui fit lever la tête. Une déferlante de plusieurs mètres de haut se dressait devant lui. Il n'eut que le temps de prendre une grande respiration avant qu'elle ne s'abatte sur lui de toute sa masse, l'entraînant vers le fond. Il réussit cependant à remonter à la surface, au bord de l'asphyxie, mais fut à nouveau happé par une lame qui le jeta sur les brisants. Paradoxalement, ce fut ce qui le sauva car il resta coincé entre deux masses de pierre et ne fut pas pris dans le ressac. Un pêcheur obstiné, installé sur la digue en dépit de la tempête, l'aperçut bientôt et vint lui porter secours. Quelques heures plus tard, on retrouva sa planche, brisée, à plusieurs centaines de mètres de l'endroit où son propriétaire s'était échoué.

14

L'homme qui l'avait secouru, surpris de constater qu'il n'était pas mort, avait couru appeler une ambulance. Conduit à l'hôpital le plus proche, Steve avait immédiatement repris connaissance. Il toussait, éternuait, frissonnait de tous ses membres, mais était en vie. Après lui avoir fait passer divers examens et l'avoir enveloppé dans des couvertures chauffantes, l'équipe des urgences découvrit, avec étonnement, qu'il ne souffrait que de contusions. Il fut néanmoins décidé qu'il resterait, par mesure de prudence, une nuit en observation.

— Vous êtes un sacré veinard, lui avait dit un des médecins de sa connaissance. Mais je vous garde tout de même jusqu'à demain matin. Je ne tiens pas à apprendre, la semaine prochaine, que vous êtes mort d'une lésion subdurale.

De retour chez lui, après l'accident, Steve prit connaissance des messages enregistrés sur son répondeur, dont celui de Clifford Abrams qui l'enjoignait de le rappeler au plus vite.

Fatigué, courbatu, Steve décida de remettre cette

corvée à plus tard. Il n'avait jamais vraiment apprécié Abrams et avait des tas de choses à faire, des arrangements à prendre avec un ami pour faire ramener sa voiture de Santa Monica. Tout en vaquant à ses occupations, il repensa toutefois à sa carrière, et à Clifford. Il n'avait aucune idée de ce que celui-ci lui voulait, mais une chose était certaine : cet homme jouissait dans les milieux médicaux d'une bonne réputation. Peut-être pourrait-il l'aider. Il lui téléphona donc à l'heure du déjeuner. À New Coventry, sur la côte est, il était trois heures de l'après-midi.

— Steve ! Comme je suis content de vous entendre, fit Abrams qui savait qu'il jouait là son avenir. J'ai beaucoup pensé à vous ces derniers temps et je pense, sincèrement, que vous devriez venir chez nous. D'un point de vue purement financier, ayant reçu de nouvelles subventions, je peux dire que je suis en mesure de vous offrir un salaire bien plus convenable que par le passé.

Steve, dont tous les muscles étaient douloureux, l'écouta en silence, se demandant où il voulait en venir.

— Je peux vous attribuer un poste de directeur de recherche dans mon laboratoire. Comme tous les fonds qui me sont alloués proviennent d'une source privée, vous n'aurez à subir aucune tracasserie administrative, pas même un entretien. Je suis libre d'engager qui je veux, poursuivit Clifford qui sentait que la victoire était proche.

Steve, lui, n'arrivait pas à en croire ses oreilles.

— Je ne sais pas, répondit-il, faisant semblant d'hésiter. Est-ce que je pourrai avoir tout l'équipement dont j'ai besoin? Ces choses-là coûtent très cher et...

— Steve! Il n'y aura aucun problème. Vous aurez ce que vous voulez si, bien entendu, c'est justifié et nécessaire pour vos recherches.

— Et est-ce que j'aurai le droit d'opérer?

— J'y travaille, répondit Abrams, mais il vous faudra faire preuve d'un peu de patience. Vous connaissez comme moi les lenteurs de la bureaucratie et, quoi qu'il en soit, je peux vous garantir que vos appointements seront bien supérieurs à ceux qui vous avaient été offerts quand vous aviez postulé voici quelques mois. Par ailleurs, nous vous rembourserons vos frais de voyage et de déménagement.

Ce mot fit sourire Steve car tout ce qu'il possédait tenait dans deux valises.

— Et combien m'offrez-vous? demanda-t-il en essayant de rester sérieux.

— Quatre-vingt mille dollars, riposta Clifford, sans trop réfléchir. Plus la sécurité sociale et divers petits avantages. Nous lançons un programme de recherche sur les caillots intravasculaires et vous serez responsable de tout le projet.

En terminant sa phrase, Clifford réalisa qu'il s'était montré plus que généreux, mais Seth lui avait dit de tout faire pour le convaincre de venir. Ainsi, il ne pourrait plus qu'obéir et obtempérer à tout ce qu'on lui demanderait.

Steve en resta muet d'étonnement.

— Quand voulez-vous que je commence? interrogea-t-il.

— Le plus vite possible... tout de suite! fit Clifford,

qui ne voulait pas risquer que le jeune homme réfléchisse et se ravise.

— D'accord. J'arriverai demain par le premier avion. Je n'ai pas grand-chose à prendre et je pourrai habiter chez des amis, à Mystic, en attendant de trouver un appartement.

Seth n'en pouvait plus d'attendre. Vers seize heures, il se décida à appeler Paula. Sa secrétaire lui apprit qu'elle n'était pas à son bureau et lui passa le laboratoire. Là, ce fut Mirna qui décrocha.

— Elle est en réunion, monsieur Millway. Puis-je prendre un message?

Elle connaissait les Millway de réputation et songea que Seth avait une bien belle voix. Un sentiment de jalousie envers Paula la saisit de nouveau. « Encore un autre homme rôdant autour des jupons de cette garce », songea-t-elle.

— Quand doit-elle rentrer?

— D'ici une heure environ, répondit Mirna en regardant la pendule. Voulez-vous qu'elle vous rappelle?

— Non, répliqua Seth. J'essaierai plus tard.

Seth raccrocha, fort énervé. Depuis quelque temps, Paula Cairns était devenue pour lui comme une obsession. Il pensait sans cesse à elle, persuadé qu'elle aussi rêvait de lui, et était sans arrêt habité par le désir de la voir, de lui parler, d'être avec elle. Il se leva et se mit à faire les cent pas dans son bureau, s'arrêtant parfois devant la fenêtre, pour chercher du regard la grande tour du centre médical qui dominait toute la ville et semblait toucher le ciel.

« Dans une heure environ », avait répondu Mirna. Une heure qui lui paraissait un siècle. N'y tenant plus, Seth sortit de son bureau et descendit l'escalier jusqu'au parking situé dans les sous-sols de l'immeuble. Il prit sa voiture et, sans vraiment savoir ce qu'il allait faire, sortit de la ville. Il roula ainsi pendant quelque temps, puis s'arrêta près du terrain de golf de Crownview, un endroit tranquille, très apprécié des adeptes du jogging. Il entreprit ensuite de courir dans le parc, oubliant qu'il portait de beaux et fins mocassins, qui lui blessèrent très vite les pieds, mais la douleur s'était muée en une sorte de plaisir, d'exutoire.

Après avoir fait le tour du golf, soit à peu près un kilomètre et demi, il dut se rendre à l'évidence. Il était toujours aussi tendu. Il lui restait encore dix minutes à patienter avant de pouvoir joindre Paula. Il remonta dans sa BMW et attendit un peu, puis mit le contact avant de rouler en direction de l'hôpital et du centre de recherche. Là, il se gara, entra dans le bâtiment, chercha sur les grands tableaux indicateurs du hall le nom de Paula puis grimpa jusqu'au dix-huitième étage. Mais, parvenu devant la porte du laboratoire, il n'osa pas sonner, sans vraiment savoir pourquoi, et rebroussa chemin jusqu'au parking. Après quoi, il retourna à son bureau, avec le sentiment désagréable de n'être pas plus avancé et surtout d'avoir perdu son temps.

À l'heure convenue, il rappela Paula. Elle répondit aussitôt.

— Il faut que je vous parle, lui dit-il tout de suite.

— Seth, c'est vous ? interrogea Paula, déroutée par

son ton inhabituel. Je suis désolée de ne pas vous avoir téléphoné plus tôt, mais je n'arrive toujours pas à me décider au sujet de votre offre.

— Pourquoi ne pas prendre un verre ensemble, ce soir, vite fait ? Nous pourrons discuter.

Sa bouche était sèche, il était parcouru de frissons. Elle avait reconnu sa voix et, lui semblait-il, était heureuse de l'entendre.

Paula hésita une seconde. Elle avait agi d'une manière assez discourtoise en le faisant ainsi attendre ; c'était bien la moindre des choses qu'elle pût faire. Et puis, elle n'était pas mécontente à l'idée de le revoir.

— D'accord, mais il faudrait que vous passiez me chercher chez moi. Ça ne vous ennuie pas ?

Seth l'assura du contraire et elle lui donna son adresse. La conversation terminée, il raccrocha et dut s'adosser à son fauteuil tant son cœur battait fort. Jamais il n'avait éprouvé une telle sensation. Que lui arrivait-il ?

Juste avant de partir pour ce rendez-vous tant attendu, il sortit deux bouteilles de champagne du petit réfrigérateur installé dans son bureau et les mit dans son attaché-case. Il avait la certitude que cette soirée allait être mémorable et il bouillonnait d'impatience.

À l'heure prévue, il retrouva Paula qui l'attendait devant son immeuble. Tous deux prirent le chemin du bar du Garrison Hotel, lieu chic et à la mode. L'endroit était bondé, mais ils eurent la chance d'arriver juste au moment où deux personnes s'en allaient. Ils s'assirent donc à leur place, sur de grands tabourets.

Paula, troublée de nouveau par la proximité de

Seth, avait du mal à rester naturelle. Elle commanda un margarita et Seth un double whisky pur malt, dans l'espoir de se décontracter, car il se sentait encore plus nerveux près d'elle. À chaque contact avec elle, même fortuit, il avait l'impression de recevoir une décharge électrique.

Mais à présent, tout était clair dans son esprit : ce qu'il avait éprouvé depuis leur rencontre n'avait aucun rapport avec ce fameux financement, pas plus qu'avec Coletti ou les Laboratoires Millway.

Comme elle n'osait pas aborder le thème du contrat, elle engagea la conversation sur un autre sujet.

— J'ai pensé à vous, hier soir, dit-elle à Seth qui en eut le souffle coupé. Je lisais une revue sur la nature et les sports de plein air. Il y avait un article sur la chasse au daim en Écosse. Si cela vous intéresse, je vous l'enverrai.

À cet instant, un jeune homme de grande taille, un peu débraillé, passa près d'eux en bousculant Seth, dont le verre se renversa sur la robe de Paula. L'individu ne s'arrêta même pas une seconde pour s'excuser ; aussi Seth, après avoir tendu quelques serviettes en papier à son invitée, se lança à sa poursuite, dérangeant à son tour de nombreux clients. Il le rattrapa juste devant les toilettes et, hors de lui, le prit par le bras et le força à le regarder.

— Qu'est-ce que vous me voulez? dit l'homme, à son tour agressif.

Il était ivre, mais put fort bien se rendre compte de l'expression mauvaise du visage de Seth.

— Vous m'avez heurté. À cause de vous, j'ai taché

la robe de la jeune femme qui m'accompagnait, répondit Seth, le regard tendu par la colère.

Sentant la rage monter en lui, il poussa le maladroit qui alla se cogner contre un mur.

— Mais merde, vous êtes dingue ou quoi! hurla ce dernier, paniqué.

C'était plus que Seth ne pouvait supporter. Incapable de se contrôler, il lui assena un coup de poing d'une force incroyable en plein sternum, le projetant contre la porte battante des lavabos, qui s'ouvrit sous le choc. Quelques secondes plus tard, Seth, les mâchoires encore serrées, entendit l'homme, tombé à terre, tousser et cracher. Il souhaita que ce fût du sang.

Puis, à peine calmé, il arrangea sa tenue et revint s'asseoir auprès de Paula. Elle le regarda avec un drôle d'air.

— Il ne l'a pas fait exprès, j'en suis sûre. Et puis, regardez, fit-elle en montrant la minuscule tache sur son vêtement, on ne voit presque plus rien.

— Alors tant mieux.

— Où étiez-vous passé? interrogea Paula, qui craignait que Seth ne se soit battu.

— J'étais aux toilettes, répliqua Seth, laconique, en frottant son poing douloureux.

Il était très énervé, c'était visible, et suggéra peu de temps après de s'en aller, juste au moment où deux policiers sortaient de l'ascenseur. Paula, intriguée, songea alors qu'il devait y avoir un rapport entre leur arrivée et la disparition du jeune homme.

De retour dans la voiture, il tenta de retrouver un peu de son calme, mais la proximité de Paula ne fit qu'ajouter à sa nervosité. Il avait envie de se retrouver seul avec elle et espérait qu'arrivés à son appartement elle l'inviterait à prendre un dernier verre, qu'ils discuteraient du contrat, qu'elle le signerait et qu'après avoir fêté l'événement au champagne, ils passeraient la nuit ensemble.

Malheureusement pour lui, Paula ne voyait pas les choses de cette manière. Le comportement violent de Seth l'effrayait. Elle avait bien pensé, un instant, en début de soirée, à lui offrir de venir chez elle, mais c'était à présent hors de question. Elle avait besoin de se retrouver, de réfléchir, et avait, de toute façon, un tas d'autres choses à faire avant d'aller se coucher.

Arrivé près de chez Paula, Seth gara la voiture dans un endroit sombre au lieu de s'arrêter juste en face du hall d'entrée, dont les lumières éclairaient la rue.

Inquiétée par ce comportement étrange, Paula se dépêcha de défaire sa ceinture de sécurité et posa la main sur la poignée de la portière.

— Je vous remercie, Seth, j'ai passé une bonne soirée. Pour ce qui est de votre offre, je n'ai encore rien décidé, j'en suis navrée, mais je vous promets de vous appeler, sans faute, à la fin de la semaine.

Seth, dès les premiers mots, avait compris que Paula ne lui proposerait pas de monter. L'idée de la voir lui échapper de nouveau lui fut insupportable.

— Je suis désolé, dit-il en appuyant prestement sur le bouton de verrouillage des portes, mais j'ai besoin d'une réponse, tout de suite. Nous avons de nombreuses demandes et nous ne pouvons pas faire patienter ces personnes indéfiniment, en attendant que vous ayez mis de l'ordre dans vos idées. Allons chez vous en discuter, puis vous me donnerez votre réponse.

Paula, déjà alertée par le geste qu'elle avait surpris, sentit au son de sa voix qu'elle courait un danger, d'autant plus qu'il semblait se pencher vers elle.

— Je ne crois pas que cela soit bien raisonnable. Il est tard et j'ai encore du travail qui m'attend, dit-elle, prise de panique, en essayant en vain de sortir.

Seth, un peu comme un fauve face à une proie trop effrayée pour se défendre, se rapprocha dangereusement.

— Allons, Paula, il est inutile de jouer à ce petit jeu avec moi plus longtemps... lui murmura-t-il à l'oreille.

Il avait glissé sa main sous sa jupe et remontait le long de sa cuisse.

— Ça suffit, Seth, arrêtez ça tout de suite! ordonna Paula en essayant de se libérer.

Mais il était trop fort pour elle.

Il faisait très sombre dans la voiture et il lui était impossible de voir l'expression de son visage. Elle ne pouvait que sentir son corps qui se pressait contre le sien, son souffle sur son visage et ses lèvres cherchant les siennes. Il essaya de passer son bras autour de ses épaules, lâchant Paula une fraction de seconde, que la jeune femme mit à profit, distinguant à peine ce qu'elle faisait, pour enfoncer son pouce dans l'œil gauche de son agresseur. Seth hurla de douleur et recula, instantanément. À toute vitesse, Paula déverrouilla alors les portières, sortit de la voiture et courut sans même un regard en arrière vers le hall de son immeuble, où, sous le coup de la peur et de la colère qui l'étreignaient, elle fondit en larmes.

15

Quelques jours plus tard, encore sous le choc de cette horrible soirée, Paula, de retour d'une conférence, croisa Maurice Bennett dans un couloir de l'hôpital.

— J'allais déjeuner, lui dit-il. Voulez-vous m'accompagner ? J'ai à vous parler.

Le self-service, comme d'habitude, était bondé. Après avoir fait leur choix, Paula et son chef se mirent en quête de places libres. Il n'en restait plus qu'à une table déjà occupée par Abrams et un inconnu. Maurice marqua un temps d'arrêt, puis se dirigea vers eux, entraînant la jeune femme dans son sillage.

— Vous permettez, fit-il en se penchant vers Abrams.

— Mais bien sûr, répondit Clifford en se poussant, imité par son vis-à-vis, pour leur permettre de poser leurs plateaux et de s'installer.

— Vous vous souvenez certainement de Steve Charnley, demanda-t-il ensuite.

— Très bien, dit Maurice en adressant à Steve un petit signe.

— Tout à fait, dit Paula à son tour, en souriant. Nous nous sommes rencontrés à Denver, l'année dernière, lors d'un congrès. Steve nous avait fait un exposé passionnant sur l'agglomération des plaquettes suite aux lésions traumatiques.

— Je viens juste d'engager le docteur Charnley en tant que responsable de recherche dans mon laboratoire, déclara Abrams, l'air enchanté.

Il se pencha ensuite vers Paula et, sur le ton de la confidence, lui dit :

— Il n'aura pas la chance de bénéficier de votre enseignement ni de votre expérience, mais je pense que son salaire, le double de la normale, compensera cet inconvénient.

— Toutes mes félicitations, rétorqua Paula en souriant au nouveau venu.

Steve était grand, blond. Sa peau, satinée, était dorée comme un abricot. Selon les bruits qui couraient, il était très intelligent, ce qui ne gâchait rien.

Il y en a vraiment qui ont tout pour eux, se dit Paula avec un peu d'amertume.

Steve, qui ne semblait pas être d'un naturel bavard, remercia la jeune femme de quelques mots, puis replongea le nez dans son assiette et termina son poulet rôti.

Pendant ce temps, Maurice et Clifford discutaient de problèmes administratifs, donnant l'impression d'être en fort bons termes ; en réalité, les deux hommes ne s'appréciaient guère.

Abrams et Steve partirent peu après. Paula remarqua alors que le jeune homme, outre le gros bleu et l'écorchure qu'il avait sur la joue, boitait. Avait-il été victime d'un accident de voiture?

— Pas très causant, le nouveau, confia Maurice à Paula quand leurs confrères se furent éloignés.

— Il doit avoir pas mal de soucis, répondit Paula, et puis, à voir ses blessures, il vient sans doute de passer un mauvais moment.

Elle pensait toutefois que Steve aurait pu faire un effort pour se montrer plus aimable. Après tout, ils étaient les deux petits nouveaux du service, particularité qui, en quelque sorte, les rapprochait.

— Il va apporter un peu de sang neuf dans l'équipe d'Abrams et ce ne sera pas du luxe. C'est une bonne recrue, il est très doué, déclara Maurice, mais je me demande pourquoi on l'a fait venir comme ça, en cours d'année. Curieux, non?

— Mirna m'a dit qu'Abrams lançait un programme similaire au mien et que c'est pour cette raison qu'il a fait venir Charnley, dit Paula, qui partageait les soupçons de son patron.

— Et peuvent-ils y arriver?

— Non, rétorqua Paula avec fermeté pour cacher le doute qui s'était soudain emparé d'elle.

Ils quittèrent bientôt la cafétéria et rejoignirent le bureau de Maurice. Paula prit place dans l'un des fauteuils destinés aux visiteurs, sous le regard bienveillant de Bennett.

— J'ai décliné l'offre de la Fondation Millway, lui confia-t-elle.

Sa dernière rencontre avec Seth, en effet, avait été décisive et, dès le lendemain matin, elle lui avait écrit pour l'informer de son refus.

— Vous avez bien fait, répondit Maurice en hochant la tête d'un air approbateur. Si vous saviez combien vous avez raison!

— Peut-être, s'exclama Paula avec une certaine lassitude dans la voix, mais je n'ai toujours pas résolu mon problème de financement.

— C'est vrai, et je dirais même qu'il devient urgent de faire quelque chose, surtout depuis l'arrivée de ce Charnley. Toutefois, j'ai pu téléphoner ce matin à certaines personnes du N.I.H. et de l'armée et je leur ai parlé de votre travail, de son importance. Ils m'ont promis d'essayer de vous aider, au besoin en contournant le règlement.

— Ce serait formidable, fit Paula. C'est vraiment très gentil à vous de vous occuper de moi ainsi, car je sais que vous avez bien d'autres soucis. J'espère seulement, un jour, pouvoir vous venir aussi en aide, comme vous le faites, pour moi, aujourd'hui.

— Ma chère Paula, lui répondit Maurice en souriant, je ne sais pas si vous vous rendez bien compte de l'importance de votre travail. Si vos recherches aboutissent, ce dont je ne doute pas une seconde, vous rendrez service à des millions de gens et ferez plus pour notre société que nous tous réunis.

Maurice regarda sa montre.

— Il va falloir que je m'en aille. J'ai un avion pour Chicago. Je suis invité à une réunion du Conseil national de chirurgie. Ils veulent que je postule à la nouvelle présidence.

— Diable! dit Paula, impressionnée. Et vous allez accepter?

— Non, répliqua Maurice, car c'est devenu une

sorte de club privé. Tout ce qu'ils font, c'est organiser des soirées et se rendre mutuellement visite, avec notre argent, bien entendu.

— Mais peut-être ont-ils une certaine influence au Sénat, dit Paula en pensant à la cotisation de plusieurs centaines de dollars qu'elle venait de leur verser.

— Aucune, riposta Maurice d'un air dégoûté. Ils n'interviennent jamais et se contentent, étant donné la politique sanitaire catastrophique du pays, d'espérer que le ciel ne leur tombera pas sur la tête pendant leur mandat.

— Mais vous, vous pourriez sûrement faire évoluer la situation.

— Non, c'est trop tard, répondit Bennett. Tous les membres du bureau sont trop bien installés dans leur petit train-train pour avoir envie de faire quoi que ce soit, surtout si cela demande des efforts. Mais patientons encore un peu. La citadelle est en train de s'effriter et bientôt il n'en restera plus que des ruines. Nous pourrons alors tout rebâtir : vous me connaissez, je ne suis pas du genre à faire du neuf avec du vieux.

Sur ce, il se leva, mit son manteau, prit son attaché-case et sortit d'un pas alerte.

— Je pense que tu pourras rentrer chez toi demain, dit Paula à Nicole, quelques heures plus tard, après avoir examiné la jambe de la fillette. J'ai parlé hier avec l'équipe de kiné et tout est arrangé. Est-ce que quelqu'un est venu te voir?

Nicole opina de la tête, puis interrogea :

— Et quand est-ce que je pourrai retourner à l'école?

— Je ne savais pas que tu t'y plaisais autant, répondit Paula, songeant tout à coup que Nicole allait lui manquer.

— Non, en fait, ça m'ennuie, mais j'y vais parce que c'est le seul endroit où l'on peut vraiment se faire des camarades et s'amuser.

L'enfant la regardait avec un drôle d'air et la jeune femme, un instant, se demanda si elle ne se moquait pas d'elle.

— Mais tu n'aimes pas apprendre, découvrir les choses, le monde? questionna Paula, déconcertée.

Nicole était de toute évidence intelligente, curieuse, mais elle ne ressemblait en aucune façon à l'adolescente qu'avait été Paula, au même âge.

— Pas vraiment. Tout ce qui m'intéresse, ce sont mes amies. C'est la chose la plus importante de toute ma vie, à part bien sûr me trouver un copain, car toutes les autres filles en ont et pas moi.

— Et ensemble, vous parlez de quoi?

— D'un tas de choses. Des garçons, de la musique, des vêtements. Ça aussi, c'est chouette. On passe des heures dans les magasins, à voir ou à essayer ce qui vient de sortir.

Paula quitta sa petite malade quelques minutes tard. Elle avait l'impression d'avoir soudainement vieilli de dix ans et se demandait si toutes les adolescentes étaient comme Nicole. L'enfant avait tout pour elle : elle était jolie, courageuse, douée, amusante. Elle appartenait à une famille des plus réputées, très aisée, et fréquentait l'une des meilleures écoles privées de la région. Elle avait tout ce qu'elle pouvait désirer, sauf, bien sûr, un père et une mère. Les grands-parents

Millway étaient des gens charmants, mais ils étaient âgés et devaient parfois avoir bien du mal à la comprendre et à discuter avec elle.

Plus tard, visitant ses malades, Paula repensa à Nicole. Ce qui l'avait le plus frappée, c'était son honnêteté, sa sociabilité avec les médecins et les infirmières, et la sympathie qu'elle inspirait. Cependant, une chose inquiétait la jeune femme. Nicole ne semblait se passionner pour rien d'autre que ses amies et sa petite personne. Elle ne paraissait même pas se soucier de son avenir ni du monde qui l'entourait. En fait, elle ressemblait en tous points à une héroïne de Scott Fitzgerald, riche et gâtée.

Tout en finissant sa visite, une autre image, superbe mais un peu sauvage, se substitua progressivement à celle de Nicole : à son grand étonnement, Paula pensait à Steve Charnley.

16

Paula était parvenue à oublier Seth ainsi que la Fondation Millway, et sa curiosité pour Steve Charnley, le petit nouveau, n'y était pas étrangère. Elle se demandait dans quel domaine il pouvait bien travailler, d'autant qu'Abrams déclarait à qui voulait l'entendre que son protégé allait lui faire mordre la poussière.

Bien entendu, au cours des semaines qui avaient suivi l'arrivée de Steve, les deux jeunes gens s'étaient souvent croisés, au restaurant, dans des réunions de travail et dans les couloirs du centre de recherche. Chaque fois, Paula s'était arrêtée, l'obligeant ainsi à s'arrêter lui-même, et à la saluer, même à contrecœur, par simple politesse.

À chaque nouvelle rencontre, Paula constatait que ses blessures disparaissaient, progressivement, tout en se demandant ce qui avait bien pu lui arriver.

Un jour, en fin d'après-midi, alors qu'elle passait dans le corridor, la jeune femme surprit Steve sortant de son laboratoire, un sac de sport à la main d'où émergeait une raquette.

— Je ne savais pas qu'il y avait une salle de squash dans cette ville, lui dit-elle.

— Mais si, répondit Steve, juste en face de l'hôpital, au gymnase. Mais je préfère aller au Raquet Club, les courts sont en meilleur état et sont plus agréables. Pourquoi, jouez-vous aussi?

Il s'arrêta soudain, étonné lui-même de ce qu'il venait de dire.

Paula, ravie de cette entrée en matière, prit une voix très snob et enchaîna.

— Naturellement, mon cher. Mais il serait peut-être préférable, avant de jouer ensemble, de vous informer que j'ai été renvoyée de mon club, après avoir endommagé toutes les salles. Je tape trop fort, paraît-il, et mes balles font des trous dans les murs.

— Ah! Vraiment? s'exclama Steve, entrant dans son jeu. Que diriez-vous d'un petit match amical, demain soir, après le travail?

— Ça ne sera guère commode, répliqua Paula, redevenue sérieuse, car je ne sais jamais à quelle heure je termine. Je préférerais de très bonne heure, vers sept heures. Ainsi nous commencerions la journée du bon pied.

— Parfait, je m'occupe de la réservation, fit Steve, à la fois stupéfait de son audace et enchanté à l'idée de cette rencontre.

— À demain donc, au Club, dit Paula en guise d'au revoir.

Sur ce, elle tourna les talons et, d'un pas léger, reprit le chemin de son bureau, sentant le regard de Steve sur sa nuque. Elle allait pouvoir, tout en jouant, tenter de le faire parler, et enfin en savoir plus sur ses intentions et celles d'Abrams.

Desmond Connor, le directeur de recherche de Millway, avait l'impression d'avoir vieilli de plusieurs années en quelques semaines. Ses cheveux semblaient avoir blanchi et de grands cernes bruns marquaient son visage. Seth Millway lui en demandait chaque jour un peu plus et cela l'épuisait. Il n'arrêtait pas d'entendre dire qu'il devait trouver de nouvelles idées et se préparer pour le troisième millénaire. Seth, qui avait lu dans *News-week* des articles sur la génétique et les recherches immunitaires, voulait que, comme par enchantement, les Laboratoires Millway se lancent dans la bataille du jour au lendemain.

— Mais c'est impossible! répétait Desmond chaque jour à son patron. Nous n'avons ni les connaissances, ni le personnel, ni même les moyens financiers d'entreprendre de telles recherches. Nous ne fabriquons que des antibiotiques, des stéroïdes et divers médicaments vendus sans ordonnance. Et si nous sommes réputés pour ces produits dans tout le pays, nous ne savons, hélas, rien faire d'autre.

Cette explication était loin de satisfaire Seth. Il en avait assez de ces prétendues nouveautés qui n'étaient en réalité que des variantes d'anciennes productions. Il avait donné à Desmond de nouvelles responsabilités, mais celui-ci ne se montrait pas à la hauteur. Désormais, il le situait parmi ces gens qui se vantent sans cesse de leurs diplômes, mais qui, placés au pied du mur, se montrent incapables de prendre des initiatives.

À ces contrariétés venait s'ajouter un sentiment de rage et de frustration à l'égard de Paula. Après s'être remis du choc, il avait réfléchi et s'était dit que, s'il trouvait un moyen de l'empêcher d'obtenir d'autres subventions, elle serait bien obligée de revenir vers lui, la tête basse, ou de renoncer à son indépendance et de travailler pour un autre chercheur. Il avait donc échafaudé tout un scénario, mais il avait besoin d'en savoir un peu plus sur le monde de la recherche avant de mettre son plan à exécution. Et Connor était l'homme qui allait lui fournir toutes les réponses dont il avait besoin.

Aussi, un soir, alors que tout le personnel était parti, il entra dans le laboratoire de Desmond qui, comme à l'accoutumée, travaillait encore. C'était une qualité que Seth lui reconnaissait assez volontiers, mais cela ne suffisait pas à ses yeux. Toutefois, pour l'heure, le problème n'était pas là. Il avait besoin de ses lumières sur cet univers qu'il ne connaissait pas et savait que, pour arriver à ses fins, il lui faudrait se montrer diplomate.

— Comment va Nora aujourd'hui? commença-t-il pour le mettre en confiance.

— Mieux, je vous remercie, répondit Connor en refermant un gros classeur rempli de divers documents et notes manuscrites. Elle est rentrée hier de l'hôpital, un peu fatiguée après l'opération, mais les médecins ont dit que tout allait bien et...

— Tant mieux! fit Seth lui coupant la parole, comme à son habitude.

Il était venu afin d'obtenir des renseignements. En réalité, il se moquait totalement de la santé de cette femme.

— J'ai lu il y a quelque temps un article très intéressant sur un scandale à l'université de Yale. Un jeune médecin avait écrit un papier comportant des erreurs que son chef de service, bien que coauteur, avait omis de corriger. Est-ce que ça vous dit quelque chose ?

— Et comment ! répondit Desmond, avec un sourire. Mais savez-vous qu'on a retrouvé le grand patron en question, dans un laboratoire pharmaceutique ?

— Oui, ils en parlaient dans le journal. Mais pourquoi a-t-il quitté la faculté ? Je ne comprends pas.

— Parce que sa réputation était fichue, non seulement à Yale, mais aussi dans toutes les autres grandes écoles. Après un tel esclandre, plus personne ne voulait entendre parler de lui.

— A-t-il été renvoyé ?

— Non, je suppose qu'il n'a eu qu'un blâme, mais l'histoire a été révélée au grand public. Pour tous ses confrères, il est désormais un paria. Il n'a jamais plus obtenu la moindre subvention et tout le monde se moque, dans son dos, de tout ce qu'il peut écrire. Ce qui n'a pas grande importance puisque aucun journal respectable ne veut plus le publier.

— Un paria ! dit Seth dont les pensées se bousculaient. Et ce genre de chose arrive souvent ? Est-ce que le monde de la recherche n'admet jamais qu'on puisse faire des fautes, je dirais, de bonne foi, et est-ce qu'il crucifie toujours ainsi ceux qui ont fait des erreurs ?

— En fait, chaque scientifique sait que la plupart des articles qui paraissent dans la presse spécialisée comportent des erreurs ou des négligences, mais aucun n'a ni vraiment le temps, ni l'envie de vérifier. Par contre, il suffit que l'un d'eux tire le signal d'alarme, et c'est la curée. C'est ce qui est arrivé à ce malheureux type. Il faisait partie du système, il se croyait protégé au sein de ses pairs, mais ils l'ont eu. Ils ne pouvaient d'ailleurs pas faire autrement puisque une femme, un autre chercheur, passait son temps, à chaque réunion ou congrès, à dénoncer ses méfaits.

— Fascinant, dit Seth qui n'écoutait déjà plus Connor, peaufinant son projet.

Après quoi il revint à sa préoccupation première, à savoir le complet remaniement du laboratoire et sa transformation en un véritable centre de recherche, à la pointe du progrès.

— Il faut tout changer et en finir avec l'aspirine, la phénacétine et toutes les autres cochonneries, déclara-t-il avec enthousiasme. Nous allons nous lancer dans les mutations génétiques, les anticorps. C'est ça l'avenir et c'est ça qui rapporte de l'argent !

— Bien sûr, répondit Connor en secouant la tête, mais ce n'est pas pour nous. Seules les grosses compagnies peuvent s'y attaquer. Sans compter que, dans la plupart des cas, ils se consacrent à ces tâches depuis des années. Même si nous avions les compétences, nous ne pourrions jamais les rattraper. Je pense qu'il est préférable de continuer à fabriquer ce que nous savons faire. Ce n'est guère excitant, je le sais, mais cela nous permet de gagner notre vie.

— Mal, dit Seth, et ça fait trop longtemps que ça dure. On voit bien que vous n'avez pas lu le dernier bilan.

— Nous nous efforçons de faire de notre mieux, monsieur, et ce n'est pas notre faute si le département marketing n'est pas à la hauteur, répliqua Connor.

Seth lui montra le magazine qu'il avait apporté et dont plusieurs pages étaient cornées.

— Lisez ! ordonna-t-il en ouvrant le journal.

Desmond soupira et s'exécuta.

— C'est sur la maladie d'Alzheimer. Ils disent que quatre millions d'Américains souffrent de cette affection. D'après les dernières découvertes, il semblerait qu'elle soit provoquée par le gène d'une protéine appelée apolipoprotéine E-4, qui se trouve sur le chromosome 19, expliqua Seth. C'est très précisément le genre de choses dont je vous parlais tout à l'heure. Celui qui trouvera le moyen de neutraliser cette molécule gagnera des millions. Alors pourquoi ne pas essayer, nous faisons bien de la recherche, oui ou non ?

— Oui, mais nos activités sont tout à fait différentes, répondit Desmond d'un air las. Il n'y a qu'un très grand laboratoire qui puisse prétendre trouver la solution, et encore : à condition qu'il se soit spécialisé dans la génétique et la biochimie depuis des années. Nous ne pouvons pas lutter, je vous le répète.

Seth était furieux. Il ne comprenait pas que Connor soit borné à ce point. Il avait envie de l'attraper par les revers de sa veste, de le pousser contre un mur et de le frapper à grands coups de poing jusqu'à épuisement. Desmond, qui connaissait bien son patron, sentit la peur l'envahir. Il tenta de se raisonner, certain qu'il n'avait fait que son devoir en voulant le dissuader de se lancer dans une entreprise vouée à l'échec. Le laisser faire aurait été malhonnête.

Puis, à son grand soulagement, Seth se détendit et il pensa alors que son directeur avait fini par comprendre et partager son point de vue.

Seth le salua et se dirigea vers la porte. Mais au moment où il allait sortir, il fit volte-face et lança :

— Oh ! J'ai failli oublier. Vous avez bien une clé du laboratoire, Desmond ?

— Bien sûr, dit celui-ci en fouillant dans sa poche pour en sortir un trousseau.

— Je peux la voir ?

Interloqué, il l'ôta de l'anneau et la tendit à Seth qui l'examina, la mit dans sa veste et fit de nouveau mine de quitter la pièce.

Desmond allait lui demander de la lui rendre quand son patron s'arrêta, se retourna et claqua dans ses doigts comme si une idée soudaine venait de lui traverser l'esprit.

— Bon sang, c'est idiot ! Je savais bien que j'avais quelque chose à vous dire, dit-il en souriant, une main posée sur l'épaule de Desmond. Vous êtes viré.

— Très amusant, monsieur, répondit Connor, décontenancé. Maintenant, pourriez-vous me rendre ma clé ?

— Je ne plaisante pas, riposta Seth, l'air mauvais, intérieurement réjoui de l'affolement qu'il lisait sur la figure de son collaborateur. Je vous demande de foutre le camp de ce laboratoire. Prenez votre manteau et sortez. Immédiatement.

Sur le chemin de son appartement, quelques minutes plus tard, Seth revit le visage de Desmond, son incrédulité, sa peur et sa colère quand il avait ordonné aux deux gardes de le jeter dehors et de ne jamais plus le laisser pénétrer dans l'usine, sous aucun prétexte.

Les nerfs encore à vif, Seth mit un peu de musique pour se calmer et se prit à repenser aux propos de Desmond au sujet de ce scandale à l'université de Yale ;

ainsi, la plupart des articles publiés comportaient des erreurs, ce dont toute la communauté scientifique se moquait, sauf, à la suite d'une dénonciation, fait qui déclenchait immédiatement « la curée ».

Il continua à réfléchir, se demandant ce qu'il pourrait bien faire pour s'approprier les travaux de Paula. Et il trouva la solution. Abrams était la clé du problème. En effet, s'il n'était pas en mesure de mettre sur pied un programme de recherche similaire à celui de la jeune femme, il pouvait très bien, en revanche, faire en sorte de la discréditer auprès de ses confrères, la privant de toutes possibilités de subventions et la forçant ainsi à travailler pour lui, ou plus exactement, à la solde des Laboratoires Millway.

Satisfait, Seth sourit en songeant à la réaction de Coletti quand il apprendrait comment il avait réussi, seul, à régler la question.

Il ne lui restait plus qu'à joindre Abrams, ce soir même, et à lui donner ses instructions.

Plongé dans ses pensées, Seth ne s'était pas rendu compte qu'il avait quitté l'autoroute et était arrivé devant l'immeuble où habitait Paula. Les accents du *Boléro* de Ravel résonnaient dans la BMW et Seth, pris d'un besoin de silence, éteignit le lecteur de CD. Il resta là quelques instants à contempler le bâtiment, sans rien faire, puis la colère le reprit. Il revit l'instant où elle avait failli l'éborgner, sans raison valable. Son œil était resté rouge pendant plusieurs jours et lui avait attiré des questions et des commentaires dont il se serait bien passé.

De nombreux appartements étaient illuminés et il se demandait lequel pouvait bien être celui de la jeune femme. Il descendit de voiture et traversa la rue, sombre et tranquille, puis s'arrêta devant la porte d'entrée. Elle était fermée, mais, sur la droite, une série d'interphones portait le nom des locataires et leur numéro de porte. Il allait appuyer sur l'un d'eux, au hasard, quand il remarqua l'objectif d'une petite caméra de surveillance. Jugeant qu'il n'était guère prudent de se faire remarquer, il recula d'un pas pour inspecter la liste des noms. C'est alors que son regard se posa sur une petite carte qui portait ces mots, soigneusement écrits en majuscules : PAULA S. CAIRNS APPT 5L.

Après quoi il retourna à sa BMW où il demeura quelques secondes à observer les fenêtres éclairées et à s'interroger à haute voix sur la signification de la mystérieuse initiale.

— S ? Comme quoi ? Samantha ? Sheila ? Sandra ?

Il ne pouvait se résoudre à partir, espérant toujours voir Paula entrer ou sortir. Puis, se faisant une raison, il se dit qu'elle était certainement chez elle et qu'il était par conséquent inutile d'attendre plus longtemps. Il reprit donc le chemin du retour, passant lentement le long du parking pour tenter d'identifier la voiture de la jeune femme, et nota en passant de nouveau devant l'immeuble que, si un système de vidéo surveillance était en place, il n'y avait en revanche aucun gardien.

Sur la route, il se répéta encore et encore le numéro de téléphone de Paula, qu'il avait mémorisé dès son premier appel, comme pour entretenir sa colère et non l'exorciser.

Arrivé chez lui, il appela Abrams. Ce fut sa femme

qui lui répondit, assez sèchement, l'informant que son mari était endormi.

— Dans ce cas, réveillez-le, ordonna-t-il, et dites que c'est Seth Millway !

Seth expliqua à Clifford ce qu'il attendait de lui. Il devait, au plus vite, reprendre tous les articles publiés par la jeune femme, les vérifier dans les moindres détails, puis s'attirer la sympathie de sa technicienne — elle était la mieux placée — afin de lui soutirer des renseignements et apprendre si Paula, depuis ses débuts, n'avait pas commis d'erreurs ou de fautes professionnelles.

— D'accord, répondit Abrams, je m'y mets dès demain.

Quelques heures plus tard, alors que Fleur s'était endormie, Seth appela Paula anonymement, comme il avait coutume de le faire depuis quelque temps, pour le simple plaisir de l'entendre dire, inquiète, ces quelques mots :

— Allô ! Allô ! Mais qui êtes-vous ? Parlez, voyons !

Puis il raccrocha. Vers quatre heures du matin, pris d'une insomnie, il composa de nouveau le numéro de la jeune femme et demeura quelques secondes, silencieux, à écouter sa voix dans le combiné. Il l'imaginait assise dans son lit, dans le noir, vêtue d'une chemise de nuit blanche, terrifiée par ces appels incessants et se blottissant sous ses couvertures. Cette vision l'émut et l'excita à la fois. Aussi, pris d'un accès de désir subit, il se vengea sur Fleur, la secoua, écarta ses genoux et la prit, brutalement.

17

Au matin, à sept heures précises, Paula, vêtue d'un short blanc, d'une chemisette rayée vert et rouge et chaussée de tennis flambant neuves, sortit du vestiaire des femmes du Raquet Club, prête à affronter son adversaire.

Le court qui leur avait été attribué était situé à l'écart, en raison de leur réservation tardive. On ne pouvait le voir du hall de la réception. Paula n'en fut pas mécontente : si elle devait essuyer une défaite, cela passerait inaperçu.

Steve était déjà arrivé et Paula pouvait entendre le bruit sourd des balles cognant sur le mur. Discrètement, elle l'observa pendant quelques instants. Il était musclé, rapide, et ses gestes étaient précis. Tandis que Paula continuait à l'étudier, il s'efforçait de rattraper toutes les balles, même trop hautes ou trop basses, n'hésitant pas à sauter ou à se précipiter pour les atteindre. Il tentait d'ailleurs d'en renvoyer une tombée un peu trop loin de lui quand il perdit l'équilibre et atterrit sur le ventre.

Paula en profita pour entrer, applaudissant la

démonstration. Steve se redressa d'un bond et resta quelques secondes à la regarder, le sourire aux lèvres. Il se dégageait de lui une impression de santé, d'aisance : à l'évidence, cette forme physique ne devait rien à un travail acharné, mais était plutôt un don naturel.

— Vous êtes arrivée au mauvais moment, dit-il. Juste quand je m'étalais après avoir raté mon coup! Moi qui voulais vous impressionner, c'est raté. Voulez-vous que nous nous échauffions un peu, avant de commencer?

Il ramassa une balle et l'envoya contre le mur, sans violence, si bien qu'elle atterrit aux pieds de Paula, qui la renvoya avec la même mollesse.

Après quelques échanges du même type, Paula, qui commençait à s'ennuyer ferme dans le coin droit du court, frappa un peu plus fort dans la balle qui alla rebondir dans le secteur occupé par Steve. Celui-ci sauta pour la rattraper avant de la retourner à Paula, avec la même lenteur que les précédentes.

Elle la récupéra et le regarda bien en face en souriant, un peu agacée. Elle se moquait de perdre si elle ne pouvait faire autrement, mais elle ne supportait pas l'idée qu'il puisse la considérer comme une faible femme ou, pire, avoir plus ou moins pitié d'elle.

— Vous êtes prêt? interrogea-t-elle.

Il fit un signe de tête.

Le tirage au sort désigna Paula, qui suspecta Steve de l'avoir laissée gagner. Il était clair à présent que Steve tentait de la ménager et qu'elle allait devoir jouer de toutes ses forces si elle voulait qu'il arrête ce petit manège.

Elle prit donc place sur la ligne de service, l'observant du coin de l'œil. Il était lui aussi en position, à sa gauche, prêt à bondir. Bien décidée à marquer un point, elle songea que le seul moyen d'y parvenir consistait à détourner son attention l'espace d'une seconde. Maligne, elle s'arrangea au moment de servir pour que sa chemisette remonte et que Steve aperçoive en un éclair la peau satinée de son ventre. Elle tapa alors de toutes ses forces et la balle rebondit devant le jeune homme sans qu'il puisse rien faire que compter le point et reconnaître qu'elle était plus rapide et plus douée qu'il ne l'avait cru au début de la rencontre. Il resserra son attention, mais Paula le battit de nouveau, gagnant même cinq jeux d'affilée. Steve se sentit brusquement frustré, d'abord — ce qui le surprit — parce qu'elle avait rentré son polo dans son short, ensuite parce qu'elle jouait vraiment vite et bien.

Steve prit une profonde respiration, bien décidé à se reprendre et à mettre au point une nouvelle tactique. Il ne disputait que très rarement des parties avec des femmes et, quand cela arrivait, il s'arrangeait pour les obliger à suivre son jeu. Plus rapide et plus puissant qu'elles, il remportait toujours la victoire. Mais cette fois, les choses étaient bien différentes. Il risquait de perdre et cette pensée lui était intolérable. Rassemblant toute son énergie, il parvint à gagner les quatre points suivants, mais Paula trompa de nouveau sa vigilance et il perdit son avantage.

Steve, outre ce sentiment d'impuissance, ressentait une étrange sensation. Seul avec elle, dans cet espace clos, il avait l'impression qu'une sorte de courant électrique passait entre eux, dont l'intensité grandissait à mesure que le match avançait et qu'ils se rapprochaient l'un de l'autre, au sens propre du terme.

Cependant, l'heure tournait. Ils durent bientôt s'arrêter sur le score de un jeu à deux, en faveur de Steve.

Ils étaient tous deux épuisés, mais radieux, et Steve ne put s'empêcher avant de quitter le court de la prendre par la taille, puis de la serrer une seconde contre lui. Paula ne protesta pas et le contact de la jeune femme lui donna la chair de poule.

Tous deux allèrent ensuite se changer. En sortant du club, Steve lui offrit d'aller prendre un café. Ils décidèrent d'aller au Coffee Shop, un estaminet situé à mi-chemin entre le Raquet Club et l'hôpital.

Il y avait beaucoup de monde, mais ils réussirent à trouver une table libre, près d'une fenêtre.

— Comment ça marche au labo? demanda Paula. J'ai entendu dire que nous travaillions sur des programmes similaires et que nous étions... comment dire... concurrents.

— Vous savez, c'est une idée d'Abrams, répondit Steve en rougissant. D'ailleurs, je ne vois pas où il veut en venir ni à quoi cela lui servira, puisque vous avez sur nous une avance considérable.

— Je suppose que c'est tout ce qu'il est capable de faire, à présent, riposta Paula, méchante. Copier le travail des autres.

Steve changea très vite de sujet. Ils se découvrirent des relations communes en Californie et au Connecticut, ainsi qu'un même intérêt pour la musique, puisque Steve jouait de la guitare classique. Une heure passa. Paula se rendit compte qu'elle était en retard pour son premier rendez-vous de la matinée et donna le signal du départ. C'est alors qu'elle réalisa combien elle avait apprécié la compagnie de Steve et aussi combien il lui plaisait.

Celui-ci ayant payé la réservation du court, la jeune femme offrit les cafés.

— Je pourrais peut-être vous offrir une revanche, un de ces jours? proposa Steve en sortant.

— Pourquoi pas demain, à la même heure? répondit Paula.

Mirna Jennings n'en revenait pas de voir le docteur Abrams, un homme de cette importance, lui parler avec tant de gentillesse. Elle avait beaucoup de mal à se faire des amis, peut-être à cause de son embonpoint, et était toujours prête à tomber amoureuse du premier homme qui faisait attention à elle.

Clifford était passé au laboratoire pour lui dire bonjour, bavarder un peu avec elle et l'inviter, un peu plus tard dans la matinée, à venir visiter son laboratoire. Là, il la présenta à certains de ses techniciens, puis la fit entrer dans son bureau et lui offrit un café et des beignets.

— Je ne devrais pas, vraiment, dit-elle, la main prête à saisir un gâteau.

— Allez-y! dit-il. On ne vit qu'une fois, autant en profiter. Ils sont tout frais, ce sont les meilleurs de New Coventry.

Mirna, encouragée par ces propos et peut-être aussi par la silhouette grassouillette de Clifford, céda à la tentation et mordit dans la pâtisserie qu'elle avala gloutonnement.

Elle remarqua soudain que l'expression du visage d'Abrams avait changé et qu'il avait à présent l'air soucieux. Elle songea un instant que c'était à cause de sa façon de manger, mais ses propos la détrompèrent.

— Mirna, je suis très heureux d'avoir enfin pu faire votre connaissance, d'autant plus que je vais avoir besoin de vous.

— Avec plaisir, répliqua cette dernière, la bouche pleine. Tout ce que vous voulez.

Clifford se saisit alors d'un dossier portant le cachet « CONFIDENTIEL » et le posa devant lui.

— Voyez-vous, dit-il à Mirna en tapotant la couverture du document, c'est une demande officielle de renseignements émanant du N.I.H. et concernant votre patronne, le Dr Paula Cairns.

Mirna ne dit pas un mot, se contentant de le regarder, imperturbable.

— Ils souhaitent en savoir plus sur les différents articles parus dans la presse. Comme ils me connaissent bien et savent que je travaille dans le même établissement qu'elle, ils m'ont chargé de faire une enquête discrète à son sujet.

— Vous savez, répondit Mirna d'un air renfrogné, moi, je me contente de faire ce qu'on me dit. C'est elle qui rédige tout.

— Je le sais parfaitement, ma chère, répliqua Abrams, la voix vibrante. Je me suis renseigné à votre sujet ; tout le monde, sans exception, m'a vanté vos compétences et votre caractère consciencieux. Et croyez-moi, si je n'étais pas sûr de vous, je ne vous demanderais pas de m'aider à résoudre un problème aussi délicat.

— De quoi s'agit-il ? demanda Mirna en s'emparant du dernier beignet. Est-ce à propos de ce papier qu'elle a publié quand elle était encore à New York ?

— Hélas oui ! C'est tout bonnement incroyable que vous ayez deviné si vite.

Mirna soupira et jeta un regard vers l'assiette de gâteaux, vide à présent. Instantanément, Clifford appela sa secrétaire pour lui demander d'apporter d'autres beignets.

— Je suis désolé, lui dit-il ensuite, je ne pensais pas que vous en vouliez encore.

Mirna marmonna quelque chose qui ressemblait à une excuse mais ses yeux trahissaient sa gourmandise. La réceptionniste revint au bout de quelques instants et posa devant Mirna une nouvelle fournée de friandises, en évitant soigneusement de la regarder. Mirna comprit tout de suite à quoi devait penser la jeune femme, mais elle était habituée et n'y faisait plus attention.

— Vous me parliez donc de cet article sur les thrombolysines, reprit Clifford en croisant les mains sur son bureau.

— Oui, c'était il y a trois ans. Je venais juste d'être engagée. Le docteur Zimmerman et elle travaillaient sur ce sujet depuis quelque temps déjà et le docteur Cairns, en raison de problèmes avec des réactifs, n'était pas très satisfaite des résultats obtenus.

— Mais alors, pourquoi avoir permis qu'ils soient publiés ?

— Le docteur Zimmerman voulait que l'article paraisse, je crois, avant un grand congrès, et lui a demandé de passer outre, ce qu'elle a fait. Mais moi, j'ai toujours su qu'elle aurait des problèmes à cause de ça.

Mirna avait fini les gâteaux et se sentait repue. Elle savait toutefois que cette sensation de bien-être ne durerait pas et que, dans un quart d'heure environ, elle éprouverait à nouveau un sentiment de culpabilité, dû à son tempérament boulimique.

Clifford la regardait d'un air impressionné, admirant semblait-il sa perspicacité.

— Donc, le docteur Cairns était mécontente. Mais elle devait bien savoir qu'en signant l'article elle engageait sa responsabilité. Pour tout, qu'il s'agisse des méthodes employées, du matériel et bien sûr des résultats.

Disant ces mots, Clifford avait baissé la voix, comme s'il était désolé de constater que Paula, poussée par l'ambition, avait négligé son devoir.

— En fait, reprit Mirna, elle avait demandé à plusieurs reprises que les produits chimiques utilisés soient analysés par un laboratoire indépendant. Le docteur Zimmerman avait fini par accepter, mais trop tard : le journal était sorti depuis longtemps quand la réponse arriva.

— Et... dit Clifford comme pour l'encourager.

— Les examens montrèrent que la date limite d'utilisation de certains des réactifs était dépassée. Personne, sur le moment, n'avait pensé à vérifier. Vous savez ce que c'est, on voit tous les jours les mêmes produits et on ne pense pas à regarder les étiquettes pour contrôler s'ils ne sont pas périmés. Quoi qu'il en soit, deux agents furent déclarés instables, si bien que personne ne put déterminer avec certitude si les résultats obtenus étaient corrects ou non. Mais je suppose que vous saviez déjà tout cela, conclut Mirna en désignant d'un mouvement de tête la chemise que Clifford avait posée sur sa table.

— En effet, répliqua celui-ci en pianotant sur le prétendu dossier du N.I.H., qui ne contenait en fait qu'une très ancienne demande de subvention qu'il avait lui-même envoyée à la célèbre institution. Mais vous comprendrez aisément que je doive me faire confirmer toutes ces informations par une personne de confiance.

Mirna sourit. Elle était ravie du compliment, mais commençait à regretter sa gourmandise car son estomac la tracassait.

— Est-ce que je peux faire autre chose pour vous? demanda-t-elle, à présent impatiente de s'en aller. Le Dr Cairns ne va pas tarder à remonter du bloc opératoire et je ne voudrais pas qu'elle se rende compte de mon absence.

— Je pense qu'elle est loin d'en avoir fini, dit Clifford, sur un ton rassurant.

En fait, il avait vérifié le planning avant d'aller chercher Mirna et savait très bien de combien de temps il disposait avant le retour de Paula.

— Elle supervise des internes qui opèrent un anévrysme. Une telle intervention, en principe, demande au moins trois heures. Mais je sais que votre temps est précieux, aussi je ne vous retiendrai que quelques minutes encore, pour une dernière question.

Il avait l'air si ennuyé que Mirna souhaita sincèrement pouvoir l'aider. Ce devait être terrible, pour un homme comme lui, d'être obligé d'enquêter ainsi, en cachette, sur un de ses confrères.

— Sauriez-vous, par hasard, si ces résultats ont fait par la suite l'objet de corrections, je veux dire, d'une manière officielle, par exemple au moyen d'une lettre adressée au rédacteur en chef?

— Le docteur Cairns a évoqué cette éventualité quand les analyses sont revenues du laboratoire, dit Mirna en hochant la tête, et le docteur Zimmerman a répondu qu'il s'en chargerait, mais ils ont tous les deux été si occupés par la suite qu'ils ont oublié.

Clifford se leva, satisfait, donnant ainsi à Mirna la permission de prendre congé. Il avait bien manœuvré. Cette pauvre fille était tombée dans le piège, lui fournissant la solution de tous ses problèmes. Il songea, ce qui était plus drôle encore, que Paula n'était même pas responsable de cette histoire de date de péremption puisque c'était au technicien, donc à Mirna, de vérifier toutes ces choses.

Il fit le tour de son bureau et lui prit les mains.

— Chère Mirna, je ne vous remercierai jamais assez de votre aide précieuse dans cette malheureuse affaire et je n'ai pas besoin de vous recommander, cela va de soi, de conserver le plus grand silence sur cette conversation.

— Bien entendu!

— Venez me voir quand vous voudrez, déclara Clifford en la prenant par le bras tout en la raccompagnant jusqu'à la porte. Et merci encore!

Après le départ de la laborantine, Clifford descendit à la bibliothèque et demanda des photocopies de tous les communiqués publiés par Paula, soit à titre personnel, soit en collaboration avec d'autres chercheurs. Puis, en possession du fameux papier sur les thrombolysines, il alla trouver Steve, dans son bureau.

— Steve, lui dit-il en lui tendant les duplicatas, je voudrais que vous lisiez ceci et que vous me disiez si nous pouvons refaire ces tests.

Steve prit les différents feuillets, jeta un coup d'œil au titre de l'article, vit le nom des auteurs et regarda Clifford, l'air étonné.

— Bien sûr, répondit-il après avoir parcouru les premières pages, mais je ne vois pas bien pourquoi. Mettre une telle expérience en route est une tâche difficile et je pense, de plus, que ce serait une perte de temps, étant donné que personne d'autre, à ma connaissance, n'a jamais utilisé cette méthode vieille de trois ans et donc dépassée.

Steve ne travaillait pour Clifford que depuis quelques semaines, mais il commençait déjà à en avoir assez. On ne lui confiait rien d'intéressant à faire et cette vérification en était un exemple flagrant.

Clifford s'appuya contre le chambranle de la porte et déclara à Steve qu'ils pourraient avoir à se servir de cette technique. Auparavant, il voulait en vérifier tous les tenants et les aboutissants.

— Je sais que c'est un procédé plutôt complexe, dit Clifford, et en temps normal je confierais cette mission à quelqu'un de plus expérimenté. Mais en la circonstance, je ne peux me fier qu'à vous. À votre avis, combien de jours vous faudra-t-il pour tout vérifier ?

— J'ai tous les réactifs dont j'ai besoin et je pense qu'il ne me faudra qu'une semaine pour reproduire les essais à l'identique, ce qui ne nous servira pas à grand-chose. Il serait plus simple et plus rapide, à mon avis, de faire appel directement au Dr Cairns. Elle est juste à côté et pourrait nous fournir toutes les données dont nous pourrions avoir besoin.

Clifford fit semblant de réfléchir pendant quelques secondes avant de répondre.

— Je sais, mais, voyez-vous, nous sommes en quelque sorte rivaux et je ne veux pas qu'elle ait la moindre indication sur ce que nous faisons. Je veux pouvoir disposer de ces informations à ma guise, sans avoir à les réclamer à qui que ce soit. Si vous m'assurez que vous n'en avez pas pour plus d'une semaine, il n'y a pas à hésiter un seul instant.

— Comme vous voudrez, dit Steve. Je m'y mets dès demain matin.

Après le départ de son patron, Steve se pencha à nouveau sur la photocopie. L'article, intitulé « Une technique simplifiée de mesure des thrombolysines et de leurs matières résiduelles dans les dérivés sanguins congelés », était signé Paula Cairns, mais un certain nombre d'autres personnes, des techniciens et bien sûr Robert W. Zimmerman, l'ancien patron de Paula, qu'il avait rencontré, avaient leur nom cité à côté du sien. Le journal qui avait publié ce fameux papier était, quant à lui, de ceux à qui les chercheurs en début ou en fin de carrière s'adressent quand ils n'ont pas d'autre choix.

Steve se demandait donc pourquoi Abrams y attachait tant d'importance car, à moins que ses travaux s'orientent dans une direction autre que celle annoncée, il n'avait nul besoin de ce test. Il devait y avoir une autre raison, très particulière, qui le poussait à agir ainsi.

Paula était-elle au courant de l'intérêt subit de Clifford pour ses premiers travaux ? Tout en s'interrogeant, il la revit sur le court de squash et réalisa qu'il était impatient de la retrouver.

Conscient que son esprit s'égarait, il tenta de se concentrer sur son travail, mais l'image de Paula s'interposait sans cesse. Aussi, n'y tenant plus, il sortit de son bureau et arpenta le corridor dans l'espoir de l'apercevoir. Hélas, Mirna fut la seule personne qu'il rencontra. En la voyant, il pensa malgré lui que les personnes obèses devaient se sentir bien mal dans leur peau.

18

— Je me permets de vous appeler, Maurice, parce que... mais je ne sais pas si je dois vraiment vous en parler... j'ai entendu des rumeurs sur votre cher Dr Cairns, dit Clifford en s'efforçant de se contrôler.

Jouer à ce petit jeu avec Bennett ne lui plaisait pas trop et pouvait même devenir dangereux, mais il n'avait pas le choix. Il avait passé un marché avec Seth Millway. Sa tâche consistait à discréditer la jeune femme et à la briser.

— Elle n'est pas « mon cher docteur », comme vous dites, répliqua Maurice d'un ton sec, et tout ce qui m'est venu aux oreilles, c'est qu'elle fait un excellent travail en chirurgie. Alors expliquez-vous !

Clifford sourit. Il avait fait mouche.

— C'est à propos d'un article remontant à trois ans, à l'époque où elle était encore à New York. Vous l'avez certainement lu. Il traite d'un test de détection des thrombolysines dans les produits sanguins congelés.

— Je m'en souviens, en effet, riposta Maurice, mais cela n'était pas d'un intérêt capital. Je l'ai parcouru quand elle est venue postuler, sans plus.

— J'étais à une conférence, la semaine dernière à San Diego, quand plusieurs personnes sont venues me voir à la fin de la réunion pour me dire que les résultats publiés étaient incorrects. Personne ne prononça le mot d'imposture, mais j'ai bien senti que c'était ce à quoi ils pensaient.

— Je n'ai pas encore eu vent de quoi que ce soit, riposta Maurice, irrité, mais merci de m'avoir prévenu. Je me renseigne sur-le-champ.

— Il n'y a pas de quoi, dit Clifford d'un ton mielleux. J'ai simplement pensé qu'il était préférable que vous l'appreniez de ma bouche car cette histoire m'a rappelé ce scandale à Yale, qui avait commencé par un incident mineur, un peu comme celui-ci. Les choses avaient ensuite dégénéré et toute la communauté scientifique en avait été éclaboussée.

— Je vais essayer d'y voir plus clair avec le Dr Cairns, mais je compte sur vous, Clifford, pour garder le silence et écraser cette rumeur dans l'œuf, rétorqua Bennett d'un ton plus que ferme.

— Je n'en soufflerai mot à personne, vous pouvez me faire confiance. Je suis très étonné que vous ayez pu, une seconde, penser le contraire, mais je crains que cela ne serve à rien, car le mal est fait, à mon avis.

Clifford semblait offensé qu'on puisse ne pas lui faire confiance et Maurice sourit, bien malgré lui.

— Enfin bref! poursuivit Clifford, je voulais aussi vous dire que, pour calmer un peu le jeu, j'ai demandé à l'un des chercheurs de mon équipe de refaire le test. S'il arrive aux mêmes résultats, ce dont je ne doute pas, nous pourrons tirer un trait sur cette regrettable affaire.

La conversation terminée, Maurice raccrocha et se mordit les lèvres. Qu'est-ce que ce type avait encore en tête? Pourquoi s'attaquait-il à Paula et quel profit pouvait-il bien en tirer? Était-ce par simple méchanceté? Maurice en doutait. Il connaissait bien Clifford et savait que, s'il agissait ainsi, ce n'était pas par amour de la science et de la vérité. Il devait y avoir autre chose, derrière, de beaucoup plus stimulant.

Intrigué, Maurice se mit au travail. Il appela d'abord le N.I.H., où personne ne voulut le renseigner. Il contacta donc une de ses amies, Ida Lancaster, qui, elle, réussit à obtenir des informations et lui apprit que personne, à la Fondation, n'avait reçu de plaintes concernant le Dr Paula Cairns.

Il tenta ensuite de joindre une collègue, Emily Fiske, qui s'était forgé une solide réputation en traquant et en dénonçant par tous les moyens les documents mensongers. Il l'avait connue à Boston. Elle lui confia qu'il ne fallait jamais considérer qu'un article était sans faille parce que personne ne s'était posé des questions à son sujet.

— On a pu estimer, confia-t-elle à Maurice, que seuls 10 % environ des textes comportant des négligences ou des erreurs nous sont signalés. Ceci vaut uniquement pour la recherche de haut niveau car, à des degrés moindres, personne ne s'en soucie, sauf tentative de reproduction de l'expérience.

— Que feriez-vous, vous, Emily, si vous aviez un doute sur la qualité du travail de l'un de vos collègues? questionna Bennett.

— Je soumettrais d'abord ses conclusions à d'autres scientifiques spécialistes du domaine, répondit Emily, puis, au cas où ils constateraient l'inexactitude des résultats, j'informerais les différents organismes et fondations susceptibles de subventionner ce chercheur.

Maurice restait silencieux. Emily comprit que sa réponse ne l'avait pas pleinement satisfait et poursuivit :

— Si vous avez réellement des soupçons sur quelqu'un que vous connaissez, vous pouvez essayer de prendre contact avec d'autres personnes travaillant dans le même établissement, des collègues, des rivaux, des techniciens, d'anciens collaborateurs, bref, des personnes qui savent, forcément, mais qui préfèrent se taire, non par solidarité, mais parce que cela ferait très mauvais effet dans ce milieu de colporter ce genre de choses. Faire toute la lumière sur une affaire n'est pas aisé, je le sais par expérience, mais je vous souhaite bonne chance quand même, Maurice. En tout cas, n'hésitez pas à m'appeler si vous avez du nouveau.

Bennett prit congé, puis resta quelques instants à contempler son téléphone, cherchant parmi ses multiples relations qui pourrait bien l'aider. Puis un nom s'imposa à lui : Bob. Bob Zimmerman. Il avait toujours été d'une parfaite honnêteté, n'avait jamais accepté la moindre compromission. Se souviendrait-il de cet article ? Son département en diffusait des douzaines chaque année.

Hélas, Maurice ne put le joindre. Bob Zimmerman était en voyage d'étude en Chine avec d'autres médecins et ne rentrerait pas avant plusieurs semaines.

Bennett soupira et se décida à appeler Paula, ce qu'il aurait dû faire en premier.

Elle venait juste de rentrer et prit sur-le-champ la

direction du bureau de son patron, pensant qu'il s'agissait d'une question de routine, comme cela arrivait trois ou quatre fois par semaine. En chemin, sereine, elle songeait à Steve, à leur prochaine rencontre et à la manière dont elle pourrait bien le battre, le lendemain matin, sur le court de squash.

Paula, à son arrivée, constata que son chef de service était pensif et que son sourire n'était pas aussi chaleureux que d'habitude. Après lui avoir demandé de ses nouvelles, il s'installa confortablement, la regarda bien en face, puis sembla hésiter avant de se lancer.

— J'ai reçu, il y a quelques heures, un coup de téléphone à propos d'un article paru il y a trois ans, alors que vous travailliez pour Bob Zimmerman. Comme il porte votre signature, je...

— Il s'agit du travail sur les thrombolysines, n'est-ce pas, dit Paula en ressentant un choc au creux de l'estomac.

— Tout juste. Il semblerait que quelqu'un y ait trouvé des inexactitudes et j'ai préféré vous voir avant de faire quoi que ce soit.

Maurice s'arrêta, puis l'observa avec la plus grande attention. Il savait que, sous l'effet d'un stress ou d'une accusation, certaines personnes dévoilent un aspect caché de leur personnalité, et il était important pour lui de voir comment réagirait Paula, en une pareille circonstance.

À son grand soulagement, la jeune femme ne fondit pas en larmes, ne se mit pas en colère, ne fit pas la mauvaise tête mais répondit franchement.

— Voilà comment les chosés se sont passées, lui dit-elle. Nous avions mis au point ce test particulier. Il marchait fort bien mais ne semblait pas, c'était mon opinion, devoir faire l'objet d'un compte rendu. Zimmerman, lui, pensait que tout ce qui sortait de son laboratoire devait être confié à un journal qui décidait ensuite, en toute liberté, de le reproduire ou non dans ses colonnes. Malheureusement, cette fois-là, il décréta que nos résultats seraient bel et bien publiés, et nous dûmes même nous dépêcher de finir car le texte devait être prêt pour un congrès auquel il participait.

Paula se rendit compte alors qu'elle était en train de se chercher des excuses et de faire porter la faute sur une autre personne. Elle s'arrêta aussitôt.

— C'est ma faute, docteur Bennett, avoua-t-elle. J'ai tout gâché. Certains réactifs utilisés étaient périmés mais je ne m'en suis aperçue que plus tard quand le laboratoire, à qui nous avions confié ces substances, nous retourna ses analyses. J'ai recommencé l'expérience par la suite avec des produits neufs et j'ai trouvé un écart, pas bien important, de 6 % environ, entre les deux sessions de tests.

— Avez-vous envisagé de faire paraître un rectificatif?

— Non, car la technique était bonne et ne remettait pas en cause les résultats. J'en ai parlé au Dr Zimmerman et nous avons décidé, d'un commun accord, d'envoyer une note au journal, signalant nos erreurs.

— Et vous l'avez fait, bien sûr?

Paula baissa les yeux, ennuyée, puis regarda Maurice, bien droit dans les yeux.

— Non!

— Pourquoi? dit Maurice, très étonné.

— Parce que je venais de commencer mon programme de recherche, que je finissais mon internat et que je n'avais pas une minute de libre. Tous les jours, je me disais qu'il fallait que j'envoie ce correctif, mais chaque fois je repoussais l'échéance. En fin de compte, ça m'est sorti de l'esprit.

Elle avait l'air si abattue et si gênée que Maurice ne put que lui sourire.

— Vous savez, ça fait partie des problèmes auxquels sont confrontés tous les jeunes chercheurs. La plupart du temps, personne ne relève ces petites erreurs.

Il marqua une pause, essayant d'élaborer une stratégie offensive.

— Hélas pour vous, cette fois, quelqu'un a découvert le pot-aux-roses, et c'est ce cher Dr Abrams qui m'a appris la nouvelle. Un de vos confrères, lui ou un autre, a quelque chose contre vous, et je pense qu'il va falloir vous tenir prête à assurer votre défense. La première chose à faire est de rédiger ce fameux rectificatif et de l'envoyer au rédacteur en chef du journal. Je sais que cela peut paraître bien tardif ou inutile, mais faites-le quand même. Ensuite, reprenez chacun des textes que vous avez écrits et vérifiez s'il y a des erreurs ou des informations pouvant prêter à confusion.

Paula le regardait en souriant, l'air surpris.

— Ne prenez pas ça à la légère, lui dit Maurice. Je suis persuadé qu'en ce moment même, quelqu'un examine avec le plus grand soin chacun de vos articles ou chacune des conférences que vous avez données. Et croyez-moi, ce n'est sûrement pas sans intention de vous nuire.

— Mais dans quel but? demanda Paula. Si

quelqu'un a eu des problèmes avec ce vieux test, pourquoi ne m'a-t-il pas appelée ? Je l'aurais renseigné bien volontiers. À quoi rime toute cette histoire ?

— Je ne sais pas, mais je sens ce qui se prépare. J'ai déjà eu à subir ce genre d'attaque et je sais comment ça se passe. Il est évident que quelqu'un veut vous avoir. Cette personne a trouvé la faille et va s'en servir.

Il fit une pause et regarda Paula d'un air interrogateur.

— À part Abrams, vous avez une idée de qui il pourrait bien s'agir ?

Paula secoua la tête. Bennett continua :

— Je me suis demandé d'où pouvaient provenir toutes ces informations sur cette expérience. Du Columbia Hospital ? Et pourquoi pas de votre technicienne ? Je suppose que vous lui avez demandé de ne parler à personne de votre travail, passé ou présent.

— Je ne crois pas. Mirna est loyale et sait se taire. En plus, elle était en partie responsable de ces mauvais résultats ; elle doit juger préférable de garder le silence.

— Et en ce qui concerne vos recherches actuelles ? Bon nombre de personnes souhaiteraient, c'est certain, avoir accès à ces informations.

— Mirna ne connaît qu'une partie des divers composants, ce qui fait que, même si elle en parlait à quelqu'un, cela ne lui serait pas d'une grande utilité.

— Peut-être s'est-on servi de votre ordinateur ? Tout est possible, aujourd'hui, et l'espionnage industriel, activité des plus lucratives, sévit dans tous les domaines.

— Non, c'est impossible. Toutes les données sont

codées et les décrypter, à condition d'avoir pu entrer dans le programme, prendrait des mois.

— Quelqu'un d'autre connaît le chiffre ? interrogea Maurice. Que se passerait-il si vous aviez un accident ou que vous tombiez gravement malade ? Est-ce que tout votre travail serait perdu ?

— Non, car je l'ai confié à Geoffrey Susskind, l'un des avocats de l'hôpital. Il est dans son coffre, dans son bureau avec ceux d'autres laboratoires.

— Il semblerait aussi que certaines compagnies pharmaceutiques reprennent leurs recherches sur les caillots intravasculaires.

— Je sais, fit Paula en soupirant. Tout le monde veut avoir sa part du gâteau.

Maurice, un instant, perdit le fil de ses idées, regardant les mains de la jeune femme, longues et fortes à la fois, vraiment dignes d'un grand chirurgien.

— Je dois aussi vous dire, avant que je n'oublie, que j'ai eu des nouvelles de mes amis du N.I.H. et de l'armée. Hélas, il ne leur est pas possible de vous aider à cause de certaines modifications du règlement et vous devrez passer par la voie officielle pour faire votre demande de financement.

— À propos d'argent, je me demande comment Abrams a pu se débrouiller pour en obtenir autant, dit Paula après avoir digéré cette autre mauvaise nouvelle. Il a reçu un équipement des plus coûteux. Des dizaines de caisses et de cartons arrivent chaque jour.

— Il a dû obtenir une aide extérieure, providentielle, pour essayer de vous rattraper. On murmure que Millway serait sur le point de lui couper les vivres.

— Vous pensez qu'il pourrait être à l'origine de

toute cette histoire sur les thrombolysines ? demanda Paula.

— Possible, mais pourquoi ? dit Maurice qui s'était lui aussi posé la question. Quel avantage en tirerait-il ? A-t-il une raison particulière de vous détester ?

— Pas que je sache, répliqua Paula. À moins qu'il m'en veuille toujours d'avoir été engagée à la place de Charnley.

— Non, il ne se donnerait pas autant de mal pour si peu, déclara Maurice. Et pourquoi pas Steve Charnley, justement ? Il peut ainsi faire diversion, vous retarder et en profiter, en toute tranquillité, pour progresser.

— Impossible ! riposta Paula sur un ton qui surprit Bennett et lui fit froncer les sourcils.

— Puisque nous parlons de lui, pensez-vous qu'il soit compétent pour ce travail ?

— Abrams en est convaincu, en tout cas. Je sais qu'il a publié un certain nombre d'articles sur les caillots, mais je crois qu'il s'est surtout spécialisé dans l'instrumentation.

— Enfin, soupira Bennett, en regardant sa montre, nous serons bientôt fixés, je l'espère. En attendant, n'oubliez pas d'écrire cette note au journal et postez-la sans faute ce soir. J'ai un cours dans cinq minutes, je dois m'en aller, mais nous pourrons reparler de tout cela plus tard.

Paula retourna à son laboratoire. Mirna travaillait sur le micro-ordinateur, des catalogues posés près d'elle, mettant à jour des listes de produits chimiques et de composants biologiques. Elle leva la tête quand

Paula entra et celle-ci remarqua une étrange expression dans son regard.

— J'avais oublié combien toutes ces fournitures étaient chères, dit-elle. Nous en avons presque pour huit mille dollars rien que pour refaire certains tests.

— Et encore, ce n'est rien, ajouta Paula, vous verrez quand nous allons devoir acheter l'analyseur !

— Le Dr Abrams pourrait peut-être nous laisser nous servir du sien, le soir ou les week-ends, par exemple quand son équipe n'en a plus besoin.

— J'en doute fort, répondit Paula.

— Moi, je suis sûre du contraire, répliqua Mirna, les yeux brillants. C'est l'une des personnes les plus gentilles que j'aie jamais rencontrée.

Devant l'expression étonnée de Paula, elle réalisa qu'elle avait trop parlé et se replongea aussi vite que possible dans son inventaire.

— Est-ce qu'on a reçu les formulaires du N.I.H. ? demanda ensuite Paula.

— Ils sont sur votre bureau et ils pèsent leur poids. J'ai commencé à regarder la notice explicative, mais je n'ai rien compris. Il faut sûrement être diplômé en droit pour y arriver. Et puis, j'allais oublier, il y a un certain M. Susskind qui a téléphoné. Il a demandé que vous le rappeliez au..., fit Mirna feuilletant son bloc-notes..., 4772. C'est urgent.

Paula alla s'enfermer dans son petit bureau et composa le numéro.

— J'ai appris, docteur Cairns, que vous aviez refusé l'offre de la Fondation Millway, l'informa-t-il, et je voudrais que nous en parlions. Pourriez-vous venir me voir demain dans la matinée. Disons vers huit heures ?

— Je n'en vois pas la nécessité, maître. J'ai décliné leur proposition, un point c'est tout.

Elle repensa tout à coup à sa dernière rencontre avec Seth et songea en souriant qu'il avait dû se repentir pendant plusieurs jours de ce qu'il avait fait, tant son œil devait être douloureux.

— Hélas non, docteur, et il est impératif que nous en discutions. Est-ce que cet horaire vous convient ?

— Non, répliqua Paula, car j'ai une opération.

Elle souhaita de tout cœur qu'il ne lui proposerait pas un rendez-vous encore plus matinal car elle ne voulait pas rater sa partie de squash avec Steve.

— Dix heures, alors ? dit Susskind en soupirant. Ou dix heures trente ?

— D'accord pour dix heures trente, répondit la jeune femme. Et si jamais je devais être retardée par un problème en chirurgie, je vous ferais prévenir.

Après cette curieuse conversation, Paula demeura pensive. Qu'est-ce que cela cachait encore ? En quoi son refus concernait-il Susskind ou l'université ?

Toujours préoccupée, elle se remit au travail, puis une idée s'imposa à elle, alors qu'elle allait partir donner ses consultations. Seth était derrière tout cela, sans aucun doute.

19

Tout en parcourant les couloirs de l'hôpital, elle revoyait le visage de Mirna et la manière dont il s'éclairait chaque fois qu'elle prononçait le nom de Clifford Abrams. En attendant Nicole, qui devait venir pour un examen de contrôle, elle en arriva à certaines conclusions.

— J'ai joué au tennis, et j'ai même gagné! lui déclara fièrement la fillette dès son arrivée.

— Quoi? s'exclama Paula, incrédule.

Elle jeta un rapide coup d'œil au plâtre qui était fissuré par endroits. Comment l'enfant avait-elle réussi à courir avec un tel handicap?

Charlène Millway, qui accompagnait sa petite-fille, rougit en voyant l'expression de Paula.

— Je t'avais bien dit que le docteur Cairns ne serait pas contente, fit-elle.

— Voyons un peu, dit Paula en souriant, vaincue par l'incroyable vitalité de sa patiente. Je pense que nous allons pouvoir t'enlever ton plâtre dès aujourd'hui. Ton pied a eu tout le temps de guérir.

L'opération terminée, Paula constata que la cheville

était encore très raide, ce qui était normal, et que la blessure cicatrisait très bien. Elle expliqua cependant à Nicole que celle-ci resterait rouge encore pendant plusieurs mois, mais que cela finirait par disparaître.

L'adolescente, aussitôt descendue de la table d'examen, tenta de prendre appui sur son pied, gémit sous l'effet de la douleur, puis, en aucun cas découragée, se mit à arpenter la pièce, testant la résistance de sa jambe.

— C'était plus facile avec le plâtre, conclut-elle, fatiguée, après quelques minutes.

Paula lui montra ensuite quelques mouvements de gymnastique et lui conseilla de porter un bandage afin de maintenir l'articulation.

— J'ai un tournoi dans six semaines, fit Nicole. Vous croyez que vous pourrez venir ?

Paula faillit s'en étrangler. Ce projet était insensé. Nicole serait tout juste capable de marcher, à petits pas et peut-être même avec une canne. Toutefois, connaissant la détermination de sa patiente, elle se dit que lui interdire de jouer ne servirait à rien. L'adolescente n'en ferait qu'à sa tête.

— Je veux que tu saches, si tu décides de faire ce match, que tu risques de te déchirer un tendon et de te blesser de nouveau, la sermonna-t-elle. Et là, je ne pourrai plus rien faire pour toi.

— Depuis qu'elle est sortie de l'hôpital, je n'arrête pas de lui dire qu'elle va se faire du mal en s'agitant ainsi, mais elle ne m'écoute pas, intervint Charlène en soupirant.

— S'il vous plaît..., fit Nicole.

À voir son visage, Paula comprit tout de suite combien l'enfant tenait à jouer. Elle céda.

— Bon. C'est d'accord. Je viendrai te voir, dit-elle en la serrant dans ses bras. Mais fais bien attention à ton pied en attendant.

Dix minutes plus tard, sa consultation terminée, Paula, sur le chemin de la bibliothèque, entendit des pas derrière elle et se retourna. C'était Walter Eagleton.

— J'espère que je ne vous ai pas fait peur, déclara-t-il, un peu sarcastique. Toujours beaucoup de travail, je suppose ? Je voulais vous dire, puisque je vous tiens, combien tous, ici, nous sommes fiers de vous et de ce grand article paru dans le *Times*, il y a quelques semaines. Toutes mes félicitations.

— Merci, répliqua Paula, mais ce n'était vraiment pas grand-chose. C'est le genre de reportage qu'ils gardent généralement en réserve pour les jours où ils n'ont rien d'autre à publier.

Paula n'était pas mécontente de sa réplique, mélange d'humour et d'une certaine modestie. Eagleton, en connaisseur, sourit.

— Auriez-vous le temps de venir prendre un café avec moi ? demanda-t-il alors qu'ils passaient devant la buvette.

Paula était fatiguée, énervée et se dit qu'une petite pause ne lui ferait pas de mal.

— Volontiers, répondit-elle.

En fait, elle appréciait assez Eagleton. Il était intelligent, amusant et excellent chirurgien. Chacune de leurs rencontres tenait un peu de la joute oratoire et Paula ne détestait pas ce genre d'affrontement, même si pour elle cela se soldait la plupart du temps par une défaite.

Ils s'installèrent à une petite table donnant sur les jardins. Walter ne la quittait pas des yeux. C'était, selon les bruits qui couraient, sa technique favorite pour séduire les jeunes filles qui, ravies d'être l'objet d'une telle attention, succombaient.

— Êtes-vous marié, Walter? demanda soudain Paula.

— Je l'ai été, répondit Eagleton. Mais pourquoi cette question puisque, à en croire Clifford Abrams, vous êtes montée sur vos grands chevaux quand il vous a interrogée à ce sujet, lors de votre première entrevue?

— Ce n'était pas la même chose, répliqua Paula, et puis il ne s'agit pas d'un entretien d'embauche.

— Expliquez-moi alors de quoi il retourne, riposta Walter, presque sur la défensive.

— Calmez-vous, voyons. Je vous demandais simplement cela parce que quelqu'un hier m'a confié qu'un grand nombre de femmes des environs, mariées ou non d'ailleurs, n'avaient d'yeux que pour vous. Je voulais juste savoir si cela était dû à votre charme naturel ou au fait que vous soyez disponible.

Walter but une gorgée de café et considéra Paula un instant avant de répondre.

— Aux deux, dit-il d'un ton sec. Mais ce n'est pas pour vous parler de moi que je vous ai invitée. Comment se porte notre cher Maurice?

— Le docteur Bennett! Bien, pour autant que je sache, répliqua Paula.

— Pourtant quelqu'un l'a vu en radiologie, il y a quelques jours.

— Cela n'a rien d'étonnant. Nous y allons tous, très souvent, pour notre travail.

— Oui, mais Maurice, lui, portait un peignoir et s'apprêtait à subir un scanner, riposta Walter, l'air sombre.

— Il ne m'en a rien dit, dit Paula, abasourdie.

— J'espère qu'il n'a rien de grave, reprit Eagleton. Il vous aime vraiment beaucoup, cher docteur Cairns, et s'est toujours fait votre champion, au sens médiéval du terme, naturellement.

— C'est juste, répondit Paula, préoccupée.

De quoi pouvait-il souffrir? La pensée qu'il puisse être malade l'inquiétait au plus haut point. Elle réalisait soudain combien leur amitié était importante pour elle et se demanda ce qu'elle deviendrait s'il lui arrivait malheur.

— Puisque vous avez abordé la question, continua Walter, parlons un peu de lui.

— C'est vous qui avez commencé, riposta Paula.

— Admettons, fit Walter. Vous savez, j'en suis certain, que tous, à l'hôpital, l'admirent beaucoup. Il est pour nous un exemple et...

— Et?

La jeune femme se demandait où il voulait en venir.

— Et il se pourrait bien qu'il ne soit plus avec nous pour bien longtemps.

Paula eut l'impression que son cœur s'arrêtait de battre.

— Voulez-vous dire qu'il est condamné?

— Non, bien sûr que non, répliqua Walter, très

satisfait de son petit effet, mais des bruits circulent selon lesquels il pourrait partir pour Washington dans les prochains mois.

— Je ne suis pas au courant, dit Paula, partagée entre le soulagement et l'envie de gifler Eagleton.

— Vous avez des nouvelles de cette fameuse enquête qu'il est censé mener dans les milieux pharmaceutiques ?

Paula secoua la tête, en signe de négation.

— On dit que ça va être la panique, poursuivit Eagleton en jouant négligemment avec sa petite cuillère. Il aurait la preuve d'un tas de malversations et autres magouilles et il paraît même qu'il s'intéresserait en particulier à une société de la région, les Laboratoires Millway. Vous croyez que c'est vrai ou qu'il ne s'agit que de bruits de couloir?

Paula faillit lui dire d'aller se renseigner directement auprès de Bennett, mais se ravisa.

— J'ai entendu des rumeurs, moi aussi, mais vous savez, le Dr Bennett ne me tient pas au courant de tous ses faits et gestes.

Walter, de toute évidence, était déçu. Il croyait, comme bon nombre de personnes au centre médical, que Paula et Maurice étaient très proches et son interlocutrice semblait affirmer le contraire.

— Tant pis, fit-il. Parlons de vous, alors!

Paula regarda sa montre.

— Je dois me rendre à la bibliothèque...

— Savez-vous que Maurice a dû user de toute son influence pour vous faire engager, dit Eagleton comme s'il n'avait rien entendu. Un grand nombre de personnes au comité étaient opposées à votre venue.

— Vous voulez dire qu'ils ne m'ont pas choisie en raison de mes qualifications ou de mon expérience?

— Les candidats ne manquent pas pour un tel poste, vous devriez le savoir, et je peux vous dire que, Charnley et vous mis à part, il y avait également deux autres prétendants, tout aussi compétents. En fait, dans des cas comme celui-ci, celui qui gagne est celui qui bénéficie de la plus grande protection.

— Mais en quoi cela vous concerne-t-il? dit Paula. Je croyais que tout ce qui importait, pour vous chirurgiens du privé, c'était d'éviter d'avoir à attendre trop longtemps pour avoir une salle, au bloc.

— Ne vous fâchez pas, Paula, fit Walter. Je voulais juste vous faire comprendre qu'il y a des gens, au centre, qui ne vous aiment pas. Et, croyez-moi, je ne fais pas partie du lot. Ils pensent que Maurice a abusé de ses privilèges en vous faisant embaucher et que vous n'avez pas votre place dans cet hôpital. J'ajouterai que cette histoire à propos d'un article vieux de plusieurs années tombe à pic pour eux.

Il fit une pause, observant avec attention les réactions de la jeune femme.

— Ils vont enfin pouvoir se débarrasser de vous et, faites-moi confiance, ils y arriveront, maintenant ou dans quelques mois. Ça s'est déjà produit.

Tout en prononçant ces mots, il affichait un air détaché comme s'il s'agissait d'une banale conversation, ce qui agaça Paula, déjà très tendue.

— Pourquoi m'expliquez-vous tout ça? questionna-t-elle. De quel côté êtes-vous, d'abord?

— Du mien, toujours, répondit Walter en souriant. Mais comme je ne vous veux aucun mal, je préférais vous prévenir avant que le ciel vous tombe sur la tête. Libre à vous de choisir, par la suite. Soit vous faites front, soit, selon l'expression populaire, vous ramassez vos billes et vous partez. À moins que vous vous décidiez en faveur d'une troisième possibilité, la mienne.

— Et qui consiste en quoi ? Le suicide, peut-être ? Vous savez, Walter, je commence à en avoir assez de tout ce remue-ménage à propos de ce maudit papier. J'ai fait une bêtise, d'accord, mais ce n'était pas si grave que ça. Bon sang, tout le monde en fait, même vous, non ?

— Vous savez ce qu'on dit des chirurgiens, qu'ils enterrent leurs erreurs en même temps que leurs patients. Sauf qu'à présent ce sont les avocats qui ensevelissent les médecins, sous le flot de leurs notes d'honoraires.

— Je ne trouve pas ça drôle, grogna Paula, et puis vous n'avez pas répondu à ma question.

— J'ai une proposition à vous faire, Paula, reprit-il, redevenu sérieux. Je vous ai bien observée depuis votre arrivée au centre et, à mon avis, vous êtes la meilleure de tous les chirurgiens récemment engagés. Je suis submergé de travail, j'ai bien trop de malades, il me faut prendre un assistant...

Paula ouvrit la bouche pour protester, mais Walter l'arrêta d'un geste de la main.

— D'un assistant, disais-je, qui deviendrait mon associé après un an d'exercice. Mon choix se porterait plutôt sur une partenaire car j'ai constaté que de plus en plus de patientes préféraient être soignées par des femmes. En ce qui concerne votre salaire, il s'élèvera environ au double de ce que vous touchez ici et vous compterez parmi vos malades les plus grands noms de New Coventry.

Walter fit une pause et regarda Paula.

— Mais pour mes recherches...

— J'y ai pensé, dit Walter, et je ferai le nécessaire pour que vous ayez votre propre laboratoire, avec tout l'équipement et le personnel indispensables. Une seule condition à cela, que vous ne négligiez pas vos obligations vis-à-vis de la clientèle.

— Mince! s'exclama Paula en se demandant si Walter était sérieux ou s'il plaisantait. Voilà qui est très alléchant. Je peux commencer tout de suite?

— Du calme, mademoiselle, dit Eagleton en riant. Nous pourrions entamer notre collaboration au début de l'année prochaine, c'est-à-dire dans sept mois. Cela vous laisserait le temps de finir vos travaux avant d'entreprendre une vraie carrière de chirurgien.

C'était une offre des plus tentantes, mais il était peu vraisemblable que Paula puisse les avoir menés à terme, si cela était encore possible, dans un délai aussi court.

— Je suis très flattée, Walter, dit-elle, mais il y a un certain nombre de choses auxquelles je dois réfléchir avant de prendre une décision. Pourrai-je vous donner ma réponse, disons, dans une semaine?

— D'accord, dit Eagleton, l'air un peu déçu, mais vous êtes certainement le seul praticien en ville à ne pas vouloir dire oui tout de suite.

— J'ai toujours été lente à me décider, répliqua Paula.

Elle se sentait soudain très triste car le simple fait qu'elle attache une quelconque attention à l'offre de son collègue signifiait qu'elle ne croyait plus vraiment à la réussite de son projet.

— Pas de problème, et puis c'est mieux ainsi. Si vous aviez sauté sur l'occasion sans même réfléchir, je me serais dit que votre travail était dans une impasse.

Paula resta silencieuse, ne sachant que dire, sous le regard toujours un peu moqueur d'Eagleton.

— C'est gentil à vous, et j'apprécie votre confiance.

Sur ce, prise d'une impulsion subite, elle demanda à Walter s'il voulait l'assister lors d'une prochaine intervention, le mardi suivant.

— C'est une carotide, lui expliqua-t-elle, et nous ne devrions pas en avoir pour longtemps.

Pendant une seconde, Walter demeura bouche bée. En effet, il n'entrait pas dans les usages en vigueur qu'une jeune chirurgienne comme Paula demande à un confrère ayant derrière lui des années d'expérience et une réputation bien assise de l'aider dans une opération de routine, sauf cas de force majeure ou difficulté particulière.

— Pour une nouvelle venue, vous ne manquez pas de toupet ! dit Walter en éclatant de rire, une fois revenu de son étonnement. Mais je viendrai. À quelle heure ?

Elle lui donna toutes les informations nécessaires et Walter prit congé.

— À demain matin ! lui lança-t-il avant de s'éloigner à grands pas.

En pénétrant dans la bibliothèque, Paula entendit la sonnerie de son biper et lut le message qui s'inscrivait : « Appelez le docteur Steve Charnley, poste 3389. »

La jeune femme réprima, sans savoir pourquoi, le

désir de se précipiter vers un téléphone et résolut de patienter dix minutes. Elle s'efforça ensuite de se concentrer en parcourant les différents journaux et magazines à la recherche de ses articles, mais elle ne pouvait s'empêcher de regarder sa montre à chaque instant.

— Voulez-vous venir dîner avec moi ce soir? lui demanda Steve quand Paula se décida à composer son numéro.

— Très volontiers, répondit-elle, renonçant à passer sa soirée au laboratoire comme elle l'avait prévu.

— Dans ce cas, pourriez-vous passer me prendre? Ma voiture est chez le garagiste pour des problèmes de freins.

Paula pensa soudain à Seth, ce qu'elle n'avait pas fait depuis longtemps. Un tel empêchement ne lui serait jamais arrivé : il disposait certainement d'une seconde voiture.

— Pas de problème, répondit Paula, je passerai vous prendre au centre de recherches, à sept heures et demie.

— Et comment vous reconnaîtrai-je? dit Steve, badin.

— J'aurai une rose, répliqua Paula. Entre les dents.

20

À sept heures et demie très précises, Paula arrêta sa vieille MG verte devant la tour, et attendit. Le pot d'échappement de l'antique voiture dégageait une fumée noirâtre. La jeune femme s'apprêtait à couper le moteur lorsque Steve apparut.

— Tirez fort, lui dit-elle en le voyant s'escrimer pour ouvrir la portière. Elle coince.

Steve obéit et parvint au bout de quelques secondes à se glisser dans le véhicule.

— Je ne suis pas en retard, au moins ? demanda-t-il.

— Non, c'est moi qui suis en avance.

Tous deux se sentaient un peu gênés d'être aussi proches l'un de l'autre.

— Où allons-nous ? interrogea-t-elle.

— Métaphysiquement parlant, je ne sais pas, riposta Steve en souriant de ce bon mot, mais, pour ce qui est du restaurant, je peux vous dire que nous dînons chez Rosselini. Un ami qui vit à Los Angeles m'a dit que c'était le meilleur restaurant italien de toute la ville.

— Jamais entendu parler, fit Paula.

Elle n'était à New Coventry que depuis quelques mois et n'avait pas eu le temps d'en découvrir tous les hauts lieux gastronomiques.

— Je me suis renseigné, c'est sur Washington Street.

— Washington Street, répéta Paula. Ce n'est pas très reluisant comme quartier, non?

— Je ne sais pas, répliqua Steve. De toute façon, nous pouvons toujours aller jeter un coup d'œil et repartir, si l'endroit ne nous plaît pas.

Le trajet ne prit que cinq minutes et Paula eut confirmation de ses soupçons. Le spectacle, alentour, était désolant. Les immeubles étaient presque tous en ruine ou promis à la démolition et, mis à part quelques voitures, l'enseigne au néon rouge et vert de l'auberge était le seul signe de vie alentour. L'herbe poussait sur les trottoirs éventrés et tous les lampadaires étaient hors d'usage, ce qui ne fit qu'accroître le sentiment d'insécurité qu'éprouvait la jeune femme.

Arrivés au restaurant, pratiquement désert, ils durent attendre quelques instants, dans la pénombre, que quelqu'un se présente.

— Nous pouvons aller ailleurs, si vous voulez, murmura Steve. Quand je pense que Bob m'a dit qu'on faisait la queue pour entrer!

— Depuis combien de temps n'est-il pas venu?

— Ça doit faire trois ans. Il serait très surpris de voir comme les choses ont changé.

La serveuse fit son apparition, l'air épuisé.

— Deux personnes, n'est-ce pas? fit-elle. Je vous laisse choisir votre table.

Steve jeta un regard à Paula et tous deux, comme

par un accord tacite, allèrent s'installer dans un petit coin, près de la fenêtre.

La femme revint quelques minutes plus tard et les regarda avec curiosité.

— Vous êtes d'ici ?

— Non, répondit Steve. Nous sommes venus simplement parce qu'un de mes amis m'a dit que vous servez la meilleure cuisine italienne de toute la ville.

— C'est vrai, même si nous arrêtons à la fin du mois. Mon nom est Shirley, fit-elle, changeant de sujet. En plat du jour nous avons un osso-buco, un délice.

— Pourquoi fermez-vous ? questionna Paula.

— Regardez autour de vous, fit la femme. Le quartier est à l'abandon. Et puis Mme Rosselini se fait vieille. Elle est fatiguée de faire la cuisine et a décidé de rentrer chez elle, à Pavie, en Italie.

Steve se décida pour le fameux osso-buco, tandis que Paula optait pour l'*imbottini delizia,* parce qu'elle trouvait que le nom était joli. Il s'agissait en fait, la jeune femme le découvrit plus tard, d'une escalope de veau cuite dans une sauce crémeuse au porto et garnie de petits dés de jambon et de céleri.

Tandis qu'ils patientaient, Steve lui expliqua qu'il avait étudié quelques mois à l'université de Milan et qu'il avait gardé un excellent souvenir de son séjour, ainsi, bien sûr, que des spécialités italiennes.

Entre-temps, il avait commandé une bouteille de son vin favori. Hélas, il n'y en avait plus. Le choix se limitait à présent au chianti et au valpolicella, et Mme Rosselini, en personne, sortit de sa cuisine pour s'excuser. C'était une femme de petite taille, robuste, tout de noir vêtue. Son visage était marqué de grands cernes bruns, signe de fatigue, et témoignait d'une indéniable peine.

Steve, en italien, lui confia sa tristesse qu'elle doive ainsi cesser son activité.

— Mon pauvre mari en aurait eu le cœur brisé, s'il était encore de ce monde, dit-elle à Steve en s'essuyant les mains sur son grand tablier rouge et blanc. Mais je pense à lui tous les soirs avant de me coucher et je crois qu'il m'aurait approuvée.

Le dîner terminé, tout en dégustant un dernier verre de valpolicella, Steve raconta à Paula une histoire qui était arrivée à son frère Al. Al travaillait à Washington, au Département d'État. Il avait pour tâche d'aider les visiteurs de marque étrangers durant leur séjour aux États-Unis et de faire en sorte que tout se passe pour le mieux.

— Un soir, il reçut un appel d'un certain Nikolavic, un Bosniaque venu demander une aide d'urgence. Il pensa dans un premier temps que l'homme voulait consulter la liste des diverses organisations humanitaires vers lesquelles il serait susceptible de se tourner, mais, en arrivant à l'hôtel, il apprit que Nikolavic avait ramené une call-girl et que, n'ayant pas été payée faute d'argent, la fille avait téléphoné à son mac. Un échange de coups de poing avait suivi et le visiteur s'était retrouvé au tapis. Craignant que l'incident ait de fâcheuses conséquences diplomatiques, mon frère se mit aussitôt au service de Nikolavic ; il eut alors la surprise d'entendre celui-ci lui demander de lui communiquer les adresses de jeunes femmes qu'il connaissait car il tenait absolument à faire l'amour avec des

Américaines, mais pas avec des professionnelles, trop chères à son goût.

— Votre frère, à ce que je vois, a vraiment un travail peu banal, murmura Paula.

Elle ne comprenait pas bien pourquoi Steve lui avait raconté cette histoire et pourquoi il ne parlait pas de lui. Ne résistant pas à l'envie de mieux connaître son nouvel ami, elle prit les devants.

— Et si vous m'en disiez un peu plus sur vous ? Sur quoi travaillez-vous ? Est-ce que ça vous plaît ? Comment trouvez-vous Clifford Abrams ?

— Je n'ai vraiment rien à raconter, répondit Steve en évitant le regard de la jeune femme.

— Je ne voulais pas me montrer indiscrète. Pardonnez-moi ! fit-elle, soudain très irritée.

Elle ne supportait pas les gens qui manquaient d'enthousiasme et ne se passionnaient pas pour leur métier.

— Dans ce cas, dit-elle avec une évidente agressivité, pourquoi être venu jusqu'ici si c'est pour faire quelque chose qui ne vous intéresse pas. On m'a dit, quand je suis venue à New Coventry, que vous étiez le plus brillant élève jamais sorti du Memorial, à Los Angeles. Vous ne deviez donc avoir que l'embarras du choix ?

— C'est ce que vous croyez, riposta Steve piqué au vif. J'ai été obligé de quitter mon poste à L.A. après un gros problème avec mon artérioscope, lors d'une opération.

— Et alors, la Californie n'est pas le centre du monde ! S'apitoyer sur son sort ne sert à rien ! s'exclama la jeune femme qui ne décolérait pas.

— Vous voulez la vérité, eh bien ! vous allez l'avoir, fit Steve, furieux à son tour. Ici, je perds mon temps et je n'y resterai pas une seconde de plus qu'il ne sera nécessaire ! Abrams n'a rien d'un scientifique, c'est un arriviste. Il m'a engagé pour lancer un programme de recherche comparable au vôtre, mais il n'a aucune idée sur la manière de procéder, et moi non plus d'ailleurs.

Paula, en l'écoutant, commençait à comprendre ce qu'il pouvait éprouver.

— Voyez-vous Paula, reprit Steve devenu intarissable, j'ai tout fichu par terre. J'ai voulu tenter une expérience et ça a raté.

Mécontent d'avoir évoqué ces instants pénibles, il tapa du poing sur la table, manquant de faire tomber la bouteille de vin. Paula la rattrapa juste à temps, puis enchaîna, impitoyable :

— Alors, comme ça, tout le monde est méchant avec vous et veut ruiner votre carrière ! Pauvre bébé ! Vous devriez vite aller voir maman pour qu'elle vous fasse un gros baiser !

Steve se leva d'un bond, furieux, et Paula s'attendit au pire. Au lieu d'exploser, ce qui aurait été logique, Steve considéra un instant la jeune femme, se rassit, puis éclata de rire.

— Il faut que je vous remercie, Paula, dit-il après avoir repris son souffle. Vous m'avez ouvert les yeux. À partir d'aujourd'hui, je vais cesser de me conduire comme un imbécile. Je vais redevenir le vrai Steve, dynamique, entreprenant, charmant, bref moi-même, quoi ! Que diriez-vous d'un dernier verre, pour fêter ça ?

Ils se partagèrent le restant de valpolicella et trinquèrent.

— Parlez-moi de votre artérioscope, dit Paula, curieuse. Je n'en ai encore jamais vu. Vous l'avez toujours?

— Bien sûr! répondit Steve. Pourquoi? Vous avez besoin d'un presse-papiers?

— Ne soyez pas bête! Racontez-moi ce qui s'est passé à Los Angeles. Votre appareil n'était pas en cause, n'est-ce pas?

— Non, il a très bien fonctionné, bien mieux en fait que je ne l'avais espéré.

— Alors... dit-elle en posant la main sur le bras de Steve, avant de la retirer très vite, croisant son regard, pourquoi ne vous en servez-vous plus? Pourquoi n'essayez-vous pas de l'améliorer? Vous n'allez tout de même pas laisser une aussi belle invention finir aux oubliettes. Vous devriez avoir honte de vous, Steve Charnley!

— Toute cette histoire m'a tellement dégoûté, Paula, que j'ai été incapable d'y jeter le moindre coup d'œil. En plus, ici, je n'ai pas le droit d'opérer, ce qui est d'ailleurs sans importance car, après ce terrible fiasco, je n'obtiendrais certainement pas la permission de l'utiliser.

— Vous n'allez pas abandonner, tout de même?

— Non, dit-il en se redressant. Demain, je le sors de sa boîte et je viens vous le montrer. Vous pourriez apprendre à le faire marcher et peut-être y avoir recours, lors d'une intervention.

— Pas question, répliqua Paula avec fermeté. C'est votre propriété et personne d'autre que vous ne doit y toucher. Pour ce qui est de l'autorisation d'opérer, vous devriez secouer un peu Clifford, il a assez d'influence pour vous l'obtenir rapidement.

— Apparemment non, mais je pense qu'il ne se donne pas beaucoup de mal non plus.

Ils continuèrent à parler ainsi pendant un long moment jusqu'à ce que Mme Rosselini vienne leur apporter l'addition. Steve chercha son portefeuille et s'aperçut qu'il l'avait laissé chez lui. Il dut donc, à son grand embarras, laisser Paula régler la note avec sa carte de crédit.

— Ne vous en faites pas, vous paierez la prochaine fois, lui dit-elle, amusée par cet incident avant de sortir. Et nous irons dans un endroit très chic et très cher, vu ce que Clifford vous donne.

Dehors, il faisait très sombre ; l'enseigne du restaurant était éteinte. Paula, peu rassurée, prit le bras de Steve, et tous deux se dirigèrent vers leur voiture, la seule de toute la rue. Mais soudain, Steve remarqua que le coffre de la petite MG était ouvert et qu'un homme faisait le guet, à côté.

— Retournez voir Mme Rosselini et appelez la police, ordonna-t-il à Paula.

La jeune femme ouvrit la bouche pour protester, mais il insista, la poussant vers l'immeuble.

— Et ne discutez pas, dépêchez-vous !

Il resta quelques instants dissimulé dans l'ombre, se demandant comment il allait procéder. Ayant décidé d'une tactique, il descendit du trottoir et marcha sur la chaussée jusqu'à la voiture. Là, il vit qu'il y avait en fait deux hommes, l'un assis sur le siège du conducteur, dont on ne voyait que les jambes qui dépassaient à l'extérieur, essayant en tout état de cause de trafiquer les fils pour la faire démarrer, et un autre, très maigre, appuyé sur la portière, regardant Steve approcher, l'air décontracté.

Steve savait qu'il aurait été plus raisonnable de retourner au restaurant, d'attendre des secours et de ne pas risquer de mettre sa vie en danger pour une vieille guimbarde, mais une petite voix semblait lui intimer l'ordre de faire quelque chose et de ne pas se laisser impressionner.

Steve continua donc à progresser, faisant mine de vouloir dépasser l'auto, mais l'un des voyous, qui n'était pas dupe, lui barra la route, un couteau à la main. Il bondit sur lui, mais Steve parvint à esquiver le coup et le frappa de toutes ses forces, en plein visage. Le voleur hurla et tomba à la renverse. Son nez était cassé et il saignait abondamment. Sans laisser à l'autre truand le temps de réagir, Steve bondit vers la portière et la referma violemment. L'homme, à son tour, laissa échapper un gémissement tandis que Steve poussait de toutes ses forces, le maintenant prisonnier à l'intérieur.

Une voiture de police, sirène hurlante, arriva aussitôt et le premier malfrat prit la fuite dans la direction opposée, la main pressée sur son nez, laissant sur le trottoir de petites taches de sang.

Plus tard, de retour à son appartement, Steve découvrit qu'il avait un énorme hématome sur l'avant-bras droit.

— Je me demande bien comment je me suis fait ça, dit-il à Paula qui était rentrée avec lui. Je n'ai eu mal qu'après le départ des agents et de l'ambulance.

— Avez-vous entendu ce que m'a dit l'inspecteur? interrogea Paula tout en examinant son ami. Il a regardé ma voiture l'air effaré et a dit : « C'est cette chose qu'ils voulaient voler? »

Dans la salle de bains, Paula put trouver un flacon d'huile de massage parfumée. Elle aida Steve à retirer sa chemise et commença à frictionner doucement son bras meurtri. Et bientôt, par la force des choses, ils se retrouvèrent dans la chambre, nus tous les deux, entièrement couverts de cette lotion qui embaumait et donnait à leur peau la douceur du satin. Ils restèrent ainsi longtemps à se caresser, explorant lentement le corps de l'autre, émerveillés par les sensations qu'ils éprouvaient, prolongeant à loisir ces instants où se mêlaient sensualité et tendresse.

Puis, petit à petit, ce qui n'avait été qu'une sorte de jeu érotique devint désir. Ils tentèrent de retarder l'instant fatidique, savourant cette contrainte qu'ils s'imposaient jusqu'à ne plus pouvoir résister à leurs corps révoltés et céder à la passion. Étroitement enlacés, ils se laissèrent alors aller à leur plaisir, sans retenue. Paula, la tête rejetée en arrière, gémissait sous les assauts de son partenaire, enfonçant ses ongles dans son dos. Puis, passant un bras autour de ses épaules, Steve la fit se retourner, la laissant agir à son rythme et caressant ses seins ronds et fermes aux pointes dressées. Enfin, parvenus au paroxysme de la jouissance, ils crièrent ensemble avant de retomber sur le lit, épuisés mais heureux, dans les bras l'un de l'autre.

Ils restèrent ainsi quelques minutes, blottis, apaisés, reprenant progressivement leurs esprits, avant qu'un sommeil, profond et sans rêve, ne les emporte.

21

Le lendemain matin, au petit déjeuner qui réunissait les différents médecins de l'hôpital, Paula parvint tout juste à avaler un jus d'orange et une grande tasse de café ainsi qu'une minuscule bouchée d'un toast à la gelée de raisin. Elle détestait cette confiture, mais elle était trop épuisée pour aller chercher quelque chose d'autre au buffet.

— Comment allez-vous ? lui demanda Ken, le visage marqué par la fatigue. Vous avez l'air, comment dirais-je..., absente.

Il avait travaillé toute la nuit aux urgences mais, en médecin attentif, il s'était bien rendu compte que Paula, à qui il vouait une réelle admiration, n'était pas comme d'habitude.

— J'ai rendez-vous tout à l'heure avec l'un des avocats de l'hôpital, répondit-elle, et cela me tracasse.

En réalité, elle repensait à Steve et à leur intermède amoureux. Ils avaient même renoncé à leur partie de squash et, ensuite, avaient dû se dépêcher de conduire la voiture de Paula au garage pour faire réparer la portière endommagée. Celle-ci ne fermait plus et s'ouvrit même en cours de route, dans un virage. La jeune femme, surprise, avait failli être éjectée du véhicule.

— À voir votre tête, Ken, dit Paula, revenant à la réalité, on dirait que vous avez été plutôt bousculé cette nuit, non?

— Il y a eu un grave accident sur l'autoroute 95, répondit Chris Engel qui, lui aussi, l'idolâtrait depuis qu'elle l'avait tiré d'embarras après cette fameuse hernie.

Il avait l'air à bout de forces, mais cela ne l'empêchait pas de dévorer un énorme petit déjeuner composé d'œufs brouillés et de saucisses.

— Vous avez dû en entendre parler à la radio, reprit-il la bouche pleine. Un semi-remorque a dérapé à l'intersection avec la 91. Il a traversé toute la chaussée, s'est retourné et a percuté des voitures qui venaient dans l'autre sens. Deux personnes sont mortes dans l'ambulance, une autre est arrivée avec le foie et la rate éclatés et la dernière avait un morceau du volant dans la poitrine. Celle-là a été envoyée au service de chirurgie thoracique, mais Rick Mandel nous a appris que l'homme était mort sur la table d'opération. Une pièce de métal avait traversé l'aorte; l'artère a tenu bon jusqu'au moment, hélas, où il a ouvert et essayé de retirer le bout de ferraille.

— Et qu'est-il arrivé au patient avec le foie éclaté?

— On l'a réparé comme on pouvait, mais nous avons dû procéder à l'ablation de la rate. Je n'en avais jamais vu une en aussi mauvais état, impossible à sauver.

— J'ai eu un cas semblable au Memorial, au début

de mon internat, expliqua Paula. Le malade a fait une infection streptococcique dix jours après l'intervention et en est mort.

— Vous avez bien prescrit des antibiotiques, n'est-ce pas, Chris ? interrogea Ken, soudain inquiet.

— Bien sûr, répondit Engel.

Néanmoins, il sortit un petit calepin de sa poche et griffonna quelques notes, sans doute pour ne pas oublier de vérifier ce point crucial.

Le voyant faire, Ken et Paula sourirent, se rappelant leurs propres débuts, pas si lointains, où il fallait penser à tant de choses à la fois.

Un peu avant dix heures, Paula abandonna ses internes en salle d'opération, leur laissant le numéro de Susskind, en cas de besoin, et alla se changer. Après s'être débarrassée de sa blouse et de ses vêtements souillés, elle alla prendre une douche et en ressortit détendue, confiante. Tout en se rhabillant, elle se demandait toutefois pourquoi Susskind désirait lui parler de cette fameuse bourse. Le bâtiment administratif qui abritait les services juridiques du centre médical et de l'école de médecine n'était qu'à cinq minutes et, comme le temps s'y prêtait, la jeune femme décida de s'y rendre à pied. L'air était doux, les cerisiers en fleur et, au loin, les cloches des trois chapelles de l'hôpital sonnaient, chacune à son diapason — sans doute, songea la jeune femme, pour que l'on puisse les distinguer.

L'immeuble avait été construit une quinzaine d'années auparavant, mais le service juridique avait pris tant d'importance au fil du temps qu'il avait fallu faire d'importants travaux d'agrandissement.

Le hall d'entrée, presque luxueux, faisait penser à celui d'une grande entreprise et tranchait par sa décoration avec l'aménagement des autres édifices du centre, d'aspect beaucoup plus modeste, pour ne pas dire misérable.

Le bureau de Susskind était situé au septième étage ; il y régnait un beau désordre. Sa table de travail était encombrée d'une multitude de dossiers et seuls quelques diplômes et photos décoraient les murs.

— Docteur Cairns ! Entrez, je vous en prie, dit-il en apercevant Paula par la porte entrebâillée. Désirez-vous une tasse de café ? Nous allons nous installer dans un endroit plus confortable.

Paula fit non de la tête. Elle en avait déjà bu deux dans la matinée, c'était plus que suffisant.

Susskind, l'air toujours aussi las, se saisit d'une chemise et entraîna la jeune femme dans le corridor.

Des pas résonnèrent bientôt derrière eux. Paula se retourna. C'était Walter.

— Merci d'être venu, docteur Eagleton, dit Susskind. Vous vous connaissez, n'est-ce pas ?

Paula, intriguée, s'interrogeait sur la présence de Walter, mais préféra garder le silence, pour le moment du moins.

La salle de conférence était petite, meublée d'une table rectangulaire et de fauteuils en cuir. Un nombre impressionnant d'ouvrages s'alignaient sur les rayonnages, tout autour de la pièce. Une chaise à roulettes et un bureau, sans doute destinés à une secrétaire, complétaient l'ensemble.

Susskind prit place, suivi par Paula qui s'installa à sa droite, tandis qu'Eagleton, qui les avait accompagnés, s'assit face à la jeune femme.

— Je vous ai demandé de venir pour que nous discutions de l'offre qui vous a été faite par la Fondation Millway, fit Susskind.

— Pourriez-vous me dire, je vous prie, fit Paula qui n'y tenait plus, ce que le docteur Eagleton fait ici?

— Le docteur Eagleton, répondit Susskind en regardant la jeune femme par-dessus ses lunettes qu'il venait de chausser, fait partie du comité de gestion des bourses attribuées à nos chercheurs et il a bien voulu nous consacrer un peu de son temps pour discuter de cette regrettable affaire. Walter fit un clin d'œil à Paula et s'installa confortablement dans son fauteuil, affectant un air des plus sérieux qui avait dû intimider plus d'un malade.

L'avocat, qui ne semblait guère étonné que Paula ne soit pas au fait des activités annexes de son confrère, fouilla dans ses papiers, puis se lança.

— J'ai ici une lettre émanant de la Fondation Millway nous notifiant officiellement le rejet, par le docteur Paula Cairns, d'une offre de subvention d'un montant annuel d'un million deux cent mille dollars, renouvelable pendant une période de trois ans.

Après cette tirade, l'avocat ôta ses verres, les essuya avec soin et considéra Paula comme une petite fille qui aurait fait une bêtise dont elle ne pouvait comprendre l'ampleur.

— Pouvez-vous, docteur, nous faire part des raisons qui vous ont incitée à refuser cette bourse?

— Je suis navrée, rétorqua Paula, mais je ne vois

pas pourquoi je devrais vous fournir des explications. Il s'agissait d'une proposition qui m'avait été faite, à titre personnel, par une Fondation privée et que j'étais libre d'accepter ou de refuser.

Un silence pesant suivit cette déclaration. Susskind fit la moue, repoussa ses lunettes qui avaient glissé sur le bout de son nez tandis que Walter inspectait ses ongles avec la plus grande attention.

— J'aimerais que les choses soient aussi simples que cela, reprit Susskind sur un ton très doctoral, mais hélas ce n'est pas le cas. Croyez-vous réellement, docteur Cairns, que la Fondation Millway vous aurait fait une telle offre si vous ne travailliez pas dans un centre médical et universitaire des plus prestigieux, connu dans le monde entier, où vous disposez de toutes les facilités possibles et imaginables ? Eh bien ! moi, je vous réponds : non, au grand jamais. Et cela vous rend redevable vis-à-vis de notre institution.

— Parlez-lui de l'aspect financier du problème, Geoffrey, dit Walter, occupé à présent à repousser la cuticule de ses ongles.

— Le docteur Eagleton fait référence, expliqua l'avocat, aux honoraires empochés par l'Université pour administrer les bourses versées à nos chercheurs.

— Un régal ! s'exclama Walter d'un air gourmand.

Paula n'arrivait pas à savoir de quel côté il était. Il semblait être là pour l'aider, mais son ton goguenard pouvait laisser présager le contraire.

— Cette commission, prélevée sur toutes les subventions, représente environ 20 % de la somme allouée et contribue, en d'autres termes, à augmenter de façon plus que substantielle les revenus de notre établissement.

— Et votre salaire par la même occasion, n'est-ce pas, Geoffrey? lança Eagleton, toujours plongé dans ses travaux de manucure.

Susskind sourit, mais il était visible qu'il ne goûtait guère l'allusion.

— C'est possible, répondit-il, mais c'est sans rapport aucun avec la question qui nous préoccupe.

— Vraiment? riposta Walter, sarcastique.

— Le fait est, docteur Cairns, reprit l'avocat, que l'Université qui est votre employeur a grandement besoin de ces fonds provenant des diverses allocations perçues par ses membres. Maintenant, je suppose que, si vous avez décliné l'offre de Millway, c'est parce qu'une autre institution vous avait fait une proposition similaire.

Paula attendit une seconde avant de répondre, pour laisser à Walter le temps de reprendre la parole, ce qu'il ne fit pas.

— Non, avoua-t-elle enfin.

— Pourriez-vous alors être assez aimable, docteur Cairns, pour répondre à la question que je vous ai posée au début de cette réunion : pourquoi avoir refusé cette bourse?

— Essentiellement en raison d'une clause, en petits caractères, au bas du contrat, dit Paula se souvenant des explications plus que vagues données par Susskind. Elle stipulait que tous les droits dérivés d'un procédé ou d'une invention développés grâce à cette bourse reviendraient à la Fondation Millway, qui pourrait donc, si elle le souhaite, les céder aux Laboratoires

Millway ou à un autre laboratoire de son choix. Ce qui signifie qu'en signant un tel contrat je perdais toute propriété sur mon travail, ce que je ne pouvais admettre.

Walter la regardait, apparemment admiratif de sa connaissance du jargon juridique. Susskind, lui, soupirait, comme agacé.

— Maintenant écoutez, jeune demoiselle, commença-t-il, brièvement interrompu par Eagleton, qui s'esclaffait. J'allais vous dire, docteur Cairns, que cet acte auquel vous vous référez est un document standard, approuvé par le département juridique de l'Université. Par conséquent, vous ne pouvez décréter que cette disposition est irrégulière et refuser cette bourse sur ce seul motif.

Paula fut tentée de lui répondre qu'en réalité, si elle avait rejeté l'offre de la Fondation, c'était parce que Maurice Bennett lui avait conseillé de le faire, la société Millway étant soupçonnée de pratiques illicites, et aussi parce que Seth avait voulu abuser d'elle. Mais, prudente, elle préféra annoncer qu'elle avait déposé diverses demandes auprès du N.I.H., de l'armée et de la Fondation Ford.

— Vous risquez de devoir attendre longtemps, dit Walter.

— Je sais, répliqua Paula d'un ton sec. Mais entretemps, et pour me permettre de poursuivre mes recherches, je pourrai bénéficier de fonds dont l'usage est laissé à la discrétion du Dr Bennett.

— Disposez-vous d'une lettre ou de tout autre document le stipulant? demanda Susskind.

— Non, mais j'ai eu l'assurance que...

— Ça ne durera qu'un temps. Vous n'êtes pas d'accord avec moi, Geoffrey?

— Ce que le docteur Eagleton veut dire, continua l'avocat de sa voix doucereuse, c'est que l'Université s'opposera à un tel arrangement. Inutile de vous expliquer pourquoi. Quand un de nos chercheurs se voit offrir une bourse, ce qui est fort rare de nos jours, et qu'il la refuse sans motif valable, notre Université n'est guère encline à sortir de l'argent de sa propre caisse pour le financer, ayant déjà beaucoup perdu.

— Essayez-vous de me dire que ces capitaux sont placés sous le contrôle direct de l'administration? Il me semblait pourtant que chaque chef de service en avait la gestion pleine et entière.

— C'est la plus stricte vérité, dans le cas du Dr Bennett, fit Walter. Il est le seul et unique responsable de son service et de tout ce qui s'y passe.

— C'est exact, mais en théorie seulement, poursuivit Susskind. Car si notre université aime à laisser une grande liberté d'action à ses responsables, il peut lui arriver, si elle juge que ce privilège va à l'encontre de ses intérêts, d'y mettre un terme.

Il fit une pause et contempla Paula.

— Insinueriez-vous que, si je n'accepte pas cette offre de la Fondation Millway, je ne pourrais plus recevoir aucune subvention?

— Pas exactement. Seul l'accès à celles provenant des caisses de notre centre vous sera interdit.

Paula n'en revenait pas.

— Si je comprends bien, vous tentez de faire pression sur moi pour que je signe ce fichu contrat, c'est ça? Où est donc cette fameuse liberté d'action et de pensée dont on m'a tant rebattu les oreilles à mon arrivée ?

Walter, cessant d'admirer ses mains, adressa à la jeune femme un de ses habituels sourires énigmatiques.

— Dites-lui tout, Geoffrey, fit-il.

Susskind le regarda une seconde, interdit, puis se trémoussa sur son fauteuil et se lança.

— Voyez-vous, docteur Cairns, je ne suis pas uniquement un employé de cet établissement, mais aussi un être humain, soucieux du bien-être de mes semblables, c'est pourquoi je m'efforce de vous aider à résoudre des problèmes qui pourraient avoir de graves répercussions et même mettre votre avenir en danger.

— Je vous en suis très reconnaissante, monsieur Susskind, fit Paula.

Le ton était franchement ironique, mais l'avocat ne s'en aperçut pas.

— J'ai coutume de dire aux nouveaux venus dans notre école : « Quoi que vous fassiez, pensez d'abord aux conséquences de vos actes sur votre carrière. » Cette remarque vaut également pour vous, il me semble, d'autant plus que vous avez été engagée sur la base d'un contrat de six mois, reconductible chaque année, et que, ce qui est fort regrettable, j'en conviens, on a tendance aujourd'hui à estimer la valeur d'un chercheur en fonction des diverses subventions qui lui sont allouées.

Paula voulut protester, mais l'avocat l'arrêta d'un geste de la main.

— Et je vous laisse deviner ce qui se passera si notre comité découvre que non seulement vous n'avez rien rapporté à l'université, mais qu'en plus vous avez refusé une bourse d'un million de dollars. Croyez-vous que, dans ces conditions, il se montrera indulgent à votre égard ? Moi, je peux vous assurer du contraire.

— Tout à fait exact, approuva Walter qui s'était levé et regardait par la fenêtre.

— Je me dois aussi d'ajouter que, dans le cadre de notre politique, un maître assistant qui n'a eu aucune promotion pendant un délai de trois ans est généralement prié d'aller exercer ses talents ailleurs, et ce afin de préserver la réputation de notre établissement et la qualité de son enseignement.

— Je vois, dit Paula. J'ai osé refuser l'offre de Millway, aussi vous allez tout faire non seulement pour m'interdire toute subvention, mais aussi pour compromettre ma carrière et me faire renvoyer.

Susskind la regarda avec un air effondré, comme si on venait de l'accuser d'avoir comploté contre son propre camp.

— Jamais de la vie, docteur Cairns ! Je suis incapable d'une chose pareille. Je voulais seulement vous avertir de ce qui vous menace. Si de telles décisions à votre encontre devaient être prises, elles ne le seraient que par des comités sur lesquels je n'ai aucune influence et qu'après de longues délibérations.

— Il a raison, docteur Cairns, intervint Walter. Inutile donc de vous en prendre à lui.

Il revint s'asseoir à la table et se tourna vers l'avocat.

— N'y aurait-il pas un moyen, comment dire… de prévenir ces fâcheuses conséquences ?

— Si, docteur Eagleton, et j'y avais déjà pensé. La

lettre de la Fondation est encore dans mes dossiers. J'aurais dû, conformément au règlement, l'envoyer dès réception à qui de droit, mais j'ai songé que le docteur Cairns, une fois mise au courant des risques, pourrait peut-être revenir sur sa décision.

— Ne dites rien maintenant, dit Eagleton, sentant que Paula était sur le point de se mettre en colère. Ce n'est qu'une suggestion, mais à laquelle il vous faut réfléchir le plus sérieusement possible. Geoffrey peut sûrement vous laisser un petit délai pour peser le pour et le contre ?

— Une semaine maximum, répondit Susskind, l'air grave, mais je vous en prie, docteur Cairns, ne parlez à personne de notre entretien, car je risque de gros ennuis en agissant ainsi.

— C'est vrai, ajouta Walter en regardant Paula, comme s'il voulait lui faire remarquer que l'avoué n'agissait que par pure bonté d'âme. Sur ce, je crois que nous allons pouvoir mettre un terme à cette petite réunion.

— Je serai à mon bureau toute la semaine, docteur Cairns. Vous n'aurez qu'à m'appeler. Nous sommes tous persuadés qu'une grande carrière s'ouvre à vous ; il serait dommage qu'une décision un peu hâtive vienne ruiner un si bel avenir, ajouta-t-il avec un sourire forcé.

— Vous avez tout à fait raison, Geoffrey, dit Walter en se levant, donnant ainsi le signal du départ.

Paula rejoignit l'hôpital à pied. En chemin, alors qu'elle avait jusque-là réussi à se maîtriser, elle sentit ses nerfs craquer. À certains moments, elle détestait vraiment les hommes, leur supériorité, leur paternalisme et cette façon de toujours vouloir imposer leur point de vue d'un air bienveillant.

Elle en pleurait de rage. Un malheur n'arrivant jamais seul, son talon se prit dans une grille et se cassa. Dans un geste de fureur, elle lança sa chaussure dans le caniveau et dut rejoindre sa voiture à cloche-pied. Là, toutes vitres et portières fermées, elle laissa éclater sa hargne, à pleins poumons. Quelques minutes plus tard, encore tremblante et au bord de la nausée, elle mit le contact et prit le chemin de son appartement.

Enfin chez elle, Paula resta quelques secondes dans le vestibule, comme étonnée de se trouver là à cette heure inhabituelle. Elle résista à l'envie d'aller se recoucher et de se rendormir après voir rabattu les couvertures sur sa tête pour oublier, jeta la chaussure dépareillée qu'elle tenait à la main, ouvrit sa penderie et choisit avec soin une autre tenue, dont une superbe veste en cachemire, gris vert, que Sam et Charlène lui avait offerte en remerciements de ses bons soins. Ensuite, elle se déshabilla, passa sous la douche et se frictionna vigoureusement, comme si les épreuves et les humiliations que tous ces hommes lui avaient infligées, qu'il s'agisse de Geoffrey Susskind, de Walter Eagleton, de Clifford Abrams ou de Seth Millway, l'avaient salie. Elle revit cette affreuse scène dans la voiture, avec Seth. Elle avait peut-être réagi trop violemment, emportée par une peur irraisonnée et — qui sait — injustifiée. Elle songea aussi à Steve qui traversait, lui aussi, de pénibles instants et qui ne pouvait pas, comme elle, mettre tous ses déboires sur le compte de la misogynie.

Une fois habillée et maquillée avec soin, elle retrouva son optimisme, songeant qu'elle bénéficiait en la personne de Maurice Bennett d'un ami fidèle et d'un allié dont l'autorité et l'influence étaient indiscutables.

22

Depuis le renvoi de Desmond Connor, Seth avait fait preuve d'une intense activité. Il avait reçu un grand nombre de candidats au poste de son ancien collaborateur, en vain, car la plupart avaient également été renvoyés d'autres laboratoires. Il avait ensuite fait appel à un cabinet de recrutement. Une fois encore hélas, les postulants ne s'étaient pas montrés à la hauteur de ses espérances. Furieux, il avait contacté le directeur de l'agence qui lui avait avoué que presque tous les chercheurs qu'il avait essayé de joindre avaient décliné l'offre, considérant que les Laboratoires Millway n'étaient pas une société de pointe et qu'il était impossible d'y faire carrière.

Un autre fait expliquait aussi ce débordement d'énergie. Il voulait chasser Paula de son esprit. À chaque instant, entre deux réunions ou rendez-vous, il se revoyait avec elle dans la BMW et essayait de se trouver des excuses, invoquant la fatigue et tous ces ennuis avec la compagnie. Il n'avait voulu que l'embrasser ; il n'y avait rien là qui méritât un tel traitement.

Ses sentiments ne cessaient de changer ; d'une seconde à l'autre, il se sentait prêt à se confondre en excuses, poussé par la nécessité de la convaincre de travailler pour lui, puis il ne souhaitait plus que se venger de l'affront qu'elle lui avait fait subir.

Il tentait de se persuader qu'elle n'était pas son genre de femme, qu'elle était trop intelligente et ne partageait aucun de ses goûts. Malheureusement, il ne désirait plus qu'elle et ne pensait qu'à elle. Il commençait à fantasmer dès son réveil et, quand enfin il allait se coucher, c'était pour rêver d'elle de nouveau et vivre ainsi des instants où se mêlaient violence et passion — rêve dont le souvenir l'aiderait, durant la journée, à supporter son absence.

Lorsque Paula revint à son laboratoire, Mirna l'attendait avec un message. Il y avait une curieuse lueur dans son regard.

— La secrétaire du Dr Bennett vous cherche partout. Vous devez y allez tout de suite, dit-elle.

— Que j'aille où ?

— Chez lui, sans doute. Je ne sais pas, moi, je ne fais que vous transmettre le message.

Paula tendit la main vers le téléphone, puis, se ravisant, sortit et se dirigea vers les ascenseurs. Au moment même où elle allait appeler la cabine, la porte s'ouvrit sur Clifford Abrams, toujours aussi rose et rondelet. Il ne semblait pas lui avoir gardé rancune de leur précédente conversation car il lui adressa un grand sourire.

— Comment vont vos travaux, docteur ? interrogea-t-il. J'ai entendu dire qu'ils intéressaient beaucoup la société Millway.

Le ton n'était guère plus sarcastique qu'à l'accoutumée et Paula se demanda s'il fallait y voir une quelconque allusion. Poursuivant la conversation, il lui demanda si elle donnerait une conférence lors du prochain congrès de chirurgie qui devait se tenir dans quelques semaines à San Francisco.

— Non, répondit-elle, se retenant de mentionner que l'importance de ses recherches dépassait à présent ce cadre un peu trop restreint, mais je dois participer à une table ronde sur la coagulation du sang. Je suppose que vous y serez présent.

— Bien sûr ! Je serai heureux d'y figurer en votre compagnie. J'espère simplement que les autres invités seront des personnes d'expérience, dont les propos seront dignes de foi.

Sur cette dernière perfidie, il sortit de l'ascenseur, sans un regard pour Paula. Travailler avec un patron pareil ne devait pas être une sinécure, pensa-t-elle en songeant à Steve.

Elle trouva Bennett assis à son bureau, plongé dans divers documents.

— Asseyez-vous, lui dit-il, levant le nez de ses papiers, et expliquez-moi ce qui ne va pas. Vous avez l'air soucieux.

— J'ai tellement de choses à vous raconter que je ne sais même pas par où commencer, répliqua Paula, accablée.

Elle réfléchit quelques secondes, puis évoqua l'offre d'Eagleton.

— Avez-vous accepté ? questionna Maurice d'une voix où perçait une certaine inquiétude.

— Je lui ai promis de réfléchir. Je lui donnerai ma

réponse dans une semaine. C'est une proposition des plus tentantes...

Elle s'arrêta. Il faudrait bien, tôt ou tard, avouer à Maurice que ses travaux étaient au point mort.

— Surtout, poursuivit-elle, si je suis certaine que mon projet n'aboutira pas et ne sera jamais applicable cliniquement. Je dois faire partie de ces chercheurs qui sont très bons en théorie mais incapables de concrétiser.

— Ne désespérez pas. Tous les scientifiques, même les plus grands, un jour ou l'autre, ont connu des moments de découragement, dit Maurice en faisant le tour de son bureau. Si ce procédé était facile à mettre au point, ne pensez-vous pas que les grands laboratoires qui s'y sont essayés, avec tous les moyens dont ils disposent, n'auraient pas déjà trouvé la solution?

Il fit une petite pause et vint se placer juste devant la jeune femme.

— Ne vous avisez pas d'abandonner! dit-il en pointant vers elle un index menaçant. J'ai confiance en vous, en vos capacités, et plus encore je crois en la justesse de votre théorie. Je suis convaincu que cela marchera. Vous devez garder espoir et persévérer.

Paula eut envie de se jeter dans ses bras.

— En fait, dit-elle, rassérénée, j'ai peut-être résolu l'un des principaux problèmes. Je pense avoir découvert le moyen de garder les enzymes isolées les unes des autres jusqu'à ce qu'elles arrivent au contact du caillot.

— Répétez-moi cela! dit Maurice stupéfait. Et vous avez eu le toupet de me dire que vous perdez votre temps et que vous n'arrivez à rien! Je me demande si on pourra un jour faire quelque chose de vous, Cairns. Vous êtes bien trop rusée pour faire un bon chercheur.

Sur ces derniers mots, il lui fit un grand sourire et retourna s'asseoir dans son fauteuil.

— Revenons à Walter, voulez-vous, reprit-il redevenu sérieux. Il a déjà eu une bonne demi-douzaine d'assistants au cours des dix dernières années, tous très brillants, mais aucun d'eux n'est resté plus de six mois. Walter est un excellent chirurgien, c'est incontestable, mais il est persuadé d'avoir la science infuse. Il a toujours raison et s'emporte si vous avez le malheur de le contredire. Bien évidemment, cela ne pose pas de problème avec les infirmières ou les autres employés, mais je suis convaincu, compte tenu de votre caractère, que vous ne tiendriez pas longtemps, pas plus que les autres, en tout cas.

— Encore un espoir déçu, dit Paula en soupirant.

— Vous n'avez rien perdu de bien intéressant, fit Maurice. Mais racontez-moi plutôt votre entretien avec Susskind.

Paula lui expliqua par le menu tout ce qui s'était dit. Maurice s'étonna, tout comme Paula l'avait fait, de la présence d'Eagleton.

— Pourquoi était-il là, à votre avis?

— Il fait partie, paraît-il, du comité de gestion des bourses. Je vous avouerai que je n'ai pas eu le temps d'en savoir plus.

Bennett sembla méditer cette réponse pendant quelques secondes, puis passa à un tout autre sujet, comme si c'était secondaire.

— Si je vous ai demandé de venir me voir, tout à

l'heure, c'est parce que je voulais avoir votre avis sur un malade. Voilà ses radios.

Paula prit les films, les disposa sur le négatoscope, et commença son examen.

— En avez-vous d'autres? demanda-t-elle à Maurice au bout de quelques minutes.

— Oui, dit-il en lui passant deux grosses enveloppes.

La première contenait des clichés classiques de l'abdomen et la seconde des tomographies.

Cinq minutes plus tard, ayant terminé son analyse, Paula se retourna vers Maurice.

— Alors, qu'en pensez-vous? demanda ce dernier.

— Ce malade souffre d'un anévrysme de l'aorte. On aperçoit des traces de calcification de chaque côté, mais il n'est pas très large, je dirais entre quatre et cinq centimètres.

Bennett, sans un mot, lui tendit un double décimètre et Paula, en souriant, mesura. Normalement, le diamètre de l'aorte est de vingt à trente millimètres; là, il devait en faire une quarantaine. Une telle affection cause une augmentation de volume de la poche et rend possible une rupture, aux conséquences mortelles dans la grande majorité des cas. Le traitement consiste en une opération, très lourde, au cours de laquelle on remplace le tronçon dilaté par un petit tube en plastique adapté.

— Quatre centimètres et demi, conclut Paula, lui rendant sa règle.

— Exact, fit Maurice. Paula, accepteriez-vous d'opérer ce patient?

— Bien sûr. Qui est-ce? Un homme ou une femme?

— C'est moi, répondit Bennett d'une voix très calme.

Paula, atterrée, tomba assise dans l'un des grands fauteuils destinés aux visiteurs.

— Avez-vous des symptômes ? demanda-t-elle.

— Quelques-uns. Une sensation de ballonnement après les repas et, de temps en temps, des coups de fatigue. Rien de bien méchant ou en tout cas qui puisse laisser présager une rupture immédiate.

Il parlait de sa maladie avec sérénité, un peu comme s'il s'agissait d'une autre personne, et Paula se sentit tout à coup très émue, très proche de lui.

— Vous ne voulez pas consulter un autre médecin ou vous faire opérer dans un autre grand hôpital? interrogea Paula, consciente de l'énorme responsabilité que représentait une telle opération.

— J'y ai songé, mais je préfère que ça ait lieu ici. D'abord parce que je sais que vous ferez du bon travail, ensuite parce que j'ai un certain nombre d'affaires en cours et que je veux pouvoir être contacté rapidement, si besoin est.

— Je ne pense pas, et vous serez sans doute d'accord avec moi, qu'il faille intervenir sur-le-champ. L'anévrysme n'est pas si gros que ça et il y a même de fortes chances qu'il ne bouge pas avant — qui sait — des années.

— Paula ! l'interrompit Bennett. Vous connaissez trop bien votre sujet pour ignorer que c'est impossible.

Paula s'inclina. Il avait parfaitement raison.

— Dans ces conditions, je ferais mieux, je pense, de vous ausculter.

Un quart d'heure plus tard, après un examen complet, elle lui fit part de son diagnostic.

— Il est bien là, tel qu'on le voit sur les clichés, mais il ne semble pas y avoir de risques immédiats. Inutile donc de se précipiter.

— J'en conviens, mais nous pouvons quand même prendre dès maintenant toutes les dispositions nécessaires. On ne sait jamais.

Paula, à ces mots, sentit une sorte de panique l'envahir. Et si elle commettait une erreur en opérant? Si son amitié pour lui compromettait son jugement? Non, elle ne pouvait prendre un tel risque. Il lui fallait l'opinion d'un autre médecin.

— Nous devrions connaître l'avis d'un confrère, dit-elle. De plus, je crois que je ne suis pas vraiment la personne la plus qualifiée pour s'occuper de vous.

— Je sais ce que vous pensez, répliqua Bennett. Mais je suis certain que vous n'en tirerez que des bénéfices. Depuis quelque temps, vous avez fait l'objet de nombreuses attaques. Puisque c'est moi qui vous ai appelée ici, je me sens un peu responsable de ce qui vous arrive. J'espère ainsi, en vous demandant de m'opérer, faire taire vos détracteurs, leur prouvant ainsi votre valeur.

Paula sourit. Bennett était vraiment un homme surprenant; même malade, il continuait à vouloir l'aider.

— Qui voulez-vous que nous consultions? questionna-t-elle.

— Le moment est vraiment mal choisi, reprit Maurice sans répondre à la question. Nous sommes loin d'avoir bouclé notre enquête sur les pratiques véreuses de l'industrie pharmaceutique et il ne nous reste que quelques semaines pour finir de rédiger notre rapport.

— Maurice! S'il vous plaît! Un nom!

— Pourquoi pas Walter Eagleton? Il est compétent et nous donnera une réponse franche.

— D'accord, fit Paula. Je l'appelle ou vous le faites?

— C'est vous le médecin, répliqua-t-il, soucieux de respecter les usages du monde médical. Moi, je ne suis que le patient. Téléphonez-lui.

— Bien! Passons à autre chose, déclara-t-elle en sortant un petit bloc de sa poche. Avez-vous des problèmes de santé qui pourraient entraîner des difficultés durant l'intervention? Diabète, troubles cardiaques ou hypertension?

— Voilà mon dossier, fit Maurice en poussant vers elle une feuille de papier. Comme vous pourrez le constater, il n'y a rien de bien intéressant.

— Avez-vous un généraliste? dit Paula, poursuivant son interrogatoire.

— Non, déclara Maurice. Par contre, je veux Gabriel Pinero pour l'anesthésie. Il a beaucoup d'expérience. S'il m'arrivait quoi que ce soit durant l'intervention, Paula, vous pourriez toujours compter sur son aide.

Elle venait de remarquer qu'il l'avait appelée par son prénom à plusieurs reprises, comme si la perspective d'une telle opération avait créé entre eux de nouveaux liens, plus chaleureux. Elle se demandait également ce qu'on éprouvait à passer ainsi du rôle de médecin à celui de patient, puis elle réalisa que Maurice venait en fait de remettre sa vie entre ses mains. Cette pensée la bouleversa.

— Une dernière chose, Paula. Je voudrais aussi être opéré un mardi, dans deux mois.

— Parfait. Je vous fais inscrire en tête de liste.

Paula sourit. Maurice, malgré la gravité de son état, n'avait pas perdu son bon sens. Travaillant depuis des années dans les hôpitaux, il savait que le jour le plus chargé était en principe le lundi et que le personnel, en fin de semaine, était des plus réduits. Il valait donc mieux, surtout dans l'hypothèse de possibles complications, se faire opérer en milieu de semaine, quand tout le personnel et les équipements étaient à disposition.

Ils discutèrent ensuite des recherches que Maurice effectuait dans son laboratoire. Il chargea officiellement la jeune femme de veiller à la bonne marche des programmes en cours pendant qu'il siégerait à Washington.

— Je ne pense pas, confia-t-il, que cela vous donnera un gros travail supplémentaire. Helen est au courant de tout. Si vous rencontrez le moindre ennui, elle se fera un devoir de vous aider.

En disant ces mots, Bennett était venu s'asseoir près de la jeune femme et celle-ci, en signe d'amitié, posa sa main sur son bras.

— Que ressentez-vous, à présent que vous voilà devenu un patient? demanda-t-elle avec une affection non dissimulée.

Elle ne parvenait à trouver les bons mots pour faire comprendre à Maurice combien il comptait pour elle.

— Pour tout vous dire, répondit Maurice, je suis plutôt secoué.

Son regard se troubla et son visage perdit pour un instant sa sérénité coutumière.

— Nous autres médecins, aujourd'hui, ignorons beaucoup de choses, poursuivit-il en regardant Paula. En fait, nous ne savons presque rien des sentiments de peur devant la souffrance et la mort qu'éprouvent nos clients. Nos prédécesseurs, eux, savaient ce qu'ils ressentaient, ils connaissaient tout de leurs difficultés familiales ou financières. Mais, avec nos belles blouses blanches et ces coûteux examens que nous prescrivons sans compter, nous avons dressé une sorte de mur entre eux et nous. Nous en sommes arrivés au point où nous n'avons presque plus besoin de les toucher...

Il s'interrompit et considéra Paula. Partageait-elle ses sentiments? Elle l'écoutait avec une réelle attention, la main toujours posée sur son bras.

— Nous côtoyons chaque jour des malades, reprit-il, mais c'est un peu comme si nous appartenions à deux mondes différents : d'un côté les médecins, forts, bien portants, indestructibles, et de l'autre les malades, fragiles, vulnérables, souffrants. Et aussi attentifs, bienveillants, compréhensifs ou dévoués que nous puissions être, nous ne parviendrons jamais à entrer dans leur esprit et à comprendre l'angoisse qu'ils éprouvent dans ces pénibles circonstances...

Il fit une pause, le regard de nouveau perdu dans le vide, puis poursuivit.

— Mais je peux vous assurer, pour en avoir fait l'expérience, que cette perception des choses change dès l'instant où le docteur devient le patient. Cela vous rend plus humble et moins imbu de vous-même.

Paula, l'entendant s'exprimer ainsi, éprouva une

tristesse infinie. Il avait toujours incarné pour elle la force, la sagesse, et elle le voyait à présent sous un autre jour, malade, fragile. Elle eut soudain l'envie presque irrépressible de s'enfuir et d'aller pleurer dans un coin, comme une enfant.

— Nous allons devoir faire d'autres prises de sang, s'entendit-elle dire, comme si une autre personne parlait par sa bouche, et puis j'aurai besoin d'autres clichés, en plan oblique cette fois, de votre abdomen.

— Tout ce que vous voudrez.

Le regard de Bennett se figea de nouveau et la jeune femme s'avisa qu'il n'appréciait sans doute pas de devoir ainsi s'en remettre à autrui, lui confier son existence. Peut-être, dans quelque temps, chercherait-il à reprendre le contrôle des événements et serait-il moins docile...

23

Paula prit le chemin de son laboratoire, toujours sous le choc de cette nouvelle. L'anévrysme dont souffrait Maurice n'était pas de grande taille et ne présentait aucun signe de rupture immédiate, mais elle avait vu de nombreux cas similaires et savait que cette affection pouvait entraîner d'autres troubles, très graves, telles une embolie pulmonaire, une gangrène des membres inférieurs ou des attaques cérébrales...

Elle s'efforça de chasser ces idées noires ; imaginer le pire ne l'avancerait à rien. Un autre point la tracassait. Elle se demandait si opérer ainsi un homme qui était son supérieur hiérarchique était bien raisonnable, pas tant d'un point de vue éthique, mais parce que ce n'était peut-être guère prudent, étant donné les circonstances. En effet, si un ennui survenait, pendant ou après l'opération, ils seraient nombreux à clamer haut et fort qu'elle aurait dû refuser de pratiquer une telle intervention et conseiller à son patient de prendre un autre chirurgien, plus expérimenté. L'un d'eux, par exemple.

Lorsque Paula entra, Mirna travaillait sur l'un des

analyseurs. Elle paraissait soucieuse. Paula avait ajouté au système déjà existant un programme qui permettait de faire apparaître, en parallèle, la composition chimique du produit, en couleur et en trois dimensions. Ainsi, pour identifier une enzyme inconnue, l'appareil procédait d'abord à une première élimination, puis il ne restait qu'à comparer le diagramme obtenu avec ceux déjà répertoriés.

— Je n'arrive pas à les faire correspondre entre eux, se plaignit Mirna en la voyant arriver. J'ai essayé tout l'après-midi, mais il n'y a rien à faire.

Paula vint s'asseoir près d'elle et lui expliqua comment procéder.

— Celle-ci a du chrome pour base. Ces substances sont les plus difficiles à manipuler.

Paula activa sur l'écran les différentes compositions chimiques qui se mirent à bouger et à se poursuivre dans un grand mouvement coloré, jusqu'à qu'elle parvienne à faire coïncider deux d'entre elles. Le programme se mit en route et l'ordinateur bourdonna pendant quelques secondes, puis s'arrêta.

— C'est fait, dit Paula en se levant. Quand vous demanderez un tirage papier, nous obtiendrez l'analyse complète accompagnée du diagramme. Pensez-vous pouvoir vous en sortir avec les autres ou voulez-vous que je vous montre une nouvelle fois ?

— Je vais essayer, répondit Mirna. Ça a l'air si facile quand c'est vous qui le faites. On dirait presque un jeu vidéo.

— C'est possible, rétorqua Paula, peu convaincue par la comparaison. N'oubliez surtout pas de faire une copie, d'accord?

— Entendu, répondit Mirna. Oh ! Pendant que j'y pense, le Dr Charnley est passé pendant votre absence, mais ça ne semblait pas urgent.

Disant ces mots, elle eut un curieux petit sourire et Paula la regarda d'un air interrogateur.

— Il est vraiment craquant, répliqua Mirna, essayant de se rattraper. J'aimerais bien que ce soit moi qu'il vienne voir.

Paula ne répondit pas et rejoignit son bureau sous le regard jaloux de sa technicienne. « Elle se croit la plus forte, la plus belle, songeait celle-ci, avec tous ces hommes qui lui tournent autour, mais elle va voir ce qu'elle va voir... » Mirna avait fort bien compris ce que manigançait son ami le Dr Abrams. De plus, elle était persuadée que, si les choses tournaient mal pour elle avec Paula, il n'hésiterait pas à la prendre dans son équipe, même si, en réalité, il n'avait rien promis du tout.

Paula, une fois la porte refermée, décrocha le téléphone et appela Walter Eagleton pour lui demander s'il voulait bien examiner Maurice.

— Bien sûr ! répondit-il, étonné d'une telle requête. Je vous remercie d'avoir pensé à moi et, si cela lui convient, je pourrai passer le voir cet après-midi.

Paula, qui ne connaissait pas l'emploi du temps de son chef de service, suggéra à Walter de voir avec Helen Katz.

— Il a tous ses clichés, radio et scanner, ajouta-t-elle, vous n'aurez donc pas à descendre à la radiologie.

Cette conversation terminée, elle se demanda vers qui d'autre elle pourrait bien se tourner et pensa à

Steve. Il était parfaitement qualifié et, comme elle avait très envie de le voir, elle songea qu'elle joindrait ainsi l'utile à l'agréable. Elle sortit donc de son bureau, traversa le laboratoire où Mirna se battait toujours avec l'ordinateur et sortit. Parvenue devant la porte à double battant du laboratoire d'Abrams, elle hésita un instant, s'avisant qu'il aurait été plus malin d'appeler avant pour savoir si Steve était là. À ce moment-là, un employé sortit et sourit à Paula en s'effaçant pour la laisser passer. La jeune femme entra, puis resta quelques secondes interdite. Elle connaissait l'endroit pour y être venue lors de son entretien avec Abrams, mais tout avait complètement changé. Il y avait à présent une réceptionniste qui, bien qu'occupée avec une livraison, ne manqua pas de remarquer Paula. Face à son comptoir, une petite salle d'attente avait été aménagée et décorée avec une certaine recherche : moquette ivoire, canapé en daim crème, plantes vertes et belles lithographies dont une de Miró, dans les tons rouge et jaune. Paula, intriguée, se dit que Clifford, qui n'avait pas aussi bon goût d'ordinaire avait dû faire appel à un décorateur. Enfin, l'entrée du laboratoire proprement dit était maintenant interdite à quiconque ne possédait pas de laissez-passer.

— Que puis-je pour vous, docteur Cairns ? demanda l'hôtesse.

Le ton était poli, mais sans plus. Paula, de toute évidence, n'était pas la bienvenue.

— Le docteur Charnley est-il là ? demanda Paula. J'aimerais lui parler un instant, si c'est possible.

— Vous aviez rendez-vous ? demanda la réceptionniste l'air soupçonneux.

— Non, je passais, et comme il fallait que je lui parle, je suis entrée. Est-ce que cela pose un problème ? fit Paula qui commençait à perdre son calme.

L'attitude de la jeune femme, dont le badge indiquait qu'elle s'appelait Dolores, n'aurait pas déparé dans l'un des centres top secret de l'armée.

Dolores ne daigna pas répondre et prit son téléphone. Elle composa un numéro, puis se détourna pour masquer sa conversation. Elle raccrocha au bout de quelques secondes et se tourna vers la visiteuse.

— Le docteur Charnley va vous recevoir dans un instant. Voulez-vous vous asseoir en attendant ?

Paula réalisa qu'elle avait commis une erreur en venant. Cela causait trop de dérangement, à l'inverse de son propre labo où tout le monde pouvait entrer, à la seule condition qu'elle soit présente.

Un léger bourdonnement se fit entendre et la réceptionniste appuya sur un bouton. La porte s'ouvrit et Steve apparut. Il était vêtu d'un jean, d'un sweat-shirt et de vieilles tennis. Il avait l'air fatigué et semblait ne s'être pas rasé depuis la veille.

Un grand sourire éclaira son visage en voyant Paula.

— C'est amusant, dit-il en repoussant une mèche qui lui tombait dans l'œil, je pensais justement à vous.

— Je suis simplement passée dire bonjour, déclara Paula qui sentait toujours peser sur elle le regard inquisiteur de Dolores. Mais, si vous êtes occupé, je peux revenir plus tard.

— Non, non, c'est très bien. Je suis allé vous voir tout à l'heure, mais vous n'étiez pas là. Venez, lui dit-il avant de se tourner vers l'hôtesse. Inscrivez le docteur Cairns, Dolores, voulez-vous ?

— Vous avez vraiment un système de sécurité très perfectionné, déclara Paula en apposant sa signature sur le registre. Je devrais peut-être songer à entourer mon propre labo de fils de fer barbelés et à prendre des chiens.

Elle n'appréciait pas cette formalité qu'elle jugeait superflue et ostentatoire.

— C'est une idée du Dr Abrams. L'installation doit dater de l'époque où il travaillait pour l'armée et elle a été remise en route pour la circonstance. Mais passons dans mon bureau, lui dit-il en lui tenant la porte.

À l'instant même où elle franchissait le seuil du laboratoire, Paula vit Dolores sauter sur son combiné dans le but évident de prévenir Clifford de cette visite inattendue.

L'immense pièce était peinte en blanc. La jeune femme suivit son guide entre les longues tables en teck. De nombreuses personnes étaient au travail et plusieurs d'entre elles levèrent la tête en voyant passer Paula. Celle-ci remarqua, outre les appareils habituels, analyseurs, spectroscopes et microscopes électroniques que toute une section du local avait été entièrement refaite et comptait ce qui se faisait de mieux en matière d'équipements. Paula se demanda, non sans envie, comment Abrams avait bien pu faire pour obtenir tout ce matériel qui devait valoir plusieurs centaines de milliers de dollars.

La première chose qui frappa Paula, en pénétrant dans le bureau de son ami, fut l'ordre qui y régnait et elle ressentit une certaine culpabilité en songeant au fouillis qu'il y avait dans le sien. Des catalogues, des dossiers débordaient des tiroirs et des classeurs, et sa table de travail était toujours encombrée de sorties d'ordinateur, de disquettes et de papiers divers. « Une chatte n'y retrouverait pas ses petits », pensa-t-elle. Elle se consola néanmoins en songeant que si son laboratoire n'était ni bien rangé, ni luxueux, du moins y faisait-on du bon travail.

Steve ferma la porte. Brusquement, mus par un élan subit et incontrôlable, tous deux se retrouvèrent enlacés. Après un long baiser, Steve se détacha d'elle et alla s'asseoir à sa table après lui avoir proposé de prendre place d'une manière très cérémonieuse, sur la seule chaise disponible. Le manège ne manquait pas d'humour étant donné leurs relations.

La jeune femme s'y effondra, les jambes et le souffle coupés. Steve l'observait avec un air incrédule, comme pour dire : mais qu'est-ce qui nous arrive?

Elle s'efforçait de se calmer quand son regard se posa sur ce fameux article sur les thrombolysines qui traînait là, sur le bureau.

— C'est ton nouveau livre de chevet? fit-elle, le tutoyant, à présent qu'ils étaient seuls.

— Sacré bon sang! répliqua Steve, rouge de honte. Avec tout ce qui se passe, j'ai oublié de te prévenir. Abrams veut que je refasse l'expérience dans les moindres détails. Il envisage d'utiliser cette technique, mais je me demande bien à quoi cela pourra lui servir, compte tenu des recherches qu'il veut entreprendre.

— De toute façon, cette méthode ne marche pas, dit Paula, s'apprêtant à expliquer une fois de plus toute l'histoire. Les réactifs employés alors étaient périmés et, si Abrams veut que tu étudies tout le processus, c'est uniquement pour prouver que je me suis trompée.

— Je ne sais pas pourquoi il t'en veut comme ça, dit Steve, mais je peux très bien lui mettre à mon tour des bâtons dans les roues. Je peux faire en sorte que les conclusions que je lui présenterai soient les mêmes que les tiennes.

— Surtout pas ! s'écria Paula. Il est au courant de ce qui s'est passé. Si tu faisais une telle chose, il ne manquerait pas de confier les analyses à un autre laboratoire et tu aurais de gros ennuis. Merci quand même d'y avoir pensé.

— Qu'est-ce que je peux faire pour t'aider, alors ?

— Montre-lui simplement les vrais résultats. J'ai envoyé une lettre rectificative au journal. J'espère que ça calmera les esprits.

— Mais cet article date de trois ans, Paula ! Crois-tu vraiment qu'ils vont publier ton courrier ?

— On verra bien. Mais je ne suis pas venue te voir juste pour cette raison. Voilà, j'ai un grave problème...

Elle lui parla alors de Maurice, de la future intervention et de l'anévrysme.

— De quelle taille est-il ? demanda Steve.

— Quatre centimètres et demi. À ton avis, on opère ou on le laisse comme ça ?

Steve semblait indécis.

— À part ça, il est en bonne santé ?

— Excellente. Il a une constitution robuste et a toujours pris soin de lui.

— Tu l'aimes bien, on dirait ? dit Steve, intrigué par le ton de la jeune femme.

— Oui, naturellement. Mais là n'est pas la question. On ouvre ou on patiente ?

— Moi, j'attendrais, répondit Steve après réflexion. Il ne semble pas y avoir urgence. Toutefois, il vaudrait mieux lui conseiller de se ménager, car de gros efforts, ou même un accident, pourraient provoquer la rupture de la paroi de l'artère.

— Je le lui rappellerai la prochaine fois que je le verrai. Il va sûrement me répondre qu'il sait très bien ce qu'il fait et que je ne dois pas m'inquiéter, mais tant pis.

Steve sourit et eut envie de passer de l'autre côté de son bureau pour prendre la jeune femme dans ses bras, mais quelque chose dans son attitude lui indiqua que ce n'était pas le bon moment.

— Et ton travail, où en es-tu?

— Ça va. On a un peu de mal à démarrer, mais ça a dû être la même chose pour toi.

— Oui, mais vous, au moins, vous avez tout ce qu'il vous faut. Moi, cela m'a pris un temps fou rien que pour m'installer. Mais parlons d'autre chose. Tu m'as dit que tu étais passé me voir au laboratoire; tu voulais me parler?

— Oui. J'aurais besoin de ton aide. Je suis en train d'écrire un article pour le congrès de chirurgie qui doit se tenir très bientôt et je dois le remettre au plus tard dans quatre jours.

Il lui montra un épais dossier et se frotta les yeux, fatigué.

— J'ai travaillé dessus presque toute la nuit, mais je n'arrive pas à le mettre en forme. Il faut pourtant que j'y parvienne, c'est important pour moi.

— Je sais ce que c'est, fit Paula avec un sourire compatissant. Tout se bouscule et, entre les chiffres et le texte proprement dit, on finit par ne plus savoir où on en est. Est-ce qu'Abrams ne pourrait pas te donner un coup de main ? Vérifier les statistiques avec toi ou t'aider pour l'écriture ?

— Il est toujours trop occupé, répliqua Steve, laconique.

— Voilà ce que je te propose, tu me laisses jeter un coup d'œil et je te dis ce que j'en pense.

Paula tendit la main et Steve lui remit le classeur, visiblement soulagé et reconnaissant.

— Tu sais, Steve, dit-elle changeant de sujet, je n'arrive pas à comprendre que tu ne te serves plus de ton artérioscope. J'aimerais bien le voir, en tout cas.

L'idée de laisser une telle invention tomber dans l'oubli la révoltait.

Steve, sur sa demande, se leva et alla ouvrir un placard. Sur une étagère se trouvait un coffret en bois d'une vingtaine de centimètres. Il le contempla quelques secondes, n'osant pas, semblait-il, le toucher.

Il se décida enfin, posa la boîte sur la table et ôta le couvercle. À l'intérieur se trouvait un long tube noir, à peine plus gros qu'une recharge de stylo. Plusieurs accessoires, d'apparence complexe, étaient soigneusement rangés dans des espaces aménagés à cet effet. Steve sortit l'appareil avec d'infinies précautions et le montra à Paula.

— Voilà mon bébé, comme je l'appelle. À l'intérieur, il y a des fibres optiques, le système d'entraînement, un tube pour l'aspiration et voilà la fraise. Elle est en acier iridié.

Il tourna un bouton sur le côté de l'objet et Paula vit

apparaître, juste à l'extrémité du dispositif, la pointe microscopique de la meulette.

— C'est tellement fin, comment as-tu fait? s'émerveilla-t-elle.

— Fabrication allemande. Tu vois les deux lentilles, au bout? dit-il en faisant rentrer la minuscule mèche en métal.

Paula s'approcha.

— La plus petite, c'est pour l'éclairage, expliqua-t-il sur un ton où perçait à nouveau l'enthousiasme. L'autre permet de filmer et peut être reliée à une caméra de télévision. Je ne peux pas te montrer comment fonctionne le système d'injection du sérum parce que le réservoir est vide, mais tu peux voir l'ouverture, là...

— C'est stupéfiant, dit Paula en prenant la loupe que lui tendait Steve. Comment peut-on faire tenir tant de choses dans un espace aussi restreint? Tu dois le réutiliser! Je suis certaine que nous pourrions obtenir sans trop de peine l'autorisation de l'administrateur.

Câline, elle noua ses bras autour de lui et le regarda droit dans les yeux.

— Dis oui, Steve, s'il te plaît!

— Évidemment, avec de tels arguments... répliqua Steve en soupirant.

Il se défit une seconde de son étreinte pour ranger le scope dans son coffret, puis la reprit dans ses bras. Le contact et la chaleur du corps de Paula lui firent alors tout oublier, même son « bébé ».

La jeune femme se ressaisit la première et s'arracha à lui.

— Il vaut mieux que je m'en aille, sinon ça va mal

finir, comme on dit ! Merci pour ton conseil à propos de Maurice, et passe me voir au labo quand tu veux. Préviens-moi simplement vingt-quatre heures à l'avance, que je puisse te faire faire une carte d'accès ! conclut-elle avec humour.

Elle ramassa le classeur avec le brouillon de l'article et sortit, de nouveau pressée.

Le téléphone sonnait quand elle arriva à son laboratoire. Elle se précipita et décrocha avant même que Mirna ait réussi à s'extirper de son fauteuil. C'était Steve.

— Que dirais-tu d'un petit dîner au restaurant, ce soir ?

— D'accord, mais pas chez Rosselini, répliqua Paula ravie. Que dirais-tu de venir me retrouver ici vers six heures ? Comme ça nous pourrions travailler un peu sur ton exposé avant de sortir. Ça te va ?

— Parfait. Je serai pile à l'heure.

24

De retour à son laboratoire, Paula se mit au travail. Elle se sentait de très bonne humeur, non seulement à la perspective de passer la soirée avec Steve, mais aussi parce qu'elle avait trouvé la solution du problème sur lequel elle butait depuis des jours. La technique qu'elle avait imaginée, objet de ses recherches, consistait à faire parvenir les diverses enzymes directement au contact du caillot, sans qu'elles se dissolvent ou se détruisent en chemin. Pour ce faire, elle avait eu l'idée d'isoler chacune des substances dans une minuscule capsule dont l'enveloppe, après un traitement chimique particulier, ne se liquéfierait qu'à la proximité immédiate de la masse coagulée. La fabrication de ces « gélules » était des plus complexes et coûteuses, mais Rusty Hurwitz, le directeur de recherche d'une petite usine biochimique de la région, avait été enthousiasmé. Ils avaient longuement discuté des composants nécessaires afin de s'assurer que cela ne nuirait pas à l'effet de cascade. Paula avait ensuite demandé une avance à Maurice, sur les fonds propres du service de chirurgie, l'assurant qu'elle rembourserait le tout dès réception des subventions tant attendues. Les premiers tests *in vivo*, sur des rats, étaient prévus pour les jours suivants. Aussi, avec Mirna, avait-elle commencé à tout préparer pour l'expérience : anesthésiques, instruments divers, seringues et microcanules.

La jeune femme était d'ailleurs en train de vérifier qu'il ne manquait rien lorsqu'elle se rappela qu'elle avait une chose très importante à faire. Sa montre marquait 17 h 30. Respirant à fond, elle prit son téléphone et composa le numéro de Susskind.

Il était, à l'en croire, sur le point de rentrer chez lui, mais Paula eut plutôt l'impression qu'il attendait son appel.

— J'espère que vous me téléphonez pour m'apprendre une bonne nouvelle, docteur Cairns.

— J'ai longuement réfléchi, dit-elle d'une voix assurée, et j'ai décidé... de refuser l'offre de la Fondation Millway.

— Vous réalisez, n'est-ce pas, les conséquences que ce choix peut avoir sur votre carrière ? demanda-t-il, sur un ton à la fois étonné et furieux.

Paula, en l'écoutant, se demanda pourquoi cela semblait revêtir une telle importance pour lui, bien consciente qu'il se moquait de son avenir.

— Tout à fait !

— Dans ce cas, docteur Cairns, fit Susskind après un instant de silence, j'informerai mes supérieurs de votre résolution dans les plus brefs délais. Bonsoir !

Paula raccrocha et s'efforça de chasser Susskind, Seth et la Fondation de son esprit. Steve arriverait dans trente minutes et elle n'avait même pas jeté un coup d'œil à son article. Elle prit donc place devant son ordinateur, puis commença sa lecture. Le sujet ne lui était pas très familier, mais elle parvint néanmoins à taper plusieurs pages de notes et commentaires. Le brouillon que lui avait remis le jeune homme n'était pas excellent, mais elle était sûre qu'ils pourraient, à eux deux, en tirer quelque chose. Elle sortit son travail sur l'imprimante et, cela fait, s'installa tranquillement pour attendre Steve, laissant ses pensées vagabonder, comme cela lui arrivait souvent à cette heure de la journée où elle sentait la fatigue l'envahir. Il lui était dès lors impossible de se concentrer et elle devait alors s'interrompre et reprendre plus tard, vers les 10 heures du soir.

Cette fois, débordée par les événements, elle trouva un certain réconfort en repensant à son enfance. Elle se revoyait au Nouveau-Mexique, assise sur le porche de la maison, regardant sa tante Jackie faire ses poteries, dans la lumière crue du soleil reflétée sur les murs blancs. Elle se souvint tout particulièrement de l'après-midi où cette dernière lui avait proposé d'essayer de faire son premier vase. Paula, un peu intimidée, avait d'abord refusé, puis s'était lancée. Jackie l'avait aidée à placer la boule de terre bien au centre du tour, puis Paula, éprouvant une joie certaine à modeler ainsi la glaise, s'était souvenue des gestes vus si souvent et la boue était devenue objet sous ses doigts, se creusant, s'allongeant. À chaque instant, Paula avait craint qu'il ne s'effondre, mais il avait tenu bon et gardé la forme qu'elle lui avait imprimé. Elle l'avait ensuite décoré, verni puis mis dans le four avec les autres terres cuites. Bien sûr, il n'était pas parfait et même plutôt maladroit, mais ce qui lui importait le plus, c'était qu'elle l'avait fait de ses propres mains et qu'elle y avait mis un peu d'elle-même, de son âme. Une seconde, elle songea à tout quitter, à laisser derrière elle les soucis, le stress de sa vie présente pour retourner vivre avec sa tante et faire, comme elle, de la céramique.

— Tu connais cette histoire? dit soudain une voix derrière elle.

Paula sursauta et, avant de se retourner, réalisa qu'elle avait oublié de fermer la porte à clé.

Fort heureusement, c'était Steve. Il posa ses mains sur ses épaules, pour la rassurer.

— Je suis désolé, je ne voulais pas te faire peur.

— C'est rien... De quelle histoire parles-tu?

— Celle sur Einstein, devant son tableau noir. Il est là, pensif, la craie à la main. La première formule qu'il a écrite $E = ma^2$ ne fonctionne pas. La suivante, $E = mb^2$, non plus. Alors il s'interroge, hésite puis écrit $E = mc^2$.

— Qu'est-ce qui te fait penser à cette histoire? demanda Paula en riant.

— Tu ressembles un peu à Einstein! Mais passons à autre chose. Que dirais-tu de prendre l'air et d'aller manger un cheese-burger avec des frites et un Coca?

— Occupons-nous d'abord de ton article, dit-elle avec une certaine autorité. J'ai rédigé quelques notes. Regarde.

Elle lui tendit les divers feuillets sur lesquels figuraient ses commentaires et le laissa lire. Elle avait essayé de ne pas se montrer trop critique ou trop directive mais il fallait bien reconnaître que l'article était plutôt mal écrit. Steve, qui n'était pas encore remis de sa mésaventure, risquait peut-être de très mal réagir. En effet, sa lecture achevée, il jeta les papiers sur la table.

— Tu te serais simplifié la tâche en me disant tout bonnement que c'est de la merde! s'exclama-t-il, mécontent.

— Ce n'est pas vrai, répliqua Paula, sans se démonter. C'est un bon article, mais il faut le travailler, et moi je suis là pour t'aider, si tu veux.

Steve sourit, puis vint s'asseoir près d'elle, prêt à revoir en détail chaque paragraphe.

L'introduction, trop vague, ne présentait pas assez bien le sujet. Steve commença à porter dans la marge les suggestions de la jeune femme, mais elle l'arrêta; procéder ainsi prendrait trop de temps.

— Servons-nous du scanner, dit-elle en s'emparant des documents et en s'installant devant son ordinateur.

Elle passa ensuite l'appareil sur chacune des feuilles et celles-ci apparurent comme par miracle sur l'écran.

— Comme ça, on pourra aussi faire des impressions page à page, et imprimer ensuite tout l'article quand nous en aurons fini, ajouta-t-elle.

Steve vint la rejoindre et la correction reprit. Ils commencèrent par réécrire l'entrée en matière, réorganisèrent le mode de présentation de diverses données, puis, se servant d'un programme spécial, ils ajoutèrent des graphiques en couleur pour faciliter la compréhension de certains passages ardus. Ils en arrivèrent enfin à la conclusion qu'ils durent reprendre, elle aussi.

— Bon sang! dit Steve quand l'article sortit de l'imprimante, un peu plus d'une heure après qu'ils avaient commencé. C'est fabuleux! Je n'arrive pas à réaliser que tu aies pu faire tout ça en aussi peu de temps. Je devrais faire figurer ton nom en tant que coauteur.

Ils mirent ensuite un peu d'ordre dans le bureau et s'apprêtaient à partir quand la sonnette retentit. Ils se regardèrent, étonnés. Paula ouvrit. Seth se tenait dans le couloir, toujours aussi imposant. Il était pâle et fatigué. Son œil était encore injecté de sang. Paula, qui ne l'avait jamais vu dans cet état, recula d'un pas, comme effrayée.

— Puis-je entrer? demanda-t-il.

Paula acquiesça d'un hochement de tête et s'effaça pour le laisser passer. Il fit quelques pas avant de s'arrêter net en découvrant Steve.

— Je vous présente un collègue et ami, Steve Charnley, dit Paula.

Seth, déconcerté l'espace de quelques secondes, regarda Steve, lui fit un vague signe et, choisissant de l'ignorer, se tourna vers Paula.

— Je voudrais d'abord vous prier de m'excuser, dit-il à voix basse, comme s'il ne voulait être entendu que par elle. Je veux dire... pour ce qui s'est passé lorsque je vous ai raccompagnée chez vous.

Il sembla hésiter, puis fixa Steve, sentant monter en lui la colère et la jalousie. Il ne lui était jamais venu à l'esprit qu'il pouvait y avoir un autre homme dans la vie de Paula. Toute la conception de leurs relations s'en trouvait changée.

— J'espère que ce n'est pas à cause de cela que vous avez rejeté l'offre de la Fondation, reprit-il. Je n'étais pas moi-même ce soir-là et je me suis laissé emporter. Je souhaite que vous reconsidériez notre proposition.

Steve, qui jusque-là s'était tenu un peu en retrait, se leva tranquillement et vint se placer près de Paula.

— Je vous assure qu'une telle chose ne se produira plus jamais, poursuivit Seth. Nous sommes tous très impatients, chez Millway, de travailler avec vous. Réfléchissez encore, notre offre est sincère et sans condition, ce qui, vous en conviendrez, est rare de nos jours.

— Je le sais, répondit Paula, se sentant soudain très embarrassée.

Elle avait le sentiment de lui devoir des excuses. Après tout, il avait été le seul à souffrir, cette fameuse nuit, mais il aurait fallu tout expliquer à Steve. Cette pensée l'en dissuada et elle souhaita qu'il s'en aille, au plus vite.

— Ce n'est pas pour cela que j'ai refusé votre offre. C'est parce que... enfin, tout est expliqué en détail dans la lettre que je vous ai envoyée. Je suis navrée, Seth, mais mon choix est fait et je ne reviendrai pas dessus.

Seth, à ces mots, comprit que tout était fini. Il se sentait très las et en même temps pris du désir de tout envoyer promener, y compris Paula et cet intrus qui osait s'afficher avec elle. Les deux hommes s'observèrent un instant, puis Seth sentit ses poings se serrer presque malgré lui. Certain de sa supériorité, il mourait d'envie de se jeter sur le jeune homme dont le gabarit ne l'intimidait pas le moins du monde. Néanmoins, il parvint à se maîtriser, reportant toute sa hargne et sa haine sur Paula.

— Prévenez-moi si vous revenez sur votre décision,

dit-il en faisant un effort surhumain pour ne rien laisser paraître de ses émotions.

Sur ce, il sortit prestement, conscient que, s'il restait une minute de plus, il perdrait tout contrôle de lui-même, et que les conséquences pourraient être catastrophiques…

25

— Docteur Bennett? Bonjour! dit la voix au téléphone. Je m'appelle Frida Bunce et je m'occupe des relations publiques du Conseil de l'industrie pharmaceutique.

Maurice sourit. Il s'attendait depuis quelque temps à un appel de ce genre. Ces messieurs devaient avoir choisi cette demoiselle pour sa voix posée.

— Que puis-je pour vous, mademoiselle?

— Notre comité, qui suit votre travail avec la plus grande attention, a été particulièrement intéressé par l'article paru hier dans le *Washington Post.*

— Je vous remercie, répondit Maurice en jetant un coup d'œil au quotidien qui se trouvait sur son bureau.

Walter entra à ce moment-là et Maurice lui fit un signe.

— Asseyez-vous, lui dit-il en posant sa main sur le combiné, je n'en ai pas pour longtemps.

— Nous souhaiterions, docteur Bennett, vous apporter quelques précisions sur nos entreprises afin que vous puissiez juger de la situation en toute connaissance de cause. Nous savons qu'il y a des problèmes et nous ne demandons pas mieux que de les reconnaître et d'y remédier, mais nous voudrions être certains que vous comprenez notre point de vue et notre éthique.

Walter, pendant ce temps, avait pris le journal et commencé à lire le document qui s'étalait sur deux colonnes, illustré d'une photographie de Maurice.

— C'est très aimable à vous, mademoiselle, dit Maurice d'un ton neutre.

— Je serai à New Coventry la semaine prochaine. Je pourrais peut-être profiter de l'occasion pour vous rencontrer ?

— Je crains que cela ne soit guère possible, répondit Maurice, je suis très pris en ce moment.

Maurice avait choisi ses mots avec le plus grand soin, certain que leur conversation était enregistrée. Il ne voulait pas que l'on puisse, s'il refusait de voir cette femme, l'accuser de partialité.

— Que diriez-vous de mercredi prochain ? reprit Frida. Je descends au New Coventry Marriott. Nous pourrions y dîner ensemble.

— C'est très aimable, poursuivit Maurice sur un ton des plus courtois mais, étant donné les circonstances, je ne pense pas que cela soit très convenable, ni très utile, pour l'un comme pour l'autre, d'ailleurs.

— Je suis persuadée du contraire, docteur Bennett. Pourquoi ne pas convenir d'un rendez-vous jeudi, par exemple ? Nous verrons bien par la suite...

Maurice vérifia son emploi du temps et trouva un moment libre, en fin d'après-midi. Frida promit d'être ponctuelle, sachant combien le temps d'un médecin est précieux, et le remercia.

Walter leva le nez du journal à l'instant même où Maurice raccrochait.

— Ça c'est ce qu'on appelle un bon article! s'exclama-t-il. Mais je n'étais pas au courant de votre prochaine nomination au poste de ministre de la Santé.

— Walter! répondit Bennett en soupirant. Vous savez bien comment marche le système. Tout est affaire de politique et d'intérêts. On ne sait jamais ce qui va arriver. Aussi, ne vous attendez pas à ce que je quitte tout de suite New Coventry.

— D'après le journal, vous auriez, comme on dit, les industries pharmaceutiques dans le collimateur?

— Ne vous fiez pas à tout ce que racontent les journalistes, répliqua Maurice. Ils aiment bien noircir les choses et font souvent une montagne d'une taupinière.

— Ils prétendent pourtant que vous préparez un rapport sur ces entreprises et qu'il devrait être rendu public dans un mois environ. Et moi qui pensais que tous ces messieurs étaient comme nous, altruistes, dévoués et prêts à tout pour venir en aide à l'humanité souffrante!

Ces derniers mots avaient été prononcés avec une ironie qui n'avait pas échappé à Maurice, mais il ne la releva pas.

— Ils le sont en grande majorité, répliqua-t-il, mais certains se laissent parfois aller à quelques pratiques contestables, publicités mensongères et autres tricheries sur les prix. Il y a aussi, il faut bien le dire, quelques brebis galeuses.

— Vous visez quelqu'un en particulier? interrogea Walter, curieux.

— Oui, rétorqua Maurice, mais permettez-moi de ne pas vous en dire plus.

Walter l'observa un instant, puis, réalisant qu'il n'obtiendrait pas plus d'informations, décida de changer de conversation.

— J'ai eu notre charmante Paula Cairns au téléphone. Elle m'a appris que vous souffriez d'un anévrysme de l'aorte.

— Tout petit, répondit Maurice d'un ton badin. Je ne voulais pas vous ennuyer avec ça, mais le Dr Cairns a insisté pour avoir votre opinion. J'ai cédé.

Walter redevint sérieux et examina avec la plus grande attention toutes les radios de son confrère ainsi que son dossier médical avant de l'entraîner vers une petite salle pour un examen complet.

Un quart d'heure plus tard, ils étaient de retour dans le bureau de Maurice, et Walter lui fit part de ses conclusions.

— Mon cher Maurice, fit-il avec gravité, vous devez vous faire opérer dans les plus brefs délais. J'insiste bien sur l'urgence de l'intervention.

Bennett le regarda, l'air étonné et Walter reprit.

— Je sais bien que, si l'on en croit les statistiques, il n'y a qu'un cas sur vingt de rupture dans les six mois suivant le diagnostic, mais si vous étiez mon patient, je ne vous laisserais pas risquer ainsi votre vie plus longtemps.

Bennett soupira. Il était inutile d'essayer de dire quoi que ce soit. Eagleton était convaincu d'avoir raison et le contredire ne servirait à rien, sinon à le mettre en colère et s'en faire un ennemi.

Desmond Connor, l'ancien directeur de recherche de Millway Pharmaceuticals, traversait, depuis son renvoi, une période très difficile. Ce soir-là, il avait failli emboutir la porte du garage tant il était énervé et n'avait fait par la suite que crier et ronchonner. Mais plus grave encore, il s'était remis à boire, une mauvaise habitude qui l'avait pourtant quitté depuis plus de dix ans.

Au bout de quelques jours, il était redevenu sobre et s'était calmé. Il passait à présent ses journées, l'air sombre, à téléphoner et à compulser des monceaux de papiers qui s'empilaient dans des cartons dans son bureau.

— À qui parlais-tu? demanda un matin Nora en pénétrant dans la pièce.

L'humeur changeante de son mari la déconcertait. Il pouvait, comme il venait de le faire au bout du fil, parler sur un ton très calme, très aimable, puis l'instant d'après hurler comme un dément.

— Cela ne te regarde pas, lui répondit-il brutalement.

Il recevait aussi, depuis plusieurs jours, beaucoup de courrier, de très grandes et lourdes enveloppes ou même des paquets. Nora, qui prenait les lettres au passage du facteur, remarqua également que ces envois, la plupart du temps, ne portaient aucune mention du nom de l'expéditeur.

Et puis, il y avait aussi tous ces appels, pratiquement incessants. Ils ne duraient jamais plus de quelques secondes et étaient toujours anonymes. Mais Desmond reconnaissait presque toujours les voix de ces mystérieux interlocuteurs. Toutes ces personnes étaient ou avaient été des employés de Millway et certains avaient même travaillé sous ses ordres.

Connor devait se décider : soit il acceptait d'avoir été ainsi remercié, soit il disait tout ce qu'il savait. Hélas, le choix n'était pas facile. S'il optait pour la première solution, il n'aurait certainement aucun mal à retrouver du travail, mais à un poste moins intéressant, alors que dans le second cas, il devrait dire adieu à tout espoir d'engagement dans cette branche, sans compter que, connaissant les méthodes de Seth Millway, il mettait sa vie en danger.

Cependant, après un appel lui conseillant de lire le *Washington Post*, ce qu'il fit sans tarder, Connor prit le parti de s'ouvrir à Nora, qui ne savait rien de l'affaire, excepté le fait qu'il avait été mis à la porte. Éprouvant tout à coup un curieux sentiment de soulagement, il descendit à la cuisine et l'embrassa passionnément, comme il ne l'avait pas fait depuis des années.

— Mais qu'est-ce qui te prend? dit-elle quand il l'eut relâchée.

Elle était en train de préparer le déjeuner et n'appréciait guère d'être dérangée, surtout pour ce genre d'effusions.

Connor ouvrit la porte d'un placard, en sortit deux verres qu'il remplit d'un vieux sherry, très sec.

— Viens t'asseoir, lui dit-il en l'entraînant vers la salle à manger.

Nora hésita un instant, regardant les légumes qu'elle n'avait pas fini d'éplucher, puis obéit. Elle s'installa en face de lui, en priant pour que le dessous des gobelets ne laisse pas de marque sur sa belle table cirée.

Elle se demandait ce que son mari pouvait bien avoir à lui dire de si urgent. Peut-être allait-il lui annoncer qu'il la quittait?

— Depuis que je travaille, j'ai toujours donné le meilleur de moi-même, commença-t-il. Je l'ai fait pour Sam Millway et l'entreprise.

Nora soupira, s'attendant à un très long discours. Son repas ne serait jamais prêt à l'heure!

— Du temps de Sam, tout marchait bien. Les employés s'entendaient bien et la compagnie prospérait. Jusqu'à ces dernières années, du moins, ajouta-t-il tristement.

— Est-ce que tu ne pourrais pas m'expliquer tout cela dans la cuisine? demanda Nora. Je voudrais mettre le rôti à cuire.

— Je n'en ai que pour une minute, répliqua Connor. Le problème, vois-tu, c'est que Seth Millway est un escroc. La compagnie fonctionne maintenant avec l'argent de la drogue; avant cela, il avait détourné les fonds de la caisse de retraite du personnel. Et j'en ai la preuve.

Desmond avala une gorgée de sherry qui lui parut bien fade en comparaison de tout ce qu'il avait bu au cours de ces derniers jours.

— J'irais bien voir la police ou le FBI, mais je sais trop ce qui va se passer si je le fais. Seth en sera averti dans les deux minutes qui suivent et moi, je serai un homme mort. Trois ou quatre jours plus tard, je serai victime d'un accident et on viendra t'annoncer la mauvaise nouvelle.

Connor fit une pause et regarda sa femme pour voir

sa réaction. Elle ne semblait pas émue le moins du monde par cette perspective.

— J'ai pris une assurance-vie, il y a longtemps. S'il m'arrivait quelque chose, tu la trouverais dans le tiroir gauche de mon bureau.

— Je sais, dit Nora. Mais je ne vois toujours pas pourquoi tu te tracasses comme ça.

— Je dois absolument parler à ce médecin. Il travaille au Medical Center où il occupe un poste important. D'après le journal, il pourrait bien devenir le prochain ministre de la Santé, c'est tout dire. Enfin, bref, il a été chargé de faire un rapport sur les pratiques douteuses de l'industrie pharmaceutique et il semblerait que la Millway soit particulièrement visée. Moi, j'ai toutes les informations dont il a besoin, mais la question est de savoir si je dois ou non les lui communiquer.

Nora ne répondit pas et repartit vers la cuisine, laissant son mari seul, devant son verre vide.

— Comment peux-tu avoir la certitude qu'il ne révélera pas ton nom? demanda-t-elle soudain tout en continuant à vaquer à ses occupations.

— Parce qu'il a l'habitude. Il sait très bien que, s'il lui arrivait un jour de balancer un nom, plus personne ne voudrait lui adresser la parole, riposta Connor avec bon sens.

— Je crois qu'il vaudrait mieux que tu gardes tout cela pour toi et que tu cherches du travail, dit Nora. Si tu vas voir la police ou même ce docteur, cela ne fera qu'aggraver la situation et tu n'y gagneras rien.

— Tu m'es vraiment d'un grand secours, fit Desmond, sur un ton ironique, mais je sais à présent ce que je dois faire.

Il monta dans son bureau, appela Bennett et lui fixa rendez-vous dans un restaurant sur l'une des aires de repos de l'autoroute 95. Puis il s'installa sur le canapé, près de la fenêtre, et réfléchit. Seth l'avait humilié en le renvoyant et il souhaitait prendre sa revanche. Mais ce désir de vengeance justifiait-il les risques terribles qu'il allait prendre ? Toute la question était là. Soudain, il réalisa qu'il n'avait jamais rien fait de bien intéressant de toute sa vie. À cinquante-cinq ans, il n'avait plus grand-chose à attendre de l'existence ; il devait enfin cesser de se conduire comme un enfant et agir selon sa conscience. Il devait voir Bennett et tout lui raconter. Et que de choses il avait à dire !

26

Tandis que Connor s'interrogeait, Vincent Coletti, Seth Millway, Clifford Abrams et Geoffrey Susskind, flanqués de l'incontournable Mike Petras, toujours à son poste près de la porte, étaient eux aussi confrontés à un problème, ce fameux article du *Washington Post* sur Maurice Bennett.

— Pas étonnant que le Dr Cairns ait repoussé notre offre, dit Seth en pinçant les lèvres et en montrant le journal. Son patron est en train d'essayer de nous faire plonger et de ruiner la profession tout entière.

— N'exagérez pas, répliqua Coletti.

Il était confortablement installé dans l'un des fauteuils et, fidèle à son habitude, avait posé ses pieds sur le bureau de Seth. Il paraissait détendu, mais ce n'était en fait qu'une apparence car il n'aimait pas la tournure que prenaient les événements. En effet, toute la responsabilité du projet pesait à présent sur ses épaules, et il devait rendre des comptes au syndicat, principal investisseur.

— Ne soyez pas aussi simpliste. Il n'y a pas de danger que cela arrive. Ce secteur est bien trop important et bien trop puissant. Il dispose de lobbies influents et d'assez de fric pour acheter tous les hommes politiques de Washington, s'il le faut. Par contre, Bennett pourrait très bien, s'il décidait de ne s'attaquer qu'à certaines entreprises, leur faire beaucoup de mal.

— Que voulez-vous dire par là? dit Seth, l'air mécontent.

Toute cette histoire commençait à l'énerver. Par ailleurs, il avait horreur qu'on mette les pieds sur son bureau, ces pieds fussent-ils ceux de Vincent Coletti.

— D'après les bruits qui courent, Bennett et son groupe s'intéresseraient tout particulièrement à vous, répondit-il.

— Pourquoi? Parce que nous sommes en difficulté et que nous n'avons pas les moyens financiers de nous défendre? dit Susskind.

— C'est possible. En tout cas, la commission n'a pas l'air d'être au parfum de nos petits arrangements, mais méfiance...

— Je n'ai pas l'intention de dépenser un dollar de notre fric pour nous défendre! fit Seth, furieux. Nous en avons trop besoin. Nous devrons pouvoir compter dessus quand ce produit anticoagulant sera prêt, pour sa production et sa commercialisation.

— Vous oubliez seulement que vous n'en aurez peut-être même pas le temps, répliqua Coletti.

Sans un mot, il tendit la main vers Mike pour obtenir un cigare qu'il fit ensuite rouler entre ses doigts contre son oreille, pour en apprécier le doux craquement.

Seth, dégoûté, le regarda faire sans oser protester. Il ne supportait pas la fumée, surtout chez lui.

— Bennett peut vous ruiner. Et cela me serait complètement égal si je n'étais partie prenante dans l'affaire, continua Coletti en jetant sur le tapis l'entame qu'il venait de couper avec ses dents. Aucun avocat, aucun conseiller ne pourra jamais réparer les dommages qu'il peut vous causer ou, plus justement, nous causer. C'est pourquoi, moi, je suis un peu comme les médecins ; je dis toujours : mieux vaut prévenir que guérir.

— Prévenir..., répéta Seth qui ne comprenait pas.

— Oui. Ça signifie que nous allons devoir nous en occuper, comme pour le Dr Cairns.

— Un instant ! s'exclama soudain Susskind, l'air inquiet. Si vous pensez vraiment la même chose que moi, je vous préviens que je préfère me retirer tout de suite. Je suis avocat. Il est hors de question que je sois mêlé de près ou de loin à de telles histoires.

— Je suis de son avis, dit à son tour Abrams qui transpirait à grosses gouttes. Je tiens à souligner que Bennett n'est que le rapporteur de la commission, rien de plus.

— Fermez-la et asseyez-vous tous les deux, ordonna Coletti. Les autres membres de ce comité ne sont que des imbéciles ! Aucun d'eux n'a le courage ni l'intelligence de cet homme. Il nous faut l'éliminer pour résoudre notre problème. Définitivement.

Les deux hommes, en l'entendant parler aussi froidement, frissonnèrent de peur et obtempérèrent.

— Passons au Dr Cairns, poursuivit Coletti en reposant ses pieds par terre et en se tournant vers Abrams. Votre tâche consistait bien à démolir sa réputation ? Alors racontez-moi comment ça marche.

— Bien, répondit-il.

Il lui expliqua ensuite comment il avait découvert cet article aux résultats erronés et comment il comptait s'en servir pour ruiner sa carrière.

— Bon, puisque la question est réglée, nous allons pouvoir concentrer toute notre attention sur Bennett. Je sais parfaitement comment procède ce genre d'hommes. Ils prennent contact avec d'anciens employés de la société, de gros bonnets qui ont été renvoyés, puis en tirent toutes les informations dont ils ont besoin. Et là, ça fait très mal.

Il fit une pause et regarda Seth, l'air inquisiteur.

— Vous n'auriez pas dans votre entourage quelque salarié mécontent de son sort, par hasard ?

Seth réfléchit un instant et avança le nom de Connor, expliquant à Coletti ce qui s'était passé.

— La proie idéale pour ce cher Dr Bennett ! déclara celui-ci. Vous allez donner à Mike toutes les informations dont vous disposez et nous, nous allons garder un œil sur lui, n'est-ce pas, Mike ?

Ce même jour, Abrams et Steve prenaient l'avion pour Saint-Louis où se tenait un congrès. Steve devait y lire l'exposé rédigé avec l'aide de Paula. Clifford, lui, ne s'y rendait que dans l'intention de se faire voir, d'aller dîner avec d'autres chirurgiens et de prendre part à quelques débats. Il avait bu deux Bloody Mary et se sentait d'humeur guillerette, au point d'en oublier son ressentiment contre son collaborateur. Steve, en effet, avait attendu plusieurs jours avant de recommencer l'expérience des thrombolysines et Abrams, mécontent, avait fini par confier cette tâche à son chef laborantin avec ordre d'y passer la nuit, s'il le fallait.

Après avoir lu le rapport de Steve, Abrams le félicita pour sa qualité.

— Je vous remercie, répondit Steve, je ne l'ai pas écrit tout seul.

Abrams qui, sous l'influence de l'alcool, flottait dans une douce béatitude, ne releva même pas l'allusion.

L'hôtel Marriott, à Saint-Louis, était envahi par une myriade de chirurgiens, des débutants qui venaient y prononcer leur premier discours et qui affichaient un air inquiet, et des vétérans, très décontractés, désireux surtout de prendre un peu de bon temps avec leurs amis, entre deux tables rondes ou conférences. Dans le hall, Steve retrouva par hasard deux médecins dont il avait fait la connaissance en Californie tandis qu'Abrams se pavanait, serrant des mains, appelant chaque médecin par son prénom, distribuant de grandes claques dans le dos, bref, se prenant pour le plus fameux chirurgien des États-Unis.

Le lendemain matin, Steve fit son exposé, lors du colloque sur la coagulation intravasculaire. Son papier reçut un assez bon accueil de ses confrères et lui valut même quelques applaudissements.

À la fin de la séance, le professeur Earl Macklerod, de Baltimore, qui faisait office de président et qui était un ami d'Abrams, se leva et prit la parole. Macklerod jouissait d'une certaine renommée. Il avait posé sa candidature pour le poste de président du Conseil des chirurgiens et ambitionnait de se faire un nom en politique.

Le silence se fit dans la salle, et les regards se tournèrent vers lui.

— J'ai une question de la plus haute importance à poser, annonça-t-il, l'air grave, et qui concerne chacun d'entre vous. Des personnes ici présentes auraient-elles un jour procédé à des tests de mesure des thrombolysines ?

Une demi-douzaine de mains se levèrent.

— Parfait. Un de mes confrères est venu me trouver hier et m'a fait part d'un fait des plus ennuyeux. En effet, alors qu'il tentait de reproduire une expérience décrite dans une revue datée de juin 1991, il s'est aperçu que les résultats obtenus ne correspondaient en rien à ceux donnés dans l'article, et ce en ayant suivi toute la méthode, étape par étape. Je voudrais donc savoir si, parmi ceux qui ont procédé à ce type d'analyse, certains ont rencontré les mêmes difficultés.

Une seule personne se manifesta, mais pour demander le nom du médecin ayant conçu la technique.

Macklerod chaussa ses lunettes et prit la photocopie qui se trouvait devant lui.

— L'auteur est une certaine Paula Cairns et l'expérience a été réalisée en collaboration avec d'autres médecins et techniciens.

Tout le monde dans le public le regardait, ne voyant pas bien où il voulait en venir.

— Le problème qui se pose à nous, dans un tel cas, consiste à déterminer s'il s'agit d'une imposture ou si l'auteur a fait simplement preuve de négligence. Personnellement, je penche pour la seconde hypothèse et je ne manquerai pas de rapporter ce fait aux divers organismes intéressés. Si quelqu'un dans l'assistance a des commentaires ou des suggestions à faire, je serai heureux de l'entendre.

Steve était atterré, d'autant plus que les propos de Macklerod ressemblaient étrangement à ceux que son patron avait tenus sur Paula.

Le public, cette fois, resta muet et la conférence prit fin.

Steve se remettait à peine du choc quand, se dirigeant vers la sortie, il entendit l'un des médecins parler de Macklerod à son voisin.

— Quelle espèce de vieux salopard! Ça l'amuse vraiment de faire du mal et là, tu peux me croire, il va s'en donner à cœur joie, d'autant plus qu'il s'agit d'une femme.

Quelques heures plus tard, installé dans l'avion qui le ramenait à New Coventry, Abrams souriait, très content de lui. Non seulement il avait pris du bon temps, avait bu et mangé copieusement, mais il avait tenu ses engagements vis-à-vis de Seth en inspirant à Earl Macklerod ces propos malveillants.

— À propos du Dr Cairns, dit-il à Steve, attendant avec impatience que l'hôtesse vienne prendre sa commande pour l'apéritif, j'ai entendu dire que vous sortiez avec elle. Si j'étais vous, je m'abstiendrais de la revoir. Vous savez comment vont les choses dans notre métier... Earl Macklerod m'a affirmé qu'il allait tout mettre en œuvre pour briser sa réputation. On pourrait s'imaginer, en vous voyant avec elle, que... enfin, bref, de vilaines choses.

27

Seth était assis à son bureau, l'air sombre et le regard perdu dans le vague. Il revenait d'une réunion avec ses chefs de service qui s'était fort mal passée. Il avait demandé à Carl Dornier, son nouveau directeur de recherche, de développer un moyen d'administrer, par voie orale, ces fameuses enzymes destinées à prévenir la formation des caillots, à la condition, bien sûr, qu'un jour quelqu'un trouve la bonne formule. Dornier n'avait pas paru très enthousiasmé par cette idée, c'est le moins qu'on puisse dire, et répétait que ça ne marcherait jamais, bien qu'il ne proposât aucune autre solution. Les autres cadres, quant à eux, s'étaient montrés si nerveux et si timorés que Seth avait perdu patience. Après la conférence, Nolan Hostak, son directeur financier, lui avait expliqué que le renvoi de Connor avait semé la panique dans l'entreprise et que tous les responsables se tenaient cois, se contentant d'essayer de sauver leur place.

Seth était aussi confronté à un autre problème : Coletti affirmait chaque jour un peu plus sa domination, jusque dans la gestion courante de l'entreprise, et il n'était pas en mesure de s'opposer à cette emprise. De plus, ses méthodes « musclées » l'effrayaient et le rendaient nerveux. Seul point positif de cette curieuse association : Coletti avait un plan et savait ce qu'il faisait.

Seth se leva et se dirigea vers la fenêtre. Devant lui, au loin, se dressait la tour bleue et blanche du centre de recherches. Il ne put s'empêcher de penser à Paula.

Il éprouvait à présent à son égard un curieux mélange de rage et de malaise. Il était allé vers elle pour lui faire les plus plates excuses et l'avait trouvée en compagnie d'un autre homme. Pire encore, elle avait de nouveau refusé son offre sans daigner lui en expliquer les raisons. Il ne rêvait plus que d'une chose : se venger et faire en sorte qu'elle n'oublie jamais ce qu'elle lui avait fait. C'était devenu une obsession. Il savait qu'Abrams était en train d'œuvrer dans l'ombre pour ruiner sa réputation, mais cette seule perspective ne parvenait pas à le satisfaire.

Ruminant toujours de noires pensées, il décida d'aller faire un tour dans la salle de gymnastique souterraine du Millway Building. Pendant près d'une heure, il s'épuisa aux agrès, mais rien n'y fit. L'image de Paula était toujours présente. Elle empoisonnait sa vie. Pour cette raison, il en était arrivé à la détester. Coletti avait promis de « s'occuper d'elle », et cette pensée était pour lui comme un début d'apaisement. Cependant, la perspective de ne pouvoir être le propre artisan de sa vengeance le contrariait car il avait imaginé, dans le tréfonds de son âme, toutes sortes de châtiments qu'il mourait d'envie de lui faire subir.

Le jour était venu pour Paula, ainsi que Rusty Hurwitz et toute son équipe, de commencer à tester sur l'animal les fameuses microcapsules, le procédé mis au point par la jeune femme qui devait permettre de protéger les enzymes jusqu'à leur mise en contact avec le caillot.

Rusty et ses techniciens arrivèrent avec plus d'une heure d'avance, eux aussi pressés, semblait-il, de commencer les essais.

— Je ne pouvais plus attendre, expliqua Rusty. C'est l'un des plus beaux jours de ma vie!

Il montra alors à Paula une boîte dans laquelle reposaient, bien à l'abri des chocs et des changements de température, douze fioles, scellées et remplies d'une solution légèrement trouble dans laquelle baignaient les fameuses sphères, elles-mêmes renfermant une quantité infime, mais bien dosée, d'enzymes.

— C'est tout bonnement parfait, déclara Rusty, et croyez-moi, docteur, je n'exagère pas. Le produit est stable à plus de 99 %.

Paula avait prévu de faire les premières expérimentations sur des rats. Le test consistait à injecter à l'animal un caillot qui irait se loger dans les vaisseaux des poumons, bloquant ainsi la circulation et ralentissant par là même les échanges gazeux au niveau de ses organes. L'efficacité des capsules serait ensuite démontrée par la reprise normale des fonctions respiratoires. Toutes les précautions ayant été prises, notamment concernant l'asepsie, Paula prit une seringue et enfonça l'aiguille dans le premier des flacons pour en aspirer avec délicatesse le précieux contenu.

— Ce n'est pas très facile, dit Paula, qui s'évertuait

depuis quelques secondes déjà à faire monter le liquide.

— Ce n'est rien, lui répondit Rusty, qui observait chacun de ses gestes, les yeux brillants d'émotion. C'est dû à l'huile.

Paula reposa alors doucement la fiole et la seringue sur la table et se tourna vers Rusty.

— À quoi ?

— À l'huile de lin. C'est le seul produit capable d'empêcher les capsules d'entrer en contact les unes avec les autres. Dans de l'eau ou des solutions physiologiques salées, elles se brisent en quelques secondes.

La jeune femme eut envie de hurler, de lui jeter les bouteilles à la tête, puis de prendre la fuite pour donner libre cours à sa fureur et à son découragement. Mais elle parvint à se dominer et lui expliqua que, si elle injectait de l'huile dans les veines d'un être vivant, qu'il s'agisse d'un rat ou d'un humain, il en mourrait dans les secondes qui suivraient.

Après avoir discuté du problème pendant plus d'une heure, Paula, Rusty et toute son équipe durent se rendre à l'évidence. Si eux, des spécialistes, étaient dans l'incapacité d'utiliser un produit autre que l'huile pour maintenir les capsules en suspension, aucune firme dans le monde, en l'état actuel de la science, ne le pourrait non plus.

Après leur départ, la jeune femme, à bout de nerfs, alla s'enfermer dans les toilettes pour femmes. Là, à l'abri de tous, elle pleura toutes les larmes de son corps.

Une fois calmée, elle essaya de faire le point. Elle avait tout tenté et était à court d'idées quant au moyen d'acheminer les enzymes dans les meilleures conditions possible. Il lui fallait à tout prix trouver une solution ; dans le cas contraire, elle devrait se résoudre à admettre que son beau projet avait échoué.

Elle retourna donc travailler, avec toute l'application et le sérieux dont elle était capable, mais elle ne fit que tourner en rond. Découragée, fatiguée, elle était sur le point de s'arrêter et de partir, quand un déclic se produisit. Une nouvelle possibilité s'offrait à elle. En proie à une certaine surexcitation, elle se mit à composer des formules chimiques, d'une complexité telle qu'il lui devint vite impossible de continuer sans l'aide d'un logiciel spécial. Il était à présent assez tard, mais Paula n'avait plus aucune envie de rentrer chez elle.

Se servant de tous les manuels d'informatique dont elle disposait et de différents logiciels installés dans la mémoire de son ordinateur, elle commença à faire une toute nouvelle programmation, empruntant des éléments à droite ou à gauche, effectuant des corrections, jurant quand les choses n'allaient pas comme elle le voulait. Enfin, après bon nombre de tasses de café noir et quelques moments de découragement, en particulier après la disparition incompréhensible de toute une partie du progiciel, ce dernier fut prêt. Il ne lui restait plus qu'à l'essayer. Elle constata avec une satisfaction bien méritée que cela marchait à merveille. Elle songea un instant à enregistrer les différentes combinaisons d'enzymes sur lesquelles elle travaillait et à faire tourner le programme, mais épuisée, et consciente que cette tâche prendrait une douzaine d'heures, elle préféra faire une pause. Elle s'installa donc sur un petit divan. Très vite, elle sombra dans un profond sommeil.

Ce fut Mirna qui la réveilla le lendemain matin. Paula, les muscles engourdis, se leva avec un drôle de goût dans la bouche, comme si elle avait passé la nuit à faire la fête.

— J'ai trouvé une autre méthode de classement et de sélection des enzymes ainsi que le moyen de les tenir isolées les unes des autres, déclara-t-elle à Mirna. Enfin, en théorie. Je vais passer chez moi prendre une douche et me changer, puis je vous expliquerai comment ça marche. Je serai de retour dans une heure environ.

Elle n'oublia pas, avant d'éteindre l'ordinateur, de coder le travail effectué, puis d'en faire une copie. Ces tâches accomplies, elle quitta le laboratoire sous le regard hostile de sa technicienne.

À son retour à l'hôpital, elle se précipita chez Bennett pour lui annoncer la bonne nouvelle. Il la reçut avec sa gentillesse coutumière et l'invita à s'asseoir.

— Avant tout, lui dit-il, j'ai, moi aussi, quelque chose à vous apprendre. J'ai démissionné, il y a une semaine, de mon poste de chef de service. Mais rassurez-vous, cela n'a rien à voir avec ma maladie, c'est simplement parce que, d'une part, je suis très pris par mon enquête sur l'industrie pharmaceutique, ce qui m'empêche de remplir toutes mes obligations en tant que responsable de ce département, et d'autre part, parce que je vais être obligé de me rendre de plus en plus souvent à Washington.

— C'est formidable! déclara Paula, encore sous le

choc. Ainsi vous pourrez consacrer plus de temps à vos recherches et mettre tout votre savoir à profit.

En fait, la jeune femme n'était pas aussi ravie qu'elle le laissait paraître car Maurice jouissait, du fait de son poste, d'un certain pouvoir, et avait déjà pu l'aider à maintes reprises.

— J'ai naturellement songé, avant de prendre ma décision, à l'influence qu'elle pourrait avoir sur votre carrière, dit-il, comme s'il avait deviné les pensées de Paula, et je pense que cela ne changera pas grand-chose pour vous. J'ai pris contact ce matin avec un de mes amis, philanthrope à ses heures, qui est tout disposé à vous accorder une subvention, sorte de don privé, qui devrait vous permettre de tenir un an et qu'il envisage même de renouveler, si besoin est. Ainsi, vous n'aurez plus à vous inquiéter ; continuez simplement vos recherches, jusqu'à l'aboutissement de votre projet. Vous vous apercevrez alors que vous n'avez plus besoin de personne, qu'il s'agisse de moi ou de quelqu'un d'autre.

— C'est merveilleux... je veux dire... ce financement !

Le ton employé par la jeune femme fit comprendre à Maurice qu'elle souhaitait en savoir un peu plus sur son généreux mécène.

— Cet ami est un agent de change à la retraite. Je le connais depuis très longtemps et je l'ai même opéré d'un ulcère du duodénum à l'époque où l'on soignait encore ainsi cette maladie. Dernier point, qui vous plaira sûrement, il n'y a ni obligation, ni condition aucune pour l'obtention de ce don.

Paula sourit. Une fois de plus, Maurice avait compris ce à quoi elle pensait.

— Quand votre démission prendra-t-elle effet ?

— À la fin du mois, répondit Maurice qui semblait être enchanté par la perspective d'être débarrassé de lourdes responsabilités. C'est-à-dire dans trois jours.

— Savez-vous qui va vous remplacer ? demanda Paula.

— Non, et cela ne dépend pas de moi. J'en ai parlé au doyen ce matin. Il m'a dit qu'il avait déjà nommé une commission et que la décision ne devrait plus tarder. Une trop longue attente serait néfaste pour le service.

— Pensez-vous que le nouveau responsable sera un de nos chirurgiens ? demanda Paula, que de tels changements inquiétaient toujours un peu.

Clifford Abrams lui semblait tout désigné pour ce poste, sauf, bien sûr, si le comité décidait de nommer une personne extérieure à l'université.

— Je n'en sais vraiment rien, je vous assure, fit Maurice. Mais parlons d'autre chose. Avez-vous eu des nouvelles de Walter, à la suite de son examen ?

— Oh ! oui. Et il n'a pas mâché ses mots. Je suis certaine qu'il vous a déclaré la même chose : il faut vous opérer dans les plus brefs délais.

— C'est effectivement ce qu'il m'a dit. Et quand j'ai répondu que je vous avais demandé d'attendre et que vous étiez d'accord, il m'a expliqué que, dans ce cas précis, je n'étais qu'un patient et que je n'avais pas mon mot à dire. On ne saurait être plus aimable.

— J'ai eu droit au même discours, mais il m'a clai rement fait comprendre que, si je n'intervenais p dans une semaine ou si je ne confiais pas votre dossier à un autre chirurgien, il considérerait que je mets votre vie en danger et que je commets une faute professionnelle d'une extrême gravité.

— Ne vous inquiétez pas, dit Maurice. C'est juste une façon d'interpréter les statistiques. Pour lui, attendre constitue un risque inacceptable alors que vous et moi pensons qu'il n'y a pas urgence.

— Peut-être devrions-nous prendre l'avis d'un troisième praticien? suggéra Paula. Cela pourrait vous être utile pour prendre votre décision.

— Oh! non, s'écria Bennett. Deux avis me suffisent amplement. Je vais en faire un peu moins, ne plus jouer au tennis, éviter toutes ces choses qui pourraient faire monter ma tension. Et puis, dès que j'en aurai terminé avec ce rapport sur l'industrie pharmaceutique, vous pourrez m'opérer. Je veux être en pleine forme à la rentrée quand les consultations à la Maison-Blanche commenceront.

— Pour le poste de ministre de la Santé? s'exclama Paula en bondissant de sa chaise et en allant l'embrasser sur la joue. C'est fantastique, Maurice! Je suis vraiment contente pour vous.

Il rougit, ce que Paula ne l'avait jamais vu faire auparavant, et toucha son visage comme si le baiser y avait laissé une trace.

— Voilà qui vaut toutes les félicitations du monde et aussi tous les encouragements. Dans ces conditions, fit-il, coquin, je me demande si je ne vais pas essayer de me présenter à la présidence!

Ce fut au tour de Paula de s'empourprer, mais Maurice, toujours galant, fit comme s'il n'avait rien remarqué.

— Parlons un peu de vous, à présent. Comment marche votre travail? interrogea-t-il.

— J'ai réussi à organiser et à séparer les enzymes, répondit Paula, mais, hélas, je n'ai toujours pas trouvé le moyen de les faire parvenir jusqu'au caillot.

— Mais c'est formidable, Paula! Toutes mes félicitations! Vous avez franchi une étape considérable. On peut dire que, maintenant, la victoire est toute proche.

— Vous trouvez? dit Paula en secouant la tête d'un air sceptique. Cela fait des mois que je me casse la tête sur ce problème d'acheminement et je ne suis toujours pas plus avancée que le premier jour. C'est à en devenir folle.

Elle lui raconta son fiasco avec les microsphères, ce qui, rétrospectivement, lui fit froid dans le dos.

— Je vous comprends, répliqua Maurice, mais vous devez vous montrer patiente. Cela prend du temps, et il pourrait bien s'écouler des années avant que vous ne découvriez la bonne méthode. Personne ne s'attend à ce que vous réussissiez en quelques mois et c'est pour cela que je vous ai conseillé d'envisager un financement à long terme.

Il marqua une pause et lui sourit.

— Votre réaction, Paula, est typique d'un chirurgien et non d'un chercheur.

— Que voulez-vous dire?

— Les chirurgiens veulent toujours avoir des résultats dans les jours ou à la rigueur les semaines qui suivent leur diagnostic. Ils fonctionnent par cycles.

— Comment ça? demanda Paula qui ne comprenait toujours pas.

— Je vous explique. Depuis l'instant où ils reçoivent leur patient en consultation jusqu'au jour où celui-ci sort de l'hôpital, il ne s'écoule guère, sauf exception, plus d'une dizaine de jours. Le cycle est alors bouclé. Un autre cycle, avec un nouveau malade, peut recommencer. Mais dans la recherche, surtout dans votre cas, il n'y a rien de planifié, rien de défini d'avance. Vous devrez vous faire à cette idée car vous êtes partie pour des mois, voire des années de travail et de tâtonnements.

— Serait-ce votre anévrysme qui vous rendrait subitement philosophe, docteur Bennett? dit Paula en plaisantant.

La sonnerie du téléphone retentit. Maurice sembla soulagé de ne pas avoir à répondre à la question de la jeune femme. Il écouta ensuite son interlocuteur pendant plusieurs minutes, presque sans dire un mot, ne quittant pas Paula du regard et affichant une mine de plus en plus sombre. Enfin, il raccrocha, s'adossa et resta ainsi, silencieux, un court instant.

— Je savais que cela arriverait un jour, prononça-t-il, d'un air abattu. C'était Earl Macklerod, de Baltimore. Il m'appelait pour me dire que le Conseil des chirurgiens va entamer une enquête concernant votre article sur les thrombolysines, qu'on lui a demandé de prendre la tête de cette commission et qu'en raison de la gravité des faits et des négligences qui entachent déjà la profession, les auditions se feront en public et non à huis clos.

Très secoués par cette mauvaise nouvelle, Paula et

Maurice discutèrent un long moment. Maurice se demandait pourquoi Macklerod se montrait tout à coup si désireux et pressé d'organiser cette chasse aux sorcières.

— Étant candidat à la présidence du Conseil, confia-t-il à Paula, il souhaite peut-être donner l'image d'un farouche défenseur de la science et de l'intégrité.

— Pensez-vous qu'il agisse ainsi de sa propre initiative ou que quelqu'un ait pu l'y inciter? demanda Paula, de plus en certaine qu'une machination se tramait contre elle.

— Aucune idée, répliqua Maurice, mais je vais me renseigner. Je connais bien Earl. Soyons méfiants car il fait partie de ces gens totalement dépourvus d'humour et qui ne peuvent s'élever dans la hiérarchie qu'en écrasant les autres, faute de capacités intellectuelles suffisantes.

— J'aimerais beaucoup le rencontrer, dit Paula en essayant de plaisanter.

— Hélas, répondit Maurice, vous en aurez peut-être bientôt l'occasion.

Paula s'apprêtait à partir quand Maurice posa la main sur son épaule.

— Je serai encore là demain, si vous avez besoin de moi, lui dit-il, mais ensuite je serai absent pour une dizaine de jours. Je dois aller à Washington, puis en Europe. S'il se passait quelque chose de grave, n'hésitez surtout pas à venir voir Helen. Je lui laisse toujours un numéro de téléphone ou une adresse où elle peut me joindre en cas d'urgence.

28

Maurice Bennett connaissait la façon de faire des conseillers en communication au service d'une chambre syndicale professionnelle pour en avoir fait plusieurs fois l'expérience. Ils pouvaient se montrer dangereux, surtout si les industriels qu'ils représentaient avaient intérêt à porter le discrédit sur leur adversaire. Il décida donc d'appliquer lui aussi des méthodes peu orthodoxes et prit certaines dispositions.

Il demanda à Helen de lui prêter sa confortable chaise à roulettes et de la mettre à la place de l'un des fauteuils destinés aux visiteurs en ayant pris soin auparavant de la régler sur la position la plus haute.

Aussi, lorsque Frida — aussi superbe que Maurice s'y attendait, et vêtue d'un tailleur rouge vif — entra dans son bureau, la jeune femme se montra surprise en découvrant ce siège inhabituel sur lequel elle était conviée à s'asseoir. Étant donné la hauteur de la chaise, elle dut, pour l'atteindre, prendre appui sur la barre circulaire autour du pied ; et, comme ses jambes étaient très longues, elle se retrouva dans une position peu élégante.

À cet instant précis, la porte s'ouvrit en silence derrière elle et Helen apparut, tenant un appareil photo.

— Eh! Frida! cria-t-elle si soudainement que la jeune femme pivota, écartant les genoux de quelques bons centimètres au moment du flash.

— Merci beaucoup, mademoiselle Bunce, fit Helen en reprenant son ton habituel. Le docteur Bennett adore garder un souvenir de ses visiteurs.

Elle adressa un grand sourire à la jeune femme et ajouta, perfide, avant de quitter la pièce :

— Très jolis dessous, vraiment!

— Comment osez-vous? s'exclama Frida, indignée, autant par le subterfuge que par l'expression amusée de Maurice. C'est honteux!

— Mais pas du tout, répliqua Maurice d'une voix très calme. J'ai pour habitude, comme vous le disait ma secrétaire, de prendre en photo certaines des personnes qui viennent me voir, et je me ferai un plaisir de vous faire parvenir un agrandissement de celle-ci. Je suis certain qu'il vous plaira beaucoup.

Sur ces derniers mots, il alla s'installer à son bureau et la considéra attentivement.

— Maintenant, mademoiselle Bunce, si vous me faisiez part de ce que vous teniez tellement à me dire sur l'industrie pharmaceutique, dit-il d'un ton cassant.

Frida, fort énervée par ce qui venait de se passer, eut bien du mal à transmettre le message dont elle était porteuse et à expliquer à Maurice que le syndicat de la pharmacie, impressionné par son travail, souhaiterait lui offrir en remerciement des services rendus une bourse rondelette pour poursuivre ses recherches. Ce serait un honneur, dit-elle, qu'il veuille bien accepter cette somme. Maurice, outré de cette proposition, se mit en colère et abreuva la jeune femme d'une foule de détails sur leurs pratiques délictueuses, telles que pots-de-vin et forfaits divers récemment mis au jour. Après dix minutes de ce traitement, Frida capitula, se leva, tira sur sa jupe et quitta la pièce le plus dignement possible.

À la sortie, Helen, avec une extrême politesse, lui demanda de bien vouloir lui laisser une adresse où lui adresser sa photo, dès qu'elle serait prête. Bien entendu, la jeune femme ne releva pas la moquerie et traversa le bureau à toute vitesse, laissant derrière elle un sillage d'Opium d'Yves Saint-Laurent.

Après son départ et pendant près d'une heure, Maurice téléphona à un grand nombre de personnes à l'hôpital. Toutes s'inquiétaient de son état de santé et s'interrogeaient sur sa démission. Il avait géré les affaires du service avec une grande intelligence et beaucoup d'efficacité et certains, presque tous en fait, se demandaient s'il en serait de même avec son successeur.

— Je ne suis pour rien dans cette nomination, expliqua Maurice à l'un de ses interlocuteurs, mais je suis persuadé que Clifford fera du bon travail.

À la suite de ces entretiens, il reçut un appel du chef du service de médecine générale, un vieil ami, qui se montra très inquiet.

— Je viens d'apprendre, lui dit-il, que tu avais démissionné de ton poste et que tu allais te faire opérer d'un anévrysme, à ce qu'il paraît. Comment se fait-il que tu ne m'en aies pas averti ? Tout le monde au centre était au courant bien avant moi et je n'ai appris la nouvelle qu'aujourd'hui, par hasard, en entendant une conversation dans les toilettes des hommes.

— Tu ne devrais pas y passer autant de temps, Claude, répliqua Maurice. Ainsi tu n'aurais pas à entendre tous les bruits qui courent dans cet établissement.

Contacté ensuite par d'autres personnes, il passa le restant de l'après-midi à rétablir la vérité concernant sa maladie et la prétendue incompétence de Paula qui aurait obligé Eagleton à prendre les choses en main.

Tout en répondant à ces questions, il pensait à son rendez-vous avec Desmond Connor, prévu pour un peu plus tard dans la soirée. Cette rencontre était pour lui une chance inespérée d'apprendre enfin tout ce qu'il voulait savoir sur les Laboratoires Millway. Connor avait longtemps fait partie de la direction générale et il était évident qu'il n'aurait pas pris cette initiative s'il n'avait eu de précieuses informations à divulguer.

Maurice, néanmoins, se méfiait. En effet, depuis quelques jours, il avait reçu des appels anonymes, généralement en pleine nuit, lui conseillant de mettre un terme à son enquête. De telles choses n'avaient rien d'extraordinaire dans sa position, mais il en avait averti la police et était plus vigilant que jamais. Les inspecteurs lui avaient d'ailleurs conseillé de veiller à emprunter tous les jours un chemin différent pour se rendre au centre ou en revenir et de toujours vérifier que personne ne le suivait.

— Vous comprenez, lui avait dit le policier à qui il s'était adressé, il ne nous est pas possible de vous donner un garde du corps. Il ne vous est encore rien arrivé.

— Donc, si je comprends bien, vous vous déciderez à m'accorder une protection lorsqu'on m'aura tiré dessus et tué, c'est ça?

— Oui, monsieur, mais dans ce cas, il vous faudra une garde d'honneur, pas un garde du corps! avait répondu l'homme, ravi de cette bonne plaisanterie.

Steve avait passé une grande partie de l'après-midi à travailler à la bibliothèque. De retour au laboratoire, il trouva Abrams, l'air fort content de lui, qui l'attendait. Il lui raconta qu'on avait dit grand bien de son exposé au congrès de chirurgie, qu'il était de nouveau considéré comme l'un des plus brillants éléments de sa génération, que la mésaventure qui lui était arrivée à Los Angeles était oubliée et ne ternirait pas sa carrière.

— Je voulais aussi vous dire, poursuivit-il, que je donne une petite fête, ici même vers six heures. Le comité s'est réuni ce matin chez le doyen et j'ai été nommé au poste de chef du service de chirurgie. Nous allons donc sabler le champagne pour marquer l'événement.

— Mes félicitations, dit Steve, surpris, mais pourquoi le Dr Bennett a-t-il donné sa démission?

— Il était stressé depuis quelque temps, répondit Abrams sur ce ton de la confidence qu'il affectionnait, et puis vous avez peut-être entendu dire qu'il était malade et qu'il devait subir une opération?

— C'est vous qui allez vous en charger?

Steve n'avait pas pu résister à l'envie de poser la

question, sachant que Maurice avait confié cette tâche à Paula et que son patron, dans tout l'hôpital, était considéré comme un piètre chirurgien.

— Je l'imagine, répondit Abrams, toujours très imbu de lui-même. À qui d'autre pourrait-il s'adresser ?

29

Maurice trouva une place dans le parking presque complet de l'aire de repos de l'autoroute. Outre un restaurant, il y avait là une immense station-service, fréquentée principalement par de gigantesques semi-remorques.

Maurice avait troqué son complet contre un pull-over et un pantalon sport. Connor s'était décrit de façon assez précise, mais il avait été convenu, pour qu'ils soient sûrs de ne pas se manquer, que Connor se tiendrait dans l'une des cabines téléphoniques situées à l'extérieur et qu'il attendrait là, un attaché-case noir posé à ses pieds.

Connor était bien là, comme prévu, observant les personnes qui entraient ou sortaient de l'établissement. Maurice lui fit un petit signe en passant et entra ensuite faire la queue avec les autres clients. Lui qui n'aimait pas les fast-foods commanda un grand café noir.

Il se mit ensuite en quête d'une table et s'installa, attendant Connor. Celui-ci pénétra bientôt dans la salle et, après en avoir fait le tour par mesure de précaution, vint se poster près de lui.

— Docteur Bennett? questionna-t-il. Allez vous asseoir un peu plus loin des fenêtres et attendez-moi.

Sur ce, il s'éloigna et prit place dans la file d'attente, au milieu de la foule. Maurice pensa qu'il avait dû lire trop de romans policiers, mais, obéissant, s'installa à un autre endroit.

Connor revint quelques instants plus tard, tenant d'une main sa mallette et de l'autre son plateau. Il insista ensuite pour que Maurice lui montre son permis de conduire afin d'être bien certain de son identité. Après quoi, il reporta toute son attention sur son dîner et plus particulièrement sur son cheese-burger, qu'il recouvrit de ketchup. Maurice le regarda faire, buvant son café à petites gorgées. Il savait que Desmond avait peur et qu'il luttait contre une terrible envie de se lever et de prendre la fuite. Il garda donc le silence, attendant que l'autre soit prêt.

— Si je vous donnais certaines informations, demanda Desmond, qu'en feriez-vous?

— Ça dépend, répondit Maurice en le regardant droit dans les yeux. Il peut très bien s'agir de renseignements que je connais déjà ou qui ne me sont d'aucune utilité.

— Impossible, répliqua Connor. Ça concerne les finances des Laboratoires Millway et de la Fondation.

Connor semblait toujours tendu. Ses mains se crispaient sur son sandwich. À l'évidence, il ne savait pas par où commencer. Maurice, ne voulant pas le brusquer, patienta.

— Tout allait bien quand Sam dirigeait la société, attaqua Desmond. Nous faisions notre travail du mieux que nous pouvions. Bien sûr, nos recherches n'avaient rien d'extraordinaire mais nous n'étions pas là pour décrocher le prix Nobel. Sam a toujours été juste et honnête et je suis persuadé que, de toute sa vie, il n'a jamais commis la moindre mauvaise action.

Connor partit chercher un peu plus de sauce pour finir son hamburger tandis que Maurice, devenu lui aussi méfiant, examinait les dîneurs composés en grande majorité de familles, d'ouvriers et de routiers. Aucun d'eux ne paraissait suspect.

Connor revint s'asseoir et commença à parler à voix basse. Maurice comprit qu'il touchait au but. Desmond, véritable mine d'informations, évoqua les énormes capitaux qui avaient surgi mystérieusement, la mise en chantier de nouvelles installations destinées à la production d'un médicament dont le nom demeurait secret.

— Je veux bien vous croire, répondit Maurice, baissant lui aussi le ton, mais il n'y a aucun mal à faire entrer de nouveaux capitaux dans une entreprise, d'autant que Seth se démène depuis des mois pour obtenir des prêts auprès des banques.

— Selon mon contact à la comptabilité, reprit Connor, il s'agirait d'argent sale qui serait ainsi blanchi, du moins pour une bonne part. Vous allez me demander, n'est-ce pas, comment je peux avancer une telle chose. Très simple. Cette mystérieuse rentrée d'argent s'est faite grâce à une multitude de petits chèques. Il y en avait deux sacs postaux pleins à ras bord, et tous venaient de banques de Miami, des Bahamas ou de Suisse. D'après ma source, tous ces établissements sont bien connus pour leurs liens avec la pègre, mais les autorités fédérales ne peuvent rien contre eux et ils continuent à prospérer en toute liberté.

— Tous ces chèques, naturellement, ont été encaissés ?

— Bien sûr, mais nous en avons fait des photocopies et je vous en ai apporté quelques-unes, à titre de preuves, dit Desmond en montrant sa mallette.

— Très bonne idée, répliqua Maurice. Mais expliquez-moi maintenant comment Millway, dont la société est cotée en bourse, a fait pour expliquer cette augmentation de capital à ses actionnaires.

— Ils n'en savent rien. Tout est allé sur un compte spécial et il n'y a aucune trace de ce versement dans les livres. Il semblerait que ces fonds aient servi également à racheter des titres de la compagnie, qui sont au plus bas actuellement, à divers actionnaires ravis de s'en débarrasser. Mary, mon contact, m'a dit que le tout s'était fait par l'intermédiaire de courtiers connus pour leur discrétion.

— Dans l'intention, je suppose, de les revendre quand les cours auront grimpé, conclut Maurice.

Connor ne répondit pas, occupé à déguster sa tarte aux pommes avec une ardeur qui laissa supposer à Bennett qu'il n'avait pas dû faire un vrai repas depuis des jours.

— Et Seth Millway ne craint pas de voir la Commission des opérations de bourse s'intéresser à ses petites affaires, avec toutes les conséquences que cela pourrait avoir pour lui ?

— D'après le *Wall Street Journal*, répliqua Desmond, la bouche pleine, la COB ne vérifie qu'un dixième des opérations à caractère litigieux. Seth est malin. Il sait qu'il prend un risque, mais un risque calculé, puisque si son histoire d'enzymes aboutit il aura largement de quoi payer les amendes qui lui seront infligées.

— Avez-vous des documents prouvant ce que vous venez de me dire ? demanda Maurice.

— Tout est là, mais je ne peux rien vous montrer ici. Tous les papiers sont à vous. Je ne vous demande qu'une chose, de bien vouloir me rendre la serviette quand vous aurez mis les documents en lieu sûr.

— Pas de problème, répliqua Maurice. Maintenant, voudriez-vous ouvrir la valise, me laisser jeter un coup d'œil à l'intérieur, puis la refermer ?

— Pourquoi ? demanda Connor, intrigué.

Puis il réalisa que Maurice voulait s'assurer qu'il n'y avait pas de piège et s'exécuta en souriant.

— Merci, dit Maurice après ce bref examen. Je vous suis vraiment reconnaissant de ce que vous faites et je ne manquerai pas de vous faire rapporter votre attaché-case.

— Vous m'assurez que vous ne révélerez jamais mon nom, n'est-ce pas ? dit Connor en passant discrètement la valise sous la table à Maurice. Sinon, je suis un homme mort. Ces types sont vraiment dangereux, très dangereux.

— Je ne soufflerai mot à personne, l'assura Bennett. Mais qui sont-ils, à propos ?

— En fait, il n'y en a qu'un. Il s'appelle Coletti. Il est en relation avec un tas de trafiquants de drogue et s'occupe de blanchir leur argent en l'investissant dans des sociétés qui ont pignon sur rue. Je vais vous dire une chose : à la place de Seth Millway, j'aurais préféré me jeter dans un bassin rempli de requins plutôt que de traiter avec Coletti ou un gars du même genre.

L'entretien terminé, les deux hommes sortirent sans remarquer la présence d'une silhouette massive, vêtue d'un blouson de cuir et portant des lunettes de soleil.

Il était entré peu après Connor et ne l'avait pas quitté des yeux.

Ce client n'était autre que Mike Petras. Il filait Desmond depuis un certain temps et avait tout de suite reconnu l'homme qui parlait avec lui pour avoir vu sa photo dans les journaux. Mais il voulait en avoir la certitude et, après avoir quitté le restaurant juste derrière eux, il suivit Maurice jusqu'à sa voiture, dont il nota le numéro d'immatriculation.

30

La première chose que fit Paula en arrivant à son laboratoire le lendemain matin fut de téléphoner à Walter Eagleton pour l'informer qu'elle le remerciait de son offre, mais qu'elle n'y donnerait pas suite. Walter se montra déçu et le lui fit comprendre par quelques commentaires bien sentis. Cet homme la déroutait. Il semblait penser tout le contraire de ce qu'il disait et agissait en complète contradiction tant avec ses idées que ses propos. Mais cette fois-ci, fait plus inquiétant, Paula crut déceler, à sa voix, qu'il n'acceptait pas son refus aussi facilement et calmement qu'il le laissait entendre.

Dans les jours qui suivirent, comme pour confirmer ses soupçons, Paula remarqua que l'atmosphère à l'hôpital avait soudain changé. Les gens cessaient de parler quand elle entrait quelque part et tout le monde se montrait froid avec elle, même ceux qui lui avaient toujours témoigné une certaine amitié. Elle pensa, dans les premiers temps, que son imagination lui jouait des tours, mais, en mettant bout à bout toutes les bribes de conversations et les divers propos entendus, elle compris que Walter, horriblement vexé par son refus, était allé dire à tout le monde qu'elle faisait preuve de négligence en ne voulant pas opérer Maurice sur-le-champ, comme lui-même l'aurait fait.

Eva Karno, une anatomopathologiste de ses amies, lui confirma d'ailleurs ses soupçons.

— Walter veut toujours avoir raison, lui dit-elle, et si vous essayez de lui prouver le contraire ou si vous n'êtes pas d'accord avec lui, il riposte en attaquant, comme vous pouvez le constater aujourd'hui.

Elle lui apprit également qu'Abrams racontait à qui voulait l'entendre qu'une femme, maître-assistant au centre, allait faire l'objet de poursuites pour imposture, ce qui ne laissait que peu de doute sur l'identité de la personne en question. Eva était très inquiète pour elle et lui demanda comment elle avait fait pour se mettre à dos, dans un laps de temps aussi court, deux puissants médecins.

— Je n'en sais rien, répliqua Paula, agacée, et de toute façon, je m'en moque.

Eva tenta ensuite de lui remonter le moral en lui racontant qu'Abrams avait encore fait des siennes en salle d'opération, et que, comme d'habitude, il avait accusé quelqu'un d'autre de l'erreur, Chris Engel en l'occurrence.

— Il est vraiment lamentable comme chirurgien, conclut Eva, et j'en sais quelque chose puisque en anatomopathologie nous analysons tous les prélèvements qui reviennent du bloc.

À la suite de ces incidents, Paula éprouva une sensation d'abandon. Maurice était à Washington et elle n'avait plus personne vers qui se tourner. Elle devait résoudre ses problèmes toute seule.

Vint ensuite le premier signe annonciateur d'ennuis plus graves sous la forme d'une lettre recommandée émanant du bureau du doyen de la faculté et rédigée en ces termes :

Cher docteur Cairns,

Il a été porté à notre connaissance que des doutes avaient été exprimés concernant certains aspects de vos travaux passés et qu'une enquête avait été ouverte par le Conseil des chirurgiens, organe consultatif de notre profession.

Nous vous informons également, par la présente, que nous procéderons nous-mêmes à différentes investigations au sein même du service de chirurgie et qu'une audience préliminaire, présidée par le Dr Clifford Abrams, responsable de ce département, et à laquelle vous êtes priée d'assister, aura lieu le 5 juin, à onze heures, dans la salle de conférence n° 5. Nous vous rappelons que vous avez la possibilité de vous faire représenter par un avocat, à la condition expresse que nous en soyons avertis, au plus tard le 1er juin.

Il n'y avait aucune formule de politesse et la signature était bien celle de Lockyer.

Paula ne pouvait détacher ses yeux de la missive. Elle était plongée en plein cauchemar. La sueur perlait sur son front. Comment diable en était-elle arrivée là ? Elle s'installa à son bureau, la tête dans les mains, l'esprit vide. Le courrier ouvert sur la table semblait annoncer la fin de sa carrière. Pendant quelques instants, elle ne put ni le toucher, ni le regarder.

Elle parvint enfin à se ressaisir. Elle se redressa et prit la résolution de ne laisser personne lui gâcher la vie et perturber ses recherches. Elle irait à leur réunion, expliquerait à Abrams et à ses acolytes qu'il ne s'agissait que d'une erreur sans gravité, commise à ses débuts, qu'elle reconnaissait d'ailleurs bien volontiers et que son travail, depuis lors, était irréprochable.

Ayant retrouvé confiance, elle sortit de son petit bureau et prit place devant son ordinateur, où elle passa un long moment à corriger certaines anomalies apparues lors des tests sur les enzymes.

Ce faisant, Paula constata que Mirna avait un comportement inhabituel. Elle était toujours aussi consciencieuse, mais demeurait étrangement silencieuse. À plusieurs reprises, levant les yeux, elle surprit dans le regard de son assistante une curieuse expression, presque de triomphe.

Après le départ de Mirna, Paula demeura pensive. Tous ces incidents, mineurs en apparence, étaient significatifs. Un complot, organisé par une ou plusieurs personnes, se tramait contre elle, dont elle n'arrivait pas à comprendre la raison. Rien dans son travail ne pouvait mériter de telles représailles. Elle assurait les cours dont elle avait été chargée, s'occupait des malades et passait le reste de son temps à son laboratoire, plongée dans ses recherches.

Elle repensa ensuite à Mirna, dont le comportement l'intriguait. C'était une femme compétente, mais qui ne faisait aucun effort pour se montrer sympathique. Paula, qui la connaissait depuis l'époque où elle était encore à New York, avait tenté, au début, de faire mieux connaissance avec elle mais elle s'était heurtée à une sorte de refus. Mirna ne voulait dévoiler aucun détail de sa vie privée et ne paraissait s'intéresser qu'à une seule et unique chose, la nourriture.

Mirna lui avait été recommandée par Bob Zimmerman et Paula n'avait jamais douté un seul instant de sa loyauté ; pourtant, sa nouvelle froideur, ces regards qu'elle lui lançait, semblaient bien indiquer qu'elle faisait, elle aussi, partie des conspirateurs.

C'était un mystère qu'il lui faudrait éclaircir, mais plus tard. Pour le moment, d'autres tâches l'attendaient.

En fin de journée, elle se rendit à la traditionnelle réunion du personnel qui se tenait dans la petite salle de conférence du service et qui, pour la première fois depuis sa nomination, allait être présidée par Clifford Abrams. Les médecins et chirurgiens avaient coutume de s'y retrouver une fois par semaine pour évoquer certains cas intéressants ou, s'ils effectuaient des recherches, comme Paula, pour faire part à leurs confrères des progrès accomplis. On y rencontrait parfois aussi quelques représentants du secteur privé, tel Walter Eagleton qui, en la circonstance, avait tenu à venir.

À la fin de la séance, alors que tout le monde se préparait à sortir, Walter se tourna vers Paula, assise dans le fond, et l'interpella :

— Docteur Cairns ! Nous souhaiterions tous avoir des nouvelles du Dr Bennett. Avez-vous finalement pratiqué l'intervention qui s'imposait ?

La jeune femme, prise de court, répondit par la négative.

— On dit qu'il doit aller se faire opérer dans une célèbre clinique de la côte ouest, est-ce vrai ? dit un médecin.

Tous les regards étaient à présent tournés vers elle.

— Je suis désolée, répondit-elle, mais je n'en sais pas plus que vous.

— Docteur Cairns ! reprit Eagleton. Pourriez-vous nous expliquer pour quelle raison vous n'avez pas jugé opportun d'intervenir sur le Dr Bennett immédiatement après avoir diagnostiqué cet anévrysme ? En tout cas, vous ne deviez pas être sûre de votre jugement, puisque vous avez demandé un second avis, le mien en l'occurrence, qui était d'opérer de toute urgence.

Walter fit une pause et se leva, s'adressant à toute l'assemblée.

— Nous aimons tous le Dr Bennett, déclara-t-il avec grandiloquence. Certains le connaissent depuis des années et nous sommes très préoccupés par la façon dont vous traitez son cas. Pour conclure, je voudrais profiter de cette réunion informelle au cours de laquelle nous avons coutume d'exprimer le fond de notre pensée, pour dire, opinion toute personnelle, que vous faites preuve d'une grande négligence et que vos agissements relèvent pratiquement de la faute professionnelle.

Un brouhaha suivit ces propos. D'après ce que Paula put saisir, nombreux étaient ceux qui partageaient l'avis d'Eagleton.

Enfin, au bout de quelques instants, la voix d'Abrams s'éleva, demandant le silence.

— Messieurs, s'il vous plaît ! Vous pourrez continuer cette discussion dehors, dit-il. Cette réunion est à présent terminée. Nous nous reverrons tous la semaine prochaine, même endroit, même heure.

Sur ces derniers mots, il quitta la salle, évitant soigneusement de croiser le regard de Paula.

Coletti avait pris possession du Millway Building. Il avait emménagé dans un bureau, au dernier étage, et installé Mike Petras près de lui, dans une autre pièce, sans même en informer Seth. Ce dernier, en découvrant ce nouvel arrangement, se montra fort mécontent et alla trouver Coletti pour lui demander les raisons de cette intrusion dans son univers.

— Dès que tout sera terminé, expliqua-t-il, Mike et moi quitterons les lieux. Je n'aime pas cette société et je ne vous aime pas non plus, mais je ne bougerai pas d'ici tant que nous n'aurons pas mis la main sur cette fichue formule et que nous n'aurons pas réglé le cas de cette femme ! Après, vous redeviendrez le seul maître à bord, ce qui, à mon avis, n'est pas le plus heureux, étant donné que tout ce que vous savez faire, à part dépenser de l'argent, c'est vous pavaner et faire la roue comme un paon.

Seth, outré, protesta, arguant que les choses avançaient et que Paula allait très bientôt être forcée de travailler pour eux, ce à quoi Coletti objecta en disant que les résultats ne se faisaient pas sentir assez vite à son goût.

— Vous vous comportez comme des idiots, Abrams et vous ! Vous vous croyez les plus forts, mais qu'est-ce qui vous prouve qu'elle ne va pas faire publier sa découverte par une revue ou un journal spécialisé ? Si elle fait ça, nous pouvons tous dire adieu à nos millions.

— Premièrement, elle est loin d'avoir fini et, deuxièmement, elle ne dira rien à la presse avant d'avoir tout vérifié plutôt deux fois qu'une. Elle n'est pas folle et ne tient pas à connaître de nouveau des problèmes de ce genre.

— Vous n'auriez pas des vues sur elle, par hasard ? interrogea Coletti en considérant Seth avec attention.

— Non, pourquoi ?

— Parce que vous avez toujours un drôle d'air quand on parle d'elle. Mais vous êtes trop malin pour vous embarquer dans une aventure avec une fille qui n'en a plus pour très longtemps...

— Tout juste !

— Parfait ! Comme je vous le disais tout à l'heure, je trouve que les choses n'avancent pas assez vite et mes amis commencent à s'impatienter. Ils épluchent tous les jours le *Wall Street Journal* à la recherche de la bonne nouvelle et chaque fois c'est pareil, ils sont déçus.

— C'est parce qu'ils reçoivent l'édition de Medellin ! ironisa Seth.

Le silence pesant qui suivit et le regard glacial de Coletti firent comprendre à Seth qu'il en avait trop dit.

— Certes. Et vous feriez mieux de vous en souvenir plus souvent. Revenons à notre problème. Combien de temps pensez-vous qu'il faille encore à cette femme pour mettre au point son histoire d'enzymes ?

— Je n'en sais rien, répliqua Seth en secouant la

tête. Elle ne me tient pas au courant de l'évolution de ses travaux.

Coletti s'avança alors vers Seth, presque à le toucher, et ce dernier, bien que plus grand et plus fort, recula, pris de peur.

— Vous allez vous débrouiller pour avoir la réponse, dit Coletti d'un ton qui faisait froid dans le dos. J'ai besoin de savoir avec exactitude où elle en est pour donner une date précise à mes associés. Il me faut cette information pour demain matin première heure, d'accord? Et maintenant, dehors!

Secoué par Seth, Abrams décida d'appeler Mirna au laboratoire en espérant de tout son cœur ne pas tomber sur Paula. À son grand soulagement, ce fut Mirna qui décrocha. Abrams ne l'avait pas vue depuis plus d'une semaine, mais elle ne semblait pas lui en avoir gardé rancune et accepta son invitation.

— Alors, que devenez-nous? questionna Abrams en poussant vers Mirna une assiette pleine de ses biscuits préférés. Il y a des siècles que nous ne nous sommes vus.

— Vous aviez raison, docteur Abrams, à propos de cet article sur les thrombolysines, déclara Mirna qui avait pris la décision de ne pas succomber à la tentation en se jetant tout de suite sur les friandises. On ne parle plus que de ça, dans les couloirs.

— J'espère vraiment que toute la lumière sur ce terrible scandale va enfin être faite, fit-il avec un air horrifié. Mais dites-moi comment marche son travail?

— On ne peut mieux, déclara Mirna. Elle a finalement réussi la simulation sur ordinateur et elle était si contente que nous avons commencé à faire des expériences avec les véritables enzymes.

— Formidable ! s’exclama Abrams avec un enthousiasme qui, pour une fois, n’était pas feint. Quelle est la prochaine étape ?

— Des tests sur l’animal, répondit Mirna. Espérons que cela ne sera pas un fiasco, comme la dernière fois.

Devenue très loquace, elle raconta à Clifford l’épisode des microcapsules.

— Je vois, je vois, reprit Abrams quand elle eut terminé. Ainsi, elle est prête à passer à la phase pratique. Ce devrait être pour elle une partie de plaisir.

Mirna, qui venait de succomber et avait englouti d’un coup deux gâteaux, ne put lui répondre. Elle se contenta de hocher la tête.

— Et question sécurité ? Elle n’a pas peur que quelqu’un essaie de lui voler ces précieux résultats ?

— Non, non, fit Mirna la bouche pleine. Tout est codé, chiffré, ce qui est, paraît-il, encore plus compliqué. Et au cas où vous voudriez en savoir un peu plus, je vous dirais qu’elle est la seule à avoir la clé d’accès au programme.

Abrams, à ces mots, regarda Mirna dont les petits yeux noirs étincelaient et réalisa que la jeune femme n’était pas aussi bête qu’il l’avait cru dans un premier temps. Elle avait parfaitement compris ce qu’il complotait.

Tous deux s’observèrent un instant en silence, comme s’ils cherchaient à savoir ce qu’ils pouvaient espérer l’un de l’autre, puis Mirna prit la parole.

— Il me faudra plus que des gâteaux pour parler

encore. Je risque ma place en vous racontant tout cela et je n'aime pas trop le rôle que vous me faites jouer.

— Je vous comprends, répliqua Abrams. Je m'apprêtais justement à vous dire que, lorsque toute cette histoire sera terminée, je m'arrangerai pour vous faire un très beau cadeau.

— Ah oui? Eh bien! ça tombe très bien, parce que je sais, moi, qui a le code, à part le Dr Cairns, bien sûr.

Abrams fit la moue, réfléchit quelques secondes et prit sa décision :

— D'accord, fit-il. Parlons argent, si c'est ce que vous voulez.

Un quart d'heure plus tard, Mirna sortait du bureau, ayant bien manœuvré et divulgué qu'une copie du code de l'ordinateur se trouvait dans le coffre-fort de Geoffrey Susskind, dans les bureaux de l'hôpital.

Après son départ, Abrams, écœuré par l'odeur de Mirna, sortit une bombe de désodorisant d'un tiroir et en vaporisa toute la pièce. Il avait besoin d'air frais.

Pendant ce temps, Steve, qui passait dans le couloir, vit la technicienne sortir du bureau de son patron et se dit, à la manière dont elle le regarda avant de s'enfuir dans la direction opposée au laboratoire de Paula, qu'elle avait quelque chose à cacher. Elle n'avait en effet aucune raison d'aller voir Abrams et il se promit, intrigué, d'en informer Paula dès qu'il la verrait.

Il ne restait plus à Abrams qu'à téléphoner à Seth pour lui raconter ce qu'il avait appris et ce dernier, à son tour, appela Coletti.

— Dites à Susskind de sortir l'enveloppe de son

coffre, ordonna-t-il. Il faut faire en sorte que Cairns ne soit pas dans son labo vendredi soir et s'arranger pour que la fille nous passe les clés. Il faudra aussi lui donner un bonus pour qu'elle se tienne tranquille. De mon côté, je vais appeler un spécialiste qui, dès que nous aurons mis la main sur le code, sortira toutes les informations dont nous avons besoin, jusqu'à la plus petite, de ce maudit ordinateur.

Trente minutes plus tard, Clifford appelait Steve pour lui demander des nouvelles de son travail.

— Je voulais aussi vous dire, dit-il, tout miel, après quelques minutes, que j'ai deux places pour le concert symphonique de vendredi, auquel je ne pourrai pas aller. J'ai un empêchement. Si cela vous tente, je serai heureux de vous en faire profiter. Ce sont des fauteuils d'orchestre, on y est très bien.

Steve le remercia, puis lui dit qu'il le rappellerait un peu plus tard pour lui donner sa réponse. Il téléphona ensuite à Paula qui se montra ravie. Elle n'était pas allée à un concert depuis des mois et était épuisée par ce climat de tension qui régnait autour d'elle. Son travail ayant bien avancé, puisque la phase théorique était terminée, elle songea qu'elle avait bien mérité de prendre un peu de bon temps.

Si Paula avait réussi à chasser Seth de son esprit, au point de ne penser à lui qu'en de très rares occasions, il n'en était pas de même pour lui. Paula était devenue son obsession.

Un jour, en fin d'après-midi, alors qu'il rentrait chez lui, il fut pris d'un trouble étrange, intense, viscéral. Il avait l'impression qu'un autre être, à l'intérieur même de son esprit, prenait le contrôle de son corps, de ses pensées et lui faisait découvrir des sensations et des pulsions inconnues.

Il se revit, petit garçon, avec ses parents, visitant un musée et s'arrêtant, fasciné devant une peinture du XVIe siècle représentant une exécution. Un juge accusé de corruption y était écorché vif. Il n'avait pas compris, à cette époque, pourquoi il était resté si longtemps devant le tableau ; il réalisait à présent qu'il s'agissait là d'un signe du destin.

En prenant son courrier, chez lui, il eut la satisfaction de trouver le paquet qu'il attendait depuis quelques semaines. Il déposa ensuite la boîte sur la table de la cuisine et l'ouvrit. Elle contenait un couteau qu'il avait commandé à une société de vente par correspondance d'accessoires pour la pêche et la chasse. « Aussi coupant qu'un rasoir, en acier au carbone-vanadium. Il vous aidera à dépecer votre cerf comme un professionnel », disait la publicité. Il essaya le tranchant de la lame sur son pouce et grimaça en revoyant en un éclair l'un des personnages de la peinture, un poignard entre les dents, brandissant fièrement un lambeau de peau arraché à sa victime.

Seth, très agité, rangea l'objet avec tous ceux qu'il possédait déjà et décida de ne pas dîner. Soudain, une idée lui traversa l'esprit. Il alla dans sa chambre, enfila un pull noir, des jeans et des tennis, prit deux de ses couteaux ainsi qu'un grand sac en plastique et glissa le tout dans l'une des poches de son pantalon. Il était sur le point de sortir quand le téléphone sonna. C'était Fleur qui appelait de Cannes en PCV. Il refusa la communication et sortit après s'être muni d'une paire de gants en cuir très souples.

Dehors, la nuit était chaude et Seth se sentait un peu comme un fauve ou un chat en quête d'une proie. En sifflotant doucement, il fit le tour du parc de la résidence et prit le petit chemin qui longeait la rivière. Il faisait de plus en plus sombre à mesure qu'il s'enfonçait dans la campagne, mais il pouvait voir au loin les lumières de la ville qui se reflétaient dans un étang, ainsi que les phares des voitures sur l'autoroute.

Le calme régnait mais Seth, en tendant l'oreille, pouvait percevoir le vent dans les buissons, le bruit des automobiles, le crissement des freins des gros camions qui ralentissaient dans les virages dangereux. Brusquement, il s'arrêta, le cœur battant, retenant son souffle. Quelque chose ou quelqu'un venait vers lui.

Les feuillages des buissons frémirent, puis s'écartèrent pour laisser passer un petit chat noir et blanc. L'animal, qui portait un collier et une médaille brillant doucement dans la nuit, s'approcha de lui, en toute confiance, et vint se frotter contre ses jambes en ronronnant.

Seth s'accroupit et, pendant quelques secondes, caressa le matou. Puis, d'un geste vif, il resserra ses doigts autour de son cou.

31

Dès que Coletti sut que le piège tendu à Paula et Steve avait fonctionné, il téléphona à Boston. Une heure plus tard, une voiture prenait la route en direction de New Coventry. À l'intérieur se trouvait Rafael, un parent éloigné de Coletti et, comme celui-ci aimait à le dire, un génie de l'électronique. Rafael s'était illustré dès l'âge de quatorze ans en réussissant à entrer dans l'ordinateur de la Central Bank of Boston, mais la chose fut découverte avant même qu'il ait pu effectuer des retraits ou des transferts. Il sut ensuite tirer les leçons de cette aventure et se conforma dès lors à certaines règles : ne parler à personne, ne pas se montrer trop gourmand et, plus important encore, ne pas hésiter à demander conseil, pour certaines affaires, à d'autres personnes plus expérimentées.

Après deux années passées à contourner la loi et les pièges tendus par les banques, Rafael décida de ne plus travailler à son compte et de se mettre au service de relations. Ses opérations, qui le conduisaient à pénétrer dans les mémoires de banques de données à des fins d'espionnage ou de sabotage, furent toujours soigneusement préparées et on ne vit plus jamais le jeune homme en première page des journaux, ni sur le banc des accusés.

Ce changement de comportement lui valut également le respect de ses proches, qui admiraient son intelligence, et lui permit de gagner suffisamment d'argent pour s'acheter un appartement, changer de voiture chaque année et prendre du bon temps avec ses petites amies. Rafael, avec ses cheveux blonds, son air à la fois sûr de lui et attentif, rendait toutes les jeunes filles folles. Lui qui avait failli se laisser passer la bague au doigt à diverses reprises ne s'était jamais brouillé avec ses ex-fiancées, ce qui stupéfiait toujours ses amis.

Autre résultat de cette métamorphose, Rafael Borra devint, pour la police de Boston, une sorte d'exemple, puisqu'il figurait en bonne place dans le clan très fermé des jeunes délinquants n'ayant pas commis de délit depuis plus de quatre ans. Son officier de probation, croyant l'avoir arraché au monde du crime, en tirait, à tort, quelque fierté.

Rafael ne savait pas grand-chose du travail que Coletti entendait lui confier à New Coventry, excepté qu'il fallait forcer un ordinateur dont il possédait le code d'accès. Une tâche somme toute très simple dont Coletti ou l'un de ses employés aurait pu se charger lui-même, s'il ne s'était rendu compte que les personnes de plus de quarante ans semblent perdues dès qu'il s'agit d'utiliser un ordinateur pour autre chose que les tâches habituelles.

Rafael ne se séparait jamais de sa boîte à outils qui, au fil des ans, s'était enrichie de tout le matériel nécessaire à son travail. Celle-ci, en plastique dur et garnie de mousse, renfermait, élément des plus importants, un modem équipé d'un système électronique spécial qui interdisait toute identification des signaux lors de la composition du numéro, pour éviter de courir le risque d'être repéré, comme cela s'était passé avec la Banque de Boston.

Il possédait aussi un microampèremètre avec une sortie audio permettant de déceler le moindre signal électronique, un ordinateur portable spécial doté d'une mémoire de 960 mégaoctets ainsi que divers équipements, matériels et logiciels, destinés à pénétrer dans la grande majorité des programmes et des banques de données existants, même les plus sophistiqués. Enfin, une boîte de disquettes contenant de nombreux programmes à base statistique complétait l'ensemble et permettait d'essayer une multitude de combinaisons en vue d'identifier un code.

Toutefois, lorsque l'accès aux données n'était plus défendu par une simple clé, mais par un véritable programme chiffré, Rafael avait recours à une minuscule caméra vidéo. Cet appareil pouvait soit être tenu à la main, soit fixé sur un pied télescopique et être commandé à distance. Il était ainsi possible, à volonté, de le mettre en marche ou de l'éteindre mais aussi de l'orienter ou de déclencher le zoom. Niché dans le coffre, près de la caméra, se trouvait un Leica avec un obturateur et des objectifs spéciaux dont un téléobjectif de 1 000 mm. Enfin, tout au fond de la caisse, on pouvait voir une petite imprimante portable et un scanner pour numériser les documents les plus divers. Un dernier accessoire complétait tout ce matériel : une petite bombe sous pression d'acide formique dont le jet, dirigé vers le visage d'un importun, provoquait une douleur intolérable et le paralysait.

De temps en temps, en fonction de la difficulté de la tâche, il rajoutait une série d'interfaces ainsi qu'un système lui permettant de pénétrer les CD-ROM.

Rafael conduisit en fredonnant pendant quelques kilomètres jusqu'à ce qu'il ne puisse plus recevoir sa station de radio préférée, puis demeura silencieux le restant du chemin. Il ne lui fallut guère plus de trois heures pour arriver à New Coventry, mais il mit une bonne vingtaine de minutes pour trouver l'adresse que lui avait donnée Mike Petras.

Vincent pensait que Rafael aurait des difficultés à franchir le barrage des vigiles, mais Mirna avait trouvé un moyen de résoudre ce problème. Elle informa le service de sécurité qu'un technicien devait venir inspecter leur ordinateur : aussi, lorsque Rafael se présenta à l'entrée principale, elle descendit le chercher et lui fit faire une carte d'accès temporaire. Ayant eu l'assurance que Paula ne remarquerait pas que quelqu'un avait pu avoir accès aux données, Mirna avait préféré agir ainsi, le plus normalement du monde.

C'est ainsi qu'à 18 h 30, Paula étant partie depuis longtemps, Rafael suivit Mirna à travers les couloirs du centre de recherche, observant, fasciné, le balancement de sa lourde silhouette.

Arrivée au laboratoire, Mirna alluma les lumières, puis, ayant fait entrer Rafael, verrouilla la porte avant de lui montrer l'installation informatique. Elle était impatiente de voir comment le jeune homme allait s'y prendre pour avoir accès aux informations car, bien qu'ayant la copie du code dans sa poche, elle n'avait aucune idée sur la manière de procéder.

Les relations entre Mirna et Rafael, dès le départ, s'annoncèrent tendues.

— J'ai besoin d'une table, celle-ci, dit Rafael en montrant du doigt la desserte sur laquelle se trouvaient la machine à café, les gobelets, ainsi que le sucre et le lait en poudre.

— Débrouillez-vous, répliqua Mirna qui n'aurait pas hésité à l'aider s'il s'était montré plus poli.

Le jeune homme fut donc contraint d'aller chercher le meuble tout seul et, ce faisant, fit tomber la verseuse de la cafetière qui se brisa. Décidément, les greluches comme Mirna avaient le don de le mettre en colère et de lui faire perdre patience.

Une fois la table placée entre le moniteur et l'imprimante, Rafael commença à installer son matériel sous l'œil intéressé de Mirna.

— Fichez le camp, s'écria-t-il au bout d'un instant, toujours aussi aimable. Je n'aime pas qu'on me regarde quand je travaille !

Furieuse, la laborantine battit en retraite jusqu'au petit bureau de sa patronne et continua à l'observer. Pourquoi tous la traitaient-ils ainsi ? Elle n'était pourtant pas différente des autres... De plus, le jeune homme lui était plutôt sympathique ; elle le trouvait même attirant, mais, comme d'habitude, l'inverse était fort peu probable. Son poids, elle le savait, constituait l'obstacle principal à des relations normales mais elle avait aussi l'intelligence d'admettre que sa situation n'était guère plus enviable du temps où elle était mince.

— Vous avez le code? demanda Rafael quand il eut fini son installation.

Mirna sortit l'enveloppe de sa poche, se leva péniblement, puis la jeta sur le clavier sans même un regard.

Rafael fronça le nez, considérant la feuille de papier pendant quelques secondes, et se mit au travail. Pendant dix bonnes minutes, on n'entendit plus que le bruit des touches entrecoupé, à intervalles réguliers, d'un petit bip de l'ordinateur.

Mirna, de son poste, regardait le jeune homme avec la plus grande attention, et remarqua un léger changement dans son attitude. Ses gestes calmes et précis étaient devenus plus saccadés et il était clair qu'il commençait à s'énerver.

Visiblement, les choses ne se passaient pas comme il s'y attendait ou comme il le voulait. Mirna en éprouva une vive satisfaction. Ce salaud n'avait que ce qu'il méritait!

Soudain, Rafael se leva et marcha vers Mirna, agitant une page de listing. Il avait l'air furieux. La technicienne, une seconde, pensa qu'il allait la frapper.

— Qu'est-ce que c'est que cette saloperie! s'exclama-t-il. Ce n'est pas le bon code! Quelqu'un l'a changé hier, à 20 h 23, c'est marqué là. Où est l'autre, le bon?

Mirna, terrorisée par l'attitude menaçante du garçon, se contenta de secouer la tête. Tout ce qu'elle savait, c'est que Paula avait travaillé tard la veille au soir, sans doute bien après son départ.

— Pauvre conne! dit-il avec morgue avant de retourner à l'ordinateur.

Dix minutes plus tard, ayant remis tout son matériel

informatique en place, il sortit la caméra vidéo et les divers systèmes de fixation nécessaires à sa mise en place. Il examina ensuite le plafond pendant un bon moment, puis, monté sur une chaise, inspecta plusieurs emplacements, avant de se décider. Le site idéal se trouvait à moins de deux mètres du moniteur, un peu sur la gauche. Il défit ensuite la dalle blanche du faux plafond et trouva, au milieu des câbles et conduits divers, de petites poutrelles qui lui permettraient d'accrocher l'appareil.

— Passez-moi ces barres, là, sur la table, demanda-t-il à Mirna, avec un air soudain plus aimable. Oui, toutes les trois !

Mirna obéit et lui tendit les tubes en métal dont il avait besoin. La tête de Rafael avait disparu dans la trappe et elle avait du mal à comprendre ce qu'il lui expliquait. Il en ressortit ensuite pour découper dans la plaque qu'il avait ôtée un petit orifice de la taille de l'objectif qu'il recouvrit d'un film plastique transparent, puis posa l'appareil. Il ne lui restait plus qu'à trouver une source de courant, ce qui fut assez facile puisqu'il y en avait justement une dissimulée au milieu des fils et des tuyaux. Alors il brancha la caméra et referma le panneau.

Quand il eut terminé, Mirna leva la tête vers le plafond et eut la surprise de constater, bien que sachant où se trouvait l'engin, qu'on ne pouvait rien voir.

— Vous avez déjà lu le journal par-dessus l'épaule de quelqu'un ? lui demanda Rafael.

Mirna fit non de la tête, toute contente que le jeune homme daigne enfin lui faire la conversation.

— Eh bien ! c'est un peu ce qu'on va faire, déclara-t-il en souriant. Quand on a besoin de connaître un code d'accès, il suffit de photographier la personne qui travaille au moment où elle tape le mot de passe ou la clé. Cela peut se faire, comme ici, en dissimulant la caméra dans la pièce, ou en filmant par la fenêtre avec une mini vidéo. Le matériel que j'utilise, moi, est beaucoup plus sophistiqué que tout ce qui se fait généralement car l'appareil prend tous les gestes de l'opérateur, voit toutes les touches sur lesquelles il tape. Toutes ces informations sont ensuite numérisées et transmises à un récepteur, à l'extérieur du bâtiment, qui les transcrit sur une bande magnétique et de là sur un écran. Il n'y a plus ensuite qu'à analyser les différentes images pour avoir le code.

— Très ingénieux, fit Mirna. Et ce poste, où allez-vous le mettre ?

— Dans ma voiture, au coin de la rue. On va faire un essai. Vous allez vous asseoir devant l'écran et vous commencerez à taper quand je vous le dirai.

Tandis que Mirna allait se mettre en place, il relia la télécommande de la caméra, ainsi qu'un petit magnétoscope, à son portable qui se mit à bourdonner. Des voyants s'allumèrent un peu partout.

— Vous pouvez y aller.

Mirna commença à pianoter et le clavier apparut sur l'écran. Rafael effectua certains réglages, notamment pour la mise au point et le zoom, de façon à ce que les touches soient bien cadrées, puis rangea le tout.

— Super ! Vous pouvez éteindre.

Il s'affaira alors à remettre très vite tout son matériel dans sa valise et se tourna vers Mirna.

— Vous m'avez bien aidé, lui dit-il. Merci... mais, au fait, je ne sais même pas votre nom.

— Mirna, répondit cette dernière, consternée qu'il ne l'ait pas lu sur son badge.

— Une dernière chose, Mirna, lui dit-il avant de partir. Demain matin, quand votre patronne viendra travailler sur l'ordinateur, surtout ne levez pas la tête vers le plafond, d'accord? Parce que personne ne regarde jamais en l'air, à moins que quelqu'un d'autre ne le fasse aussi.

Après son départ, Mirna se demanda, intriguée, pourquoi Paula avait ainsi décidé de modifier le code d'accès. Avait-elle des doutes sur elle? Avait-elle soupçonné qu'elle l'espionnait pour le compte d'Abrams? La laborantine réfléchit quelques instants. « Si Paula a eu vent de quelque chose, se dit-elle, elle n'aurait pas manqué de m'interroger pour en avoir le cœur net. » Rassurée, elle se leva, ferma les lumières, sortit et verrouilla la porte. Tout en marchant vers la sortie de l'hôpital, elle repensa à Rafael et fut prise d'une faim subite, mais cette sensation impérieuse n'avait rien à voir avec celle qu'on ressent habituellement à l'approche du repas. Il fallait qu'elle mange, n'importe quoi, n'importe où. Elle était prête à tout pour ça, même à réduire en bouillie quiconque tenterait de l'en empêcher. Un nouveau fast-food venait justement d'ouvrir non loin du centre. Mirna pressa le pas, impatiente d'y arriver.

32

Après le concert, Paula et Steve retournèrent dans l'appartement de ce dernier. La soirée était bien avancée, mais ils décidèrent toutefois, au lieu de se faire livrer une pizza, de la préparer eux-mêmes, ce qui serait beaucoup plus drôle.

— Le temps qu'ils nous l'apportent, expliqua Steve, la nôtre sera déjà dans le four, quasi prête. Sans compter que son goût sera incomparable.

Il prononça cette dernière phrase avec l'accent italien, ce qui fit éclater de rire Paula.

Steve savait bien faire la cuisine, comme la jeune femme avait déjà pu le constater. Sachant qu'il aimait étaler son savoir et n'ayant jamais vu personne réaliser une pizza, elle lui demanda de lui expliquer sa recette.

— C'est très facile, commença Steve. Il faut d'abord ouvrir le sac, puis verser la farine dans un grand bol...

Paula se rapprocha de lui pour le regarder travailler. Elle eut bien du mal à s'empêcher de le toucher, mais s'y efforça tout de même pour ne pas le troubler.

— Ensuite, il faut mettre le four à préchauffer, à 300° C, puis ajouter un grand verre d'eau tiède et mélanger le tout pendant quelques minutes.

Joignant le geste à la parole, il se mit à pétrir la pâte jusqu'à obtenir une boule.

— On passe alors un peu d'huile d'olive sur toute la préparation et on couvre le récipient avec une assiette ou n'importe quoi et on met le tout au chaud, pendant cinq minutes.

Il plaça le bol dans l'évier et ouvrit le robinet d'eau chaude. Le récipient en plastique flotta bientôt.

— Est-ce que je peux t'aider? demanda Paula qui n'avait pas l'habitude qu'on cuisine pour elle.

Elle était si bien, blottie contre son dos, sentant chacun de ses mouvements... mais elle n'aimait pas rester inactive!

— Si tu veux... Tu peux découper le salami en tranches, éplucher le poivron rouge, ouvrir la boîte de champignons et râper gruyère et parmesan, en quantité égale. Tu aimes les olives? Très bien! J'en ai justement dans le réfrigérateur.

— Bien, monsieur!

— Mais ça peut attendre, tu sais. Parce que j'aime bien te sentir ainsi, contre moi.

— Non, désolée, ça pourrait te donner des idées et tu en oublierais ta recette.

Cinq minutes plus tard, Steve sortit le bol de l'eau. La pâte avait levé. Il prit un grand plat rectangulaire et l'y étala de manière qu'elle recouvre bien le fond et remonte jusque sur le bord. Paula versa ensuite la sauce tomate, la répartit soigneusement avec une cuillère, ajouta les divers ingrédients avant de napper le tout de fromage râpé.

— Ç'a l'air bon, déclara la jeune femme en regardant Steve mettre la préparation au four.

— Vingt minutes de cuisson, pas plus, dit Steve en jetant un coup d'œil à la pendule. On peut aller regarder les informations en attendant qu'elle soit cuite.

Le journal télévisé était déjà commencé. Des cas de peste, apprirent-ils, avaient été signalés en Arizona. Suivit un reportage sur l'inauguration d'un musée à la gloire de Richard Jordan Gatling, inventeur de la célèbre mitrailleuse, mais aussi de très nombreuses machines agricoles. Le journaliste signala que la fameuse Gatling, inventée en 1861, avait été utilisée par les deux camps durant la guerre de Sécession, et que ce n'est qu'en 1911 que sa fabrication fut arrêtée. Le conservateur du musée vint ensuite faire une démonstration du fameux barillet.

Steve s'apprêtait à changer de chaîne quand il remarqua l'expression de Paula. Comme fascinée, la bouche entrouverte, elle fixait l'écran, un peu comme si un miracle venait de se produire.

— Grand dieu ! C'est ça ! Mais oui, c'est bien ça !

Le journal prit fin et Steve éteignit le poste. Pensant à juste titre qu'une idée étrange venait de lui traverser l'esprit, il attendit en silence qu'elle revienne sur terre.

— Steve ! dit-elle soudain, sautant sur ses pieds. Je crois que je viens de trouver le moyen de mettre les enzymes au contact du caillot ! Nous allons fabriquer une sorte de Gatling qui viendra s'adapter sur ton artérioscope. Chaque petit canon contiendra une dose spécifique de produit et nous pourrons les injecter dans l'ordre voulu, sans qu'elles se mélangent. Est-ce que tu te rends compte ? C'est fabuleux !

Elle se mit à tourbillonner dans la pièce au grand désarroi de Steve, qui ne comprenait pas un traître mot de ce qu'elle lui racontait. Finalement, elle retrouva son calme et lui expliqua son idée.

— Tu crois que tu pourrais le faire ? À ton avis, c'est possible ?

Son enthousiasme était si communicatif que Steve s'installa devant sa table à dessin et dressa plusieurs croquis.

— Le problème, vois-tu, c'est la dimension. Avec un tube d'un aussi petit diamètre, il y a de gros problèmes de résistance...

Il s'interrompit, s'empara de sa machine à calculer et entama une série de calculs sur la viscosité, la vitesse d'écoulement et autres données auxquelles Paula ne comprit pas grand-chose.

— On devrait y arriver, conclut-il, ça posera certainement de gros problèmes de fabrication, mais, en théorie du moins, c'est faisable.

Paula, aux anges, se précipita dans ses bras. À cet instant précis, un nuage de fumée ainsi qu'une nette odeur de brûlé s'échappèrent de la cuisine.

— Ce n'est pas grave, dit Paula en examinant les restes calcinés de la pizza. On va bien trouver un restaurant encore ouvert. C'est moi qui t'invite !

Le lendemain matin, Steve se réveilla de très bonne heure. Il s'était lui aussi pris de passion pour le « projet Gatling » consistant à faire passer les enzymes par son artérioscope, une par une, évitant ainsi qu'elles se mélangent ou puissent s'inactiver les unes les autres. Sa tête bourdonnait d'idées et, tout en se rasant, il songea que, si la tâche était exaltante, elle n'en était pas moins complexe. Il faudrait résoudre bon nombre de problèmes avant que leur idée puisse devenir réalité.

Il pensa ensuite qu'il serait plus facile, au lieu d'essayer de faire passer divers tubes en plastique par son scope, de découper un bloc de Lucite et d'y percer une douzaine de petits canaux, ce qui éviterait tout risque de déformation sous l'effet de la pression. Chacune des cavités du « barillet » ainsi créé serait remplie de la solution contenant les produits à injecter. Il suffirait ensuite, grâce à un ordinateur, d'actionner ce dispositif pour que les enzymes soient distribuées dans l'ordre voulu, à intervalle régulier et prédéterminé. Mais une difficulté majeure subsistait : comment faire passer ces précieuses substances dans un tube de l'épaisseur d'un cheveu ?

Ne trouvant pas sur le moment de réponse à ses questions, il prit le parti de ne plus y penser et s'habilla pour aller faire sa traditionnelle partie de squash avec Paula, dont le jeu s'améliorait nettement, au point qu'elle le battait parfois à plates coutures.

Après leur match, ils revinrent ensemble à l'hôpital, puis Steve retourna à son laboratoire. Paula lui avait parlé de cette bourse tombée du ciel, offerte par l'ami de Maurice. Il pouvait donc travailler en toute sérénité et faire appel aux meilleurs spécialistes, l'aspect financier n'étant plus un obstacle au développement du projet.

Aussi, son service terminé, il commença par passer quelques coups de téléphone, puis il calcula la dimension des canaux et réalisa que même les forets les plus fins étaient encore trop gros, et ce, même en réduisant la longueur des conduits. Confronté à ce nouveau problème, Steve ne savait trop que faire. Il appela une petite usine de la région, spécialisée dans le travail du plastique, et expliqua son problème à un ingénieur.

— Vous avez bien dit de l'ordre du micromètre? répondit l'homme, interdit. C'est impossible, monsieur, nous ne pouvons pas travailler sur quelque chose d'aussi minuscule!

Vers l'heure du déjeuner, alors qu'il avait abandonné temporairement le projet, une idée lui vint. Le laser! Ce rayon qui peut découper ou perforer la plupart des matériaux existants, quelles que soient les dimensions et avec la plus grande précision. Il se précipita de nouveau sur son téléphone et, après quelques tentatives infructueuses, dénicha une petite compagnie qui accepta de se charger de l'opération, et pour un coût raisonnable.

33

Rafael Borra avait déjà passé de longues heures dans sa voiture; sa position devenait inconfortable. Les vitres teintées qui le cachaient du dehors semblaient absorber toute la chaleur. La température était anormalement élevée pour la saison et l'habitacle devenait une vraie fournaise. De plus, il souffrait de crampes aux mollets, qu'il essayait de faire passer en s'étirant et en passant de temps en temps à l'arrière, où se trouvait tout le matériel de contrôle.

Mirna lui avait expliqué que Paula venait souvent travailler très tôt, parfois avant 7 heures. Il s'était donc installé sur le parking dès l'aube pour avoir le temps de vérifier tous ses instruments avant la venue de la jeune femme. Tout marchait à la perfection. Les deux grosses batteries alimentant l'installation devaient lui fournir assez de courant pour faire ce qu'il avait à faire. Vers midi, Paula ne s'étant toujours pas montrée, il diminua l'intensité lumineuse de l'écran de contrôle pour épargner ses réserves. Vers 16 heures, il commença à s'énerver : elle ne s'était toujours pas mise à l'ordinateur.

Inquiet, il tenta d'élargir le champ de la caméra, sans résultat. Dans ces conditions, il lui était impossible de savoir avec certitude si elle était ou non dans son labo. Il avait entraperçu Mirna qui, à plusieurs reprises, lui avait fait un petit signe en passant ; il lui avait rendu son salut, quand bien même elle ne pouvait le voir.

Vers 17 heures, alors que la luminosité de l'écran avait encore baissé et qu'il avait dû se résoudre à couper la télécommande de la caméra, les batteries étant presque vides, il vit une forme en blouse blanche s'approcher de l'écran.

Il se redressa aussitôt, actionna le zoom et tapa sur diverses touches pour obtenir un meilleur cadrage. Mais rien ne se produisit. Il essaya de nouveau, transpirant de chaleur et de colère. En vain. Comble de malheur, Paula venait juste de s'asseoir et commençait à taper quand l'image sur l'écran disparut doucement, faute de courant.

Fou de rage, Rafael jeta le boîtier de la télécommande contre la portière, le brisant net. Ce geste témoignait bien de sa rage : en temps normal, il aurait préféré se laisser couper la main plutôt qu'abîmer son équipement.

— Merde ! Merde et merde !

Ce soir-là, Paula ne resta que peu de temps au laboratoire. Sur le chemin du retour, tout en conduisant, elle repensait aux ennuis qui s'étaient abattus sur elle de toutes parts. La démission de Maurice et son remplacement par Clifford Abrams étaient pour elle une catastrophe à laquelle s'ajoutait l'absence du médecin, si bien qu'elle n'avait plus personne à qui demander conseil en vue de la prochaine séance de la commission d'enquête de l'hôpital. De plus, elle éprouvait une sensation de nausée chaque fois qu'elle pensait au professeur Macklerod et à son audition publique. Elle se rendait parfaitement compte qu'après une telle confrontation, qu'elle soit reconnue coupable ou non, sa réputation de chercheur serait irrémédiablement ternie. Les magazines et les journaux scientifiques refuseraient sans aucun doute de publier ses articles et elle ne serait plus invitée à aucun congrès ni aucune table ronde.

De rage, elle tapa de ses deux poings serrés sur le volant. Elle n'aurait jamais dû laisser paraître ce papier et céder aux pressions de Bob Zimmerman.

Lorsqu'elle arriva sur le parking en face de son appartement, la chaleur lourde de la journée avait fait place à la pluie et le ciel était aussi noir que ses pensées. Pour tout arranger, sa MG donnait de plus en plus de signes de faiblesse. Elle consommait presque autant d'huile que d'essence, la portière endommagée fermait mal et les pièces détachées deviendraient bientôt introuvables. L'heure de la retraite semblait avoir sonné pour la vaillante petite automobile. Or, Paula, avec son maigre salaire et son loyer à payer, aurait toutes les difficultés à régler les mensualités d'une nouvelle voiture.

Préoccupée, elle marcha dans une énorme flaque d'eau qu'elle n'avait pas vue et jura, ce qui ne lui ressemblait pas. Les choses, décidément, allaient de mal en pis, songea-t-elle en vidant sa chaussure. Elle repensa à l'histoire que lui racontait sa mère. Deux femmes, Mme Salomon et Mme Katz, se croisent dans la rue. La première demande à la seconde des nouvelles de sa santé et cette dernière lui conte par le menu ses différents ennuis : migraine, problèmes génitaux, maux d'estomac, hémorroïdes, arthrose et ainsi de suite. Finalement, Mme Salomon, un peu lasse, la coupe : « C'est bien triste tout ça, mais vous savez, tant qu'on a la santé... »

Cette blague avait toujours fait beaucoup rire Paula, qui semblait être une des rares à l'apprécier.

Arrivée dans le hall de l'immeuble, elle ramassa son courrier puis monta dans l'ascenseur. À son étage, la veilleuse était en panne et elle dut avancer à tâtons jusqu'à sa porte. Elle sortit la clé de son sac. C'est alors que, se penchant pour ouvrir, elle sentit quelque chose de froid et de gluant, attaché sur la porte. Effrayée, elle hurla et recula d'un bond. Alertés par son cri, ses voisins sortirent immédiatement, éclairant ainsi le corridor.

— Qu'est-ce qu'il y a? demanda la vieille dame qui habitait juste à côté.

Incapable de dire un mot, Paula montra la porte. Un chat mort, noir et blanc, pendait, accroché par une corde à un grappin. La pauvre bête avait été éventrée. Ses entrailles avaient été sorties de son abdomen et elle avait été à moitié dépecée, des lambeaux de peau et de fourrure tombant sur ses pattes arrière.

La police, appelée par une voisine âgée, mit du temps avant d'arriver car il ne s'agissait pas d'une urgence, personne n'étant mort ou en danger. Enfin, deux agents, vêtus de bleu marine, firent leur apparition dans le couloir et avancèrent d'un pas lourd vers le petit groupe.

En voyant l'affreux spectacle, les policiers prirent tout de même la chose au sérieux. Ils coupèrent la corde et placèrent les restes du malheureux animal dans un sac en papier. Ils insistèrent ensuite pour entrer les premiers dans l'appartement et l'inspecter, au grand dam de la vieille dame. Ce n'était pas elle qu'on traiterait avec une telle gentillesse, marmonnait-elle. Elle n'était, elle, ni jeune, ni docteur. Sans doute un peu jalouse, elle rentra chez elle, en prenant bien soin de laisser sa porte entrouverte pour voir la suite des événements.

— Nous pensons qu'il est entré chez vous, madame, dit le premier agent à Paula.

— Qu'est-ce qui vous fait dire que c'est un homme qui a fait ça? interrogea Paula, un peu sèchement.

Les deux représentants de l'ordre échangèrent un regard qui en disait long sur la fragilité des femmes et considérèrent Paula avec un air condescendant.

— L'expérience, madame, reprit le plus vieux dont les cheveux étaient coupés en brosse et qui arborait plusieurs médailles sur son uniforme. Ce sont toujours les hommes qui font ce genre de choses.

Paula repensa au film *Liaison fatale*, mais préféra se taire. Tandis que les deux policiers continuaient leur examen des lieux, elle prit du papier essuie-tout à la cuisine et nettoya le tapis du corridor, maculé de taches.

Ensuite, pendant près d'une demi-heure, les deux agents lui posèrent une foule de questions sur ses petits amis, anciens ou actuels, bref sur tous les hommes qui avaient traversé sa vie. La plupart de ses liaisons s'étaient plutôt bien terminées et de toute façon aucun de ces messieurs ne savait qu'elle était venue s'installer à New Coventry. Elle mentionna le nom de Steve, avec qui tout allait le mieux du monde, puis songea à Seth. Il était certainement capable d'une telle ignominie, mais elle ne voulait pas l'accuser sans preuve et ne cita pas son nom.

Ayant dressé le procès-verbal, les policiers s'apprêtèrent à partir.

— L'homme s'est peut-être trompé d'adresse, déclara le plus jeune.

— Possible, fit le plus vieux, sceptique. N'hésitez pas à appeler s'il se passait quelque chose. La police de New Coventry vient de créer une toute nouvelle unité d'intervention pour les cas de ce genre. Voici leur numéro, dit-il en griffonnant quelques chiffres sur une feuille de son calepin. Quoi qu'il en soit, fermez bien vos fenêtres et votre porte, que vous soyez chez vous ou non. N'ouvrez qu'à des gens que vous connaissez et en qui vous avez toute confiance. Dernier point : vérifiez dans la rue que personne ne vous suit.

— Je n'aurais pas mieux dit, déclara le plus jeune en souriant.

— Avez-vous un téléphone à mémoire? interrogea l'autre.

— Oui, répondit Paula. Dix numéros.

Elle tremblait à présent comme une feuille et dut faire un gros effort pour se contrôler.

— Alors, programmez le numéro du poste de garde sur le 1.

— D'accord ! Est-ce que je peux vous offrir une tasse de café ?

— Non merci, madame, nous devons partir. Notre service se termine dans quelques minutes, mais nous allons passer la consigne et des collègues viendront faire une ronde toutes les heures.

À peine avaient-ils franchi la porte que Paula appelait Steve.

— J'arrive, je viens passer la nuit chez toi, lui dit-elle avant de raccrocher très vite, ne laissant pas à son ami le temps d'ouvrir la bouche.

Elle prit sa trousse de toilette et quelques affaires qu'elle fourra dans un sac de voyage, ferma sa porte à clé et sortit. L'éclairage ne marchait toujours pas dans le couloir et ce fut avec un soulagement certain qu'elle s'engouffra dans l'ascenseur.

Elle sauta ensuite dans sa voiture et, après quelques kilomètres, réalisa que non loin de son immeuble elle avait vu une grosse BMW de couleur sombre garée. Mais, réfléchit-elle, c'était là une marque très prisée à New Coventry. Elle ne devait pas céder à la paranoïa.

Steve, qui la guettait depuis l'une des fenêtres de son appartement, descendit pour l'accueillir, dès qu'il vit arriver la MG verte. Paula tremblait de la tête aux pieds et il dut l'aider à sortir du véhicule.

— Ne dis rien, fit-il en s'emparant de son sac avant de la prendre par le bras.

Une fois chez lui, il lui versa un petit whisky pour la réconforter et vint s'asseoir près d'elle, sur le canapé. Lorsqu'elle se sentit un peu mieux, elle lui raconta tout.

— Qui a bien pu faire une telle chose? demanda Steve.

Paula secoua la tête. Elle ne pouvait répondre à cette question. De nouveau, la panique la saisit. Steve la prit dans ses bras et la garda ainsi jusqu'à ce qu'elle s'apaise enfin, puis l'aida à se déshabiller et la mit au lit. Il s'apprêtait à retourner vers sa table à dessin, mais elle le retint. Elle ne voulait pas rester seule. Il s'assit à côté d'elle, lui parla un peu, puis se coucha à son tour, la serrant bien fort dans ses bras jusqu'à ce qu'elle s'endorme.

Paula se réveilla en sursaut plusieurs fois au cours de la nuit, ayant la sensation que quelqu'un rôdait dans l'appartement. Malade de terreur, elle se colla à chaque fois contre Steve, luttant contre un besoin panique de le réveiller. Enfin, vers six heures du matin, n'y tenant plus, elle se leva, passa ses vêtements et sortit. Il faisait grand jour dehors et elle se sentait prête à retourner chez elle. Quelques traces étaient encore visibles sur la porte et elle s'efforça de les faire disparaître à grand renfort de lessive. Elle se prépara ensuite un bon café accompagné d'un toast à la confiture, prit une douche, s'habilla et partit pour l'hôpital.

Dehors, il n'y avait plus trace de la fameuse BMW, mais elle dut admettre qu'à cette heure matinale la chose était tout à fait normale.

Le bruit de la porte se refermant sur Paula avait fait sursauter Steve, qui s'était dressé dans son lit. Immédiatement, la soirée et ses tragiques événements lui revinrent en mémoire. Pourquoi Paula était-elle partie sans même lui dire au revoir, alors qu'elle avait passé la nuit blottie dans ses bras ?

Il se leva et fit sa toilette en repensant au chat accroché à la porte, brûlant d'envie d'étrangler celui qui avait commis une telle monstruosité. De toute évidence, il ne pouvait s'agir d'une mauvaise blague et il n'y avait guère de chance que l'auteur du crime se soit trompé d'adresse. Il se sentait impuissant à résoudre ce mystère. Mieux valait se contenter d'aider Paula et de la réconforter aussi bien que possible.

En arrivant à l'hôpital, il eut le plaisir de constater que le « barillet » en Lucite avait été livré. Il commença sur-le-champ, avec un entrain renouvelé, les modifications de son artérioscope. Les choses se présentaient plutôt bien et, sauf incident grave, il devrait, sous peu, être possible de procéder aux premiers essais. Il se sentait à la fois ému de créer ainsi un nouvel appareil, et inquiet, car il se rappelait ce qui était arrivé lors du premier test clinique de son scope. Mais, cette fois-ci, le jeu en valait la chandelle ; si son invention se révélait efficace, comme Paula et lui le pensaient, elle pourrait sauver des centaines, voire des milliers de vies humaines. Une fois perfectionnée et peut-être modifiée, il pourrait vendre les droits de fabrication à une grosse société spécialisée dans ce type d'instruments, organiser des séminaires de formation pour les chirurgiens intéressés par la méthode et entamer une nouvelle phase de sa carrière.

Tout en laissant son imagination vagabonder, il n'en oubliait pas pour autant Paula et, soudain soucieux, il l'appela pour prendre de ses nouvelles.

— Tout va bien, répondit-elle, mais je suis contente que tu aies téléphoné. C'est vraiment gentil.

Rassuré, il retourna à sa table de travail et reprit le cours de ses pensées. L'étape suivante, pour lui et Paula, consisterait — vaste programme — à développer un médicament apte à prévenir la formation des caillots et qu'on avalerait dans un peu d'eau, comme un cachet d'aspirine. La chose ne serait certainement pas des plus aisées, mais il avait la certitude qu'à eux deux ils y parviendraient. Lorsque le téléphone sonna, quelques minutes plus tard, il était perdu dans ses rêves, au point qu'il sursauta. C'était Bob Wilson, son ancien patron de l'hôpital général de Los Angeles.

— J'ai entendu beaucoup de bien de votre exposé au congrès de chirurgie, Steve, dit-il. Mes félicitations ! Tous nos spécialistes en technologie en parlent encore. Mais ce n'est pas là la vraie raison de mon appel. En fait, je voulais vous informer que nous avons un travail à vous offrir. Nous allons ouvrir un laboratoire de biotechnologie et il ne nous manque plus qu'un expert tel que vous pour qu'il soit opérationnel.

— Je vous remercie d'avoir pensé à moi, docteur Wilson, répondit Steve en pensant à Paula qui avait tant fait pour lui, mais je suis très bien ici, à New Coventry.

— Vraiment ! s'exclama Wilson, très surpris par ce refus. Quoi qu'il en soit, nous ne commencerons pas à étudier d'autres candidatures avant quelques semaines, alors, si vous changez d'avis, n'hésitez pas à m'appeler.

Ce travail ne le tentait en aucune manière, mais il était heureux qu'on ait pensé à lui. Ainsi se trouvaient contredits tous ceux qui lui avaient dit qu'il ne se relèverait pas de sa mésaventure.

Il retourna travailler sur son scope, qui gisait, démonté, dans une chambre stérile, à l'abri de toute poussière. Dans cette pièce où l'on ne pouvait pénétrer, toutes les manipulations s'effectuaient par le truchement d'épais gants en caoutchouc, incompatibles avec la finesse des travaux. Aussi Steve dut-il les remplacer par des gants de chirurgien, en latex.

Il lui fallait à présent s'attaquer à un autre problème majeur. Il lui semblait en effet très compliqué de faire entrer dans l'artérioscope le tube nécessaire à la transmission des enzymes, même si ce dernier était du diamètre d'un cheveu, tout l'espace disponible étant déjà pris par les divers autres composants. Après un certain nombre de tentatives malheureuses, Steve décida de réduire d'un tiers le nombre des fibres optiques et de compenser cette perte par un accroissement de la puissance d'alimentation. Le résultat ne fut pas parfait car l'appareil se mit à chauffer au bout de quelques minutes d'utilisation. Toutefois, le procédé fonctionnait. Ensuite, utilisant une minuscule seringue, il injecta dans l'appareil quelques gouttes d'un liquide spécial, de faible viscosité, et vérifia son cheminement jusqu'à l'extrémité de la sonde.

Il ne lui resta plus, après cela, qu'à procéder à divers calculs pour régler précisément le débit de la pompe, à vider l'artérioscope, puis à le sécher en y insufflant de l'oxygène pur.

Cela fait, il se concentra ensuite sur le « concept Gatling » qui était, lui aussi, en morceaux. Il fixa le système de régulation de la pression, puis lubrifia toutes les surfaces avec un produit à base de graphite mis au point par la NASA, avant de vérifier les dimensions des divers orifices à l'aide d'un interféromètre de sa fabrication. Enfin, tout fut au point vers 2 heures du matin.

Épuisé, mais heureux d'avoir terminé, il appela Paula pour lui apprendre la bonne nouvelle et lui annoncer qu'il était prêt à procéder aux premiers essais avec la solution contenant les enzymes développée par Paula.

— C'est formidable! Tu es merveilleux, dit-elle, tout à fait réveillée. Et cela tombe très bien car je viens d'achever les tests de compatibilité. De mon côté, je suis parée aussi.

Steve était trop fatigué et n'avait pas le courage de rentrer chez lui. Prenant une pile de serviettes de toilette il s'en fit un oreiller et s'allongea sur le divan du laboratoire, là où d'ordinaire les autres employés s'asseyaient pendant leur pause, puis s'endormit comme une masse.

Paula était si excitée par la bonne nouvelle qu'elle n'arriva pas à retrouver le sommeil. Vers 5 h 30, n'en pouvant plus, elle se leva, enfila un jogging et partit faire le tour du pâté de maisons, armée d'une petite bombe de gaz paralysant, précaution qui lui sembla loin d'être superflue au vu des événements de ces derniers jours. Le jour commençait à peine à se lever. Le ciel était d'un rose merveilleux sur lequel se détachait le vert brillant des arbres. Il faisait vraiment bon vivre à New Coventry mais la beauté du spectacle ne lui faisait pas oublier sa macabre découverte, et la peur d'un éventuel agresseur dissimulé derrière un arbre l'envahit. Elle parvint à se ressaisir, la frayeur laissant progressivement place à la colère. Elle avait retrouvé dans cette ville le calme et la tranquillité qui lui avaient tant fait défaut à New York et n'admettait pas qu'on puisse ainsi l'empêcher d'en profiter.

De retour chez elle, le téléphone sonna. Une certaine Olivia McKenzie, responsable de l'unité d'intervention mentionnée par les deux agents, l'appelait pour savoir si elle pouvait passer la voir et parler de sa mésaventure de la veille. Elle s'exprimait avec un certain raffinement et avait un petit accent qui fit penser à Paula qu'elle était originaire d'Australie ou de Nouvelle-Zélande. Comme elle insistait sur le caractère urgent de leur rencontre, Paula, qui avait encore un peu de temps avant d'aller à l'hôpital, accepta de la recevoir immédiatement.

— J'arrive tout de suite, répondit Olivia McKenzie. Notre unité est installée dans le poste de police juste à côté de chez vous. Je ne vous retarderai pas trop.

En l'attendant, Paula prépara du café. Il commençait à passer lorsqu'on sonna à la porte.

— Il est encore de très bonne heure, fit Olivia. J'espère que je ne vous ai pas réveillée.

— Non, rassurez-vous, je m'apprêtais à partir travailler, répondit Paula avec un grand sourire. Mais voulez-vous une tasse de café, avant que nous commencions ?

— Volontiers. Celui du commissariat est infâme.

Olivia McKenzie était vêtue d'un uniforme impeccable. Elle était à peine maquillée et ses cheveux blonds étaient coiffés en chignon. Il était visible qu'elle avait toutes les compétences requises pour ce poste, mais elle arborait un air un peu sévère, qui n'empêcha pas Paula de la trouver sympathique.

— Les policiers qui ont répondu à votre appel nous ont transmis votre dossier. L'affaire les inquiète.

Paula se leva pour aller chercher un plateau.

— Prendrez-vous du sucre? Du lait? demanda Paula en apportant la tasse.

— Non merci, répondit Olivia. Je le bois toujours noir, sans rien.

Tout en lui parlant, elle examinait la salle de séjour en détail, les fenêtres, la porte, les interrupteurs. Intriguée par ce manège, Paula attendit qu'elle explique les raisons exactes de sa visite et de son comportement.

— Cette histoire de chat, je dois bien vous l'avouer, reprit Olivia, nous tracasse tous beaucoup. Nous devons impérativement mettre la main au plus vite sur la personne qui a fait ça, car nous savons, par expérience, qu'il ne s'arrêtera pas là. Nous voulons donc essayer de l'empêcher de se livrer à d'autres méfaits ou, au pire, nous y préparer si nous ne pouvons faire autrement.

— Que voulez-vous dire, au juste? interrogea Paula.

— Voyez-vous, ce chat a été étranglé avant d'être éventré et dépecé. Nous pensons qu'il pourrait bien s'agir d'une sorte d'avertissement, un coup de semonce en quelque sorte.

— Vous ne voulez pas dire qu'il ou elle envisagerait de me faire subir le même sort? demanda la jeune femme, livide.

— Oui, plus ou moins. Et je peux aussi vous dire que cette personne est un homme.

— Comment pouvez-vous en être aussi sûre?

— Parce que tout ce qu'il a fait subir à cette pauvre bête est typiquement masculin. J'ai téléphoné au FBI, à Quantico, et le spécialiste que j'ai eu est tombé d'accord avec moi. Il m'a dit également que cet homme, en fait, pensait à vous quand il a tué ce chat.

Paula laissa échapper une sorte de gémissement. Elle ne savait plus quoi penser du comportement d'Olivia. Voulait-elle la rassurer ou lui montrer la gravité de la situation?

— Très bien, dit Paula en prenant une grande inspiration, essayons de voir qui pourrait me vouloir ainsi du mal.

Paula cita quelques noms, sans intérêt pour l'enquête, puis en vint à Seth.

— Vous le connaissez bien? interrogea Olivia.

Paula lui raconta qu'elle n'était sortie avec lui que deux fois et mentionna ce qui s'était passé dans la voiture, près de chez elle.

Olivia resta silencieuse quelques secondes.

— Nous connaissons bien ce Seth Millway, enchaîna-t-elle. Pas de manière officielle, bien sûr, car aucune charge n'a jamais été retenue contre lui, mais nous savons qu'au moins deux femmes ont dû être hospitalisées par sa faute. Une à Hartford et une autre, ici même.

— Ça a dû lui coûter une petite fortune pour étouffer l'affaire, dit Paula tout en repensant aux dangers qu'elle avait courus sans le savoir en acceptant ses invitations.

— C'était sans importance pour lui, du moins à l'époque, puisque la dernière agression remonte à deux ans. En fait, tout cela ne prouve pas que ce soit lui le coupable, mais nous avons établi un profil type avec l'aide du FBI et de leur banque de données. Pouvez-vous me dire si cette image correspond à ce Seth ou à une autre personne? Il s'agirait donc d'un homme âgé d'une trentaine d'années, très porté sur le sexe...

— Qu'est-ce qui vous fait dire cela?

— Laissez-moi finir, s'il vous plaît. Il adore tout ce qui est symbolique, comme ce qu'il a fait au chat. Il réussit bien en affaires et a du succès auprès des femmes. Pour une raison ou pour une autre, vous lui êtes devenue inaccessible et c'est une chose qu'il ne peut concevoir. Il ne supporte pas de ne pouvoir posséder ce qu'il désire et préférerait détruire cette chose ou cette personne, plutôt que d'admettre son échec. De plus, il est sans aucun doute amoureux de vous...

Paula eut l'impression que son cœur s'arrêtait de battre. Olivia venait de lui brosser un portrait parfait de Seth. Tout, dans sa description, concordait.

Les deux femmes évoquèrent Seth pendant quelques minutes. Olivia fit remarquer à Paula qu'il y avait de grandes chances qu'il se livre à d'autres forfaits plus horribles encore, et lui expliqua qu'il existait un certain nombre de moyens de protection, dont les alarmes.

— Vous savez, dit Paula, le plus drôle c'est que j'ai toujours su que c'était lui, mais, inconsciemment, je refusais de le croire.

— C'est tout à fait normal, répondit Olivia. Personne ne peut admettre d'être haï à ce point. Ce serait reconnaître que l'on est à l'origine de ce qui est arrivé et que, si l'on avait agi autrement, rien ne se serait passé.

Olivia lui expliqua ensuite comment la joindre en cas d'urgence et lui suggéra de s'offrir un téléphone portable.

— Cela peut s'avérer très utile aussi, dit-elle. Je suis même surprise, étant donné votre profession, que vous n'en ayez pas déjà un.

Après le départ d'Olivia, Paula resta pensive, puis, sous l'effet d'une rage soudaine contre Seth ou cette personne qui avait osé s'immiscer ainsi dans sa vie et la terroriser, elle décida de prendre des mesures et d'user, elle aussi, de psychologie. Elle retarda son départ pour l'hôpital d'une bonne heure et s'efforça de deviner ce que Seth pouvait bien avoir en tête en ce moment même. Elle devait trouver un moyen de le contrecarrer.

C'est le cœur lourd qu'elle prit sa voiture et se dirigea vers le centre médical où, à 11 heures, se tenait la fameuse commission d'enquête dirigée par Clifford Abrams.

34

Les membres du comité chargés d'étudier le cas de Paula Cairns avaient été sélectionnés par Clifford Abrams avec le plus grand soin. Ce jury, outre Walter Eagleton, comprenait trois chirurgiens sur qui il savait pouvoir compter. Bien que sachant Maurice au loin, il avait téléphoné à son bureau, la veille au soir, pour l'inviter à assister à cette réunion, et avait feint d'être désolé en apprenant par Helen, sa secrétaire, qu'il était absent.

Paula, de son côté, avait envisagé un court instant de se faire représenter par un avocat, puis avait renoncé à cette idée, se sentant capable de se défendre seule devant ses pairs. Steve, qui avait déjà connu ce genre d'épreuve, insista pour qu'elle renonce à ce projet et qu'elle se fasse défendre par un homme de loi, expert en la matière. La jeune femme appela donc le siège du Conseil des chirurgiens, à Chicago, mais on lui répondit que le comité n'intervenait jamais dans les affaires disciplinaires et ne pouvait rien pour elle. Le syndicat local de médecins, quant à lui débordé par des problèmes de recouvrement de factures dues par ses membres, ne put davantage lui venir en aide. Bob Zimmerman, enfin, était toujours en voyage d'étude à l'étranger tandis que Maurice, selon les dires d'Helen, se trouvait en Europe. Paula, résignée, se dit qu'elle n'avait plus qu'une seule solution : assurer sa propre défense.

La réunion se tenait dans la grande salle de conférence. Paula y fit son apparition, un volumineux dossier sous le bras, souriant et l'air serein. Abrams vit avec satisfaction qu'elle était venue seule et lui offrit de s'asseoir au bout de la grande table. C'est alors qu'elle remarqua la présence de Susskind, qui venait de prendre place à la droite de Clifford.

— Puis-je savoir ce que vient faire ici maître Susskind? interrogea Paula, très étonnée.

— Maître Susskind représente l'université, répliqua Abrams, et vous, par là même, étant employée par cette même université. Nous voulons être certains que rien de ce qui sera dit ou fait n'aille à l'encontre de vos droits. N'est-ce pas, maître Susskind?

Ce dernier approuva d'un clignement de paupières, l'air toujours aussi fatigué, évitant de croiser le regard de Paula. Il devait encore lui en vouloir pour cette malheureuse affaire de bourse, pensa-t-elle.

Puis la session commença. Abrams demanda le silence.

— Il y a dix jours, j'ai reçu un appel du Dr Earl Macklerod qui est, comme vous le savez, un chirurgien de renommée internationale exerçant à Baltimore. Et cet appel... concernait le docteur Paula Cairns.

Il poursuivit en affirmant qu'il n'appréciait pas qu'on pût ainsi mettre en doute l'intégrité morale d'un membre de l'hôpital. Paula se rappela sa première entrevue avec Abrams, lorsqu'il avait évoqué cette femme qui avait prétendument jeté l'opprobre sur tout le service.

— Le Dr Macklerod m'a appris en outre qu'il avait été chargé par le Conseil des chirurgiens d'enquêter sur certains travaux du docteur Cairns, en raison d'accusations de fraude et de négligence portées contre elle. Il était évident que nous ne pouvions tolérer que l'on suspecte ainsi l'un des nôtres sans que nous procédions à nos propres investigations. Ainsi, l'une des mes premières et bien désagréables tâches a été de réunir ce comité.

Walter Eagleton, l'air fort ennuyé lui aussi, les yeux levés vers le ciel comme s'il en attendait une réponse divine, hochait doucement la tête, partageant l'avis de son confrère. Les autres médecins, de toute évidence fort embarrassés, évitaient de regarder dans la direction de la jeune femme, tandis que Susskind prenait des notes avec fébrilité.

— Je vous rappelle, docteur Cairns, qu'il ne s'agit pas d'une commission disciplinaire et que nous ne sommes ici que pour vous entendre sur les faits qui vous sont reprochés. Nous souhaiterions maintenant que vous nous parliez de cet article intitulé « Une méthode simple de mesure des thrombolysines dans les produits sanguins congelés », publié en juin 1991.

Paula commença par leur expliquer comment elle avait mis au point cette nouvelle technique qui ne présentait un intérêt réel que dans le cadre des recherches qu'elle effectuait à ce moment-là. Elle en avait ensuite discuté avec le Dr Bob Zimmerman qui, devant assister à un séminaire et n'ayant aucune découverte à présenter, avait insisté pour que cette méthode fasse l'objet d'un article. L'exposé avait dû être envoyé au journal de toute urgence, en raison des délais de publication et, quelques jours plus tard, Paula avait émis des doutes sur la qualité des réactifs utilisés et demandé qu'on procédât à des tests dans un laboratoire indépendant. Elle souligna qu'elle s'était rendu compte de son erreur, qu'elle regrettait sincèrement ce qui était arrivé et surtout qu'elle avait, par la suite, adressé une lettre rectificative au magazine.

— Nous vous remercions, docteur Cairns, reprit Abrams, d'avoir bien voulu nous fournir toutes ces informations. Je suis sûr, à présent, que certains d'entre nous ont des questions à vous poser, et je commencerai, si vous le permettez. Vous serait-il possible de nous indiquer la date à laquelle vous avez envoyé cette note au journal ?

Paula lui dit la vérité.

— Mais cela ne remonte qu'à quelques semaines ! fit remarquer Eagleton. Pourquoi avoir attendu si longtemps alors que vous saviez que les résultats étaient faux ?

— Parce qu'après la parution de l'article j'ai été très occupée et que cela m'est sorti de l'esprit.

— Et peut-on savoir ce qui vous a fait vous en souvenir et vous décider à rédiger cette lettre ?

— J'ai discuté de ce problème avec le Dr Bennett et nous avons conclu que c'était une bonne décision, qui permettrait d'éclaircir la situation.

— Le Dr Bennett vous a fait là une excellente suggestion, dit Walter. Mais, au fait, ne devait-il pas assister à cette réunion ?

— Le Dr Bennett a été convié officiellement à se joindre à nous, mais il était absent. Il nous a été impossible de le contacter.

— Dommage, car c'est vraiment un homme bien, murmura Walter en adressant à Paula un regard accusateur.

— Reprenons le cours de nos débats, si vous le voulez bien, messieurs, intervint Abrams. Le docteur Cairns vient de nous expliquer qu'elle a envoyé une lettre au rédacteur en chef du magazine confessant ses erreurs.

— Histoire de couper court aux rumeurs qui circulaient déjà, peut-être ? dit le docteur Wesley Bishop, médecin en semi-retraite, qui avait pris place près de Susskind.

— C'est une possibilité, en effet, mon cher Wesley, répondit Abrams, mais poursuivons. À présent, docteur Cairns, veuillez avoir la bonté de nous dire quelle est la responsabilité du chercheur vis-à-vis du citoyen qui, en fin de compte, est celui qui le paie.

Paula, réalisant que c'était une question des plus délicates, essaya de biaiser.

— Un chercheur, qu'il s'agisse d'un homme ou d'une femme, se doit de faire toujours de son mieux. Mais, comme dans chaque activité, des erreurs peuvent être commises. Il ne s'agit pas de crimes, mais de simples erreurs, comme chacun peut en faire de temps en temps. Fort heureusement, les scientifiques en tirent toujours des leçons.

Susskind prenait toujours des notes, aussi vite qu'il

le pouvait. Paula songea qu'elle aurait dû apporter un magnétophone, par simple mesure de protection.

— Merci, docteur Cairns, dit Abrams en surveillant Susskind du coin de l'œil.

Voyant que ce dernier écrivait toujours, il patienta quelques secondes avant de reprendre, feuilletant son dossier pour se donner une contenance. Susskind, enfin, posa son crayon et Clifford poursuivit son interrogatoire.

— Docteur Cairns, dit-il sur un ton affable, comme s'il voulait faire comprendre aux autres membres du jury qu'il faisait vraiment tout ce qui était en son pouvoir pour aider la jeune femme, pourriez-vous nous faire part de votre point de vue sur l'importance de l'intégrité dans notre profession ?

Tout en posant sa question, il ne cessait de regarder Eagleton, qui la lui avait soufflée.

Paula comprit très vite que Clifford voulait l'entraîner dans un débat qui n'avait rien à voir avec le mobile de cette réunion.

— Je pensais, docteur Abrams, répondit-elle d'un ton aigre-doux, que j'étais ici pour répondre à des questions concernant certains de mes travaux et non pour discuter éthique.

Abrams, toujours hypocrite, fit semblant d'être surpris et choqué par ce mouvement d'humeur et reprit la parole, l'air fâché.

— Je suis désolé que vous ne souhaitiez pas coopérer avec nous, docteur Cairns ; puisqu'il en est ainsi, je crois que nous allons pouvoir passer dès maintenant aux délibérations. Je vais vous demander de sortir et nous vous rappellerons dans quelques minutes pour vous informer de notre décision.

Paula s'exécuta, maudissant ces messieurs et regrettant que Maurice ne puisse lui venir en aide.

Dix minutes plus tard, Susskind ouvrit la porte et la pria de rentrer.

— Asseyez-vous, je vous prie, docteur Cairns, dit Abrams, très pompeux. Il est de mon devoir de vous faire part des décisions, officieuses, prises par cette commission.

Il poussa un grand soupir comme pour montrer combien cette tâche lui était pénible.

— Notre comité a estimé que vous aviez fait preuve de beaucoup de légèreté dans de précédents travaux. Il est également convaincu que, bien qu'étant au courant de ces erreurs, vous n'avez rien tenté pour vous amender avant d'y être obligée, votre forfait étant sur le point d'être découvert. Enfin, vous avez autorisé la publication d'un communiqué que vous saviez inexact, au mépris du respect qu'en tant que chercheur vous devez au public, lequel se doit de pouvoir avoir foi en la science.

Il marqua un petit temps d'arrêt et continua.

— Je pense, docteur Cairns, que vous réalisez la gravité des charges qui pèsent contre vous, ainsi que leurs conséquences. Nous allons devoir remettre nos conclusions à notre doyen ainsi qu'au Dr Macklerod, que nous nous devons d'aider dans ses investigations visant à établir la vérité.

Paula essaya de ne pas laisser voir la sensation de panique qui s'était emparée d'elle en redressant la tête. Elle n'osait dire le moindre mot de peur que sa voix, en tremblant, ne la trahisse. Il était hors de question pour elle de faire preuve devant ses juges du moindre signe de faiblesse ou de frayeur.

— Nous pensons qu'après examen de notre rapport, la direction de l'université se verra contrainte de se passer de vos services. Dans cette éventualité, il est aussi à craindre que la direction de l'hôpital vienne à mettre un terme à votre contrat. Deux décisions qui équivaudraient à vous empêcher à jamais de trouver un emploi similaire dans n'importe quel hôpital du pays et à obtenir d'autres bourses pour vos travaux, tant auprès d'organismes publics que privés, et qui signifieraient la fin de votre carrière de chirurgien mais aussi de chercheur.

Paula serra ses mains l'une contre l'autre pour cacher leur tremblement. Tout cela lui semblait irréel, comme si c'était une autre femme qu'on clouait au pilori et qu'elle n'était que spectatrice.

Abrams la considéra attentivement, puis reprit la parole.

— Je voudrais vous dire, docteur Cairns, fit-il d'un ton presque aimable, qu'après en avoir discuté avec mes confrères, nous pensons qu'il existe un moyen de vous éviter tous ces désagréments.

Abrams, tout en prononçant ces mots, se souvenait de sa convocation à la Fondation Millway et de l'ultimatum devant lequel Seth l'avait placé. Il dut se retenir pour ne pas éclater de rire.

— Je pense, dit-il, que si vous veniez travailler avec moi, sous mon contrôle, je pourrais être à même de vous éviter tous les ennuis dont je viens de vous parler. Mon laboratoire est très bien équipé et je peux dire, sans fausse modestie, qu'on fait grand cas des recherches qui y sont menées. Je suis persuadé qu'en usant de mon influence et de ma réputation, je pourrai vous aider à retrouver votre place dans le monde de la recherche.

— Une réhabilitation, en somme, dit Walter en approuvant d'un signe de tête.

— Après quelque temps, l'université, vous sachant placée sous ma responsabilité et ma surveillance, pourrait très bien envisager votre avenir sous un jour nouveau.

Clifford observait Paula avec la plus grande attention, cherchant à deviner ses réactions.

— Qu'en dites-vous, docteur Cairns ?

— Pouvez-vous me laisser le temps de réfléchir à votre proposition ? demanda Paula d'un air faussement hésitant.

En réalité, elle avait compris que les nuages qui s'étaient amoncelés au-dessus de sa tête allaient se dissiper et que le soleil brillerait bientôt de nouveau.

— Vous ne me laissez guère le choix, dit-elle ensuite, la mine abattue.

Le « projet Gatling » était prêt pour les essais cliniques, ce qui signifiait qu'Abrams n'aurait aucun droit dessus, même si elle travaillait pour lui. Il était évident, de plus, que si elle acceptait son offre, il renoncerait à transmettre son rapport au doyen de la faculté. Mieux valait donc se montrer prudente et acquiescer, juste le temps d'arranger les choses.

— Quand souhaitez-vous que je commence ? Devrai-je venir m'installer dans votre laboratoire ?

« Pauvre Abrams ! songea-t-elle. Faut-il être bête pour se donner tant de mal pour rien ? »

— Je vous attends pour la fin du mois, fit Clifford, l'air triomphant. À ce moment-là, le Dr Charnley nous aura quitté, bien qu'il n'en sache encore rien, et vous prendrez sa place.

— Très bien. Je ferai comme vous voudrez, docteur Abrams.

En sortant de cette audition, Paula songea que, si le problème avec Clifford était résolu, il restait toujours Macklerod. Rien ne garantissait qu'il ne poursuivrait pas son enquête, même après ce qui venait de se passer. Plus ennuyeux encore était le fait qu'elle n'avait aucune idée de la manière de l'empêcher de nuire.

35

— Vous croyez sans doute avoir reçu une bonne formation dans votre école de commerce de Boston, hein? lança Coletti à Seth.

Ils étaient installés dans le bureau que le financier s'était approprié et discutaient des derniers changements de politique commerciale que Seth venait d'imposer à ses conseillers.

— Que voulez-vous dire? interrogea ce dernier, plongé dans ses pensées et essayant d'imaginer l'expression de Paula, découvrant le chat suspendu à sa porte.

— Je veux dire que vous ne savez rien des affaires, des vraies affaires! Vous en connaissez un rayon sur les marges bénéficiaires, les ratios et toutes ces conneries dont vous avez l'habitude de discuter au Rotary, mais vous n'avez pas la moindre idée de ce dont je vous parle.

Mike Petras, comme d'habitude, était là, et son regard allait sans cesse de son patron à Seth.

— Il existe ici-bas une chose très importante dont vous ignorez tout, poursuivit Coletti. Et cette chose s'appelle « dommages corporels ». Et croyez-moi, ça n'a rien à voir avec les assurances.

— Cela ne figurait pas dans mon programme d'études, pour autant que je me souvienne, répliqua Seth.

— Ne jouez pas les innocents. Vous n'y avez jamais songé parce que vous êtes un bleu dans le métier, mais ce n'est pas le cas des gros de l'industrie pharmaceutique. Tout le monde y a recours un jour ou l'autre. C'est obligatoire.

— Êtes-vous en train de suggérer que nous devrions commencer par passer nos concurrents à tabac? dit Seth, l'air amusé. Puis-je vous rappeler que je ne suis ni transporteur routier, ni éboueur?

Coletti soupira. Seth, en fait, lui était devenu assez sympathique : il avait bien moins de scrupules qu'il ne l'avait pensé au départ et, si Millway devait empocher ces fameux bénéfices, il lui faudrait très vite s'adapter aux réalités de cet univers impitoyable.

— Si vous pensez que cela ne se pratique que dans ces deux secteurs, vous êtes encore plus naïf que je le pensais, reprit Coletti. C'est une manière comme une autre de résoudre un problème et ça donne une certaine image de votre entreprise. Supposons, par exemple, que l'un de vos concurrents veuille accroître sa part de marché en baissant les prix d'un produit que vous fabriquez aussi. Invitez-le à une partie de golf, expliquez-lui que sa façon de faire vous ennuie et menacez-le d'en faire autant. En fin de compte, que se passera-t-il? Vous aurez perdu dans tous les cas, parce que si vous décidez vraiment de baisser vos prix, vos bénéfices chuteront et si vous augmentez votre budget publicitaire pour relancer les ventes, vos profits s'en ressentiront également.

— Et que suggéreriez-vous, dans ce cas ?

— Je vais vous raconter une histoire qui s'est passée il y a quelques mois et qui illustre bien les choses. Le directeur du marketing d'une société qui avait baissé ses tarifs avait disparu. Il avait dit à sa femme qu'il partait en voyage d'affaires, mais, comme il ne l'avait pas rappelée comme prévu, celle-ci s'était inquiétée et avait téléphoné au bureau pour demander des explications.

Il s'arrêta un instant pour allumer un cigare.

— Ça, c'est la première étape. Faire savoir à l'adversaire qu'on a pris des mesures pour qu'il se décide à réagir. Dans le cas qui nous intéresse, il ne se passa rien pendant deux jours. La direction demeurait sur ses positions. Puis arriva un petit paquet. Cela ressemblait à un étui à cigare, mais quand le directeur l'ouvrit, il y trouva un doigt. Il sut tout de suite d'où cela provenait et ce qu'il devait faire. Les prix reprirent alors leur cours normal et le directeur des ventes retourna chez lui, un peu secoué mais en bonne santé. C'était, paraît-il, un bon pianiste ; aujourd'hui, il fait de nombreuses fausses notes. Ainsi vont les affaires, les vraies. Tout le monde s'en trouve plus ou moins satisfait et personne ne perd d'argent. Et puis ça a un autre avantage : une fois suffit. Après, plus personne n'essaye de vous rouler. Jamais.

— Et ça se passait en Amérique ?

— À Cincinnati précisément et la société était l'une des plus prospères du pays.

— Je vois, dit Seth, songeant qu'il y avait là des possibilités à exploiter. Toutefois, dans le cas des Drs Cairns et Bennett, vous semblez envisager plutôt le meurtre que l'ablation d'un doigt...

— Simple question d'appréciation, répondit Coletti. Il s'agit de cas extrêmes. Mais les personnes choisies pour exécuter le boulot sont les mêmes, seuls les techniques et les moyens employés changent.

— Pourquoi extrêmes? interrogea Seth, désireux d'en apprendre un peu plus sur ces méthodes aussi peu orthodoxes qu'efficaces.

— Prenez cette Cairns, par exemple, dit Coletti en tirant sur son cigare. Il suffirait qu'elle dévoile tous ces petits secrets sur ses recherches pour que notre plan soit à l'eau. Il faut donc tout faire pour éviter que cela arrive. Même chose pour ceux qui envisagent de trahir. On ne peut les laisser faire, sinon on est cuit.

— D'accord, répliqua Seth, qui n'était pas entièrement satisfait de ces explications, mais que faites-vous des femmes, des enfants, des employeurs? Est-ce qu'ils restent les bras croisés? Et les corps, qu'en faites-vous? Et la police? Et le FBI? Est-ce qu'ils n'ont jamais de soupçons? Est-ce qu'ils ne cherchent pas à savoir?

— Non, parce que nous n'agissons ainsi que rarement, pour ne pas trop attirer l'attention. Et puis, je vais vous poser une question : où cacheriez-vous le mieux une aiguille?

— Dans une botte de foin! répondit machinalement Seth, qui n'aimait pas ce genre de devinettes.

— Faux, répliqua Coletti. Il suffirait d'un détecteur

de métal pour la retrouver. Le meilleur moyen de faire disparaître votre aiguille à jamais, c'est de la dissimuler dans une boîte remplie d'autres aiguilles.

— Ce qui veut dire?

— Quelle est la principale cause de décès chez les personnes de moins de soixante ans? demanda-t-il sur un ton très professoral.

— Aucune idée. Le cancer, peut-être.

— Non, la route. Elle fait chaque année plus de quarante-cinq mille morts, soit plus de cinq décès à l'heure, sans compter tous ceux qui succombent à leurs blessures. Donc, si vous voulez vous débarrasser de quelqu'un sans attirer l'attention, provoquez un accident! C'est indécelable. Pas besoin de revolver, de poignard ni de poison. Il suffit d'une voiture et, faites-moi confiance, il y a mille et une manières de la saboter : endommager la direction, vider le liquide de frein, etc. Personne n'y voit rien! Tous les véhicules ayant subi un carambolage se ressemblent et personne ne pense à vérifier quoi que ce soit. Certains flics y songent parfois, mais ils abandonnent bien vite : ils ont tellement à faire! C'est la vie et c'est ainsi qu'il faut faire si l'on veut arriver à ses fins.

— Pourquoi me racontez-vous ça? questionna Seth.

— Parce qu'en plus de votre chère Dr Cairns, j'ai deux autres candidats en vue. Le Dr Bennett et votre ancien directeur de recherche... comment s'appelle-t-il... celui qui a joué les trouble-fête...

— Connor, répliqua Seth. Mais comment savez-vous ça?

— Mes informateurs savent que Bennett va donner

une grande conférence de presse, retransmise à la télévision la semaine prochaine, poursuivit Coletti, ignorant la question de Seth, et nous en avons déduit que Connor avait craché le morceau. À ce propos, est-ce qu'il saurait des choses dont je ne serais pas, moi, au courant ?

— Oui, répondit Seth qui sentait la sueur perler sur son front. Il sait tout des diverses transactions financières, y compris les nôtres, des magouilles avec la caisse de retraite et des pots-de-vin versés aux médecins qui acceptent de prescrire nos médicaments.

Coletti n'avait pas fait un geste, mais son visage exprimait clairement sa colère.

— Comment, en tant que directeur de recherche, a-t-il pu avoir vent de tout cela, hein ? Expliquez-moi, je vous écoute !

— Il avait une amie à la comptabilité et c'est elle qui lui a fourni tous ces renseignements, mais je l'ai fait renvoyer depuis.

— Parfait ! s'exclama Coletti, sarcastique. Quand Mike filait Connor, il a assisté à sa rencontre avec Bennett et l'a vu lui remettre une mallette. Si j'avais su alors ce qu'il y avait dedans, j'aurais pu faire en sorte à ce moment-là que Bennett ne rentre jamais chez lui.

Coletti prit ensuite le téléphone et composa un numéro, dans un autre État.

— Nous savons tout ce que nous voulions savoir sur cette Cairns, mais nous allons avoir besoin d'en apprendre un peu plus sur Bennett et Connor. Revenez me voir dans deux heures, quand mes gars seront là, d'accord ? Nous allons régler au plus vite ces deux petits problèmes et ça ne vous coûtera pas un cent de plus.

Seth se leva et quitta le bureau sans un mot, fort mécontent. Les projets de Coletti concernant Paula ne l'enchantaient pas. N'avait-il pas lui-même conçu pour elle son propre plan?

36

Dès son retour à New Coventry, Maurice rendit visite à Paula dans son laboratoire. Elle fut si contente de le retrouver qu'elle faillit se jeter dans ses bras, mais la présence de Mirna l'en retint. Il semblait en pleine forme, en dépit des circonstances, et, après avoir fait un petit signe à la technicienne qui travaillait sur les derniers tests de compatibilité, il entraîna Paula à l'autre bout de la pièce pour bavarder.

Son enquête était pratiquement terminée et son rapport serait encore plus explosif que prévu. Il avait passé deux jours en Suisse, à Bâle, capitale européenne de l'industrie pharmaceutique, où il avait obtenu bon nombre d'informations qui venaient corroborer celles que Connor, dont il ne mentionna pas le nom à Paula, lui avait fournies sur Millway.

— Et maintenant, me voilà de retour, dit-il en conclusion. Nous allons pouvoir nous occuper de mon opération. J'ai bien réfléchi pendant mon voyage et je pense que cet anévrysme a été provoqué par un coup de sabot que j'ai reçu dans le dos, il y a quelques années, alors que je faisais du cheval, près d'Albuquerque, au Nouveau-Mexique.

— Vous connaissez cette ville ? dit Paula, très étonnée. Je l'ignorais. Vous y avez vécu ?

— Non, j'étais là-bas en vacances, dit-il en souriant.

Tout en parlant, Paula avait sorti son agenda et le feuilletait à la recherche d'une date disponible.

— Quand voudriez-vous être opéré ? demanda-t-elle.

— Voyons, la conférence de presse à Hartford est prévue dans une semaine, jour pour jour. Nous aurons même le gouverneur, dit Maurice en riant. En réalité, il ne vient que pour mettre des bâtons dans les roues de son confrère du New Jersey, où sont installés les plus grands laboratoires pharmaceutiques du pays, avec lequel il est en désaccord. Je suppose qu'il y aura, dans les jours qui suivront, diverses interviews ou réunions. Le mieux serait donc de programmer l'intervention environ deux semaines après, si cela vous convient.

— C'est parfait, répondit Paula en remplissant son carnet.

— À propos de cette conférence de presse, reprit Maurice, j'ai pensé que cela vous plairait peut-être de m'accompagner. Elle a lieu à 16 heures, nous devrons partir juste après le déjeuner. Qu'en dites-vous ?

— J'en serais ravie, vraiment. Pour en revenir à votre anévrysme, je dois vous signaler qu'Eagleton s'en est pris à moi lors de la réunion hebdomadaire. Il a insinué que je voulais votre mort parce que je ne vous avais pas traîné en salle d'opération à l'instant même où j'avais vu vos radios.

Maurice soupira, l'air navré.

— Et votre projet ? Où en êtes-vous ?

Paula commença par lui conter comment Abrams avait réussi à l'obliger à travailler pour lui. Maurice s'assombrit.

— Ne vous inquiétez pas, déclara Paula. Nous avons beaucoup progressé. La formule des différentes enzymes est au point et nous disposons même d'un appareil pour transporter la solution jusqu'au caillot. Abrams s'est donc donné du mal pour rien.

— Je vois, fit Maurice en jetant un coup d'œil à Mirna, mais allons plutôt dans votre bureau.

Une fois la porte fermée, il se tourna vers Paula, l'air grave.

— J'ai quelque chose à vous apprendre sur Clifford Abrams, mais cela doit rester secret. Je peux compter sur vous ?

Paula hocha la tête.

— Il travaille depuis peu pour Millway, comme conseiller médical. Il figure même sur leur comptabilité secrète et perçoit quelque quarante mille dollars par an, plus les frais. De plus, un grand nombre d'actions ont été déposées pour lui chez un agent de change, il y a quelques semaines.

— Le salaud ! s'écria Paula, furieuse. Et Susskind, l'avocat de l'université ? Vous croyez qu'il est aussi à leur solde ?

— Je ne sais pas. Il n'est mentionné nulle part dans leurs livres.

— Il est avocat, rien de plus facile pour lui ! Il connaît tous les trucs. Seth Millway doit le payer en billets de dix dollars usagés, une fois par mois, dans un sac en papier !

— Sûrement ! dit Maurice en riant. Il est peut-être même payé en pesos ! Plus sérieusement, revenons à cette affaire avec Earl Macklerod. Je le connais bien, c'est un enquiquineur, très imbu de sa personne, mais je trouverai bien un moyen de le faire renoncer à son enquête.

Il regarda Paula d'un air bienveillant et lui sourit. La jeune femme en éprouva sur-le-champ une sensation de soulagement. Maurice était rentré et plus rien désormais ne serait impossible, puisqu'il était là pour l'aider.

— Qu'est-ce que vous allez nous apprendre à propos de ces messieurs de l'industrie pharmaceutique ? questionna-t-elle, curieuse. Ils n'ont pas l'air si méchants que ça. Est-il vrai que vous en avez plus particulièrement après Millway ?

— Tous pourris, vous voulez dire ! dit Maurice, d'un air outré. Et cela n'est pas nouveau. En plus, ce sont d'ignobles tricheurs. Tout repose sur le mensonge, aussi bien leurs publicités que leurs rapports avec le public. Je sais bien que c'est une pratique courante dans le monde des affaires, mais, quand on joue ainsi avec la santé des gens, cela devient criminel.

— Que voulez-vous dire ?

— Ils clament sur tous les tons qu'ils sont conscients de leurs devoirs envers la société et que leur principal souci est de veiller à la bonne santé des populations du monde entier, mais laissez-moi vous raconter une histoire qui va vous éclairer. Il y a quelques années, je suis allé travailler dans une petite ville d'Afghanistan. Nous avons dû faire face à une épidémie de diphtérie et de nombreux enfants étaient touchés. Je ne vous apprendrai rien en vous disant qu'au cours de cette maladie il se forme dans la gorge une membrane qui provoque des étouffements. Nous passions nos journées à pratiquer des trachéotomies, parfois même sur des nouveau-nés. Nous avions, d'un autre côté, commencé à distribuer des antibiotiques aux bébés indemnes ou aux personnes à risques, mais rien n'y faisait, la maladie se propageait. Je ne comprenais pas pourquoi.

Paula l'observait, admirative.

— C'est alors que j'ai eu l'idée d'inspecter les dates sur les flacons : ils étaient tous périmés, parfois depuis plus d'un an.

— Comme mes réactifs, soupira Paula.

Mais Maurice, plongé dans ses visions d'enfants mourant sous ses yeux, ne l'entendit pas.

— J'ai donc fait ma petite enquête et j'ai appris que le laboratoire qui fabriquait ces produits faisait régulièrement des dons aux pays du tiers monde et que c'était devenu, en quelque sorte, son image de marque. Les médicaments avaient bel et bien été donnés, c'est la stricte vérité, mais ils avaient été expédiés juste avant leur date limite d'utilisation, ce qui leur valait de confortables réductions d'impôt. Le fait que ces produits, ayant perdu toutes leurs propriétés thérapeutiques, étaient utilisés pour soigner les populations les plus démunies du monde, ne les gênait en aucune manière. Leurs avocats avaient fait le nécessaire pour qu'ils ne puissent être poursuivis, puisqu'il s'agissait d'une aide, et, puisque les dates étaient clairement indiquées sur les étiquettes, ils ne risquaient rien. Je vous jure, Paula, que ce souvenir me rend fou de rage.

— Ne vous agitez pas, Maurice, dit Paula en posant la main sur son bras. Pensez à votre anévrysme.

Bennett se dégagea doucement, toujours sous le coup de l'émotion.

— J'ai écrit à l'Unesco, au Département d'État et même au secrétariat général des Nations Unies, mais aucun n'a daigné me répondre. Seul le Département d'État m'a remercié et a pris « bonne note » de mon rapport. Personne, pas même au Congrès, n'ose s'en prendre à la toute-puissante industrie pharmaceutique. Vous ne pouvez pas avoir idée, Paula, du pouvoir exercé par leur lobby. C'est l'une des branches les plus prospères du pays, et elle tient à le rester, le moyen le plus simple et le moins onéreux d'y parvenir consistant à soudoyer ceux qui défendront leurs intérêts, à financer des campagnes électorales de toutes natures et à distribuer généreusement les cadeaux les plus divers, dollars, voyages, tout ce que vous voudrez !

— Mais ils le font tous ! Regardez les producteurs de tabac, ou les fabricants d'armes, eux aussi ont leurs intermédiaires qui arrosent Washington de dollars.

— Je suis d'accord avec vous, Paula, mais on ne peut pas se battre sur tous les fronts en même temps. Moi, je préfère m'attaquer aux plus gros, dit Maurice avec un grand sourire.

— Et ?

— Et quoi ?

— Qu'alliez-vous ajouter à propos des laboratoires ?

— Vous voulez plus de détails ? Parfait, prenons par exemple les prix. Lorsque vous avez besoin de changer de voiture, vous choisissez un modèle dans vos moyens. Le constructeur a donc intérêt à pratiquer les tarifs les plus bas, sinon il se retrouvera vite ruiné. Mais en ce qui concerne les médicaments, c'est différent ; les malades se font rembourser par leur assurance. Rien n'incite donc les fabricants à pratiquer des prix raisonnables. Mais le plus beau, dans toute cette histoire, c'est que tout le monde, à part le consommateur, y trouve son compte. Les laboratoires pratiquent des prix de vente exorbitants, les détaillants haussent leurs marges et les assurances payent sans sourciller puisque de leur côté, elles augmentent le montant de leurs primes. Le client, comme d'habitude, est le seul à faire les frais de toute l'opération, mais ça, personne ne s'en soucie.

— Et vous avez assez de preuves pour justifier tout cela.

— Faites-moi confiance. J'ai tout ce qu'il faut.

— Et Millway ?

— Je les tiens. Ils sont foutus. Mais assez parlé pharmacie. Passons à votre nouveau système de transfert des enzymes au contact du caillot.

— Une dernière chose, dit Paula en pensant tout à coup à Seth et au chat sur sa porte. Et votre sécurité, y avez-vous songé ? Avec tout ce qui se prépare, certains doivent commencer à s'inquiéter. Cela ne vous fait pas peur ?

— J'ai pris certaines précautions, dit Maurice, laconique. Allez, maintenant, parlez-moi de votre nouvelle découverte !

Paula lui expliqua en détail le « projet Gatling » et Maurice en resta stupéfait.

— C'est incroyable d'avoir pensé à une telle astuce !

Bob Zimmerman m'avait bien dit que vous étiez d'une intelligence et d'une imagination redoutables mais je pensais que c'était parce qu'il voulait se débarrasser de vous ! dit-il en riant.

— Ah oui? s'exclama Paula qui avait compris qu'il ne s'agissait que d'une plaisanterie. De toute façon, j'étais bien trop chère pour lui ! En réalité, l'idée m'est venue en regardant un reportage sur Richard Gatling à la télévision et j'en ai parlé à Steve, ce qui nous a valu de laisser brûler la pizza.

— Steve..., interrogea Bennett. Vous voulez bien dire Steve Charnley ?

— Oui, c'est lui qui a conçu tout le système. C'est un vrai génie question instrumentation.

Quelques minutes plus tard, Maurice et Paula quittaient le laboratoire. En marchant avec lui vers l'hôpital, elle envisagea un instant de lui parler de Seth et du chat, mais elle préféra s'abstenir. Il avait bien assez de soucis comme ça.

Quelques secondes après leur départ, Mirna sauta sur son téléphone et composa le numéro du Dr Abrams.

— J'ai quelques nouvelles intéressantes à vous communiquer. Vous avez cinq minutes ?

37

Seth, indépendamment de Coletti, avait mis au point un plan pour se débarrasser de Paula. Il savait qu'il n'aurait sûrement pas à l'exécuter lui-même, car les hommes du financier étaient très efficaces, mais il avait tout préparé avec le plus grand soin, au cas où. Depuis qu'il était petit garçon, Seth avait l'impression qu'il y avait chez les femmes quelque chose, dans leur ventre, qui les rendait plus fortes que les hommes. Il voulait savoir, disséquer, comprendre. Il souhaitait aussi, et de toute son âme, réduire la jeune femme en miettes, de façon qu'on ne puisse plus la reconnaître et que son image disparaisse de sa mémoire. Ainsi, il serait enfin libre.

Il avait envisagé dans un premier temps de l'écorcher vive ; ce supplice ne figurant pas dans les ouvrages à sa disposition, il avait dû se rendre à la bibliothèque pour lire des récits illustrés des XIVe et XVe siècles. À cette époque, cette pratique n'avait rien d'extraordinaire. Dans les livres qu'il consulta, il apprit que le temps de survie de la victime dépendait de plusieurs facteurs : la surface de peau enlevée, son âge et son état de santé, et, le plus important, la dextérité du bourreau. Se posait aussi le problème du sang, toujours très abondant, dont on pouvait toutefois réduire l'écoulement par l'application de compresses chaudes. Il fallait également, et c'était crucial, faire très attention à ne pas sectionner une veine ou une artère sous peine de hâter la mort du supplicié.

Une question d'ordre philosophique le hantait : à quel moment Paula cesserait-elle vraiment d'exister, d'être un être humain ? Certainement pas en mourant, car, même après sa mort, il garderait son image en mémoire. Toutefois, s'il découpait son corps, son buste, ses bras, ses jambes, sa tête, ses mains et ses pieds en morceaux, si petits que personne ne pourrait dire à qui ils avaient appartenu, peut-être alors aurait-il réussi à la détruire pour de bon. Mais il garderait toujours le souvenir de sa façon de marcher, de son sourire, de son enthousiasme. Et c'était cela qu'il voulait, plus que tout, chasser de son esprit. Il avait lu que certains assassins aiment à conserver dans un tiroir des objets ayant appartenu à leurs victimes, telles des mèches de cheveux ou des photos que, de temps en temps, ils sortent pour mieux se rappeler leurs forfaits. Avec lui, il ne saurait en être question, il n'irait même pas à son enterrement, à supposer qu'il y en ait un. Pour lui, elle serait bel et bien morte, partie, définitivement.

Le problème qui se posait à lui pour le moment était qu'il ne pouvait s'empêcher de penser à elle. Lorsqu'il voyait dans la rue une femme qui lui ressemblait, son cœur s'arrêtait de battre. Et si cette femme s'était avérée être Paula, il aurait cependant tout fait pour l'éviter, même si, paradoxalement, il passait ses nuits devant son immeuble, à la guetter. Un jour, très tôt le matin, il avait même vu entrer une femme blonde, avec un chignon, l'air sévère. Il ne la connaissait pas, mais il avait eu l'impression qu'elle venait voir Paula. Il se demandait aussi comment celle-ci avait réagi en découvrant le chat. Il essayait d'imaginer l'expression de son visage à l'instant où, dans ce couloir obscur, elle avait frôlé le corps froid et inerte de l'animal, et se demandait si elle se doutait qu'il était le coupable.

Seth traversait maintenant une phase plus paisible mais il savait que ses instincts meurtriers, à un moment ou à un autre, allaient le reprendre. Il avait même songé un moment à consulter un psychiatre, ou à voir la police, bref à expliquer à quelqu'un ce qui se passait dans sa tête, à confesser ce qu'il avait fait et, plus important encore, ce qu'il projetait. Il lui semblait qu'une sorte de monstre sommeillait en lui qui, lorsqu'il se réveillait, lui faisait perdre tout sang-froid.

Avant de mettre ses horribles projets à exécution, il lui fallait accomplir une autre tâche. Aussi, un matin, vers 11 heures, il arrêta sa voiture devant chez Paula, sonna et descendit les quelques marches qui menaient au bureau du concierge.

— Je souhaiterais louer un appartement, dit-il à M. Parker, le gardien. Un deux-pièces.

— Nous n'avons pas grand-chose de libre pour le moment, répondit Parker en consultant un grand livre.

Pendant que l'homme compulsait son registre, Seth jeta rapidement un coup d'œil autour de lui et vit ce qu'il cherchait, des clés accrochées au mur dont l'une était étiquetée « PASSE-PARTOUT ».

Seth se mit alors à tousser au point de s'asseoir. La quinte s'accentua et il devint tout rouge, presque incapable de respirer.

Inquiet, M. Parker lui demanda s'il désirait un verre d'eau. Seth, qui ne pouvait pas parler, fit oui de la tête.

Lorsque le concierge revint quelques secondes plus tard, la clé avait disparu. Plus tard, feignant de ne pas être intéressé par le seul appartement encore vacant, Seth remercia M. Parker et prit congé.

Quelques jours auparavant, il avait fait la connaissance de deux des hommes de Coletti. Le premier, de petite taille, plutôt sympathique et grassouillet, s'appelait Chip et avait environ quarante ans, tandis que le second, du même âge, était plus grand, très mince et avait le teint basané.

Son regard était glacial et il demeura muet tout le temps de leur rencontre, ce qui rendit Seth un peu plus nerveux. Personne ne lui adressait la parole, ni ne prononçait son nom, et chacun, de toute évidence, éprouvait en sa présence comme un sentiment de malaise.

Chip prit place dans l'un des canapés du bureau de Coletti et se tourna vers Seth.

— Il nous faut des informations sur ces deux types, dit-il, mais commençons par le commencement. D'abord ce docteur, Maurice Bennett, si je ne me trompe pas.

— C'est bien ça, répondit Seth, mais je ne le connais pas bien. Je ne l'ai vu qu'une fois.

— Il travaille bien au centre médical?

— Oui!

— De quelle heure à quelle heure?

— Aucune idée. Vous feriez mieux d'interroger quelqu'un d'autre.

— Sa voiture, c'est bien une BMW bleue, modèle 1994?

Seth haussa les épaules.

— Ça ne fait rien, dit Chip en souriant. On connaît la date de sa conférence de presse et on sait qu'elle aura lieu à Hartford. Il va sûrement prendre sa belle voiture.

— Je le suppose, répliqua Seth, et le Dr Cairns devrait sans doute l'accompagner.

— Voilà qui va nous simplifier la tâche, répliqua Chip, un peu étonné du regard que lui lança Seth à cet instant.

— Pour Bennett, vous devrez donc vous débrouiller tout seul, intervint Coletti, mais pensez plutôt à Connor.

— Pas de problème, répondit Chip. Il est le premier sur la liste, si j'ai bien compris?

Seth lui fournit tous les renseignements qu'il possédait sur son ancien employé, son adresse, la situation de la maison par rapport à l'autoroute, son aspect extérieur, le genre du quartier.

— Parfait, approuva Chip. Ça colle bien avec ce que m'a dit Mike. Est-ce que Connor travaille?

— Pas que je sache. Le service du personnel n'a encore reçu aucune demande de renseignements à son sujet depuis son renvoi.

— Il est marié? Des enfants?

— Marié mais pas d'enfants.

— Est-ce qu'il aime voyager?

— Je ne crois pas. En tout cas, ils n'en ont certainement pas les moyens, étant donné que Connor n'a pas encore touché d'indemnités.

— Vous êtes sûr de ce que vous nous dites ou vous vous contentez de deviner ? questionna Coletti en adoptant sa position favorite, les pieds sur le bureau.

— Je le connais depuis des années, je suis même allé dîner chez lui à plusieurs reprises avec papa, mais je ne sais pas tout de sa vie privée.

— Est-ce qu'il sort, le soir ? Pour promener le chien, par exemple ? poursuivit Chip.

— Peut-être. Il avait un colley à l'époque où mon père dirigeait la société, mais je ne suis pas certain qu'il l'ait encore.

— Il est sportif ? Il va régulièrement dans une salle ?

L'interrogatoire se poursuivit encore pendant près d'une heure, à l'issue de laquelle Chip ne se montra guère satisfait.

— Nous devrons nous informer un peu plus avant de passer à l'action, dit-il en jetant un regard réprobateur à Seth. Mais ne vous inquiétez pas, il aura la punition qu'il mérite, cette espèce de sale vendu !

Sur ces paroles, Chip se leva, suivi de son compagnon, toujours aussi silencieux.

— Des types bien, dit Coletti à Seth, une fois les deux hommes sortis. Chip est un ancien mécanicien. Il a même travaillé pour la police de Boston.

— Et l'autre, celui qui n'a rien dit, il n'a pas de nom ou quoi ? On dirait qu'il a perdu sa langue.

— Vous ne croyez pas si bien dire ! répondit Coletti, avec un sourire énigmatique.

38

L'annonce de la diffusion de la conférence de presse de Maurice sur une chaîne nationale avait fait grand bruit et tout le petit monde des médias, bien qu'il restât encore dix jours avant la date prévue, frémissait d'impatience. Son téléphone sonnait sans arrêt. Les reporters des agences de presse, les journaux, les animateurs d'émissions télévisées, tous voulaient savoir à l'avance ce qui allait se dire, obtenir le petit indice ou les détails que les autres n'avaient pas. Helen Katz avait même dû faire sortir un présentateur et un cameraman de CBS qui, ayant réussi à franchir les barrages de sécurité, s'étaient installés dans le couloir, juste devant le bureau de Maurice.

— C'est un sujet très chaud, avait déclaré Helen à Paula. D'autant que tout le monde sait qu'il a toutes les chances d'être le prochain ministre de la Santé.

Pendant quelques secondes, Paula essaya d'imaginer ce que deviendrait la vie à l'hôpital sans Maurice mais elle y renonça vite ; cette perspective était trop déprimante. De plus, elle était trop prise par ses recherches pour avoir le temps de penser à autre chose. Elle et

Steve avaient passé de longues heures à pallier toutes les imperfections du « système Gatling », puis avaient procédé à des tests sur des animaux qui s'étaient révélés concluants. Ils étaient donc prêts pour les premiers essais cliniques et avaient adressé une lettre à Charles Kingston, l'administrateur du centre, lui demandant l'autorisation d'utiliser l'appareil si l'occasion se présentait. Kingston avait eu une grande conversation avec Maurice à ce sujet, mais leur requête était toujours sans réponse.

Entre-temps, d'autres faits importants s'étaient produits et Paula ne pouvait s'empêcher de sourire en repensant à la conversation téléphonique que Maurice avait eue avec Earl Macklerod.

Bennett avait d'abord pris contact avec Bob Zimmerman, l'ancien patron de Paula à New York, qui était enfin rentré de son voyage à l'étranger, et lui avait fait part des plans de Macklerod à propos de Paula. Bob, qui n'avait pas bon caractère, était devenu fou de rage et avait traité Earl de toutes les épithètes possibles et imaginables avant de retrouver son calme.

— Est-ce qu'il se rend compte, ce con, que mon nom figure aussi au bas de cet article, en tant que directeur du laboratoire, et que, s'il décide de traîner Paula dans la boue, il m'implique aussi dans ses sales combines ?

— Vous avez tout à fait raison, avait répliqué Maurice. Aussi, je vous propose que nous ayons une conversation téléphonique à trois avec ce cher Earl, au plus vite.

Ayant réussi à joindre Makclerod, Bob avait commencé par lui expliquer la situation.

— Je suis navré, Bob, avait répondu Macklerod sur un ton pompeux, mais je ne peux pas me permettre de laisser des liens d'amitié prendre le pas sur mon devoir. Je suis désolé que vous vous sentiez impliqué dans cette triste affaire, mais vous savez aussi bien que moi que nous devons nous montrer dignes de la confiance que le public a en nous et que, pour ce faire, nous devons nous-mêmes éliminer les pommes pourries du panier.

Zimmerman avait de nouveau perdu son sang-froid, mais Earl était demeuré sur ses positions. Revenir sur sa décision risquerait, selon lui, de créer un dangereux précédent, et, si l'on venait à apprendre qu'un tel dossier avait été enterré, sa crédibilité en tant que défenseur de la santé serait à jamais ternie.

Maurice les avait écoutés se disputer ainsi pendant quelques minutes, puis, profitant d'une pause, s'était interposé.

— Je crois, Earl, que vous êtes candidat à la présidence du Conseil des chirurgiens?

Un silence avait suivi. Pourquoi Maurice abordait-il ce sujet?

— Oui, bien sûr, avait répondu Earl, mais je ne vois pas le rapport.

— Vous avez tout à fait raison, avait riposté Maurice sur un ton des plus affables. Je me demandais simplement si vous avez bien réfléchi à la nature de cette élection. C'est un comité constitué de cinq membres influents de notre profession qui tranche et décide qui sera le prochain président.

— Bien entendu, avait dit Macklerod, mais vous essayez de détourner la conversation. Nous parlons d'un problème qui n'a rien à voir avec ce vote et je tiens à dire, à Bob en particulier, que rien ne me fera changer d'avis et que je poursuivrai mon enquête sur le Dr Cairns, quoi qu'il arrive, et...

— Earl, dit Maurice en lui coupant la parole, vous n'avez pas oublié, j'espère, que Bob et moi faisons partie du comité ?

Une longue pause avait suivi ces derniers mots. Maurice sentit que Bob, à l'autre bout de la ligne, se retenait pour ne pas éclater de rire.

— Je m'en souviens parfaitement, reprit Earl d'une voix beaucoup moins assurée. C'est aimable à vous d'avoir pensé à me le rappeler.

Il était resté sans rien dire un grand moment, au point que Bob et Maurice s'étaient demandé s'il était toujours avec eux, puis il avait repris, de son ton habituel.

— Je vous remercie, messieurs, de m'avoir appelé, et je sais comment pouvoir compter sur votre soutien lors de la prochaine élection.

Macklerod ayant raccroché, Bob et Maurice avaient poursuivi leur entretien.

— C'était vraiment une idée géniale, Maurice, mais croyez-vous que Earl ait vraiment compris ? Il est tellement bête.

— Faites-moi confiance, déclara Maurice, nous n'entendrons plus jamais parler de cette enquête, à moins bien sûr que nous ne décidions d'élire un autre président. Il me reste à présent quelques points à éclaircir à propos de Clifford Abrams et j'aurai peut-être besoin de votre aide. Mais je vous en reparlerai au banquet de l'association, si vous le voulez bien. À très bientôt.

L'excitation était à son comble au Millway Building, où Seth et toute l'équipe avaient enfin eu accès, par un heureux hasard, aux données de Paula.

— Nous avons réussi à faire une impression de tout le processus, déclara Seth à Coletti. Lorsque Mirna, la technicienne, est arrivée au laboratoire, ce matin, elle a mis en marche l'ordinateur, comme d'habitude, et s'est retrouvée dans le programme codé. Elle a tout de suite pensé que le Dr Cairns, en partant hier soir, avait oublié de sortir du logiciel crypté avant d'éteindre et en a profité pour procéder à la copie de tout le dossier. Il fait une quarantaine de pages et se trouve à présent bien à l'abri dans mon coffre.

— Autant que ça ? C'est impossible. La formule ne peut pas être aussi complexe.

— Bien sûr que non, mais Mirna m'a dit qu'elle a fait une copie de tout le document qui comprend aussi les premiers tests, les simulations et diverses autres choses. Ce qui nous intéresse doit être caché quelque part, dans tout ce fatras.

— Et quelle est l'étape suivante ?

— J'ai confié un double du document à mon directeur de recherche et je pense qu'il ne lui faudra pas longtemps pour retrouver la formule. Nous travaillons déjà depuis quelque temps sur un conditionnement sous forme de pilule et, dès que nous aurons isolé cette fichue formule, nous pourrons commencer la production.

Tout le personnel du département recherche, y compris Carl Dornier, le nouveau directeur, travailla jour et nuit pendant près d'une semaine avant d'obtenir un résultat. Ce ne fut que tard dans la nuit, après avoir recopié le dossier sur leurs propres ordinateurs et fait des analyses sophistiquées, qu'ils trouvèrent la solution du problème.

— La formule ne comporte que sept composants ! Ce n'est pas possible, déclara Carl en regardant, incrédule, les résultats qu'on venait de lui remettre.

— Mais si, répondit Mayer, son adjoint, dont les yeux étaient rougis par la fatigue. Nous avons vérifié et revérifié des douzaines de fois, nous avons utilisé toutes les méthodes d'analyse que nous connaissions et, chaque fois, nous avons obtenu le même résultat. Mais je dois vous dire que je ne m'attendais pas à une formule de ce genre, étant donné que la plupart des composants me sont inconnus.

Dornier prit les documents et les examina avec la plus grande attention. Les techniques décrites lui semblaient être les bonnes et, comme Mayer le lui avait dit, on y retrouvait toujours les mêmes. La liste des enzymes, quant à elle, était identique sur chaque page du dossier.

— Ça doit être bon, dit Dornier après quelque temps. Dans le cas contraire, et mis à part les enzymes, nous nous serions retrouvés avec une sorte de cocktail bizarre et incohérent.

Il s'installa à son bureau et se pencha à nouveau sur la formule. Les substances qui y figuraient avaient bien les propriétés particulières des enzymes, mais il fut surpris de ne pas y trouver les substances habituelles, connues pour leurs effets sur la coagulation du sang, telles que la thrombokinase, la thromboplastine ou la proconvertine.

Il se dit alors que Paula avait peut-être fait une véritable découverte et il se prit tout à coup d'intérêt pour son travail. Elle avait dû trouver une nouvelle manière de détruire les caillots par l'action conjuguée d'enzymes n'ayant aucun lien entre elles. Il était donc normal, dans ce cas, que les plus grands laboratoires du pays aient dû renoncer après des années d'efforts inutiles.

Il s'étira, fatigué par ces longues heures passées devant l'ordinateur à essayer de déchiffrer tous ces documents.

— D'accord, annonça-t-il finalement, nous allons chercher chacune de ces substances dans le répertoire et puis nous essayerons de trouver quelles sont les différentes corrélations.

— Est-ce qu'on ne pourrait pas remettre ça à demain? supplia Mayer. Il est presque 3 heures du matin et je suis au travail depuis 7 heures.

Dornier eut pitié de lui mais les deux hommes planchèrent sur la formule pendant encore près de deux jours, tandis que le reste du personnel œuvrait dans la plus grande confusion. Aucune des enzymes, en effet, n'était connue pour son action sur la coagulation du sang et leur effet conjugué ne permettait, en aucune manière, d'obtenir ce fameux « effet cascade ».

Dornier passa de longs moments à son bureau, les yeux rivés sur la liste, essayant de comprendre, puis, soudain, lisant la formule à haute voix, la lumière se fit. Il devint tout rouge et appuya avec rage sur le bouton de l'interphone.

— Appelez-moi Mayer, et en vitesse !

Ce dernier arriva quelques secondes plus tard et Carl agita la feuille devant lui.

— Regardez, lisez la liste ! s'écria-t-il.

Mayer, épuisé, obéit, mais ne vit rien d'autre que le sempiternel assemblage de produits chimiques.

— Prenez la première lettre de chaque enzyme, espèce d'imbécile, et dites-moi ce que vous obtenez !

Mayer obtempéra et put lire : « A-L-L-E-Z-V-O-U-S-F-A-I-R-E-F-O-U-T-R-E » !

Coletti, en apprenant la nouvelle par Dornier, devint vert de rage.

— Croyez-vous que ce soit cette Mirna qui nous a joué ce sale tour ? demanda-t-il à Abrams qu'il avait convoqué d'urgence.

Clifford, livide, fit non de la tête.

— Je suis certain que Mirna n'est pas responsable. Elle n'aurait jamais songé à faire une telle chose. Le Dr Cairns a dû sentir qu'on essayait de voler sa découverte et nous a concocté cette formule, comment dire... spéciale.

— C'était bien vu, fit Coletti, mais le problème, c'est que nous sommes revenus à la case départ et que je ne vois pas, à présent, comment nous allons nous procurer ces renseignements.

— Servons-nous de la caméra dans le plafond, suggéra Clifford. Elle a été placée là à cet effet, si je me souviens bien.

— Oui, mais l'ordinateur a été déplacé. Il est maintenant dans son bureau et tout ce qu'on peut voir, c'est cette grosse vache de laborantine !

Mirna, de son côté, savait, pour l'avoir expérimenté lors des tests cliniques, que les enzymes devaient être prises dans un ordre bien précis. Il lui fut donc facile, avec l'aide des codes figurant sur les factures des fournisseurs, de reconstituer la composition. Elle communiqua le résultat de ses recherches à Abrams, qui appela aussitôt Seth. Coletti en fut ensuite directement informé, juste quelques jours avant la conférence de presse de Maurice.

— C'est parfait ! s'exclama Coletti après que Dornier lui eut confirmé qu'il s'agissait bien, cette fois, de la bonne formule. Nous allons pouvoir régler les derniers détails.

39

Vers 10 h 30, le jour où Bennett devait se rendre à Hartford, une voiture de dépannage, d'aspect vieillot mais encore vaillante, emprunta la route de Bridgeport. Son conducteur, un homme replet, vêtu d'un bleu de travail, parlait à son compagnon, qui l'écoutait en silence.

— Il y a des tas de manières de saboter une automobile, expliqua-t-il. Les choses ont bien changé, avec toute l'électronique, mais cela rend parfois le travail plus facile. Je me souviens qu'une fois, lorsque j'avais encore le garage, j'ai réussi à trafiquer l'allumage d'une Jaguar de telle façon qu'après quelques kilomètres, son propriétaire était tombé en panne. Naturellement, moi, je n'étais pas loin et je me suis fait un plaisir de l'aider.

Parvenu à une sortie indiquée par un grand H bleu sur fond blanc, le mécanicien quitta l'autoroute et emprunta la bretelle d'accès.

— Quoi qu'il en soit, moi, je reste fidèle aux bonnes vieilles méthodes. Sur la BMW 704, par exemple, si on fait un trou dans l'une des conduites du circuit hydraulique de freinage, on peut savoir, compte tenu de la taille de la perforation, donc de la quantité de liquide qui va s'échapper, et de la contenance du réservoir, combien de fois le conducteur pourra freiner avant que tout le système lâche. Les freins avant sont les plus faciles à atteindre...

Chip, c'était bien lui, se tourna vers son compagnon dont le visage avait pris un air incrédule.

— Pourquoi un seul trou?

— C'est bien suffisant! Toutes les conduites sont solidaires et le niveau est refait à chaque fois qu'on appuie sur la pédale, jusqu'à ce que il n'y ait plus de liquide.

Chip jeta un bref coup d'œil à son passager. Ce dernier n'aimait pas se sentir observé.

— Tu dois te demander ce que je fais du voyant de contrôle du niveau, n'est-ce pas? C'est un point qu'il ne faut pas négliger. L'ampoule est reliée par un fil à un capteur placé dans le réservoir. Si tu veux, je te montrerai comment le débrancher, c'est très facile.

Chip s'interrompit une seconde pour négocier un virage délicat. La tour du centre de recherche était à présent bien visible ainsi que les autres bâtiments de l'hôpital.

— Tu penses sans doute que j'ai oublié de te parler du frein à main? Rassure-toi. Sur les BM, il est connecté à ce qu'on appelle des étriers, qui bloquent les roues arrière en cas de défaillance du circuit normal. Pendant des années, je me suis escrimé à saborder les deux systèmes à droite et à gauche, mais, il y a quelques mois, j'ai failli me faire prendre alors que je n'avais pas fini. Et je me suis aperçu, après l'accident, que ça marchait encore bien mieux comme ça !

Il fit une pause comme pour permettre à son ami de visualiser la scène, puis continua.

— Le type dans la Jaguar roulait très vite et, comme prévu, les freins ont lâché. Le conducteur a alors essayé de serrer le frein pour bloquer les roues arrière mais, comme cela ne fonctionnait plus que d'un côté, la voiture s'est mise en travers de la route avant d'aller s'encastrer dans un camion. Le résultat n'était pas joli, joli, tu peux me croire. La femme du mec était avec lui et selon les photos que j'avais vues, elle était plutôt mignonne. Hélas, elle a été complètement défigurée.

En arrivant à proximité du parking réservé au personnel de l'hôpital, Chip tourna à droite et s'arrêta devant la petite barrière. Il sortit ensuite la carte d'accès de Mirna, l'introduisit dans la machine et repartit. Il s'était rendu compte en venant reconnaître les lieux que les emplacements réservés aux médecins étaient séparés de ceux des autres employés par un petit muret. Il se gara donc le plus près possible de cette zone et repéra, non loin de là, la voiture de Maurice.

Chip inspecta ensuite les environs, mais, comme il s'y attendait, l'endroit était pratiquement désert, car la plupart des médecins étaient soit en train de travailler, soit encore chez eux.

Les deux hommes mirent pied à terre et commencèrent à sortir le matériel dont ils allaient avoir besoin et qui se composait d'une perceuse munie d'une fraise en acier spécial, d'une lampe de poche, d'une grande tenaille et d'autres outils.

Quelques secondes plus tard, ils étaient tous deux couchés sous la voiture.

— S'il avait braqué les roues un peu plus à gauche, se plaignit Chip, ça aurait été plus facile.

Il tourna la tête vers l'autre et reprit ses explications, lui demandant d'éclairer un endroit précis du châssis.

— Tu vois, là, c'est l'endroit parfait pour percer. Plus loin, c'est plus difficile, parce que la conduite n'est plus fixée et qu'elle bouge quand on veut y faire un trou.

Le bruit grinçant de la fraise perforant le métal se fit entendre, puis deux gouttes d'un liquide brun tombèrent sur le ciment du parking quand Chip arrêta la perceuse.

— Bon, passons au témoin.

Changeant la direction du rayon de sa lampe, il examina la cuve du réservoir de liquide et trouva très vite ce qu'il cherchait.

— C'est là. Éclaire le fil jaune, s'il te plaît, et passe-moi la grande pince.

Chip isola le câble du reste du réseau qui courait sous la voiture, le saisit et tira dessus, en vain. À la deuxième tentative, il céda.

Les deux hommes s'extirpèrent ensuite de sous le capot puis passèrent vers l'arrière pour couper l'étrier du frein arrière gauche, qui ne résista pas aux mâchoires de la tenaille. Leur mission terminée, ils ramassèrent leurs outils, puis remontèrent dans la dépanneuse. Toute l'opération n'avait guère pris plus de six minutes.

Sur le chemin de la sortie, Chip, le cœur léger, se mit

à siffloter de vieux airs de comédies musicales qu'il affectionnait particulièrement.

Tandis que Chip et son ami reprenaient l'autoroute, en sens inverse, Paula était au bloc opératoire où, après en avoir terminé avec un de ses patients, elle s'apprêtait à aider un interne à pratiquer une résection du côlon. Elle avait hâte d'assister à cette fameuse conférence et d'admirer Maurice s'exprimant devant un public choisi. Il serait sûrement assailli de questions par les médias et confronté aux réflexions et aux commentaires hostiles des représentants des grands laboratoires, présents dans la salle. Ils chercheraient sans doute à le discréditer, à le ridiculiser, et bien entendu essaieraient de minimiser la gravité de ses conclusions.

Après l'opération de l'intestin, Paula alla se changer, puis passa retrouver Maurice dans son bureau. Il était au téléphone quand elle entra, mais il lui fit signe de regarder le journal qui était sur sa table.

« REGLEMENT DE COMPTES ENTRE DEALERS », lut-elle. « *Le corps de Desmond Connor, ancien directeur de recherche d'un grand laboratoire pharmaceutique de la région, a été retrouvé hier dans une zone marécageuse, à quelques kilomètres de New Coventry, après que la police eut reçu un appel anonyme. Selon Nora, sa femme, que nous avons contactée au téléphone, M. Connor était très déprimé depuis son récent renvoi. Toutefois, un employé du département des relations publiques des Laboratoires Millway, qui a souhaité demeurer anonyme, a déclaré à la police que M. Connor avait été remercié après avoir été pris en flagrant délit de consommation de drogue sur son lieu de travail. Le porte-parole du département de police de New Coventry nous a confirmé que ce meurtre était bien lié au trafic de stupéfiants et qu'une enquête était en cours. M. Connor était âgé de cinquante-cinq ans. »*

Maurice reposa son téléphone à l'instant même où Paula achevait sa lecture.

— Qui était-ce ? interrogea-t-elle, avant de se rappeler, horrifiée, qu'elle le connaissait. Mon Dieu ! Je me souviens, maintenant, il était présent à la réunion avec les membres de la Fondation...

— Connor m'a fourni de très précieuses informations sur Millway, sans contrepartie aucune et tout en sachant qu'il prenait de gros risques, dit Maurice, la mine sombre.

Il le revit, l'espace d'un instant, au restaurant, essayant de surmonter sa peur à grand renfort de hamburgers et de ketchup.

— Je viens de parler à l'inspecteur chargé de l'enquête. Il est convaincu que le meurtre a été commis par des trafiquants de drogue venus de l'étranger... Savez-vous, Paula, ce qu'est une cravate colombienne ?

La jeune femme secoua la tête. Il posa ses mains bien à plat sur son bureau et essaya de ne pas penser au visage de Connor, avant et après ce supplice.

— C'est la punition favorite des gros dealers de stupéfiants. Ils commencent par entailler le cou, du menton au sternum généralement, mais ce n'est pas obligé, puis ils passent la main par l'ouverture, attrapent la langue et la font ressortir par le cou.

— Ils lui ont fait ça ? fit Paula, horrifiée. Mon Dieu, vous imaginez la réaction de sa pauvre femme !

— Moi, je dirais plutôt « pauvre Connor », dit Maurice, qui trouvait, une fois de plus, que les femmes avaient une façon bien à elles de voir les choses.

— Pourquoi ? Il ne vendait pas de drogue ?

— Non, c'était une sanction, pour les avoir trahis, et aussi un avertissement, pour moi. La cravate colombienne est en principe un châtiment réservé à ceux qui ne savent pas se taire. Quelqu'un a dû le voir en ma compagnie, à moins qu'il n'ait parlé à quelqu'un d'autre, la police peut-être… mais cela ne me paraît guère probable, puisque je suis en possession de tous les papiers compromettants.

— Pensez-vous qu'ils aient tout planifié pour que le corps de ce pauvre homme soit découvert juste le jour de votre conférence de presse ?

— Oh oui ! Sans aucun doute !

40

— Êtes-vous prête à partir ? demanda Maurice.

Il était vêtu d'un complet noir, très élégant, d'une chemise blanche et arborait une cravate rouge sombre. Paula, elle, avait choisi pour la circonstance une blouse de soie, un superbe ensemble en cachemire gris acheté tout spécialement, sur lequel reposait un magnifique collier de turquoise et d'argent.

Maurice se saisit de sa mallette avant de refermer sur eux la porte de son bureau.

Ils venaient d'arriver au parking quand le biper de la jeune femme se mit à sonner. Bennett regarda sa montre et tous deux se précipitèrent vers le premier téléphone qu'ils trouvèrent. C'était le bloc. Il y avait un problème avec l'un des patients que Paula venait d'opérer et on avait besoin d'elle.

— Allez-y, lui dit Maurice. J'attends dans la voiture. Si vous n'êtes pas revenue dans cinq minutes, je partirai sans vous. Vous prendrez votre voiture. Pensez-vous que cette antiquité tiendra le coup jusqu'à Hartford ? Notez-le, la conférence a lieu au grand auditorium.

Il ne fallut pas longtemps à Paula pour s'occuper de son malade. Il venait d'entrer en salle de réveil et souffrait d'une petite chute de tension qui fut très vite surmontée à l'aide de médicaments et après avis favorable de l'anesthésiste.

Le problème réglé, Paula se hâta de redescendre par l'escalier et courut vers le parking en espérant que Maurice y serait encore. Hélas, sa voiture n'était plus là. Paula jeta un regard à sa montre. Elle n'avait pas mis plus de sept minutes pour aller et revenir, mais elle savait que Maurice était un homme d'une parfaite exactitude et qu'avec lui, « cinq minutes » voulaient bien dire « cinq minutes ».

Peinée, elle se dirigea vers sa petite MG et ouvrit la portière. Le moteur voulut bien démarrer au premier tour de clé et Paula tapota le volant en un geste d'encouragement. La route était longue jusqu'à Hartford et la malheureuse voiture avait tendance à chauffer dans les trop longs trajets.

En prenant la bretelle d'accès à l'autoroute, elle aperçut le Millway Building et repensa à Desmond Connor. Elle revit son visage fatigué, son sourire et ses cheveux gris. Elle se souvint également que, le jour de leur rencontre, il portait une cravate verte. À ce mot, elle repensa à cet affreux supplice qu'on lui avait fait subir. Elle en frissonna d'horreur.

Elle se demanda ce que sa femme pouvait bien penser de toute cette affaire. Croyait-elle vraiment que son mari était mêlé à un trafic de drogue ? C'était peu probable. Maurice, lui, était certain que Desmond avait été assassiné parce qu'il lui avait donné ces maudites informations et non sous un prétexte fallacieux. Soudain, Paula pensa à Maurice, comme mue par un pressentiment.

Elle avait roulé jusque-là à la vitesse réglementaire de 90 km/h quand la circulation, fait inhabituel à cette heure de la journée, ralentit brusquement. Toutes les voitures roulaient à présent au pas et Paula se retrouva bientôt bloquée, à côté d'un gros camion de l'armée. Sa MG étant un peu plus basse que les autres véhicules, elle ne pouvait voir ce qui se passait, plus loin, devant. De plus en plus inquiète, elle ouvrit sa vitre et fit un signe au soldat qui était au volant, lequel à son tour baissa sa glace et lui fit un grand sourire.

— Qu'est-ce qui se passe? Pourquoi sommes-nous arrêtés?

— Je ne sais pas, répondit le militaire qui, visiblement, trouvait Paula très à son goût.

— Des ennuis? demanda son collègue en se penchant pour regarder la jeune femme. Si oui, je me porte volontaire pour lui venir en aide!

— Il y a eu un accident? insista Paula.

— On dirait, fit le conducteur qui s'était penché par la vitre pour mieux voir. Il y a une voiture en travers de la route mais nous ne devrions pas tarder à repartir.

— Quelle marque?

— Je ne sais pas, répliqua le soldat, mais elle est bleu foncé, ou noire.

Paula sentait son cœur battre à tout rompre. Elle avait à présent la certitude que Maurice était en danger. N'en pouvant plus, elle manœuvra de manière à passer devant le camion, emprunta la bande d'arrêt d'urgence, et parcourut les quelques centaines de mètres aussi vite que possible.

Derrière, une ambulance, sirène hurlante et gyrophare allumé, arrivait à toute vitesse. Elle ignora délibérément ses appels de phare et poursuivit sa route jusqu'au lieu de l'accident. La voiture était une BMW et semblait très endommagée. Il semblait qu'elle avait heurté les rails de sécurité avant de faire un tonneau et d'être percutée par un camion, lui-même arrêté sur le bas-côté.

Elle sortit à toute vitesse de son automobile et se précipita vers la BM. Deux policiers se trouvaient déjà sur les lieux, informant leur central de ce qui s'était passé.

— Ne vous approchez pas, madame, cria l'un d'eux en voyant Paula. Retournez dans votre voiture.

La jeune femme s'efforça de rester calme et marcha d'un pas décidé vers le premier agent tandis que le second tentait d'ouvrir la portière du véhicule accidenté.

— Je suis médecin, dit-elle. Je travaille au New Coventry Medical Center, et cet homme, là, est mon patron.

L'expression sur le visage du policier changea et il parut même soulagé.

— Laisse-la passer, dit-il à son collègue. C'est un docteur.

Comme hypnotisée, aveugle à ce qui se passait autour d'elle, elle poursuivit son chemin jusqu'à la voiture et s'arrêta, craignant le pire et tremblant de la tête aux pieds. Personne ne pouvait survivre à un tel accident.

À sa plus grande surprise, elle découvrit que Maurice était non seulement vivant, mais tout à fait conscient. L'air-bag, sous le choc de la collision, s'était gonflé, lui sauvant la vie.

Il réussit même à lui faire un petit sourire en la voyant, mais un filet de sang coulait de l'une des narines et il était d'une pâleur inquiétante. Paula réalisa au premier regard qu'elle posa sur lui que l'anévrysme était sur le point de se rompre. Elle se rappela qu'il suffisait parfois d'un simple choc pour que cela se produise et essaya de ne pas penser au pire.

— Nous allons vous sortir de là sur-le-champ, lui dit-elle en posant la main sur son épaule. Tout ira bien, vous verrez.

Elle se recula ensuite pour laisser travailler les sauveteurs, non sans leur avoir donné des consignes précises.

— Ne le bougez pas avant d'être bien sûr de pouvoir le sortir sans problème et faites-le le plus doucement possible. Il souffre d'un anévrysme de l'aorte.

Les secouristes commencèrent par dégonfler le coussin d'air, puis coupèrent la ceinture de sécurité. Ensuite, le plus grand et le plus musclé, qui était médecin lui aussi, passa un bras sous les jambes de Maurice et l'autre autour de sa taille, puis le souleva comme il l'aurait fait avec un bébé, tandis que Paula s'efforçait de lui tenir la tête avant de l'installer sur un brancard.

Pendant qu'ils s'affairaient autour de Maurice, ils ne virent pas arriver une vieille dépanneuse rouge dont la peinture s'écaillait. Elle se gara près de la voiture accidentée et, le plus tranquillement du monde, la souleva et l'emporta.

— Je vais avec vous, déclara Paula lorsque Maurice fut installé dans l'ambulance.

Elle donna ensuite les clés de sa MG à l'un des policiers, non sans hésiter, puis monta aux côtés de Maurice, soigneusement sanglé sur l'une des couchettes. Le véhicule tressautait sur les bosses du terre-plein et Paula dut attendre qu'il soit à nouveau sur l'asphalte pour pouvoir commencer son examen.

Maurice était très pâle et transpirait légèrement. Son pouls était anormalement rapide et sa tension très basse. Non sans une certaine appréhension, elle défit les sangles, déboutonna veston, chemise et pantalon et posa la main sur son abdomen. À gauche, une masse de la taille d'un pamplemousse battait à un rythme accéléré. L'anévrysme avait grossi et il était de toute évidence sur le point de rompre. Il fallait à tout prix que Maurice arrive à l'hôpital avant que cela ne se produise, sinon il mourrait.

Les ambulanciers la regardaient, admirant son calme.

S'emparant de ciseaux, elle coupa sans hésitation les manches du somptueux complet pour pouvoir poser, dans chacun des bras, une perfusion.

— Donnez-moi deux poches de glucose, demanda-t-elle à l'un des infirmiers.

Tout en travaillant, elle ne cessait d'observer Maurice qui, les yeux levés, fixait le toit. Ne sachant s'il était conscient, elle se mit à bavarder de choses sans importance, guettant ses réactions.

Les veines avaient perdu toute tonicité et Paula eut bien du mal à piquer dedans pour mettre en place les grosses aiguilles du goutte-à-goutte.

Cette tâche accomplie, elle ouvrit la vitre de séparation de la cabine.

— Pouvez-vous appeler à l'hôpital? demanda-t-elle à l'homme qui était assis à côté du conducteur.

Elle patienta quelques secondes, le temps que la liaison avec les urgences soit établie, puis commença à donner ses instructions.

— Dites au bloc de nous préparer une salle. Nous arrivons dans quelques minutes. Il nous faudra aussi huit unités de sang. Son groupe figure dans son dossier. Si jamais il y avait un doute, nous pourrions refaire un test en arrivant. Le patient souffre d'un anévrysme de l'aorte... sur le point de se rompre.

Tout en prononçant ces mots, elle se rendit compte qu'elle avait, comme du temps où elle était petite fille, croisé les doigts derrière son dos pour conjurer le mauvais sort.

Avant de mettre un terme à la communication, elle demanda à la surveillante des urgences de contacter Charles Kingston, l'administrateur de l'hôpital, et de l'informer de ce qui s'était passé. Elle conclut en lui disant qu'ils devraient arriver au centre dans une dizaine de minutes, durée que le chauffeur confirma d'un signe de tête.

Retournant vers l'arrière, près de Maurice, elle ferma les yeux et adressa au ciel, à voix basse, une prière.

— Faites, mon Dieu, qu'il ne cède pas avant que nous soyons en salle d'opération...

41

Seth, Coletti et Mike s'étaient installés dans le bureau présidentiel pour attendre des nouvelles de Chip. En apprenant que Bennett n'était pas mort, Coletti se mit en colère, mais Seth fut ravi de savoir que Paula ne comptait pas parmi les victimes. Il allait ainsi pouvoir s'occuper d'elle personnellement. Il avait le sentiment que son devoir était de la tuer, que c'était écrit dans les astres et que, si elle ne mourait pas de sa main, il ne parviendrait jamais à l'oublier. Son souvenir le hanterait jusqu'à son propre trépas.

Le téléphone sonna de nouveau quelques minutes plus tard. C'était Chip qui se trouvait dans une casse de voitures, près de Bridgeport, là où la BMW avait été apportée. Il informa Coletti qu'il n'en resterait plus, d'ici une heure, qu'un petit bloc de métal, et qu'il était parvenu à récupérer l'attaché-case avec les documents, dans le coffre. La chose n'avait pas été facile car tout l'arrière du véhicule était enfoncé, mais ils y étaient parvenus en utilisant des outils de découpe.

— Rapportez-le ici en vitesse, ordonna Coletti, mais arrangez-vous pour qu'on ne le voie pas. Et pour la dépanneuse, qu'est-ce que vous comptez faire?

Seth écoutait Vincent, songeant qu'il aimait bien être tenu au courant du moindre mouvement de ses troupes, un peu comme un général.

— Elle est ici aussi. Nous avons déjà changé les plaques et nous allons lui donner un petit coup de peinture. Les flics vont s'étrangler de rage en comprenant qu'ils se sont fait avoir ! Ces idiots nous ont signé la décharge pour la BM sans même poser une question ni nous demander nos papiers !

Coletti, satisfait de la tournure des événements, raccrocha. Moins d'une heure plus tard, Chip fit son entrée, portant un grand carton renfermant la mallette.

— Parfait, dit Coletti, nous allons pouvoir nous mettre au travail.

Ils commencèrent par la vider, puis trièrent les documents qu'elle contenait avant d'aller récupérer dans les différents services les originaux correspondants. Ils remplirent ainsi deux grandes boîtes qu'ils remontèrent ensuite dans le bureau de Seth.

— Chip va les emporter à Bridgeport, dit Coletti. Il y a un four pour faire fondre le métal chez le ferrailleur. En moins de deux, nous serons débarrassés de tous ces papiers.

Chip, obéissant à son patron, mit les caisses sur un diable, puis reprit la route.

— Voilà une bonne chose de faite, déclara Seth après son départ. Maintenant, ils peuvent fouiller partout ou poser toutes les questions qu'ils voudront, ils ne trouveront plus aucune preuve.

— Oui, admit Coletti, mais il reste toujours cette femme. Ça m'inquiète de la savoir ainsi, en vie, avec tout ce qu'elle sait...

— Je vais m'occuper d'elle, fit Seth.

— Vous allez faire quoi ? interrogea Coletti, étonné, tant par cette déclaration que par l'expression du visage de Seth. Vous ne savez pas de quoi vous parlez. Ce n'est pas un travail pour amateur. Mes gars sont des pros, ils font ça depuis des années et je peux vous dire que ça ne s'apprend pas du jour au lendemain, comme le point de croix !

— Vos employés pourront s'occuper du cas Bennett, s'il survit, mais moi, je prendrai soin moi-même du Dr Cairns.

— Écoutez, fit Coletti, il y a une chose que ne font jamais les spécialistes, c'est de s'attaquer à une personne qu'ils connaissent. Quand les sentiments entrent en jeu, on voit les choses différemment et le travail s'en ressent. Vous êtes intime avec la personne en question. D'autres personnes sont au courant de vos liens et ne tarderont pas à faire des rapprochements.

Coletti, tout en donnant à Seth ce conseil avisé, songea qu'en fait cela ne serait peut-être pas plus mal, pour lui du moins, si toute la responsabilité du meurtre de Paula reposait sur les seules épaules de l'héritier Millway.

Le trajet en ambulance ne prit guère plus de quinze minutes. Il sembla interminable à Paula. Elle avait hâte que Maurice arrive enfin en salle d'opération mais, comme elle ne voulait pas prendre trop de risques, elle demanda au chauffeur de ralentir dans les virages afin que Maurice bouge le moins possible.

Assise sur la couchette, face à lui, elle lui parlait d'une voix tranquille et prenait sa tension à intervalles réguliers. Elle souhaitait de tout son cœur que l'artère résiste et que son ami arrive en vie au centre. Elle ne pouvait s'empêcher d'imaginer la paroi de l'aorte, si mince, si distendue et prête à se déchirer à la moindre hausse de tension. Elle avait même entendu dire qu'il suffit parfois d'un simple mouvement, par exemple le fait de s'asseoir dans un lit, ou d'un petit accès de colère pour que l'irréparable se produise.

Observant le visage de Maurice, elle réalisa que, dans de tels moments, on peut voir le vrai caractère d'un homme. Il souffrait, cela ne faisait aucun doute, mais aucun cri ni gémissement ne sortait de sa bouche. Ses yeux étaient grands ouverts et il observait ce qui se passait autour de lui. Paula avait la nette impression qu'il était heureux qu'elle soit avec lui, et qu'il s'en remettait à elle, confiant dans son jugement et ses compétences. Il avait accepté son sort et ne semblait ni en colère, ni effrayé.

Lorsque l'ambulance arriva à l'hôpital, tout le personnel était sur le pied de guerre. Les portes du véhicule s'ouvrirent avant même qu'il soit arrêté et il ne fallut que quelques secondes aux infirmiers pour sortir Maurice. Ils s'apprêtaient à le transférer sur une autre civière quand Paula s'interposa.

— Non, pas de déplacement inutile. Nous l'emmènerons comme ça, sur ce brancard.

Depuis l'appel de Paula, tout le centre semblait avoir appris la nouvelle et le service des urgences était envahi par des confrères et divers membres du personnel. Paula leur fit signe de s'écarter tandis que les infirmiers, aussi vite qu'ils le pouvaient, poussaient Bennett jusqu'à l'ascenseur. L'une des roulettes du chariot grinçait affreusement, mais personne se semblait y prêter attention. Une infirmière du laboratoire se précipita à leur rencontre et s'y engouffra avec eux. Elle savait qu'elle ne disposait que de très peu de temps, juste celui du trajet entre le rez-de-chaussée et le bloc, au douzième étage.

En l'espace d'une ou deux minutes, elle mit un garrot sur le bras de Maurice, chercha une veine, y posa un trocart, remplit de sang les quatre éprouvettes dont elle avait besoin et trouva encore le moyen de poser un pansement à l'endroit de la piqûre.

Maurice avait à présent les yeux fermés, mais sa respiration était régulière. Ce qui se passait autour de lui ne l'intéressait pas, se sachant en d'excellentes mains, celles de Paula, qui surveillait avec une attention extrême toutes les phases du transport.

En arrivant devant le bloc opératoire, une infirmière se précipita pour leur ouvrir les portes, afin que Maurice ne subisse aucun autre choc.

À l'intérieur se tenait le docteur Abrams, fait exceptionnel, en tenue verte de chirurgien. Il était accompagné de Charles Kingston, l'administrateur, en costume de ville, l'air très inquiet, et de Walter Eagleton, en tenue lui aussi.

Dès que le chariot fut dans le sas, Abrams marcha vers Paula qui posa instinctivement sa main sur l'épaule de son patient.

— Je suis désolé, Dr Cairns, fit-il d'une voix plus forte qu'à l'accoutumée, mais en tant que chef de ce service et dans l'intérêt du Dr Bennett, j'ai pris la décision de vous relever de vos fonctions. J'opérerai donc moi-même notre ami, et le Dr Eagleton m'assistera dans cette tâche.

42

Pendant ce temps, Seth était allé chercher tout l'équipement dont il avait besoin pour éliminer Paula. Tout était déjà prêt dans une mallette, rangé dans l'ordre inverse d'utilisation.

Au fond se trouvait donc le Smith et Wesson de calibre 38 dont il ne pensait pas avoir à se servir, puis venaient un uniforme de chirurgien, des couteaux, des gants en latex posés sur une autre paire en caoutchouc et enfin une matraque, du même modèle que celui employé par la police sud-africaine, qu'il avait commandée par correspondance. Il prit ensuite le volant de la Ford Escort de Fleur, et, tout en roulant vers l'appartement de Paula, répéta mentalement toutes les phases de l'opération. Il songea un instant à transporter les morceaux du corps de la jeune femme après son meurtre, mais y renonça, jugeant cela trop dangereux.

Il se sentait triste, parce qu'il était au bout du chemin et qu'après toutes ces semaines à ne penser qu'à elle, il allait la quitter à jamais, mais il était heureux de découvrir enfin ce secret qui rend les femmes si différentes, si voluptueuses et fait mourir les hommes de désir.

Il avait étudié avec le plus grand soin les allées et venues des locataires de l'immeuble, les heures d'arrivée des livreurs et ouvriers, et, bien sûr, avait surveillé les entrées et sorties de Paula. Le facteur passait en principe vers 11 heures, parfois avec un léger retard. Les occupants, exception faite de la jeune femme, étaient soit des jeunes cadres soit des membres des professions libérales qui quittaient leur domicile vers 7 h 30 le matin, soit des personnes âgées qui sortaient faire leurs courses entre 10 et 12 heures.

Seth avait choisi d'arriver vers le milieu de l'après-midi, avant la sortie des bureaux, à l'heure où les retraités font la sieste. Il se gara à proximité du bâtiment, enfila des gants puis, à l'aide du passe-partout dérobé chez M. Parker, pénétra dans le hall. Celui-ci, comme l'ascenseur et le couloir du quatrième, était désert. Parvenu à l'étage, il ouvrit sans difficulté la porte de l'appartement et entra. Il posa sa serviette sur le sol et commença à inspecter les lieux où vivait cette femme qui avait envahi sa vie. Il en ressentit comme une sorte de désagrément car ce qu'il découvrait n'était pas ce qu'il aurait désiré voir, ni ce à quoi il s'attendait.

La porte donnait dans une petite entrée. Il y avait un grand placard, renfermant plusieurs manteaux, un imperméable argenté et un parapluie transparent. Les murs étaient couleur ivoire, ce qui lui plaisait assez, mais la cuisine était à gauche, là où, dans ses rêves, se tenait la salle à manger.

Il passa ensuite dans la chambre, haut lieu de

presque tous ses fantasmes, et fut enchanté de ce qu'il vit. La réalité, cette fois, était bien plus belle que la fiction, et il souhaita que la vision du corps mutilé de la jeune femme effaçât pour toujours l'image qu'il avait d'elle.

Le lit était défait. Il s'en approcha doucement. On y avait jeté une chemise de nuit blanche, d'un modèle des plus ordinaires. Il la serra contre lui quelques secondes puis la reposa pour continuer son exploration. La pièce suivante faisait office de bureau. D'un côté se trouvaient des étagères pleines de livres, un meuble de rangement et un lampadaire. De l'autre, il y avait sa table de travail, encombrée de papiers divers, surmontée d'un téléphone et d'un ordinateur tourné de telle façon qu'il ne voyait pas l'écran. Une chaise faisait face au moniteur.

Seth commença par examiner toutes les photos accrochées aux murs et s'arrêta plus spécialement sur l'une d'elles, représentant un homme à grosses moustaches, à l'allure joviale, qui se tenait, très fier, devant un grand édifice. La signature, au bas, était celle d'un certain Augustus D. Julliard. Seth se demanda si ce personnage n'était pas le directeur du célèbre conservatoire de musique new-yorkais.

Il allait quitter la pièce quand il s'aperçut, en voyant un reflet sur un des murs, que l'ordinateur était allumé. Intrigué, il s'assit sur la chaise et sursauta en découvrant ces mots inscrits sur l'écran :

BIENVENUE CHEZ MOI, SETH

Un mouvement de panique l'assaillit. Se pouvait-il qu'elle soit là ?

Il vérifia chaque pièce, chaque placard, inspectant jusqu'à la salle de bains, mais en vain. Il n'y avait personne.

Il se précipita alors pour fermer la porte à double tour, puis revint vers l'ordinateur et, très lentement, reprit sa place sur la chaise. Dans le bas de l'écran, en tout petits caractères, figurait ce message : « *Appuyez sur ENTRER.* » Il pensa, une seconde, qu'une bombe était peut-être dissimulée dans le moniteur, mais décida de tenter sa chance et pressa sur la touche. Un nouveau message s'afficha : « *En pénétrant ici, vous avez déclenché une alarme silencieuse. La police sera là dans deux minutes, mais vous pouvez encore prendre la fuite, à condition de vous dépêcher. À présent, appuyez encore une fois sur ENTRER.* »

Seth sursauta, renversant le siège. Paniqué, il se rua sur la porte et l'examina avec le plus grand soin. Il n'y avait ni alarme, ni fils, ni contacts reliés au chambranle. Il courut ensuite jusqu'à la chambre dont la fenêtre donnait sur le parking et regarda autour de lui. L'endroit était presque désert et le seul bruit qui, par vagues, troublait le silence, était celui de la circulation, au loin, dans le centre-ville.

Retournant dans l'entrée, il ouvrit la porte et inspecta le couloir. Rien non plus. Il demeura indécis quelques secondes, puis se demanda ce qui aurait bien pu se produire s'il avait obéi aux injonctions du message.

Curieux, il repartit au bureau et appuya sur ENTRER. Les lettres s'effacèrent alors tout doucement pour laisser la place à un magnifique poisson tropical, très coloré, qui allait et venait paresseusement sur l'écran. Seth patienta une minute puis appuya de nouveau sur ENTRER. Un autre message s'afficha : « *Veuillez patienter... De plus amples renseignements vous seront fournis dans deux minutes exactement. En attendant, détendez-vous et admirez le poisson.* »

Seth, de plus plus intrigué, décida de patienter jusque-là puis de s'en aller.

L'animal à la longue queue transparente nageait langoureusement dans l'eau bleue et Seth, comme fasciné, en oublia presque où il se trouvait. Puis l'image disparut.

Seth se leva, prêt à partir dès qu'il aurait lu le nouveau message.

Soudain, les mots commencèrent à apparaître, lettre par lettre, avec une lenteur désespérante. Puis, tout à coup, l'écran s'illumina :

C'EST TROP TARD, SETH. ILS SONT LÀ.

À cet instant, des pas résonnèrent dans le couloir et Seth se mit à transpirer. Il ne pouvait pas croire que ça puisse être la police et qu'il allait se faire prendre. Des coups sourds ébranlèrent la porte.

— Ouvrez ! Police !

Seth réfléchit et alla jusqu'à la porte.

— Oui ? Vous désirez ? fit-il en passant la tête par l'entrebâillement.

Les deux policiers, revolver à la main, s'avancèrent.

— Mains en l'air et reculez, fit le plus âgé. Pas de gestes brusques et laissez vos mains bien en vue. Bon, maintenant, en arrière et allongez-vous par terre. Face contre terre ! Mains derrière le dos !

Seth obéit sans discuter.

— Vous faites erreur, messieurs, déclara-t-il d'une voix calme et normale. Je suis un ami du Dr Cairns et je ne faisais qu'attendre son retour. Nous devons aller dîner au restaurant...

— Ne bougez pas! ordonna à nouveau l'agent.

Il ne quittait pas Seth des yeux.

— Va couper l'alarme! ajouta-t-il ensuite à l'intention de son second qui se dirigea droit vers le placard de l'entrée.

De toute évidence, il connaissait bien les lieux.

— Comment êtes-vous entré, monsieur? reprit le premier policier.

— Le Dr Cairns m'a donné sa clé.

— Et où est-elle?

— Sur la desserte, près de la porte.

Le plus jeune fila la chercher et revint, l'air plus que satisfait.

— C'est bien ça, déclara-t-il. C'est le passe-partout qui a été volé.

— Si nous regardions ce que vous avez là, dans cette sacoche? annonça le plus expérimenté en la montrant du pied.

— Ceci m'appartient, riposta Seth. Il vous faudra un mandat pour l'ouvrir.

— Mais le voici! répliqua l'agent en sortant un papier officiel de sa poche. Et cela nous autorise à fouiller tout ce qui se trouve dans cet appartement, y compris les personnes. Maintenant, ne bougez plus ou je me fâche!

Le plus jeune ouvrit la valise. Il en sortit la matraque, le revolver, et les couteaux ainsi que les gants. Seth, malade de rage, les observait, impuissant.

— Ainsi, vous deviez sortir dîner avec le Dr Cairns, fit le plus âgé en considérant la matraque. Vous envisagiez peut-être de faire un petit tour, avant, par le ghetto, pour fracasser quelques têtes ? Et ces gants, ce revolver, c'était pour quoi ? Mais, là... ne dirait-on pas un couteau de chasse ?

Fou de rage, Seth bondit sur ses pieds et fonça sur les policiers. Mais c'était sans compter avec leurs réflexes. Le plus jeune s'écarta tandis que son partenaire saisissait prestement son gourdin et lui en assenait un coup derrière la tête.

— Il l'a cherché, dit-il en regardant Seth qui gisait par terre.

43

Paula se tenait devant Abrams, la bouche entrouverte de stupeur.

— Me décharger du cas ? dit-elle. Personne, ni vous ni le docteur Eagleton ne prendra ma place. Et maintenant, poussez-vous, nous sommes pressés.

Abrams ne bougea pas d'un pouce, lui faisant face, ses petits yeux brillants de hargne.

— Si vous refusez de coopérer, docteur Cairns, je vous fais interdire sur-le-champ l'accès à la salle d'opération comme mon titre de chef du service de chirurgie m'y autorise.

Disant ces mots, il regardait sans cesse Kingston, cherchant son appui. Walter, de son air d'éternelle ironie, observait la scène.

Le temps semblait s'être arrêté et tout le personnel, les instrumentistes, les infirmières, les médecins, regardaient Paula.

Soudain, à la surprise générale, Maurice prit la parole, pour la première fois depuis l'accident.

— Le docteur Cairns est mon médecin, déclara-t-il calmement, mais sur un ton qui n'admettait aucune réplique, et elle fera ce qu'elle a à faire.

Ces simples mots furent pour Abrams un véritable camouflet.

— Dégagez le passage, ordonna sèchement Paula à Abrams.

Sans plus attendre, elle se remit à pousser le chariot et Clifford dut s'écarter très vite pour ne pas être renversé.

— Je peux vous aider, proposa Walter alors que la jeune femme passait devant lui.

Paula n'hésita pas un seul instant. La survie de Maurice passait avant tout et Eagleton était un excellent chirurgien, très compétent dans ce type d'intervention.

— D'accord.

Dans la salle d'opération, Gabriel Pinero, l'anesthésiste, était en train de vérifier tous les produits et instruments et Paula se sentit soulagée de le voir auprès d'elle. Il connaissait parfaitement son métier et savait garder son calme.

— Mon attaché-case, dit Maurice en entrant dans la pièce. Les papiers...

Paula se sentit pâlir. Elle avait oublié la serviette. C'était une erreur impardonnable! Elle aurait dû y penser et la ramener avec eux à l'hôpital.

— Elle est en sécurité, au poste de police, dit-elle pour le rassurer.

Sur ce, elle confia Maurice aux bons soins de Pinero et partit se changer, inquiète à l'idée de l'abandonner, même pour un court instant.

Charles Kingston qui, sur la demande de la surveillante, avait enfilé une blouse, des chaussons et un bonnet, vint rejoindre Paula alors qu'elle procédait au brossage rituel.

— Je suis venu vous souhaiter bonne chance, dit-il. Nous savons tous ici qu'il est en de très bonnes mains.

Il y avait dans sa voix un certain respect et beaucoup de gentillesse. Paula lui en fut reconnaissante. Elle reprit confiance, bien que son cœur battît encore très fort depuis son altercation avec Abrams.

Ken McKinley arriva bientôt, accompagné de Joan Pringle, une autre interne, et tous deux se préparèrent.

— J'ai pensé que vous auriez peut-être besoin d'aide, docteur, aussi je suis venu avec du renfort, déclara-t-il. Je me suis permis d'envoyer Chris au centre de transfusion car j'ai remarqué que les choses avancent plus vite quand les employés ont un médecin devant eux.

— C'est gentil, Ken, merci.

Elle lui raconta ensuite ce qui s'était passé, et lui expliqua que l'anévrysme, de petite taille, s'était dilaté sous l'effet de la collision et était sur le point de se rompre.

Ken resta muet mais l'expression de son visage indiquait clairement qu'il était inquiet. Walter, qui était venu les rejoindre, resta silencieux pendant que Paula s'exprimait et eut assez de tact pour ne pas reprocher à la jeune femme ne pas avoir opéré dès le diagnostic posé. De toute manière, l'eau faisait un vacarme infernal et personne n'avait vraiment envie de parler.

— Il est endormi, fit Gabriel lorsque l'équipe, au complet, entra dans la salle.

Il affichait le plus grand calme, comme s'il s'agissait

d'une banale appendicectomie, mais Paula savait qu'il connaissait parfaitement tous les risques et que, comme d'habitude, il avait envisagé toutes les éventualités, y compris les plus graves.

— Tension? lui demanda-t-elle tout en enfilant les gants que lui passait son instrumentiste.

— 12/7, répondit Gabriel. C'est bien.

L'abdomen de Maurice avait été recouvert de champs stériles et seul un carré de peau badigeonné de Betadine était à présent visible. Maintenant que les muscles étaient relâchés sous l'effet de la narcose, on pouvait voir la masse de l'anévrysme pointer sous la peau.

— Je pense que nous ne disposons guère de plus de dix minutes avant que l'artère ne cède, dit Walter à Paula d'une voix tranquille.

Il s'était placé, face à elle, de l'autre côté de la table. Joan était à sa gauche, prête à tenir les écarteurs, tandis que Ken s'était installé à la gauche de Paula, pour ne pas gêner le travail de l'instrumentiste.

— Scalpel, dit Paula quand tous furent prêts.

Sa voix trembla un peu à ce simple mot et elle s'en voulut d'autant plus que Walter, étonné, la regarda fixement.

Tout en pratiquant l'incision, elle avait l'impression de sentir la lame couper sa propre chair. Elle n'aurait jamais pensé devoir un jour faire cela, mais l'heure n'était pas aux états d'âme.

— Écarteur.

Joan essuya le bord de la plaie avec une petite éponge afin de permettre à Paula de fixer l'instrument.

— Maintenez-le en place, dit-elle à Joan, mais ne forcez pas car vous en avez pour un bon moment.

En quelques minutes, toute l'équipe était parvenue, repoussant tissus et organes, à mettre au jour la boule rougeâtre de l'anévrysme.

— Ciseaux.

Avec une extrême délicatesse, elle commença ensuite à dégager l'aorte des organes environnants, juste au-dessus de la dilatation. Elle vérifia que les veines et les artères qui desservaient les reins n'étaient pas touchées, ce qui heureusement n'était pas le cas, car cela aurait encore compliqué l'intervention.

— Clamp.

L'instrumentiste déposa la pince dans la main de Paula. Pendant ce temps, Walter prit une longue bande de gaze humide et attendit que Paula ait soulevé délicatement l'artère.

— C'est bon, dit-elle en la faisant passer sous l'aorte, l'attachant avec une pince hémostatique.

Comme elle, Walter savait à présent que si une catastrophe se produisait, ils pourraient stopper l'hémorragie en resserrant le nœud autour du vaisseau lésé.

Eagleton faisait du bon travail et Paula, une nouvelle fois, prit conscience du rôle capital du premier assistant. Un chirurgien incompétent ou maladroit peut gravement compromettre une intervention, mais tout devient plus facile avec une personne efficace et expérimentée.

— Gabriel, nous pourrons clamper l'aorte dans trois minutes, lui annonça-t-elle.

— Parfait, répondit Pinero en demandant à son

infirmier de placer à portée de main deux autres poches de sang.

Paula, de son côté, avait entrepris de dégager la partie inférieure de l'anévrysme, tandis que Walter travaillait sur la veine cave. Ce vaisseau était d'une grande fragilité et faisait de cette phase l'une des plus dangereuses de toute l'intervention.

— C'est parfait, Walter, lui dit Paula quand il eut terminé. Je suis vraiment contente que vous soyez là.

L'anévrysme, maintenant isolé du reste du corps, battait régulièrement et faisait penser à une bombe prête à exploser. Toute l'équipe le regarda ainsi pendant quelques secondes, comme on toise l'ennemi.

— Clamp, demanda de nouveau Paula avant de se tourner vers Gabriel, qui la regardait par-dessus son masque. Encore trente secondes.

Gabriel hocha la tête en signe d'approbation et ouvrit tout grand les vannes de l'appareil de transfusion, faisant circuler des flots de sang dans les veines du patient.

Les vingt secondes suivantes se passèrent dans un silence absolu que Walter, très détendu, finit par rompre, s'adressant à Paula.

— Vous faites du bon boulot. Si ça vous intéresse, mon offre tient toujours.

— Non, vraiment, je n'y tiens pas... Merci quand même, répondit Paula.

Elle sourit sous son masque ; cet homme ne manquait pas de culot !

Mais le temps pressait. Elle prit une grande respiration et se lança.

— Maintenant ! dit-elle d'un ton ferme en refermant

la pince sur l'aorte au-dessus de la dilatation, tandis que Walter faisait de même au-dessous de l'anévrysme. À présent, le sang artériel ne circulait que dans la partie supérieure du corps, et elle ne disposait que de peu de temps.

Concentrée, elle incisa la masse en son milieu. Elle était remplie de sang coagulé. Seul subsistait un tout petit passage. Elle pouvait à présent juger de l'épaisseur des parois de l'artère, qui étaient devenues aussi fines que du papier à cigarette. Walter et elle se regardèrent, pensant tous deux que le pire avait été évité d'extrême justesse.

Paula entreprit ensuite de suturer le petit tube en plastique qui remplaçait la portion lésée de l'artère, aidée par Walter qui récupérait une à une, après chaque point, les minuscules aiguilles recourbées.

N'ayant plus que quelques sutures à faire, la jeune femme s'arrêta et regarda Walter.

— Je vais vérifier le reflux et chasser l'air, lui dit-elle.

Walter ouvrit légèrement la pince et le sang se précipita dans l'artère, comme prévu.

— Formidable !

Enfin, le dernier point posé, Paula se redressa et reprit conscience de l'activité qui régnait autour d'elle et du respirateur qui, avec une parfaite régularité, faisait circuler l'air dans les poumons de Maurice. Mais l'opération était loin d'être terminée et l'heure n'était pas encore à la détente.

— J'ôte le premier clamp, dit-elle en joignant le geste à la parole.

Le petit tuyau s'emplit et gonfla, mais pas une goutte de sang ne perla à l'endroit des sutures.

— Je passe au suivant. Doucement...

— Tout va bien, intervint Gabriel, pour réconforter la jeune femme en cet instant critique. Sa tension est stable.

Paula sentit tout son corps se raidir en voyant le sang affluer. Le minuscule tube de plastique souple enfla à la limite de la déchirure, mais résista.

Un sentiment de soulagement, presque un soupir, sembla envahir toute la salle et se répercuter dans toutes les pièces du bloc et jusqu'aux confins de l'hôpital où des dizaines de personnes attendaient, anxieuses, l'issue de l'intervention.

Paula fit un petit signe à l'une des infirmières, qui brancha l'interphone.

— L'opération s'est bien passée, le malade se porte bien, annonça-t-elle en essayant de ne pas laisser son émotion la trahir.

Après quoi elle fut incapable de parler pendant quelques instants, tant sa gorge était serrée.

— Bien joué, lui dit Walter en guise de réconfort.

C'en était trop pour Paula, qui dut détourner la tête pour cacher les larmes qui coulaient de ses yeux. Elle se reprit heureusement très vite et put procéder aux derniers contrôles.

— Vérifiez le pouls aux deux chevilles, dit-elle à son infirmière d'une voix redevenue normale.

— Tibiales antérieure et postérieure normales, répondit celle-ci après une minute.

La circulation étant rétablie, Paula se disposa à refermer la plaie.

— Assurons-nous, si vous le voulez bien, que l'accident n'a pas provoqué d'autres lésions, intervint Walter.

Paula acquiesça et tous deux se livrèrent à une inspection minutieuse du foie et des autres organes de l'abdomen.

— Tout va bien, conclut la jeune femme au bout de quelques minutes. On peut refermer.

Vingt minutes plus tard, Maurice, toujours profondément endormi, était transporté en salle de réveil, escorté par Gabriel Pinero. L'intervention s'était bien déroulée, il n'y avait pas eu de complications, mais le médecin savait, par expérience, qu'il existe toujours un risque latent et qu'il valait mieux se tenir prêt.

Pinero, comme beaucoup d'autres personnes du Centre, vénérait Maurice. Il était décidé à faire tout ce qui était en son pouvoir pour que les choses se passent le mieux du monde pour lui.

Paula, quant à elle, était si épuisée qu'elle resta quelques instants dans la salle, assise sur un tabouret, le dos comme ployant sous un trop lourd fardeau.

Puis elle se redressa, se leva, remercia les infirmières et les aides-soignantes qui triaient les instruments, essuyaient la table et nettoyaient le sol, ôta ses gants. Enfin, à pas lents, elle se dirigea vers le salon d'attente.

Walter s'y trouvait déjà, racontant à tous les médecins ou membres du personnel administratif les détails de l'opération. Il se tourna vers la jeune femme lorsqu'elle fit son entrée dans la pièce et l'applaudit trois fois, simplement. Ce geste, un très beau compliment, ne passa pas inaperçu dans l'assistance.

— Comment s'est passée l'intervention, docteur Cairns ? demanda Kingston.

— Plutôt bien, répondit la jeune femme avec un sourire.

Elle remarqua ensuite que tous ceux qu'elle connaissait étaient là, à l'exception bien entendu de Clifford Abrams.

— Elle a fait du très beau travail, déclara Eagleton, et je n'hésiterai pas à faire appel à elle si un jour je me retrouve avec un anévrysme prêt à se rompre !

Lorsque chacun fut dispersé, Paula commença à rédiger un bref compte rendu opératoire destiné au dossier de Maurice, quand l'interphone crachota :

— Docteur Cairns ? dit la voix de Pinero qui était montée de deux ou trois tons.

Paula comprit tout de suite que quelque chose n'allait pas et sentit un frisson d'horreur la parcourir.

— Venez en salle de réveil, poursuivit Pinero qui cherchait ses mots sous l'effet de l'émotion. Nous avons un gros problème.

44

Paula laissa tomber son dossier et courut jusqu'au bout du couloir. Plusieurs infirmières étaient penchées au-dessus de l'un des lits et Paula en eut le cœur au bord des lèvres.

— Regardez, lui dit Gabriel en lui montrant les jambes de l'opéré qui avaient viré au bleu.

— Seigneur ! s'exclama Paula qui n'arrivait pas à en croire ses yeux.

Elle tenta en vain, à plusieurs reprises, de trouver un pouls au niveau de l'aine, mais réalisa très vite qu'il était inutile de chercher plus longtemps

— Ça ne sert à rien. J'ai déjà vérifié. Sa tension baisse régulièrement malgré le fluidifiant que je lui ai donné, dit Pinero en montrant les deux perfusions qui s'écoulaient à la vitesse maximale.

— Il faut le ramener en salle d'opération. Il fait un caillot dans le tube, le sang ne passe plus.

Gabriel hésita. La sueur perlait sur son front et cette réaction ne fut pas pour rassurer Paula.

— Franchement, Paula, dit-il en regardant les différents moniteurs, je ne pense pas que cela soit bien prudent. Il pourrait ne pas y survivre. Je sais qu'il est solide mais il vient déjà de subir une grosse intervention, et remettre ça serait...

Paula regarda Gabriel, puis Maurice, inconscient, et regretta de tout son cœur que, cette fois-ci, alors qu'elle avait tant besoin d'aide, il ne puisse pas la conseiller.

Elle réfléchit une seconde, puis, prenant une grande respiration, décrocha le téléphone mural et composa un numéro.

— Steve ? Est-ce que l'artérioscope est en état de marche ? Bon, alors il faut que tu l'apportes en salle de réveil, tout de suite. Avant, tu passeras à mon laboratoire et tu prendras les enzymes. Oui, oui, c'est tout prêt et Mirna sait où elles sont stockées. J'en ai besoin et vite. Je sais bien, Steve, mais je ne vois pas d'autre solution.

Gabriel l'observait, les yeux ronds, n'en croyant pas ses oreilles.

— Vous n'allez pas utiliser cette machine, tout de même ! Vous savez bien que l'administration vous a refusé l'autorisation de l'employer il y a quelques jours. C'est un modèle expérimental. Ce serait de la folie. Jamais vous n'aurez l'autorisation de vous en servir comme ça, surtout sur Maurice, qui plus est.

— Je n'ai pas le temps d'attendre qu'on me donne la permission ! fit Paula. Ce scope fonctionne et il a déjà servi en Californie. Mon cocktail d'enzymes est prêt lui aussi, et il est efficace. Nous avons mis au point un système pour faire arriver ces enzymes jusqu'au caillot par l'intermédiaire du scope. Gabriel, s'il vous plaît ! Vous savez aussi bien que moi qu'il n'y a pas d'autre solution. Regardez-le ! Il va mourir si nous ne faisons rien, et ça, c'est une chose que je refuse. Vous voulez bien m'aider, n'est-ce pas ?

Gabriel soupira, puis s'adressa aux infirmières.

— Donnez au docteur Cairns tout ce qu'elle demandera !

Steve arriva quelques minutes plus tard, stupéfait, portant le coffret de l'artérioscope.

Paula lui apprit en quelques mots ce qui était arrivé.

— Tu as de la chance, dit-il. J'ai stérilisé l'appareil il y a deux jours pour les nouveaux tests que nous devions faire. Comment as-tu fait pour obtenir la permission ?

Prononçant ces mots, il contempla un instant le visage de Maurice et sa jambe.

— Je n'ai pas l'autorisation, dit Paula l'air sombre et buté. Mais cela n'a pas d'importance. J'en prends toute la responsabilité.

Steve hésita devant les risques que représentait un tel projet, puis se décida.

— Je pense que nous pourrions passer par l'artère fémorale et remonter jusqu'au tube. Je vais m'occuper du scope pendant que tu le prépares.

Il chercha du regard la surveillante, puis se tourna vers elle.

— J'aurais besoin de quatre litres de sérum physiologique, d'un moniteur TV. Indiquez-moi aussi où je peux trouver des prises électriques.

Tandis que Steve et Paula s'affairaient, Kingston vint aux nouvelles. Gabriel s'entretint avec lui puis revint vers les deux jeunes gens, tout sourire.

— Nous avons la permission d'utiliser l'artérioscope, puisqu'il s'agit d'une urgence, mais dans ce cas seulement. Il m'a également dit qu'il vous souhaitait bonne chance.

En dix minutes, tout fut prêt. Un moniteur fut emprunté au service d'orthopédie où il servait généralement pour les arthroscopies et fut traîné jusqu'à la salle de réveil. Il avait en effet été convenu que l'intervention se déroulerait là, afin de n'infliger à Maurice aucun déplacement inutile.

La tension dans la pièce était palpable et de nombreuses personnes s'étaient rassemblées à l'extérieur, observant par les grandes portes à hublot.

Paula commença par désinfecter la zone dans laquelle allait être introduite la sonde, puis enfila une paire de gants avant de se saisir d'un bistouri. Elle regarda en direction de Gabriel qui, assis sur un tabouret derrière Maurice, lui appliquait sur le visage un masque à oxygène. Sur un signe de l'anesthésiste, Paula pratiqua une petite incision dans l'aine au niveau de l'artère fémorale en espérant de toute son âme que Maurice ne sente rien. Heureusement, il avait reçu quelques minutes auparavant une dose d'un anesthésique puissant et rapide.

Paula trouva très rapidement l'artère, qui était flasque et inerte puisque tout le sang qui aurait dû normalement y circuler était retenu un peu plus haut par le caillot obstruant le tube placé sur l'aorte.

— Je suis prête, signala-t-elle après avoir fait passer deux bandes de gaze sous le vaisseau.

Steve se plaça alors en face d'elle, prêt à introduire la sonde.

— Nous n'aurons pas besoin de clamper. Fais juste une incision longitudinale dans l'artère, d'un demi-centimètre. Ce sera suffisant.

L'écran de télévision passa ensuite du blanc au rouge. Steve effectua les derniers réglages du scope tandis que Paula vérifiait le « système Gatling » et s'assurait que chaque chambre était bien remplie de la bonne quantité d'enzymes. Elle s'efforçait de ne pas penser à un possible échec de l'opération, la seule idée de la mort de Bennett provoquant en elle d'irrépressibles tremblements. Elle lutta pour retrouver son calme, consciente que la vie de son patient dépendait de ses réactions et de son aptitude à apprécier les événements.

L'écran reprit sa couleur normale quand Steve injecta une petite quantité de sérum, au grand étonnement des spectateurs massés dans le corridor. Il fit ensuite avancer la sonde jusqu'au caillot qui bouchait le minuscule tube de plastique et qui, à l'image, ressemblait à une masse gélatineuse de couleur rougeâtre.

— Nous y sommes, souffla Steve. Tu vas pouvoir commencer l'injection dans environ dix secondes, dès que la sonde sera au contact. Maintenant!

Paula pressa sur le bouton de mise en marche du « système Gatling ». Un léger bourdonnement se fit entendre et une multitude de chiffres apparut sur l'écran du manomètre, puis la pression se stabilisa au niveau requis.

— On peut y aller! dit-elle alors.

Elle appuya sur le bouton correspondant à la dose d'enzymes n° 1, et le barillet tourna d'environ 30°. Le cadran de la jauge devint de nouveau comme fou, puis la pression revint à son niveau initial.

— Deux! annonça Paula en pressant sur une autre touche.

Ce faisant, elle observa attentivement les jambes de

Maurice, sachant bien entendu que rien ne pouvait encore s'être produit. La Betadine qui colorait la peau ne permettait pas de voir si la circulation se rétablissait ou non.

Il fallait pour cela vérifier le pouls, tâche qui avait été assignée à deux infirmières qui attendaient, la main sur chacune des chevilles du patient.

— Trois !

À ce stade de l'intervention, la jeune femme laissa l'ordinateur procéder aux autres injections, selon un intervalle préréglé de quatre secondes. Le cycle complet prit moins d'une minute.

— C'est terminé, fit Paula après contrôle du moniteur.

Le silence dans la salle était total. Tout le monde attendait et rien ne semblait se produire. Steve lança à Paula un coup d'œil inquiet, tandis que celle-ci interrogeait les infirmières du regard. Elles secouèrent la tête en signe de négation.

Paula eut l'impression que ses jambes ne la portaient plus et qu'elle allait s'évanouir. Gabriel, de son côté, ne quittait pas des yeux ses écrans, le cœur battant à tout rompre.

— Est-ce qu'on peut regarder ce qui se passe ? questionna Paula.

— Négatif, répondit Steve. Je ne veux pas envoyer de sérum, le caillot est sans doute en cours de dissolution.

— Il devrait déjà s'être dissous, dit Paula les yeux pleins de larmes.

Elle était en proie au plus horrible désarroi, tout comme Steve qui, fixant l'écran rouge sang, songea que jamais plus il n'utiliserait l'artérioscope. Après ce deuxième échec, aucun autre hôpital ne lui en accorderait plus la permission.

Les infirmières attendaient aussi, guettant le signal de Paula qui leur indiquerait que l'intervention était terminée.

Gabriel, lui, restait silencieux. Des larmes brillaient également dans ses yeux et il espérait lui aussi un geste ou un mot de Paula.

Steve, trop tendu, s'effondra sur une chaise, la tête entre les mains.

Soudain, la voix de l'infirmière affectée à la surveillance du pouls, côté gauche, brisa le silence :

— Je sens son pouls, fort et régulier !

L'information fut presque immédiatement reprise par sa collègue.

— Nous avons réussi ! s'exclama Paula, à la fois émue et soulagée.

Elle examina ensuite l'artère de plus près. Elle battait avec régularité, ce qui signifiait que le sang y circulait de nouveau tout à fait normalement.

— Je crois que je peux retirer la sonde à présent, dit-elle en regardant Steve.

— Tu ne veux pas jeter un coup d'œil avant, pour vérifier ?

— Pas besoin ! fit-elle. Regarde sa jambe.

Steve tourna la tête et put lui aussi se rendre compte que le membre, en quelques secondes, était passé d'une vilaine couleur bleue à un fort joli rose.

— Allez, on referme et on sort vite d'ici ! dit-elle, pleine d'entrain, à l'infirmière qui faisait office d'instrumentiste. Donnez-moi un catgut 6 × 0 pour l'artère. Nous refermerons ensuite l'incision avec des agrafes.

Épilogue

Nicole Millway téléphona à Paula quelques jours avant son fameux match.

— La finale a lieu samedi prochain, lui dit-elle d'une voix un peu tendue. Est-ce que vous pourrez venir ?

— Bien sûr, répondit Paula. Je suis impatiente de voir ça. Je pense venir avec un ami.

Paula, entre-temps, avait vu plusieurs fois l'adolescente en consultation. Chaque fois, elle lui avait conseillé de ne pas participer à ce tournoi, en raison de la fragilité de ses tendons, se heurtant toujours à l'obstination de sa patiente.

— Je vais très bien, je joue tous les jours sans problème, assurait Nicole à chaque visite, et je fais attention à ne pas me fatiguer, comme vous me l'avez dit.

En arrivant dans les gradins qui surplombaient le court de tennis, Paula aperçut tout de suite Sam et Charlène Millway et se dirigea vers eux, suivie de Steve. Elle fit ensuite les présentations et prit place près d'eux.

Sam, qui semblait encore plus las et amaigri que d'habitude, se pencha vers Steve et lui serra la main.

— J'ai appris votre nomination par le journal. Toutes mes félicitations.

Le lendemain de l'arrestation de Seth, Mirna était allée voir le doyen de l'école de médecine et lui avait conté ses divers entretiens avec le docteur Abrams, avouant même combien elle avait été payée pour ses services. Dans les vingt-quatre heures qui suivirent, Clifford, menacé de poursuites, avait envoyé sa démission, et Steve avait été nommé directeur du laboratoire.

— Je suis vraiment désolée pour Seth, confia ensuite Paula à voix basse à Charlène.

— Les spécialistes pensent qu'il ne supportera pas l'épreuve d'un procès, chuchota à son tour Charlène, l'air effondré. Il est devenu complètement fou. Il ne m'a même pas reconnue et il passe son temps à crier après un certain Vincent. Le médecin m'a dit qu'il devait s'agir de ce Coletti, l'homme qui a disparu.

— Où se cache donc Nicole? intervint Steve, impatient de faire enfin la connaissance de la célèbre petite malade de Paula.

— Elle est avec les fillettes de son équipe, répondit Charlène, heureuse de changer de sujet de conversation. Elle sera là dans une minute. Et vous savez, Paula, elle est vraiment ravie que vous ayez pu venir.

Paula, émue, saisit la main de Steve et regarda autour d'elle. Une centaine de spectateurs occupait les gradins dont la moitié au moins était venue encourager l'équipe adverse. Il faisait un temps superbe, ni trop chaud, ni trop humide.

— Nous avons vu le Dr Bennett à la télévision, hier soir, fit Charlène en repoussant une mèche de cheveux gris. Je ne suis pas complètement d'accord avec lui, mais je sais que c'est un homme bien.

— Il est sorti de l'hôpital ce matin, poursuivit Paula. Il voulait venir travailler lundi matin. Nous avons dû insister pour qu'il accepte de se reposer.

Paula observait en souriant les enfants qui couraient et s'agitaient. Elle était comme ça, elle aussi, à leur âge.

Nicole arriva enfin, l'air radieux.

— Comment va ton pied? lui demanda Paula après l'avoir serrée dans ses bras.

L'activité intense que déployait l'enfant l'inquiétait toujours un peu car la blessure était encore récente.

— Bien. J'ai fait tout ce que vous m'avez dit, répondit Nicole.

Elle s'interrompit une seconde, regarda Steve et se pencha vers Paula pour lui glisser dans le creux de l'oreille :

— Il est super!

Sam qui, jusque-là, avait semblé perdu dans ses pensées, s'adressa tout à coup à Paula.

— Avez-vous entendu aux informations qu'ils ont réussi à attraper les deux hommes qui ont essayé de tuer le Dr Bennett?

Paula hocha la tête. Elle se trouvait à l'hôpital quand Chip et son complice étaient entrés, déjouant le service de sécurité grâce à de fausses cartes d'identité. Ils avaient ensuite réussi à se frayer un chemin jusqu'à la chambre de Maurice, et celui-ci n'avait eu la vie sauve que grâce à la vigilance du policier qui montait la garde.

— Oui, et j'espère que cette histoire, à présent, est bel et bien terminée.

Tout un groupe d'adolescentes vint s'asseoir non loin. Paula reconnut parmi elles quelques fillettes qu'elle avait croisées au Centre. Certaines vinrent d'ailleurs la saluer, un peu intimidées. Nicole alla ensuite se changer pour sa partie, la dernière de l'après-midi, qui devait décider de la victoire puisque les deux écoles étaient à égalité.

— C'est un match décisif, expliqua Charlène à Paula. Son adversaire est la jeune fille que vous pouvez voir, là-bas.

L'autre joueuse était une adolescente aux longues jambes, grande et maigrichonne. Elle avait des taches de rousseur, les cheveux courts, un air un peu renfrogné et était assise à côté de ses parents. La mère, à qui l'enfant ressemblait trait pour trait, arborait une casquette blanche à grande visière, tandis que le père, affublé également d'un couvre-chef, était plutôt bien en chair. Tous deux étaient en grand conciliabule avec leur fille, lui prodiguant d'ultimes conseils.

— Souviens-toi, disait la mère, qu'elle a un pied abîmé. Fais-la courir. Promène-la sur le court. Sandra ! Est-ce que tu m'écoutes ?

Sandra répondit qu'elle devait y aller et partit très vite se changer.

Un tonnerre de cris et d'applaudissements éclata ensuite quand les deux finalistes, raquette à la main, firent leur entrée.

C'était un match en trois sets. Dès les premières minutes, il devint évident que la partie serait très serrée. Le jeu de Sandra était puissant, rapide, son service était précis et ses retours rasaient le filet. Nicole, elle, avait un style plus élaboré et une technique plus pointue. Elle cherchait les meilleurs angles pour attaquer et possédait un toucher de balle stupéfiant.

Elle gagna le premier set, mais fut balayée au second par Sandra. Elle s'était mise à boiter. Paula s'inquiétait.

— Fais-la courir! hurlait la mère de Sandra.

Paula réprima en l'entendant une furieuse envie d'aller lui tordre le cou.

Nicole, qui semblait avoir repris des forces pendant le temps de repos, s'offrit le luxe de courir reprendre sa place quand l'arbitre leur annonça que la minute était terminée, pour montrer à son adversaire qu'elle avait encore de la ressource.

Elle gagna le premier jeu, prenant le service de Sandra. Après quoi, les deux jeunes filles s'efforcèrent de garder leurs avantages respectifs. On en était à quatre jeux à cinq à l'avantage de Sandra, à un jeu de la victoire. Paula était de plus en plus inquiète, craignant le pire car la fillette, fatiguée, devait parfois se déplacer à cloche-pied, sa jambe blessée ne répondant plus. Paula pensa que l'entraîneur de l'équipe allait demander l'arrêt de la partie et en parla à Charlène.

— Non, il a trop peur que Nicole se mette en colère contre lui.

Cette fois, l'adolescente mit plus de temps à récupérer pendant la période de repos, et ce fut en marchant qu'elle regagna sa place, derrière la ligne de service. Sandra attendait, prête à bondir. Elle aussi avait l'air épuisé mais elle semblait très sûre d'elle.

La première balle de Nicole atterrit dans le filet et la

foule eut comme un frémissement. Paula, prise par l'action, serrait convulsivement la main de Steve, le souffle court. La seconde sortit. Sandra, allégrement, changea de côté. Cette double faute, l'une des seules de la partie, faisait bien son affaire. Il ne lui restait plus qu'à gagner ce jeu pour remporter la victoire, ce qui, étant donné la fatigue de Nicole, lui parut être une simple formalité.

— 0/30 ! annonça l'arbitre.

Les amies de Nicole s'étaient tues. Il suffisait maintenant que Sandra gagne deux petits points pour remporter la partie. Mais Nicole parvint à réduire la marge à 30 partout.

Un silence pesant régna sur tout le court. Même la mère de Sandra s'était tue.

Nicole semblait désespérée. La sueur coulait sur son visage, dans sa nuque, et ses cheveux blonds en étaient trempés. Elle s'efforçait de renvoyer chaque balle, au prix d'efforts surhumains qui la faisaient grimacer de douleur.

Paula n'en pouvait plus. Elle voyait dans sa tête le travail des muscles, des tendons fragilisés par l'accident et soumis à trop rude épreuve. À chaque seconde, elle craignait le pire.

Nicole se tenait maintenant derrière la ligne de service, à peu près à mi-largeur du court. C'était là sa position favorite. Sandra, qui le savait, se tenait prête. Mais la balle atterrit dans l'angle opposé et Sandra dut faire un bond pour pouvoir la renvoyer. La balle monta très haut, mais Nicole attendit pour la retourner qu'elle eût rebondi, si bien que Sandra, qui s'était élancée dans la direction opposée, ne put la retourner.